Mark Robson

Das Vermächtnis von Thrandor

Der Auserwählte

cbj

Mark Robson wurde 1966 in Essex geboren und wuchs in Wales auf. Er ist Pilot bei der Royal Air Force und schreibt in seiner Freizeit Fantasytitel, die bei den Lesern großen Anklang finden.

Weitere Titel der Reihe:
Das Vermächtnis von Thrandor –
Das Schwert aus dem Feuer (Band 1, 40015)
Der Pfad der Jägerin (Band 2, 40016)
Die silberne Klinge (Band 3, 40017)

Weitere Titel des Autors bei cbt:
Die Gilde von Shandar –
Die Spionin (Band 1, 30533)
Der Verräter (Band 2, 30534)
Der Jäger (Band 3, 30535)

Mark Robson

Das Vermächtnis von Thrandor

Der Auserwählte

Aus dem Englischen von
Anne Emmert und Ursula Held

cbj

cbj
ist der Kinder- und Jugendbuchverlag
in der Verlagsgruppe Random House

FSC
Mix
Produktgruppe aus vorbildlich bewirtschafteten Wäldern und anderen kontrollierten Herkünften

Zert.-Nr. SGS-COC-001940
www.fsc.org
© 1996 Forest Stewardship Council

Verlagsgruppe Random House FSC-DEU-0100
Das für dieses Buch verwendete FSC-zertifizierte Papier *München Super Extra* liefert Arctic Paper Mochenwangen GmbH.

1. Auflage
Erstmals als cbj Taschenbuch Juli 2010
Gesetzt nach den Regeln der Rechtschreibreform

Die englische Originalausgabe erschien 2000
unter dem Titel »The Forging of the Sword« bei
Sword Publishing, UK.

Übersetzung: Anne Emmert und Ursula Held
Lektorat: Susanne Evans
Umschlaggestaltung: HildenDesign, München,
www.hildendesign.de, unter Verwendung einer
Illustration von Marek Hlavaty
he · Herstellung: AnG
Satz: KompetenzCenter, Mönchengladbach
Druck und Bindung: GGP Media GmbH, Pößneck
ISBN: 978-3-570-40018-0
Printed in Germany

www.cbj-verlag.de

Für Euch, meine Leser,
und ganz besonders für Hannah, Marianne, Jess und Louise
wegen ihrer Begeisterung und ihrer regelmäßigen E-Mails.
Danke euch allen für die Unterstützung und das positive
Feedback. Ich hoffe, das Warten hat sich gelohnt.

Dank

Ich danke Nigel und Georgina von »Words and Publications« für die erfolgreiche Verwandlung meiner Manuskripte in Bücher – ohne sie hätte »Das Vermächtnis von Thrandor« nicht einmal die erste Hürde genommen.

Ich danke allen Korrekturlesern, die freigebig ihre rote Tinte überall verteilt haben.

Ich danke meiner Frau Sarah und meiner Tochter Rachel für ihre Geduld und ihr Verständnis.

»… und es wird geschehen, dass in der Zeit des Aufstiegs der Auserwählte erscheint. Ewige Verdammnis wird er mit der Linken über die Welt bringen, beständigen Frieden mit der Rechten. Mit den Schlüsseln der Welt wird er über ihr Schicksal entscheiden. Seine Anhänger werden ihm das Tor öffnen, doch nur der Auserwählte wird den letzten Weg gehen. Nur er wird den Pfad des Grauens beschreiten. Doch wenn ein anderer als er und der Schlüssel selbst diesen Weg nehmen, so wird es das Ende der Welt sein. Alle Pfade führen den Auserwählten zu diesem letzten Weg. Der Schlüssel wird den Zeitpunkt wählen, und der Auserwählte wird wissen, dass er keine andere Wahl hat. Die Zukunft aller Länder wird in seinen Händen ruhen.«

Auszug aus: *Die Orakel des Drehboor*

Shandar
Zauberturm
Palast des inneren Auges
Shandrim
Niederfenn
Vortaff-Gebirge
Sieben Bäume
Der grosse Wald im Westen
Steingrund
Baron Keevans Burg
Terilla
Klingenpass
Mistian
Chantiss
Calvyns Dorf
Port Levan
Levansbrück
Levan
Ostmeer
Thrandor
Celadornberge
Fallow
Mantor
Fallowsford
Kortag
Thron der Götter
Terachim-Wüste

PROLOG

Es klopfte zweimal so laut und hart an der Tür zum Arbeitszimmer des Kaisers, dass Vallaine, Hoher Lord des Inneren Auges, unwillkürlich zusammenzuckte. Von einem Augenblick zum anderen nahm der runzelige Zauberer die vornehme Erscheinung des Kaisers von Shandar an. Dass im kaiserlichen Hofstaat niemandem eine Veränderung an Ihrer Majestät aufgefallen war, seit Vallaine den Kaiser ermordet und seine Stelle eingenommen hatte, war ein Beweis für Vallaines hohe Zauberkunst.

»Bei Shand, hoffentlich gute Nachrichten«, murmelte Vallaine. Er nahm einen tiefen Atemzug und befahl dann: »Herein!« Seine Stimme unterschied sich in Nichts von der des toten Kaisers.

Die vergangenen zehn Tage waren nicht einfach für Lord Vallaine gewesen. Ein Unglück hatte das nächste gejagt. Begonnen hatte es damit, dass Kommandant Chorain auf rätselhafte Art ums Leben gekommen war, ehe Vallaine ihn zur Niederlage des Heeres in Thrandor hatte befragen können. Als Nächstes war Bek, der thrandorische Kämpfer, den Vallaine als Mörder hatte aussenden wollen, im Zweikampf schwer verwundet worden und in seinem geschwächten Zustand den Wachen in der Arena irgendwie entwischt. Vallaine ließ daraufhin den Unterschlupf seiner thrandorischen Freunde beobachten, doch auch sie gingen seinen

Leuten durch die Finger. Alles schien sich gegen den Hohen Lord verschworen zu haben. Bei der nächsten Schlamperei würden Köpfe rollen.

Die Tür öffnete sich und eine junge Frau betrat den Raum, gefolgt von einem stämmigen Mann. Bei seinem Anblick verzogen sich Lord Vallaines Lippen zu einem feinen Lächeln. Er sah aus wie ein Raubtier, das sich auf leichte Beute und ein leckeres Mahl freut.

»Ah, Femke, erneut bist du deinem Ruf gerecht geworden, deine Aufgaben äußerst zuverlässig zu erledigen. Sei dir meines tiefsten Dankes versichert, dass du Barrathos so schnell gefunden und hergebracht hast! Du sollst für diesen Dienst reich belohnt werden.«

»Es war mir eine Freude, Eure Kaiserliche Majestät. Aber wenn Ihr im Moment keine weiteren Wünsche habt, würde ich mich mit Eurer Erlaubnis gern zurückziehen und ein wenig ausruhen. Es war eine lange Reise«, erwiderte Femke.

»Natürlich, Femke. Geh. Schlaf gut. Morgen habe ich allerdings vielleicht schon einen neuen Auftrag für dich. So ruhe mit meinem Segen.«

»Danke, Eure Kaiserliche Majestät. Soll ich zu einer bestimmten Zeit bei Euch sein?«

»Nein, Femke, geh und schlafe. Ich werde dich rufen lassen, wenn es so weit ist«, entgegnete Vallaine freundlich.

Femke nickte, machte einen tiefen Knicks und verließ rückwärts den Raum. Vallaines scharfem Blick war jedoch nicht entgangen, dass in den Augen der jungen Frau keinerlei Müdigkeit gestanden hatte. Femke war eine Frau nach seinem Geschmack, eine Meisterin ihres Fachs – der List und der Intrige. Sie war misstrauisch, dessen war sich Vallaine sicher, doch welchen Verdacht sie genau hegte und was sie zu unternehmen gedachte, entzog sich seiner Kenntnis. In dem Spiel, das Vallaine trieb, war Femke eine unbekannte Größe. Es konnte durchaus sein, dass er sie eines Tages vom Spielbrett nehmen musste, doch im Augenblick war die schlaue Spionin noch viel zu wertvoll, als dass er bereit gewesen wäre, sie zu opfern. Nein, er würde Femke mit Aufträgen beschäftigen, damit ihr keine Zeit für Zweifel und Argwohn blieb. Vallaine lächelte in sich hinein, als sich die Tür hinter ihr schloss.

Vallaine ließ die Maske des Kaisers fallen und wandte sich Barrathos zu, den die Verwandlung zum Hohen Lord des Inneren Auges nicht sonderlich zu überraschen schien. Allerdings war der hünenhafte Mann wohl sowieso schon nervös, da er sich fortwährend die tellergroßen verschwitzten Hände rieb.

»Weshalb habt Ihr mich rufen lassen, Lord Vallaine?«, fragte Barrathos, und trotz des prunkvoll eingerichteten Zimmers hallte seine tiefe Stimme hohl wider.

»Um mich deiner Fähigkeiten zu bedienen, Barrathos, weshalb sonst?« Aus Vallaines eingesunkenen Augen blitzte boshafte Freude über das Unbehagen des großen Mannes. »Trotz des Zwischenfalls mit dem Gorvath bist du der fähigste Hexenmeister, den ich kenne. Ich wünsche, dass du noch einmal Dämonen heraufbeschwörst. Dein Versagen habe ich dir verziehen. Aber dieses Mal, Barrathos, kann ich mir keinen Rückschlag leisten.«

Vallaine behielt für sich, dass Barrathos auch der *einzige* Hexenmeister war, den er kannte. Die Hexerei war aus gutem Grund die arkane Kunst, die am seltensten ausgeübt wurde. Hauptsächlich, weil nur die Verwegensten und Tollkühnsten den Gefahren trotzten, die naturgemäß damit einhergingen, Dämonen kontrollieren zu wollen. Dazu kam die bedauernswerte Tatsache, dass es kaum einen Hexenmeister gab, der nicht irgendwann der Versuchung erlag, einen mächtigeren Dämon heraufzubeschwören, als er beherrschen konnte. Doch jeder Fehler im Umgang mit einem Dämon endete normalerweise tödlich, denn der Dämon pflegte in diesem Fall den Hexenmeister zu verschlingen. Abgesehen davon, dass die Zahl der Meister aus diesem Grund stetig zurückging, schreckten deshalb auch mögliche Nachfolger davor zurück, die Hexenkunst zu erlernen.

»Sagtet Ihr *Dämonen?*«, fragte Barrathos ungläubig.

»Du hast richtig gehört. Für die Aufgabe, die mir vorschwebt, reicht ein Dämon nicht aus.«

»Lord Vallaine, ihr habt gesehen, wie gefährlich es ist, so eine starke Kreatur heraufzubeschwören. Ihr habt miterlebt, welche Zerstörung der eine Gorvath angerichtet hat. Wollt Ihr allen Ernstes, dass ich mehr als einen solchen Dämon herbeirufe? Oder habt Ihr mich nur den ganzen Weg herkommen lassen, um Euch über mich lustig zu machen?«

»Darauf, dass ich es ernst meine, kannst du deinen letzten Sennut verwetten, Barrathos.« Vallaine trat, die Hände in die Hüften gestemmt, auf den Hünen zu.

Obwohl er Vallaine weit überragte, wich Barrathos vor dem Zauberer zurück, wie er es vor einer Giftschlange oder einem tollwütigen Hund getan hätte. Barrathos war offensichtlich nicht gewillt, Vallaines Biss zu riskieren, sei er verbaler Art oder sei es Zauberei. Rasch gab er dem Wunsch des Zauberlords nach.

»Was genau schwebt Euch denn vor, Lord Vallaine?« Die Angst vor der Antwort schwang bereits in Barrathos' Stimme mit.

»Nun«, begann Vallaine und hob den Blick nachdenklich zur Decke. »Drei Dämonen müssten ausreichen. Natürlich keine Gorvaths, aber tödlich müssen sie schon sein. Was würdest *du* vorschlagen?«

»Alle Dämonen sind auf ihre Art tödlich, Lord Vallaine.

Wie die Menschen haben auch die Dämonen ihre Stärken und Schwächen. Haben wir wie beim Gorvath geistige Unterstützung, um sie zu beherrschen?«, fragte Barrathos.

Vallaine schüttelte den Kopf. »Wir sind nur zu zweit.«

»Und Ihr wollt sie losschicken, damit sie jemanden töten?«

»Ja, aber nicht irgendjemand. Diese Dämonen sollen den jungen Mann töten, dessen Seele wir an den Gorvath verfüttert haben. Er ist trickreich und gefährlich. Die Kreaturen, die wir heraufbeschwören, müssen ihm auf jeden Fall gewachsen sein.«

»Es wäre hilfreich zu wissen, wie der Gorvath zu Tode kam«, erklärte Barrathos. »Hat der Bursche es irgendwie geschafft, seine eigene Seele zu befreien? Was meint Ihr?«

Vallaine dachte einen Augenblick nach. Bislang hatte er keine hundertprozentige Gewissheit darüber, dass der Gorvath überhaupt erlegt worden war. In der Tat war seine größte Sorge, dass der seelenlose Lord Shanier ihn einfach ausgetrickst hatte, um seine Ziele voranzutreiben, und dass die verheerende Niederlage in Thrandor seiner eigenen, Vallaines, Fehleinschätzung zuzuschreiben war. Diese Verantwortung drückte ihn nun zusätzlich. Wie hätte er denn auch vorhersehen sollen, dass der Dämon entkommen würde und es dann auch noch jemand schaffte, diese mächtige Kreatur zu erlegen, bevor sie aus eigenem Antrieb ins Dämonenreich zurückkehren konnte? Die Verkettung der Umstände erschien unglaublich, auch wenn er nur zu gut wusste, dass es sich tatsächlich so zugetragen haben musste.

»Ehrlich gesagt, Barrathos, weiß ich nicht genau, wozu Lord Shanier fähig ist. Er hat mich einmal hintergangen, da will ich ihn lieber nicht noch einmal unterschätzen.«

»In diesem Fall schlage ich vor, dass ich zwei Naksadämonen und einen Krill heraufbeschwöre. Die Naksa sind von Natur aus Jäger, die einem Opfer zu zweit oder zu dritt nachstellen. Sie sind Räuber, schnell und stark, aber nicht besonders intelligent. Ich habe gehört, dass Naksa sich gegeneinander wenden und so lange miteinander kämpfen, bis nur der Stärkste übrig bleibt, wenn mehr als drei Naksa gemeinsam jagen. Daher treten sie wohl auch so selten in größeren Gruppen auf. Dazu ein Krill, der sich durch List und Tücke auszeichnet …«

»Ein Krill?«, fragte Vallaine verwundert dazwischen. »Ich glaube, davon habe ich gehört. Ist das nicht ein Schattendämon?«

»Ja, das stimmt.« Barrathos nickte. »Er ist groß und stark, kann aber mit den Schatten verschmelzen und so mit überraschender Leichtigkeit unsichtbar werden. Einmal heraufbeschworen sind die Naksa nicht besonders schwer zu beherrschen. Ganz anders ein Krill. Ein großer kann so gefährlich werden wie der Gorvath, den wir heraufbeschworen haben. Uns kann er aber enorm nützen, denn der Krill steht im Dämonenreich über den Naksa und könnte sie bei der Jagd auf Shanier anführen. Ja, so müsste es gehen.« Der Hexenmeister kratzte sich gedankenverloren am Kopf. Dann sah er Vallaine mit neuer Entschlossenheit direkt in die Augen. »Aber ich werde Eure Hilfe benötigen, Lord Vallaine. Ich habe zwar schon beide Dämonenarten heraufbeschworen, aber noch nie versucht, so eine gemischte Gruppe zu beherrschen. Ihr werdet Euch um die Naksa kümmern, ich übernehme den Krill. Die Naksa sind wilde, aber einfältige Kreaturen, sie werden Euch keine besonders großen Schwierigkeiten bereiten. Doch Ihr habt gesehen, was passiert ist, als der Gorvath sich Eurer Kontrolle entzog. Ich brauche Euch wohl nicht zu sagen, dass wir beide innerhalb weniger Sekunden tot sein werden, wenn wir dieses Mal die Kontrolle über die Dämonen verlieren. Ihr seid sicher, dass Ihr das Wagnis eingehen wollt?«

Doch da Barrathos die Antwort bereits kannte, nickte er nur schicksalsergeben, als Vallaine seine Überzeugung bekräftigte. Der Hexenmeister verschwieg allerdings, dass ihm diese mehrfache Beschwörung erheblich weniger Sorgen bereitete als die des Gorvaths.

Barrathos straffte die Schultern. »Gut«, knurrte er. »Habt Ihr einen Gegenstand von dem jungen Mann? Vorzugsweise ein Kleidungsstück?«

Vallaine grinste boshaft. »Da habe ich genau das Richtige.«

»Gut«, erwiderte der Hexenmeister. »Dann können wir beginnen.«

1

Calvyn starrte hinauf zur Segeltuchwand des Zeltes, die sich sanft im Wind bauschte. Seine Gedanken kreisten um die alten Männer, mit denen er unterwegs war. Er bezweifelte, dass sie Selkor würden aufhalten können. Einst war Calvyn Zeuge gewesen, wie Selkor zwei sich gegenüberstehende Armeen buchstäblich zum Stillstand gebracht hatte, mitten aufs Schlachtfeld geritten war, sich genommen hatte, was er haben wollte, und dann wieder verschwunden war. Diese alten Burschen dagegen schafften es nicht einmal, ein Zelt richtig aufzustellen – mit oder ohne Hilfe von Magie.

Ein Lichtblitz draußen erregte Calvyns Aufmerksamkeit, doch er war sich nicht sicher, ob er ihn sich nicht nur eingebildet hatte. Über die Beharrlichkeit der Magier, keine Nachtwache aufstellen zu wollen, war er nicht glücklich. Was, wenn jemand ihre Pferde stahl, während sie schliefen? Unfähig, den Lichtblitz draußen einfach zu ignorieren, setzte Calvyn sich auf und zählte die in Decken gehüllten schlafenden Gestalten. Gerade als er mit Zählen fertig war und sich vergewissert hatte, dass niemand draußen sein konnte, donnerte es in der Ferne und lieferte ihm eine Erklärung für den Blitz.

»Ein Gewitter! Das hat uns gerade noch gefehlt«, murmelte Calvyn und dankte im Stillen Derra, die ihn als Rekrut in Baron Keevans Heer ausgebildet hatte.

Die Magier hatten ihn verspottet, als er darauf bestanden hatte, das Zelt jede Nacht mit zusätzlichen Schnüren gegen einen möglichen Sturm abzusichern. Calvyn hatte sie ignoriert, denn abgesehen von Lomand schien keiner von ihnen eine Ahnung vom Zelten zu haben. In den vergangenen Tagen hatten die fünf Großmagier Calvyn, Jenna und Lomand die ganze Arbeit überlassen. Sie hatten sich währenddessen um das Feuer gesetzt und unablässig miteinander gezankt. Ständig lagen sie sich über alles und jeden in den Haaren, besonders über die Frage, ob es klug gewesen war, diese Reise überhaupt anzutreten. Calvyn wünschte sich nichts sehnlicher, als dass sie damit aufhörten und sich stattdessen darauf konzentrierten, so schnell wie möglich nach Mantor zu gelangen.

Jemand grunzte laut und wälzte sich herum. Kurz war es still, dann setzte wieder ein leises Schnarchen ein. Calvyn legte sich zurück und zog sich die Decke um die Schultern. Der Winter hielt bereits Einzug, und trotz der Körperwärme der acht Menschen, die in dem Zelt schliefen, war die Luft empfindlich kalt. Im Vortaff-Gebirge, das südlich ihres Weges lag, schien die Schneegrenze täglich zu sinken. Bald würde es sicherlich auch im Tiefland Schnee geben. Wie die alten Männer damit wohl zurechtkommen würden?, überlegte Calvyn. Dann schloss er die Augen und versuchte, noch etwas Schlaf abzubekommen.

Calvyn schlief für gewöhnlich wie ein Murmeltier, doch in dieser Nacht war er einfach zu aufgewühlt. Wieder grollte der Donner in der Ferne. Ein stärkerer Windstoß blähte die Zeltplane und rüttelte an ihr. Calvyn ignorierte es und nahm dann – trotz des lauten Schnarchens irgendwo im Zelt – den leisen, rhythmischen Atem Jennas wahr, die neben ihm in ihre Decke gewickelt schlief. Es war ein beruhigendes Geräusch, doch es hatte leider keine einschläfernde Wirkung auf ihn, sondern beschwor stattdessen allerlei Gedanken und Erinnerungen in seinem Geist herauf.

Jenna liebte ihn. Ihr Eingeständnis hatte ihn völlig überrumpelt. Doch noch mehr hatte es ihn überrascht zu erkennen, dass er ihre Liebe erwiderte. Plötzlich hatte dieses Gefühlswirrwarr sich aufgelöst und einen Sinn ergeben. Natürlich – warum war er nicht selbst darauf gekommen? Seit er seine Seele wiederhatte, hatte Calvyn Jenna schrecklich vermisst, aber keine Sekunde hatte er darüber nachgedacht, warum das so war. Erst als er und Jenna sich vor wenigen Tagen in der Magierakademie wiedergetroffen hatten und sie ihm ihre Liebe gestanden hatte, war es ihm wie Schuppen von den Augen gefallen. Er war verliebt und das war wundervoll.

Die beiden hatten einander eine Menge zu erzählen, und so verbrachten sie die vergangenen Tage damit, sich darüber auszutauschen, was sie erlebt hatten. Calvyn staunte nur so über Jennas Mut, Perdimonn aus seinem Felsengefängnis im Vortaff-Gebirge zu befreien und den unglaublich gefährlichen Gestaltenwandler-Dämon zu jagen, der Calvyns Seele verschlungen hatte. Natürlich spielte Jenna die Gefahren, in die sie sich begeben hatte, bescheiden herunter, doch Calvyn las zwischen den Zeilen und ahnte, wie bedrohlich diese beiden Abenteuer in Wahrheit gewesen waren. Ihm zuliebe hatte Jenna sich mutterseelenallein in das ihr fremde Vortaff-Gebirge gewagt und die gefährliche Jagd nach einem Dämon aufgenommen, ohne auch nur eine Ahnung zu haben, wie sie das Monster erlegen sollte. Calvyn schätzte sich glücklich, von einer solchen Frau geliebt zu werden.

Jenna wiederum musste sich erst einmal von dem anfänglichen Schock erholen, dass Calvyn unerwarteterweise in den Adelsstand erhoben worden war. Doch dann freute sie sich mit ihm über sein Glück. Als Ritter des Reiches Thrandor und persönlicher Berater des Königs hatte sich seine Stellung immens geändert, seit Jenna ihn das letzte Mal gesehen hatte. Noch ein Jahr zuvor wäre Jenna entsetzt gewesen, dass Calvyn eine Ausbildung zum Zauberer durchlaufen hatte und nun auch zum Magier ausgebildet wurde. Doch die Zeiten änderten sich, und da mittlerweile sogar der König Calvyns Fähigkeiten zu schätzen wusste, würde Jenna sicher keine Einsprüche erheben.

Als Calvyn ihr von der Schlacht um Kortag erzählte, während derer er dank seiner neu erworbenen Zauberkräfte sowohl die terachitische Armee als auch die shandesischen Legionen vernichtet hatte, achtete er sorgsam darauf, dass die Magier nicht mithören konnten. Er hatte keine Ahnung, was sie über die jüngsten Ereignisse in Thrandor wussten oder wie sie seine Rolle dabei aufnehmen würden. Immerhin war er für den Tod Zehntausender shandesischer Soldaten verantwortlich. Ganz gleich, wie unvoreingenommen die Magier auch gegenüber der Nationalität ihrer Schüler sein mochten, so eine Vergangenheit würde ihre Ansicht über ihn sicher nicht verbessern. Sein Verhältnis zu den Magiern war schon angespannt genug.

Wieder rüttelte ein Windstoß, stärker noch als der vorangegangene, an der Zeltplane. Als gleich darauf ein Donnerschlag die Nachtstille zerriss, öffnete Calvyn unwillkürlich die Augen. Das Gewitter war jetzt schon sehr nah, doch die anderen schienen nicht davon aufgewacht zu sein. Calvyn beschloss, draußen nach dem Rechten zu sehen. Leise stand er auf und warf sich seinen Umhang über, den er als Kopfkissen benutzt hatte. Sollte das Gewitter sich über ihnen entladen, würde Calvyn nicht zulassen, dass ihre Ausrüstung unnötigen Schaden nahm.

Auf Zehenspitzen stieg er wie ein Schatten über die Schlafenden hinweg, öffnete den Zelteingang, duckte sich und schlüpfte hinaus in die Nacht. Kaum hatte er das Zelt wieder hinter sich geschlossen, erhellte ein Blitz den Nachthimmel. Calvyn drehte sich um und sah, dass sich im Osten, dort, wo das Meer lag, eine gewaltige Wolkenwand am Himmel auftürmte. Er musste nicht lange warten, bis dem Blitz ein ohrenbetäubender Donnerschlag folgte.

Seit Sonnenuntergang hatte es merklich abgekühlt und jetzt fegte ein eisiger Wind übers Land. Calvyn rieb die Hände aneinander, hauchte hinein und zog sich den Umhang enger um den Körper. Dann kroch er um das Zelt herum und zog die Abspannschnüre noch etwas nach. Ansonsten schien alles gesichert zu sein.

Wieder zuckten Blitze über den wolkenverhangenen Himmel. Das war kein einzelner Sturm, sondern eine ganze Gewitterfront, die wie ein brandschatzendes Heer übers Land zog und mit ihrem Kriegsgeheul bis in den letzten Winkel vordrang.

Die Pferde tänzelten nervös und warfen die Köpfe. Calvyn ging zu dem Platz hinüber, wo sie angebunden waren, und tätschelte Hakkaari beruhigend den Hals.

»Ganz ruhig«, sagte er sanft, »so ein bisschen Wind und Regen kann uns doch nichts anhaben.«

Hakkaari war da wohl anderer Ansicht. Bei jedem Blitz und Donnerschlag weiteten sich seine Augen angstvoll und er stampfte unruhig auf der Stelle. Eine klirrend kalte Bö traf Calvyn unvorbereitet. Gewitter brachten ihre eigenen Winde mit sich, das wusste Calvyn, doch auf so einen eisigen Sturm war er nicht gefasst gewesen. Die nächste Stunde würde für niemanden, den es auf offenem Gelände erwischte, besonders lustig werden, egal ob Mensch oder Pferd. Es wäre unbarmherzig gewesen, die Pferde an diesem Ort angepflockt zu lassen, denn in ihrer Panik hätten sie sich verletzen können. Er sah sich um und beschloss, sie in den Schutz eines nahe gelegenen Wäldchens zu bringen.

Er knotete Hakkaaris Führungsleine los, zog den Wallach unter die Bäume und band ihn dort fest. Dann rannte er zurück, holte das nächste Pferd und das nächste, doch die Zeit wurde knapp.

»Was machst du denn da?«, rief eine Stimme direkt hinter ihm.

Calvyn zuckte erschrocken zusammen.

»Ich bringe die Pferde in Sicherheit, Meister Akhdar. Sie haben schreckliche Angst vor dem Gewitter, was man ihnen nicht übel nehmen kann. Wird wohl ziemlich heftig werden.«

»Du hättest uns wecken sollen. Dann hättest du dir die Arbeit nämlich sparen können. Jetzt hol die Pferde wieder zurück zu den Pflöcken. Ich schicke dir Lomand zu Hilfe.«

»Aber Meister ...«

»Tu, was ich dir sage, Calvyn«, befahl Akhdar.

»Ja, Meister.«

Sekunden später setzte der Regen ein. Der Wind trieb einen gewaltigen Wolkenvorhang vor sich her, der alles durchnässte, was ihm in die Quere kam. Die Äste der Laubbäume, die ihre Blätter schon lange abgeworfen hatten, und die Nadeln der Kiefern und Tannen ließen die niederprasselnden Regentropfen durch wie ein Sieb. Fluchend band Calvyn das erste Pferd los, führte es ins Lager zurück und pflockte es an.

»Du denkst eben noch nicht wie ein Magier«, dröhnte Lomands tiefe Stimme neben Calvyns Ohr und ließ ihn erneut zusammenfahren, »... sondern wie ein Soldat. Dir kommt gar nicht in den Sinn, dass du deine Umgebung mit Magie verändern kannst. Ich hole die letzten beiden Pferde, dann zeige ich dir, was ich meine.«

Calvyn nickte zerknirscht und beruhigte das tänzelnde Pferd an seinem Führseil.

Meister Akhdar wartete zwischen dem Zelt und den Pflöcken auf sie, eingehüllt in eine schützende Blase aus magischer Energie. Der Regen konnte ihm nichts anhaben und sein Umhang hing trotz des Sturmes ruhig herab. Calvyn ging ein Licht auf. Der Schutzschild, den Meister Akhdar benutzte, ähnelte dem, den Calvyn in der Schlacht um Mantor heraufbeschworen hatte. Die magische Formel war nicht schwer. Allerdings würde für den Schutz der Pferde ein erheblich größeres Kraftfeld nötig sein.

Lomand führte anscheinend mühelos Hakkaari und das letzte Pferd aus dem Wäldchen zurück. Calvyns Finger waren mittlerweile so steif gefroren, dass es ihm unmöglich war, das Führseil festzuknoten. Lomand band schnell die beiden Pferde an und kam Calvyn dann mit einem freundlichen Lächeln zu Hilfe.

»Nun sieh zu und lerne, junger Calvyn«, wies er ihn an.

Lomand nickte Akhdar zu, der ebenfalls den Kopf neigte. Dann zog der weißhaarige Großmagier einen Stab unter seinem Umhang hervor. Die Spitze hatte die Form einer Faust, die einen großen roten Edelstein hielt. Calvyn erkannte ihn sofort und schnappte nach Luft: Es war der Stab des Dantillus, und gleich würde er sehen, wie er benutzt wurde. Der Stab war unter Magiern seit über dreihundertfünfzig Jahren ein Symbol der Macht.

Akhdar schloss die Augen und hielt den Stab senkrecht vor sich, die rechte Hand über die linke gelegt. Die Lippen des Magiers bewegten sich und die dichten schneeweißen Augenbrauen bildeten eine Linie. Dann öffnete Akhdar die Augen und aus der Spitze des Stabes schoss eine Welle magischer Kraft. Sie breitete sich aus, durchdrang alles, was sich im Lager befand, und hüllte es in eine riesige schimmernde Blase ein. Das tosende Gewitter trommelte von außen gegen die magische Schutzwand.

Akhdar senkte den Stab und lächelte Calvyn freundlich an. »Am besten legst du dich jetzt hin und schläfst noch ein bisschen. Bis ich den Schutzschild morgen früh aufhebe, sind wir hier völlig sicher.«

»Ja, Meister«, erwiderte Calvyn kleinlaut und strich sich das nasse Haar aus der Stirn. »Ich wollte nur helfen.«

»Sehr lobenswert, da bin ich mir sicher«, erwiderte Akhdar, »aber völlig überflüssig.«

Akhdar verschwand wieder im Zelt, während Calvyn sich den Umhang von den Schultern nahm und ihn ausschüttelte. Es war sinnlos. Der Umhang sowie alles andere, was er anhatte, triefte. Calvyn war nass bis auf die Knochen und fror. Wenn er nicht krank werden wollte, blieb ihm nichts anderes übrig, als trockene Kleider aus dem Rucksack zu holen und sich umzuziehen.

Calvyn wrang seinen Umhang aus, um ihn anschließend zum Trocknen aufzuhängen, doch plötzlich hielt er inne. Lomand beobachtete ihn mit einem so merkwürdig verwunderten Gesichtsausdruck.

»Was ist, Lomand? Stehe ich Euch im Weg?«, fragte Calvyn verwirrt.

»Nein, gar nicht.« Der Magier kratzte sich im Nacken. »Ich habe mich nur gefragt, was du da tust.«

»Wie sieht es denn aus? Ich hänge meine Sachen zum Trocknen …«

Kaum waren die Worte heraus, fiel ihm auf, dass Lomands Kleider völlig trocken waren. Dabei war der Magier noch wenige Minuten zuvor ebenso durchnässt gewesen wie er selbst. Natürlich – Magie!

»Also gut, Lomand, würdet Ihr mir bitte zeigen, wie es geht?«, seufzte Calvyn, der sich nun schon zum zweiten Mal zum Narren gemacht hatte.

»Du weißt es also wirklich nicht?«, erwiderte der Hüne

überrascht. »Ich dachte, du seist den anderen Studenten, was magische Formeln angeht, haushoch überlegen.«

»Auf manchen Gebieten vielleicht.« Calvyn schluckte seinen Ärger nur mit Mühe herunter. »Auf anderen dagegen … na ja, da würde mein Pferd wahrscheinlich besser abschneiden als ich.«

Lomand lachte, hielt sich aber gleich erschrocken den Mund zu, als ihm einfiel, dass andere schliefen.

»Ich erledige das für dich«, erbot er sich. »Die Formel bringe ich dir morgen unterwegs bei, wenn du willst.«

»Vielen Dank, Lomand. Und wenn du noch ein paar nützliche magische Tricks kennst, würde ich die auch gern lernen. Die Meister sind so mit der Reise beschäftigt, dass sie gar nicht daran denken, mit meiner Ausbildung fortzufahren.«

Lomand wedelte mit einer seiner schaufelgroßen Hände, woraufhin Calvyn hinter sich Wasser auf den Boden platschen hörte. Unwillkürlich tastete er seine Kleidung ab, obwohl er es bereits wusste: Alles war trocken.

»Ein oder zwei Kniffe kann ich dir wohl noch beibringen«, erklärte Lomand lächelnd. »Und die Meister werden sicher nichts dagegen haben.«

Calvyn grinste und blickte dann auf, als ein Blitz die Kuppel aus magischer Kraft traf und über sie hinwegzuckte, als suche er nach einem Eingang.

»Keine Angst«, beruhigte Lomand ihn. »Die Magie zieht die Blitze an, aber sie können uns nichts anhaben. Komm, gehen wir schlafen.«

Lomand öffnete den Zelteingang und ließ Calvyn hinein. Leise schlich er sich zurück zu seinem Schlafplatz. Einige der Meister hatten das Gewitter komplett verschlafen, andere waren offensichtlich wach, versuchten aber wieder einzuschlafen. Calvyn wickelte sich in seine Decken und streckte sich entspannt aus.

»Was war denn los?«, hörte er Jenna neben sich flüstern.

»Morgen«, erwiderte er leise. »Ich erzähle es dir morgen.«

Als es hell wurde, erinnerte nichts an das nächtliche Gewitter. Der Himmel war strahlend blau und nur mit ein paar Schönwetterwolken betupft. Calvyn und Jenna beobachteten fasziniert, wie Akhdar mit einer Gegenformel die Blase aus magischer Energie auflöste, und bald war die Reisegesellschaft wieder unterwegs.

Calvyn und Jenna bildeten mit den zwei Packpferden an der Leine wie immer die Nachhut. Die fünf Großmagier ritten schwatzend und über vielerlei Themen zankend voraus. Calvyn hatte es zu Beginn der Reise recht interessant und lehrreich gefunden, ihren Streitereien zu lauschen, doch mittlerweile kamen ihm die Magier vor wie kleine Kinder, die sich aus lauter Langeweile in den Haaren lagen. Calvyn hatte sich eine Zeit lang gefragt, ob es einen besonderen Sinn hatte, dass sie dauernd ihre Plätze wechselten, und sie fast einen ganzen Tag lang beobachtet. Dann war er jedoch zu dem Schluss gekommen, dass auch das nur auf mangelnde Disziplin zurückzuführen war.

Lomand hielt sich für gewöhnlich zwischen den Großmagiern und Jenna und Calvyn, ließ sich an diesem Tag aber zurückfallen und ritt zwischen den beiden. Nachdem Calvyn Jenna bereits kurz von den nächtlichen Begebenheiten berichtet hatte, war sie nicht sonderlich überrascht, dass er ihnen Gesellschaft leistete.

»Wie steht es, Calvyn, sollen wir mit dem Unterricht anfangen?« Der Magier lächelte aufmunternd.

»Das wäre toll, Lomand, danke«, erwiderte Calvyn begeistert.

»Und wie steht es mit dir, junge Dame? Hast du dir schon einmal überlegt, ob du auch in das Studium der Magie einsteigen willst?«

»Ich … äh …«, stotterte Jenna überrascht. »Meint Ihr das ernst? Bei meiner Ankunft in der Akademie dachte ich, Ihr macht Euch nur über mich lustig.«

»Natürlich meine ich es ernst, Jenna. Du hast etwas Besonderes an dir, das ist mir gleich am ersten Tag aufgefallen. Du hast ohne Hilfe zur Akademie gefunden und du empfängst magische Botschaften. Das zeigt, dass du eine gute Vorstellungskraft hast und empfänglich bist für Magie. Das macht dich zu einer heißen Kandidatin für die Akademie. Ich kann dir nicht versprechen, dass du auf der Reise schon sehr viel lernst, aber ich glaube, du könntest es in der Magie weit bringen.«

»Aber ich bin ein Mädchen! Die Studenten, die ich gesehen habe, waren alle männlich«, widersprach Jenna.

»Weil die Frauen in einem anderen Gebäude unterrichtet werden«, erwiderte Lomand. »Da sich die Burschen gern von den jungen Damen ablenken lassen, werden sie seit Jahrhunderten getrennt unterrichtet.«

»Wirklich?«, rief Calvyn überrascht aus.

»Ah! Das ist dir also entgangen, Calvyn? Ich muss schon sagen, es wundert mich, dass du nicht mit den anderen heimlich die Mädchen besucht hast. Aber in der kurzen Zeit, die du da warst, hattest du ziemlich viel mit dem Studium zu tun, stimmt's? Die Akademie hat über die Jahre schon viele Magierinnen ausgebildet. Es ist sogar ziemlich ungewöhnlich, dass kein einziges Ratsmitglied eine Frau ist. Frauen sind oft vielseitiger als Männer und entwickeln beim Einsatz ihrer magischen Kräfte Feinheiten, die selbst die besten männlichen Magier vor Rätsel stellen.«

»Das wundert mich nicht«, erklärte Jenna lächelnd. »Wie man einen Mann vor Rätsel stellt, ist das Erste, was ein Mädchen von seiner Mutter lernt.«

Lomand musste lachen, während Calvyn das Gesicht

verzog. Er vermutete, dass Jenna nur Spaß machte, aber es stimmte, Calvyn hatte Mädchen noch nie wirklich durchschaut. Und Jenna verstand es nur zu gut, ihn im Ungewissen zu lassen. Oft wusste er nicht, ob sie ihn gerade auf den Arm nahm oder ob sie etwas ernst meinte.

»Ich glaube, dass dir die Magie liegt, Jenna«, lächelte Lomand. »Ich will nicht behaupten, dass du schon sehr bald die ersten magischen Formeln erlernen wirst, aber wenn du willst, kann ich dir unterwegs einen Querschnitt durch die Einführungsklassen bieten. Die Meister werden auch begeistert sein, weil Calvyn kaum einen Grundkurs besucht hat und zudem in der kurzen Zeit, in der er bei uns war, häufiger gegen Magierregeln verstoßen hat als die meisten von uns in ihrem ganzen Leben …«

»Aber Lomand …«, widersprach Calvyn.

Lomand brachte ihn mit einer Handbewegung und einem tadelnden Blick zum Schweigen. »Ich bringe dir schon noch die versprochenen magischen Kniffe bei, keine Bange. Wir haben auf der Reise mehr als genug Zeit. Jenna kann, wenn sie mag, innere Sammlung, geistige Klarheit und Zielstrebigkeit üben. Ich kann euch mit allen Übungen versorgen, die ihr euch nur denken könnt. Ihr werdet schon sehen: Ich bin genauso streng wie eure Lehrmeister an der Akademie. Also, Jenna, wie sieht es aus? Willst du es deinem jungen Freund hier gleichtun und dich ebenfalls der Magie widmen?«

Jenna lehnte sich vor und sah an Lomand vorbei Rat suchend zu Calvyn hinüber.

»Nein, junge Dame, Calvyn kann dir da nicht helfen. Das musst du allein entscheiden«, brummte Lomand streng.

Jenna wusste nicht ein noch aus. Sie hatte nie darüber nachgedacht, Magierin zu werden. Außerdem fühlte sie sich Baron Keevan und seinem Heer verpflichtet. Andererseits konnte sie in Terilla bei Calvyn sein und erlernen, was so ein wichtiger Teil seines Lebens war.

Eines wusste Jenna: Sie liebte Calvyn. Aber war es ihm überhaupt recht, wenn sie sich der Magie verschrieb? Oder würde er es als Einmischung empfinden?

»Angenommen, ich nehme Euer Angebot an, Lomand. Was ist dann mit meinem Dienst in Baron Keevans Heer? Was würdet Ihr mir raten?«

»Gute Frage«, erwiderte Lomand nachdenklich. »Dann stelle ich dir mal eine Gegenfrage. Sollte ich jemandem, der schon einmal eine Verpflichtung gebrochen hat, überhaupt so ein Angebot machen? Woher weiß ich, dass du diesmal dabeibleibst und dich nicht morgen ins nächstbeste aufregendere Abenteuer stürzt?«

»Das ist aber ungerecht. Jenna war doch ...«, kam Calvyn ihr zu Hilfe.

»Dich habe ich nicht gefragt«, unterbrach Lomand ihn, ohne ihn auch nur eines Blickes zu würdigen. »Wenn mich nicht alles täuscht, kann Jenna ganz gut für sich allein sprechen.«

Jenna nickte. Ihre Gedanken rasten von einer Antwort zur nächsten wie ein Eichhörnchen von Ast zu Ast. Damit Lomand ihr Zögern nicht als Unentschlossenheit auslegte, rang sie sich schließlich zu einer Entgegnung durch.

»Ich bestreite nicht, dass ich meinen Vertrag mit Baron Keevan gebrochen habe, Lomand. Aber ich hatte immer vor, zurückzukehren und die Folgen meines Handelns auf mich zu nehmen. Ja, ich gebe es zu, unter ähnlichen Umständen würde ich wieder genauso handeln und auch wieder eine bestehende Verpflichtung brechen. Du kannst mir wahrlich nicht vorwerfen, dass ich mich leichtfertig ins Abenteuer gestürzt habe. Es war ja eher so, dass sich das Abenteuer auf mich gestürzt hat.«

Lomand musterte sie nachdenklich. Dann breitete sich ein Lächeln auf seinem Gesicht aus. »Eine gute Antwort, Jenna. Ehrlich und aufrichtig. Siehst du, Calvyn? Die junge Dame hier braucht sich nicht hinter ihrem Beschützer zu verstecken. Aber meine eigentliche Frage hast du noch nicht beantwortet, Jenna. Willst du dich zur Magierin ausbilden lassen?«

Diesmal brauchte Jenna nicht lange zu überlegen. »Ja«, sagte sie entschlossen, »das will ich.«

»Sehr schön«, freute sich Lomand und klatschte mit der Hand auf seinen stattlichen Oberschenkel. »Dann kann's ja losgehen. Wir fangen am besten mit den Anstandsregeln an. In deinen Ohren mag das alles selbstverständlich klingen, Jenna, aber dein Schatz hier hat noch reichlich Nachholbedarf.«

Jenna stimmte in Lomands Lachen ein, teils weil es ansteckend auf sie wirkte, teils weil er Calvyn als ihren »Schatz« bezeichnet hatte. Calvyn freute sich wohl auch über ihre Entscheidung, denn er strahlte übers ganze Gesicht.

In der folgenden Stunde hielt Lomand einen Vortrag über Verhaltensregeln und Umgangsformen für angehende Magier. Die Zeit verging wie im Fluge, denn er schmückte seinen Vortrag mit anschaulichen Anekdoten aus, die Calvyn und Jenna immer wieder zum Lachen brachten. Calvyn war diese Seite an Lomand neu. Er fand ihn erfrischender und seine Ausführungen lehrreicher als bei jedem anderen der Meister in Terilla.

Kurz nach Mittag bezog sich der Himmel wieder. Zunächst waren es nur weiße Schleierwölkchen, doch nach und nach zogen von Osten her immer dickere Wolken auf und schon bald gab es für die Sonne kein Durchkommen mehr.

Jenna war in ihre ersten geistigen Konzentrationsübungen vertieft und Calvyn lernte gerade neue magische Formeln, als die Wolken sich senkten und schließlich so tief hingen, dass sie die gesamte Reisegruppe in einen dichten feuchten Nebel einhüllten. Bald nahmen Calvyn und Jenna die Großmagier nur noch als undeutliche dunkle Schatten wahr.

»Es hat keinen Sinn«, erklärte Akhdar so laut, dass alle ihn hören konnten. »Wir müssen haltmachen und abwarten. Bei diesem Nebel ist es einfach zu gefährlich, wir könnten uns leicht verirren. Kommt, wir schlagen unser Lager auf.«

»Aber warum schaffen wir uns den Nebel nicht mithilfe von Magie vom Hals, Lomand? Mit dem Stab des Dantillus schafft Akhdar das doch bestimmt, oder?«, fragte Calvyn, als sie die Zelte von den Packpferden luden.

»Ins Wettergeschehen sollte man sich niemals einmischen, Calvyn. Die Auswirkungen könnten gewaltig sein. Wenn wir den Nebel hier auflösen, entstehen womöglich Luftbewegungen, die anderswo zu Naturkatastrophen führen.«

»Aber was war dann mit gestern Abend?«, fragte Calvyn überrascht.

»Meister Akhdar hat ja nicht das Wetter beeinflusst, Calvyn. Er hat uns nur davor geschützt. Das ist etwas völlig anderes.«

»Aber könnte er das jetzt nicht auch tun?«, beharrte Calvyn.

»Was würde uns das nützen? Der Schutzschild würde den Nebel abhalten, aber eine bessere Sicht hätten wir deshalb nicht. Oder kennst du eine magische Formel, die uns sicher durch diese Suppe führen könnte?«

Im Stillen dachte Calvyn, dass er vielleicht eine passende

Formel entwickeln könnte, wenn er nur genug Zeit dafür hätte. Nach außen hin jedoch schüttelte er den Kopf und fuhr mit seiner Arbeit fort. Für den Aufbau des Zeltes waren wieder Calvyn, Jenna und Lomand zuständig, doch diesmal störte sich Calvyn nicht weiter daran. Auf die Art blieb er wenigstens in Bewegung. Sollten die Magier ruhig herumsitzen und sich darüber zanken, welcher Weg sie am schnellsten nach Thrandor führen würde.

Der Spruch, Wasser zu vertreiben, den Lomand ihm beigebracht hatte, war leicht anzuwenden, und so nützte er ihn mehrere Male während ihrer Arbeit. Als das Zelt stand und ausreichend befestigt war, bauten Calvyn und Jenna mit den überzähligen Zeltstangen und Decken noch einige provisorische Unterstände neben der Feuerstelle. So blieben sie einigermaßen trocken, auch ohne dass sie sich gleich ins Zelt zurückziehen mussten. Indem sie die Unterstände günstig zur Feuerstelle hin ausrichteten, wie sie es von Derra gelernt hatten, sorgten sie dafür, dass darin die Nebeltropfen durch die Wärme des Feuers verdunsteten. So konnten sie sich die Feuchtigkeit zumindest dort vom Halse halten.

Die meisten Magier packten gleich ihre Decken aus und legten sich im Zelt schlafen, doch Meister Jabal leistete Lomand, Calvyn und Jenna am Feuer noch ein wenig Gesellschaft. Von den Großmagiern, so fand Calvyn, war Jabal der aufgeschlossenste und umgänglichste. Zugegeben, Meister Akhdar hatte Calvyn während seines kurzen Aufenthalts in der Akademie freundlich behandelt, doch Calvyn hatte immer das Gefühl, er müsse auf der Hut sein, wenn er mit ihm sprach. Meister Chevery hatte Calvyn seit ihrer ersten Begegnung offene Ablehnung entgegengebracht, und mit Ivalo und Kalmar hatte er bisher zu wenig zu tun gehabt, als dass er sich eine Meinung über sie hätte bilden können.

»Wie ich höre, haben wir eine neue Studentin«, begann Jabal das Gespräch und lächelte Jenna freundlich an. »Bruder Perdimonn hat sich wohl vorgenommen, die Akademie mit jungen Talenten zu bereichern.«

»Oh, das glaube ich nicht, Meister Jabal«, warf Jenna ein. »Ich kann mir nicht vorstellen, dass Perdimonn mich je an der Akademie unterbringen wollte. Warum sollte er auch? Ich habe kein Interesse an der Magie gezeigt, und während ich mit ihm unterwegs war, rein gar nichts von ihm gelernt.«

»Wirklich? Aber er hat dir doch einen magischen Gegenstand gegeben, oder?«

»Das stimmt, aber dazu musste ich ihn geradezu drängen. Es überrascht mich, dass er Euch überhaupt davon erzählt hat.«

»Perdimonn hat dir einen magischen Gegenstand gegeben?«, fragte Calvyn überrascht dazwischen. »Das hast du noch gar nicht erzählt. Was denn?«

Lomand seufzte theatralisch auf und Jabal lachte.

»Da ist Hopfen und Malz verloren, Lomand«, grinste Jabal belustigt. »Aber ich vermute, Calvyn wird später noch eine weitere Stunde Benimmregeln mit dir genießen.«

Calvyn lief dunkelrot an, als ihm klar wurde, dass er sich ungefragt in das Gespräch des Großmeisters eingemischt hatte. Er biss sich auf die Lippen und entschuldigte sich.

»Entschuldigung angenommen, Calvyn«, nickte Jabal immer noch lächelnd. »Aber zufällig würde mich das auch interessieren. Allerdings hat Perdimonn weder dich noch sein Geschenk erwähnt. Dass er dir einen magischen Gegenstand gegeben hat, war nur eine Vermutung von mir. Es ist eine alte Angewohnheit von mir, nach magischen Gegenständen zu suchen. Und vorhin habe ich gewohnheitsmäßig auch hier die Umgebung abgesucht. Gegenstände, die ich bereits kenne, etwa den Stab des Dantillus und Calvyns Schwert, habe ich von meiner Suche ausgenommen. Dennoch habe ich etwas aufgespürt und das war in deiner Nähe. Da ich mir nicht vorstellen konnte, dass du es schon vor deiner Begegnung mit Perdimonn besessen hast, war es nur folgerichtig, dass er es dir gegeben haben musste.«

»Eigentlich wollte ich von Perdimonn eine Waffe«, erklärte Jenna. »Eine magische Formel oder etwas anderes, womit ich den Dämon hätte töten können. Aber er lehnte meine Bitte ab.«

»Das überrascht mich nicht, denn Perdimonn ist ein überaus friedliebender Magier«, entgegnete Jabal. »Und selbst wenn er dir etwas gegeben hätte, so hätte dir eine magische Waffe gegen den Gorvath nichts genützt. Gewisse Dämonen sollen gegen Magie unempfindlich sein. Was hat er dir denn nun gegeben?«

»Das hier«, erwiderte Jenna und holte den kleinen silbernen Pfeil heraus, den sie immer noch an einem Lederbändchen um den Hals trug. »Er hat es für mich gemacht.«

»Gemacht? Hmm … interessant. Darf ich es mir einmal näher ansehen?«

»Selbstverständlich, Meister Jabal.« Jenna nahm das Bändchen vom Hals und reichte es Jabal.

Der Magier untersuchte den Pfeil eingehend. Dann reichte er ihn an Jenna zurück und sagte: »Der ist sehr hübsch, aber was bewirkt er?«

»Er hat mir den Weg zu dem Dämon gewiesen«, erklärte Jenna, hielt den Talisman hoch und gab ihm einen Stups. »Der Pfeil hat immer in die Richtung des Gorvaths gezeigt. So konnte ich ihn schneller finden.«

»Ich verstehe!«, rief Jabal begeistert aus. »Eine Art Kompass also. Perdimonn fällt doch immer etwas Schlaues ein.«

Weder Jabal noch Jenna noch einer der anderen beiden bemerkte, dass sich der Pfeil in Richtung Nordosten einpendelte – genau auf Shandrim.

2

Die Hüter hielten Kriegsrat. Seit wenige Tage zuvor Morrel zu ihnen gestoßen war, waren die vier in Richtung Mantor gewandert, so schnell sie konnten. Doch da sie nicht wussten, ob sie in Mantor sicher waren, hielten es nicht alle Hüter für weise, sich dorthin zu wenden. Die Stimmung war ernst.

»Was macht es schon für einen Unterschied, wohin wir gehen?«, fragte Perdimonn schnippisch. Er war müde und hatte die Unentschlossenheit seiner drei Begleiter satt. »Selkor würde uns sogar bis zum Ostmeer folgen. Wir müssen uns einen Ort aussuchen, wo wir ihm entgegentreten können. Mantor ist so gut wie jeder andere.«

»Aber wir dürfen uns nicht auf einen Kampf einlassen, Perdimonn. Unser Gelübde …« Rikaths Stimme überschlug sich fast vor Erregung.

»… gestattet, uns zu verteidigen, vorausgesetzt, wir gefährden die Schlüssel dabei nicht«, unterbrach Perdimonn sie entschieden. »Hört zu! Eure Schlüssel hat Selkor bereits. Er hat euch alle glauben lassen, ihr hättet es mit mir zu tun. Da er mit diesem Trick bei mir nicht weiterkommt, wird er sich diesmal offen zeigen. Wir müssen nur bereit sein, uns ihm zu stellen.«

»Das ist leichter gesagt, als getan«, wandte Morrel ein,

der Hüter des Luftschlüssels. »Was können wir schon ausrichten? Er hat doch alle Trümpfe in der Hand.«

Perdimonn sah zu dem kleinen, stämmigen Mann hinüber und lächelte wissend. »Nicht *alle,* Morrel. Selkor braucht noch den Erdschlüssel, erst dann ist er der Auserwählte. Und ich gedenke nicht, ihm den Schlüssel einfach so zu überlassen. Noch habe ich ein paar Asse im Ärmel, und wenn wir die Köpfe zusammenstecken, finden wir vielleicht noch mehr gute Karten, die wir ausspielen können.«

Perdimonn hatte nie verstanden, warum Morrel zum Hüter des Luftschlüssels ernannt worden war. Es war seltsam, dass eine so robuste Erscheinung ausgerechnet das flüchtigste der Elemente hütete. Doch der äußere Schein trog, denn Morrels Denken entsprach durchaus seinem Element, so unbeständig und wechselhaft, wie es war. Perdimonn wusste nur zu gut, dass es nicht einfach sein würde, Morrel dauerhaft auf Kurs zu halten.

Auch Rikath passte gut zu ihrem Element, dem Wasser. Sie war sehr flexibel: einerseits leicht erregbar und dann sehr mächtig, im ruhigen Zustand jedoch gleichermaßen sanft und freundlich. Sie trug damit sämtliche Eigenschaften der Ozeane in sich, denen sie diente und die sie liebte. Perdimonn schätzte an ihr vor allem ihre Fähigkeit, einmal Begonnenes auch zu Ende zu führen. Wie die Flut nicht vor einem Menschen haltmachte, so war Rikath, wenn sie einmal einen Weg eingeschlagen hatte, unerbittlich wie die Anziehungskraft des Mondes auf die Meere. Wenn er Rikath von etwas überzeugen konnte, hatte Perdimonn eine zuverlässige Verbündete.

Schließlich war da noch Arred mit dem leuchtend orangeroten Haar, der arglistige und wechselhafte Arred, aber auch der mit dem einladenden Lächeln und dem ausgeprägten Sinn für Humor. Mit seinem leidenschaftlichen

Temperament war der groß gewachsene, schlanke Hüter des Feuerschlüssels wohl der launischste der vier. Doch obwohl seine Freundlichkeit manchmal rasch in Zorn umkippte, konnte er seine verheerende Kraft statt der Zerstörung durchaus auch dem Guten widmen.

»Würdest du uns wohl verraten, was für Asse das sind, alter Freund?«, fragte Arred.

»Gleich, Arred. Vorher will ich aber noch ein paar Dinge klarstellen. Wir gehen deshalb nach Mantor, um einen Ort zu haben, wo wir uns mit den Großmagiern treffen können. Wir brauchen ihre Macht, wenn wir es mit Selkor aufnehmen wollen. Zugegeben, ich hätte auch einen anderen Ort wählen können, aber wenn wir alle gleich schnell vorankommen, liegt Mantor etwa auf halbem Weg. Unsere einzige Aufgabe ist es im Moment, uns Selkor vom Leib zu halten, bis uns Akhdar und die anderen zur Seite stehen. Leuchtet euch das ein?«

Perdimonn sah einen nach dem anderen an und alle drei nickten zustimmend.

»Gut«, fuhr er fort. »Dann spiele ich jetzt mein erstes Ass aus.« Perdimonn strahlte Arred mit blitzenden Augen an. »Zeit«, sagte er.

»Zeit?«, fragte Rikath überrascht. »Aber Selkor hat die Zeit von Anfang an gegen uns eingesetzt!«

»Genau!«, sagte Perdimonn. »Damit ist jetzt Schluss.«

»Schön«, erwiderte Arred schmunzelnd. »Das ist ein hübscher Trick, aber du hast selbst gesagt, dass Selkor ihn von dir gelernt hat. Wie kommst du darauf, dass du ihn jetzt plötzlich daran hindern kannst, die Zeit zu seinem Vorteil zu verändern?«

»Ich nicht, sondern wir«, erklärte Perdimonn lächelnd. »Vielleicht ist es ja eine verrückte Idee, aber ich glaube, mit vereinten Kräften können wir Selkor einen Strich durch die

Rechnung machen. Es wird nicht einfach, aber es müsste möglich sein.«

»Hör auf, um den heißen Brei herumzureden, Perdimonn! Was meinst du?«, fragte Rikath gereizt.

»Ich meine, dass ich die Zeit dauerhaft an den Erdschlüssel binden kann.«

»Was?«, riefen Rikath und Morrel wie aus einem Munde.

Arred grübelte schweigend über Perdimonns Vorschlag nach. Langsam breitete sich ein Lächeln auf seinem Gesicht aus, das bald in ein Lachen überging. Zuerst leise, dann immer lauter hallte sein Gelächter von den Felsen wider. Morrel und Rikath blickten von Perdimonn zum johlenden Arred, hin und her gerissen zwischen Arreds Belustigung und ihrer eigenen Verblüffung über Perdimonns Vorschlag.

»Hahaha, das ist ja zum Schreien, alter Mann!«, keuchte Arred.

»Meinst du das ernst?«, fragte Rikath Perdimonn ungläubig. »Du glaubst, dass du auf diese Weise die Zeit verankern kannst?«

»Na ja, sagen wir es so: Ich bin ziemlich sicher, dass es geht, wenn wir unsere Kräfte bündeln. Wir brauchen alle vier Schlüssel und müssen uns beeilen. Selkor ist uns wahrscheinlich schon dicht auf den Fersen.«

»Was willst du, dass wir machen, Perdimonn? Ich habe noch nie den Versuch unternommen, die Zeit zu verändern. Ich wüsste gar nicht, wie das geht«, meldete sich Morrel zweifelnd.

»Seid ihr denn bereit, es zu versuchen?«, fragte Perdimonn zurück.

Die anderen drei Hüter sahen einander an, Arred noch immer kichernd. Dann nickten sie. Perdimonn seufzte erleichtert und erklärte ihnen, was sie zu tun hatten. Jeder der

Hüter sollte die Macht seines Elementes entfesseln und mit den anderen bündeln, damit Perdimonn die ganze unermessliche Kraft nehmen und sie in eine vergleichsweise einfache Bindeformel stecken konnte. Bedurfte es schon einer gewaltigen magischen Kraft, um einen einfachen Gegenstand an einen Ort zu binden, so war es für die Zeit ein schier unmögliches Unterfangen. Doch wenn es gelang, so konnte Selkor den Vorgang nur rückgängig machen, wenn er über alle vier Schlüssel gleichzeitig verfügte.

Die Hüter lauschten Perdimonns Ausführungen mit wachsender Begeisterung. Arred war wie immer buchstäblich Feuer und Flamme. Perdimonn wusste, dass es nicht viel Zuspruch brauchen würde, damit er seinen Schlüssel erneut einsetzte. Arred hatte seinen Feuerschlüssel schon häufiger benutzt, als es nötig und vielleicht sogar klug gewesen war. Aus ihren jüngsten Erfahrungen in Kaldea, wo sie durch die Bündelung ihrer Kräfte weitere Vulkanausbrüche verhindert hatten, kannte er das Gefühl gottgleicher Macht, das mit der Entfesselung einer so gewaltigen Machtquelle einherging.

»Wenn dir das gelingt, Perdimonn«, sagte Arred und wischte sich die Lachtränen aus den Augen, »wird dir das Selkor *nie* verzeihen! Der wird *richtig* sauer sein.«

»Das kann ich verkraften. Aber worauf willst du hinaus?«, fragte Perdimonn, unfähig, bei Arreds Anblick ein Lächeln zu unterdrücken.

»Wer wütend ist, macht Fehler«, erwiderte Arred unschuldig. »Bei Tarmin, du müsstest an deinen Spruch nur einen winzig kleinen Stachel dranhängen, dann platzt er vor Wut.«

»Einen Stachel?«, fragte Morrel misstrauisch. »Wie meinst du das?«

»Oh, nichts, was gegen unser Friedensgelübde verstoßen

würde, Morrel. Nur etwas, was Selkor kräftig Kopfschmerzen macht, wenn er noch einmal versucht, die Zeit zu beeinflussen.«

Morrel runzelte die Stirn, doch Perdimonn und Rikath lachten laut.

»Arred, du bist ein Genie! Im Vergleich zum Rest der magischen Formel für die Sache mit der Zeit sollte das geradezu ein Kinderspiel sein. Wie wäre es damit?« Perdimonn schrieb mit seinem Stab einige Runen in den Staub.

Die anderen drei Hüter verfolgten vornübergebeugt, was er schrieb.

»So müsste es gehen«, meinte Rikath. »Was ist, Morrel? Bist du nicht zufrieden?«

Morrel starrte mit versteinerter Miene auf die Runen. Die anderen, die nicht wussten, was ihn innerlich so aufwühlte, warteten geduldig.

»Seid ihr vollkommen sicher, dass das hier keinen Angriff auf Selkor darstellt?«, fragte Morrel schließlich. »Ich meine, wir wissen, dass er versuchen wird, erneut die Zeit zu beeinflussen, also stellen wir ihm doch eine Falle? Damit gehen wir in die Offensive, meint ihr nicht?«

»Ach komm schon, Morrel! Wirf deine Bedenken über Bord«, drängte Arred ungeduldig. »Wir fügen ihm doch keinen wirklichen Schaden zu.«

»Nein, Arred«, unterbrach Perdimonn ihn in ernstem Ton. »Morrel hat recht, was die moralische Seite angeht. Jeder von uns muss die Folgen seines Handelns genau abwägen – gerade jetzt. Jede Entscheidung, die wir treffen, jeder Schritt, den wir unternehmen, wirkt sich auf die Zukunft der Welt aus. Wir müssen unsere Verantwortung ernst nehmen. Wir wollen noch einmal die Sache jeder für sich für einen Moment überdenken. Aber dann müssen wir rasch zu einer Entscheidung kommen.«

Die heitere Stimmung war mit Perdimonns Worten wie weggewischt. Die vier Hüter brüteten schweigend über Perdimonns Plan. Die sanfte Brise konnte die trockene Hitze der Terachim-Wüste nicht lindern und kein Laut irgendeiner lebenden Kreatur durchbrach die Stille. Wenn es einer Mahnung bedurft hätte, was fehlgeschlagene Magie anrichten konnte, so standen sie mittendrin, denn die Terachim-Wüste war nicht auf natürlichem Wege entstanden – auch sie war ein Erbstück Darkweavers. Knapp zwanzig Schritt entfernt wirbelte eine mannshohe Staubfahne zwischen zwei Felsen hindurch. Morrel sah sie zuerst. Als sie auch den anderen ins Auge fiel, blickten sie sich beunruhigt um.

»Genug«, entschied Perdimonn. »Was machen wir? Versuchen wir es mit der kleinen magischen Strafe oder belassen wir es bei der einfachen Bindeformel?«

»Ich bin dafür, dass wir Nägel mit Köpfen machen und Selkor zu einem saftigen Brummschädel verhelfen«, erklärte Arred entschieden. »Ich für meinen Teil halte es für eine Verteidigungsmaßnahme. Sie wird Selkor nicht aufhalten oder ihn auch nur ernsthaft verletzen. Im besten Fall wird sie ihn ein wenig bremsen.«

Perdimonn nickte. Arreds Haltung überraschte ihn nicht. Der Feuerhüter hätte für alles gestimmt, was Selkor schadete, und sei es noch so rabiat. Jetzt hing alles von den anderen beiden ab. Perdimonn sah zuerst Rikath an.

»Wie steht es mit dir? Stimmst du Arred zu?«

»Ja.« Rikath seufzte ergeben und warf Morrel einen fast entschuldigenden Blick zu. »Auf die Art können wir Selkor etwas aufhalten, ohne ihn direkt anzugreifen.«

Morrel grummelte und zuckte die Schultern. »Ich gehe davon aus, dass du deine Meinung nicht geändert hast, Perdimonn?«, stellte der stämmige Hüter mehr fest, als dass es eine Frage war.

Perdimonn hielt den Blickkontakt und schüttelte den Kopf.

»Dann bin ich einverstanden. Legen wir los, bevor wir hier draußen alle gebraten werden.«

Perdimonn war überrascht, dass Morrel sich so schnell hatte umstimmen lassen, aber er war nun einmal von Natur aus völlig unberechenbar. Perdimonn machte sich an die Arbeit, ehe es sich der Hüter des Luftschlüssels womöglich anders überlegte.

»Gut, dann gehen wir folgendermaßen vor: Erst lernt ihr diese Formel hier auswendig«, wies Perdimonn sie an und ritzte die Zeichen in den Staub. »Wir führen sie einer nach dem anderen aus und fügen unseren Schlüssel jeweils hier ein, an dieser Stelle. Morrel, du fängst an, dann Rikath, dann Arred. Als Letzter werde ich die Formel mit meinem Element ergänzen und das Ganze an die Erdkraft binden. Anschließend hänge ich noch die Runen für die kleine Strafe an. Denkt dran, die magische Formel ist darauf ausgerichtet, dass alle Elemente zusammenwirken, daher werden wir alle unsere Formeln auf Morrels abstimmen. Habt ihr Fragen?«

Die Hüter kannten sich gut genug aus, um zu wissen, was Perdimonn vorhatte.

»Gut, dann fangen wir an.«

Die vier Hüter stellten sich jeweils einen Schritt voneinander entfernt in einem leichten Halbkreis auf. Morrel machte den Anfang. Als er an die entscheidende Stelle der Formel kam, fügte er seinen Schlüssel ein und streckte den rechten Arm aus, die Handfläche nach vorne. Ein himmelblauer Kraftstrom schoss aus seiner Hand und bildete eine leuchtende horizontale Linie. Dann hob Rikath die Hand und ein grüner Kraftstrom traf sich im Endpunkt mit dem des blauen Strahls. Als Arred einen orangeroten Strahl hinterherschickte, zerrten die drei Kraftströme an der Stelle, an der sie sich trafen, bereits pochend und zischend an Raum und Zeit. Schließlich begann Perdimonn mit seinem Spruch und fügte die Bindeformel und die Strafformel hinzu. Anschließend hob er die Hand und sandte einen goldbraunen Strahl aus.

Die vereinten Ströme schwollen an, als atmeten sie tief ein. Dann, von einer Sekunde zur nächsten, stürzten sie in sich zusammen und bildeten einen kleinen blendend weißen Lichtpunkt, der lautlos explodierte und eine weiße magische Kraftwelle aussandte.

Einen Augenblick lang schien ein Ruck durchs Universum zu gehen, als stünde die Zeit still, und dann – nichts.

Die vier Hüter ließen ihre Hände sinken und drei Augenpaare richteten sich erwartungsvoll auf Perdimonn. Der Ausdruck höchster Konzentration in seiner Miene wich einem befriedigten Lächeln.

»Es ist vollbracht«, sagte er.

◎ ◎ ◎

Femke glitt durch die Menge wie ein Aal durch ein Algendickicht. Mühelos fand die Spionin ihren Weg, der sie, wie so oft, mitten ins Geschehen von Shandrim führte. Es war die größte Menschenansammlung, von der Femke je gehört hatte. Die versammelten Bürger machten ihrem Unmut über die Niederlagen Luft, die das shandesische Heer in Thrandor erlitten hatten. Da sich ihre Empörung zunehmend gegen den Kaiser richtete, wollte Femke herausfinden, wer die Unruhen angezettelt hatte oder wer sie für seine Zwecke nutzen würde.

Ein Thema einte die Menge, denn jeder Einzelne machte den Kaiser persönlich für das Fiasko verantwortlich. Femke hatte verfolgt, wie Agenten des Kaisers in der Öffentlichkeit versuchten, dem Zauberlord Shanier die Schuld zuzuschieben. Doch ihre Worte verhallten ungehört; einer von ihnen wurde sogar von den Umstehenden niedergeschlagen.

Die Stimmung war aufgeheizt und ohne ein Ventil für diese Wut war es nur noch eine Frage der Zeit, bis es zu Ausschreitungen käme. Wo Femke auch hinsah, waren die Menschen – völlig untypisch für Shandrim – in Zorn und Groll vereint. Waschfrauen marschierten einträchtig neben reichen Händlern, Lehrmeister neben Straßenfegern, und die Bauern aus dem Umland mischten sich unter das Stadtvolk, als wären sie Nachbarn. Diese Einigkeit konnte durchaus zum Sturz des Kaisers führen, wenn nicht rasch und entschieden dagegen vorgegangen würde. Der Aufruhr glich einer Lawine, die beständig an Wucht gewann. Bald schon würde der Kaiser von einem Erdrutsch gewaltigen Ausmaßes begraben werden. Femkes einziger Trost war, dass sie ihn gewarnt hatte.

Als sie sich weiter einen Weg durch die Menschenmasse bahnte und Ausschau nach allem hielt, was ungewöhnlich erschien, fiel Femkes Blick auf eine vertraute Gestalt, die sich vor ihr – ähnlich mühelos wie sie – durch die Menge schlängelte. Es war Shalidar, der wichtigste Auftragsmörder des Kaisers. Er schien genau zu wissen, wo er hinwollte, und das konnte nur eines bedeuten: Shalidar hatte einen Auftrag zu erledigen.

»Das könnte in diesem Gewimmel interessant werden«, murmelte Femke und folgte dem Mörder. Falls Shalidar zuschlagen und fliehen wollte, bot die Menge ausreichend Deckung, doch wenn der Anschlag scheiterte, saß er in der Klemme. Femke hatte Shalidar noch nie bei der Arbeit beobachtet, aber schon viel über sein Geschick gehört. Wenn die Gerüchte stimmten, konnte es gut sein, dass sie den Mord gar nicht mitbekam, aber dann mitten in den Tumult geriet, der ihm unweigerlich folgen würde.

Femke dachte fieberhaft nach. War Shalidar dem Anführer der Unruhen auf der Spur? Wenn ja, woher wusste er, wer es war? Der Kaiser hatte natürlich viele Spione, und es war durchaus möglich, dass einer von ihnen bereits mehr herausgefunden hatte als sie. Obwohl es ungewöhnlich wäre, denn Femke hatte zuverlässige Informationsquellen, die jedoch bisher nichts herausgefunden hatten. Da sie in dem Ruf stand, die beste Spionin am Kaiserhof zu sein, war es Femke nicht gewohnt und schon gar nicht glücklich darüber, etwas erst als Zweite zu erfahren.

Obwohl sie flink durch die Menge schlüpfte, drohte Shalidar ihr zu entkommen. Femke biss entschlossen die Zähne zusammen und legte einen Schritt zu.

»Pass doch auf!«, rief eine Frau in edler Kleidung, als Femke mit ihr zusammenstieß.

Trotz des lauten Stimmengewirrs fuhr Shalidar herum. Femke duckte sich und gab vor, etwas vom Boden aufzuheben, während er die Menge mit scharfem Blick absuchte.

»Verzeihung«, murmelte Femke, auch wenn der Zusammenstoß nicht ihre Schuld gewesen war.

»Das will ich aber auch meinen«, erklärte die Frau laut und herrisch. »Du musst … Was für eine Unverschämtheit!« Femke war bereits wieder in der Menge verschwunden.

Hinter wem bist du her, Shalidar?, fragte sich Femke, während sie ihm in sicherem Abstand folgte. Der Auftragsmörder suchte die Menge vor sich mit den Augen ab. Sie schloss daraus, dass er selbst sein Opfer wohl noch nicht gefunden hatte. Trotzdem bewegte er sich zielstrebig und überraschend schnell.

Für einen berüchtigten Auftragsmörder, dachte Femke, verhältst du dich aber nicht sonderlich professionell.

Plötzlich schlug Shalidar eine andere Richtung ein. Femke dankte den Göttern, dass sie so weit hinter ihm zurückgeblieben war, denn sonst hätte er sie mit Sicherheit bemerkt. Ob er sein Opfer gefunden hatte? Femke spähte voraus. Ihr fiel niemand auf, aber sie wusste ja auch nicht, auf wen Shalidar es abgesehen hatte.

Femke war jede Sekunde auf den Anschlag des Mörders gefasst. Doch wieder wurde sie überrascht, denn Shalidar steuerte auf eine Haustür zu, klopfte zweimal, nachdem er sich kurz umgesehen hatte, trat ein und schloss die Tür hinter sich.

»Verdammt!«, fluchte Femke. Der Auftragsmörder hatte es offenbar gar nicht auf jemanden abgesehen gehabt. Doch nun war ihre Neugier geweckt. Sie musste einfach über alles Bescheid wissen, was in Shandrim vor sich ging, zumal da im Kaiserpalast seit einigen Wochen etwas ganz offensichtlich nicht stimmte.

Femke wurde das Gefühl nicht los, dass mit dem Kaiser etwas Sonderbares geschehen war – er hatte sich verändert. Und diese Veränderung verursachte ihr Gänsehaut. Möglicherweise hatte das, was Shalidar auch immer im Schilde führen mochte, etwas damit zu tun?

Nachdem sie einige Augenblicke gewartet hatte, um sicherzugehen, dass Shalidar nicht so schnell wieder herauskommen würde, schlich sich Femke näher. Die Eingangstür des Hauses war schlicht, und es war nicht zu erkennen, wer dahinter wohnte oder arbeitete. Femke schritt scheinbar gleichmütig an dem Fenster neben der Haustür vorbei. Es war jedoch von innen verhängt, sodass sie nicht ins Zimmer hineinschauen konnte.

Das war wirklich interessant, fand Femke. Um nicht

aufzufallen, entfernte sie sich ein paar Schritte von dem Haus. Mehrere Hundert Menschen versammelten sich in einem mittelständischem Stadtviertel Shandrims und sprachen von Verrat, dann tauchte ausgerechnet Shalidar auf, rannte quer durch die Menge und betrat ein Gebäude in eben diesem Viertel – konnte das Zufall sein? Femke glaubte keine Sekunde daran. Aber was steckte dann dahinter?

In einiger Entfernung hielt jemand eine Rede und das allgemeine Gemurmel der Menschen erstarb nach und nach. Die Stimme des Redners dröhnte laut bis zu Femke herüber. Voller Leidenschaft sprach er von den Verlusten, die das Volk hatte erleiden müssen, und den Ereignissen, die dazu geführt hatten. Er sprach von früheren besseren Zeiten, bevor der Kaiser begonnen hatte, die Grenzen zu den Nachbarn zu verletzen. Natürlich hätten die Thrandorier die shandesischen Handelskarawanen im Grenzgebiet nicht überfallen dürfen, so donnerte er, doch eine Invasion Thrandors hätte einer besseren Vorbereitung und eines fähigeren Oberbefehlshabers bedurft. Dass der Kaiser Zauberlords an die Spitze des Heers gesetzt habe, zeuge von einer völligen Unkenntnis der tatsächlichen Gegebenheiten und beweise, dass er seinen Aufgaben nicht gewachsen sei. Es sei höchste Zeit, dass er abdanke und Platz mache für einen, der Shandar wieder zu alter Stärke zurückführe, damit keine Nation es mehr wage, den Handel zu beeinträchtigen oder die Grenzen Shandars zu verletzen. Einen, der Verständnis habe für die Sorgen der Menschen und die Bedürfnisse der einfachen Bürger.

Femke war hin und her gerissen. Bei dem Redner handelte es sich offensichtlich um den Anstifter der Unruhen, doch von dort, wo sie im Moment stand, konnte sie ihn nicht sehen. Wenn sie aber ihren Posten verließ, verpasste sie womöglich Shalidar, wenn er wieder herauskam. Was sollte sie tun?

Der Redner manipulierte unterdessen mit seiner Rhetorik gekonnt die Menge. Er hatte ein klares Ziel vor Augen und war womöglich drauf und dran, den Namen dessen zu nennen, den er als nächsten Kaiser vorschlug. Das zumindest, dachte Femke, würde sie auch erfahren, wenn sie stehen blieb, wo sie war. Doch darin täuschte sie sich, denn in diesem Moment tauchten die Stadtwachen auf und verdarben alles.

Panik brach unter den Menschen aus, als die Wächter begannen, die Versammlung gewaltsam aufzulösen. Femke fluchte im Stillen, ließ sich dann aber mit einem letzten wehmütigen Blick auf die Tür, die sie beobachtet hatte, von der Menge mitnehmen, bis ihr eine Gasse in den Blick kam, durch die sie entkommen wollte. Sie musste sich anstrengen, um, gegen den gewaltigen Strom der Menschenmenge ankämpfend, die Abzweigung zu erreichen.

Nachdem sie es geschafft hatte, sich aus der Menge zu befreien, überdachte Femke schwer atmend ihre Lage. Unter den gegebenen Umständen konnte sie unmöglich herausfinden, wer der Redner gewesen war. Das musste sie auf den nächsten Tag verschieben. Irgendwer ihrer zahlreichen Informanten würde wissen, um wen es sich dabei handelte. Dagegen standen die Chancen gut, dass Shalidar das Haus noch eine Weile nicht verlassen würde. Mit den Stadtwächtern wollte er bestimmt nichts zu tun haben. Er wartete sicherlich noch etwas ab, um später unbemerkt zu entkommen. Es würde sich lohnen, etwas Mühe aufzuwenden, um ihre Vermutung zu überprüfen, beschloss Femke.

Sie biss die Zähne zusammen, atmete einmal tief ein und spurtete los. Die Gasse war, wie Femke wusste, eine Sackgasse. Sie kannte jeden Winkel in Shandrim, und in ihrem Beruf war es überlebenswichtig, immer ein paar Schlupfwinkel in der Hinterhand zu haben.

Die Mauer am Ende der Sackgasse war etwa drei Meter hoch, doch das machte Femke nichts aus. Sie nahm Anlauf, sprang, klammerte sich mit den Händen am oberen Mauerrand fest und zog sich hoch. Geduckt lief sie auf der Mauer ein paar Schritte nach rechts und sprang auf das nächstgelegene Dach.

Wendig wie eine Katze eilte Femke über die Dächer, sprang von einem Haus zum nächsten, unterwegs in Richtung des Gebäudes, in dem Shalidar verschwunden war. Von hier oben hatte sie einen guten Überblick, was unten in den Straßen vor sich ging. Zunächst befand sie sich noch eine Straße zu weit nördlich. Das wollte sie jedoch, so schnell es ging, ändern. Beim nächstbesten flacheren Haus ging sie in die Knie, ließ sich an den Fingerspitzen von der Dachrinne herabbaumeln und sprang auf die Straße.

Trotz des flachen Daches war es ein ordentliches Stück und Femke landete hart. Sie stöhnte kurz auf, riss sich rasch zusammen, rannte weiter und suchte auf der gegenüberliegenden Straßenseite nach einem geeigneten Haus, auf dessen Dach sie klettern konnte. Bald fand sie ein flacheres. Mit der Leichtigkeit einer Stubenfliege hangelte sich Femke die Natursteinfassade hinauf. Sekunden später jagte sie bereits wieder tief geduckt über die Dächer, denn falls die Stadtwachen sie erspähten, würden sie mit Sicherheit Jagd auf sie machen. Und in der momentanen angespannten Lage würden sie wohl nicht lange fragen, was sie da oben zu suchen hatte, sondern gleich auf sie schießen. Doch Femke verspürte beileibe nicht den Wunsch, von Pfeilen durchlöchert zu werden.

Sie ließ sich auf alle viere nieder und legte den Weg über die letzten Dächer kriechend zurück, ehe sie vor an die Dachkante über der Tür robbte, die sie beobachten wollte. Auf der Straße wimmelte es von Stadtwächtern, einige zu Pferde, die meisten aber in ihren schmucken Uniformen umherstolzierend wie Pfaue.

Gut, dachte Femke, er ist bestimmt noch drin.

Sie zog sich wieder etwas zurück und versuchte, es sich so bequem zu machen, wie es nur ging. Sie würde sicher noch eine Weile warten müssen und wollte nicht von einem Krampf aufgehalten werden, wenn sie später schnell wegmusste.

Die Zeit schlich dahin. Aus Minuten wurden Stunden und so verging der ganze Nachmittag. Nach und nach zerstreuten sich die Stadtwächter, bis nur noch zwei Männer übrig waren. Gelangweilt marschierten sie auf und ab und vertrieben sich die Zeit bis zum Schichtende mit einem Schwätzchen.

Die Lage auf der Straße normalisierte sich. Die ersten Passanten gingen noch eiligen Schrittes vorüber und sahen sich nervös nach den Soldaten um, als hätten sie Angst, unvermittelt verhaftet zu werden. Doch im Laufe des Nachmittags wurden die Leute mutiger, und als sich am frühen Abend Nebel über die Stadt senkte, lief das Volk durch die Stadt, als sei nichts geschehen.

Der Nebel war ein zweifelhafter Segen für Femke. Einerseits würde sie dadurch auf dem Dach nicht mehr so leicht zu entdecken sein. Andererseits konnte sie auch nur noch schwer erkennen, was unter ihr auf der Straße vorging. Die kühle, feuchte Luft kroch Femke mittlerweile bis in die Knochen. Schon bald überlegte sie, ob sie ihren Beobachtungsposten nicht besser aufgeben und in ihre warme Kammer im Palast zurückkehren sollte. Doch so schnell gab

Femke nicht auf. Hartnäckig, wenn auch mit klappernden Zähnen blieb sie auf dem Dach liegen.

Da endlich öffnete sich die Tür unter ihr. Eine Gestalt trat auf die Straße. Da sie in einen dunklen Kapuzenumhang gehüllt war, konnte Femke nicht erkennen, ob es sich überhaupt um Shalidar handelte. Doch selbst wenn er es nicht war, so war derjenige vermutlich in Shalidars Pläne eingeweiht.

Mit steifen Gliedern zwang sich Femke in die Hocke und beobachtete, wohin sich die Gestalt wandte. Dann kroch sie lautlos über die Dächer und versuchte, sich einen Vorsprung gegenüber dem Verfolgten zu verschaffen. Jetzt galt es, möglichst rasch wieder auf die Straße zu kommen. Das flachste Haus in Reichweite befand sich noch einige Gebäude vor ihr. Femke musste sich beeilen, wenn ihr Plan aufgehen sollte.

Als sie gerade losrannte, meldete ihr Gehirn, dass die Gestalt einen völlig anderen Gang hatte als Shalidar. Der kaiserliche Auftragsmörder bewegte sich ähnlich einem Raubtier immer auf den Fußballen. Der Gang des Mannes unter ihr dagegen wirkte eher … militärisch! Genau, das war ein Soldat. Aber von welcher Einheit war er und was hatte er mit Shalidar zu schaffen?

Femke brachte ihre steifen Muskeln in Gang und flog bald nur so von Dach zu Dach. Dann plötzlich, mitten im Sprung zwischen zwei Dächern, hatte sie das Gefühl, als bliebe die Zeit stehen. Sie sah einen weißen Lichtblitz aufleuchten und hing einen Wimpernschlag lang auf halbem Weg zwischen den beiden Häusern in der Luft. Genauso plötzlich setzte sich die Welt wieder in Bewegung und Femkes Sprung endete mit einem krachenden Sturz auf das Dach. Sie klatschte auf den Bauch und rutschte unaufhaltsam abwärts. Sie wusste, dass ein Sturz von einem so hohen

Dach nahezu sicher tödlich ausgehen würde. So siegte ihr Überlebensinstinkt über jeglichen Gedanken, nicht entdeckt zu werden. Femke streckte verzweifelt Arme und Beine in alle Richtungen aus, um auf dem glatten Untergrund irgendeinen Halt zu finden.

Kurz blieb ihr rechter Fuß am Sims hängen, rutschte dann jedoch darüber hinaus ins Leere. Immerhin bremste das ihren Fall so weit, dass es ihr gelang, sich mit dem linken Oberarm und den Fingern der rechten Hand festzuklammern. Mit den Beinen baumelte sie nun in schwindelerregender Höhe über einer Gasse.

Normalerweise, wenn sie nicht so durchgefroren und erschrocken gewesen wäre, hätte sich Femke wohl mit Leichtigkeit wieder hochgezogen. Aber bei dem Versuch, das rechte Bein nach oben zu schwingen, verloren ihre klammen Finger den Halt und sie hing nur noch auf den linken Oberarm gestützt über dem Abgrund. Femke keuchte vor Anstrengung. Schließlich bekam sie mit der freien Hand den Sims wieder zu fassen und zwang den rechten Fuß Stück für Stück an der Wand nach oben, bis sie ihn auf den Sims stemmen und sich – zitternd vor Anstrengung und Angst – vollends auf das Dach hochziehen konnte. Mehrere Minuten lang saß sie keuchend da und fragte sich, was bei diesem einfachen Sprung eigentlich passiert war. Etwas Merkwürdiges, war ihre Diagnose.

Es war nicht mehr daran zu denken, der verhüllten Gestalt weiter zu folgen. Femke hatte blaue Flecken am ganzen Körper und mehrere blutende Kratzer und Schrammen. Das Geheimnis um Shalidar musste warten. Unterkühlt, niedergeschlagen und zerschunden machte sich Femke auf den Rückweg zum Palast.

3

»Eloise, sieh nach, wer da kommt«, befahl Derra und versicherte sich mit einem kurzen Blick, dass ihre Waffe in Reichweite lag.

Bek stöhnte vor Schmerz, als Derra seine Wunde mit schnellen Handgriffen neu verband. Derra verfügte sicherlich über gute medizinische Grundkenntnisse, doch Bek hätte sich eine etwas sanftere Behandlung gewünscht. Der Sergeantin schienen seine Schmerzen völlig gleichgültig zu sein. Sie versorgte seine Wunde, wie sie jede andere Arbeit erledigte – zügig und effizient.

Bek konnte Schritte auf der Holztreppe hören, die zu der Kammer führte, in der Derra, Eloise und er sich nun bereits seit einer Woche versteckt hielten. Derra musste die Person bereits bemerkt haben, als sie unten durch die Tür hereinkam, überlegte Bek. Es ärgerte ihn, dass er, falls es zum Kampf käme, wenig beisteuern könnte, doch er fühlte sich immer noch so schwach und wehrlos wie ein Neugeborenes. Ohne Hilfe konnte er keine Minute aufrecht stehen, geschweige denn ein Schwert führen.

»Alles in Ordnung, Sergeantin. Es ist nur Fesha«, meldete Eloise erleichtert.

»Gut«, erwiderte Derra barsch. »Mal hören, was es Neues gibt.«

Derra verknotete die Enden des Leinenstreifens und steckte sie unter den Verband. Als Bek den Waffenrock darüberzog, bedachte sie ihn mit einem strengen Blick und drohte ihm.

»Lass gefälligst deine Finger von dem Verband, Bek. Es wird nicht herumgezupft und nicht gedrückt. Du zögerst damit die Heilung nur weiter hinaus. Das ist in meinen Augen Selbstverstümmelung und unter Strafe verboten. Verstanden?«

»Ja, Sergeantin«, erwiderte Bek schwach. Ihm war klar, dass er bereits ziemlich tief in der Patsche saß, weil er sich geweigert hatte, die Arena zu verlassen, als Derra und die anderen ihn hatten befreien wollen. Er war dankbar, dass die Sergeantin ihn trotz seines Ungehorsams nicht aufgegeben und zurückgelassen hatte. Bek wusste nicht genau, was sie dazu bewogen hatte, vermutete aber, dass es reine Sturheit war: Derra war gekommen, um Bek und Jez aus der Arena zu befreien, und wollte nicht ohne ihn nach Thrandor zurückkehren, solange er noch am Leben war.

Bek wünschte sich nur, Jez wäre hier bei ihm. Der unbekümmerte junge Gefreite hatte die ganze Zeit behauptet, dass ein Rettungstrupp kommen würde, um sie zu befreien. Bek hatte es nicht gesagt, doch er hatte nie daran geglaubt. Unglücklicherweise war die Hilfe dann für Jez zu spät gekommen, denn er starb während der sogenannten »Spiele« von der Hand des ranghöchsten Kämpfers Serrius. Bek rächte ihn zwar mit einem Sieg über den shandesischen Kämpfer, doch in seinem Herzen tobte nach wie vor die Wut über den Tod des Freundes. Fesha hatte herauszufinden versucht, ob Serrius die Verletzung, die Bek ihm beigebracht hatte, überlebt hatte, aber der drahtige kleine Gefreite hatte nichts über ihn in Erfahrung bringen können.

Bek war das mittlerweile auch einerlei. An Serrius hatte er Rache genommen, aber die Sache mit Calvyn war noch nicht ausgestanden. Calvyn oder Lord Shanier oder wie auch immer er sich nennen mochte, hatte Jez und Bek in die Arena geschickt. Wenn Bek das nächste Mal auf Calvyn traf, würde er das Schwert in der Hand halten und den Schwur erfüllen, den er am Todestag seines Freundes geleistet hatte.

Von Eloise wusste Bek, dass sich Calvyn der Rettungsmission zunächst angeschlossen hatte, doch auch sie vermochte nicht zu sagen, wo er sich derzeit aufhielt. Sie hatte irgendetwas von einer magischen Botschaft erzählt und dass Calvyn sich auf den Weg in die Stadt Terilla gemacht habe. Doch da sie nichts Genaueres wusste, vermutete Bek, dass Calvyn sie und die anderen wieder einmal hinters Licht geführt hatte. Calvyn verstand es ja meisterhaft, seine wahren Absichten zu verbergen. Man konnte ihm nicht trauen. Während der Ausbildung auf Burg Keevan hatte Calvyn allen vorgemacht, er sei ein einfacher Junge, der nichts anderes als Soldat werden wollte. Im Rückblick war es aber sonnenklar, dass Calvyn immer schon seine eigenen Ziele verfolgt hatte.

Von Anfang an hatte sich Calvyn mittels Magie und Zauberei das Vertrauen seiner Kameraden erschlichen. Die Wundsalbe, die er in der Mannschaftsunterkunft verteilt hatte und die Blasen schneller heilte, als Bek es je zuvor gesehen hatte. Der Schwur, den er Bek im Verlies leisten ließ, ehe er Licht herbeizauberte. Und dann natürlich das Schwert.

Bek war sich mittlerweile auch nicht mehr so sicher, was Calvyn bei Mantor eigentlich dazu bewogen hatte, gegen Demarr zu kämpfen. Vielleicht hatte er dem Magier Selkor ja nur zu dem Amulett verhelfen wollen? Immerhin war Selkor auch Shandeser. Es passte alles zusammen: Durch den Sieg über Demarr hatte Calvyn verhindert, dass Thrandor von der Streitmacht der Nomaden überrannt wurde, und die Nomaden zu besiegen, hätte den shandesischen Legionen mit Sicherheit größere Schwierigkeiten bereitet.

Calvyn hatte im Grunde also die Invasion aus dem Norden erst möglich gemacht.

Für Bek stand fest: Der Mann, den er einst für seinen besten Freund gehalten hatte, sollte für Jez' Tod in der Arena teuer bezahlen.

Eloise ließ Fesha eintreten und verriegelte die Tür hinter ihm. Der drahtige kleine Mann, dem ständig der Schalk im Nacken zu sitzen schien, hatte sie gut mit Nahrung, Medizin und Neuigkeiten versorgt, seit sie nach dem Kampf zwischen Bek und Serrius in der Kammer Zuflucht gesucht hatten. Auch die Leiche des Wachmanns, den er an jenem Tag hatte töten müssen, war er irgendwie losgeworden. Dem Strahlen in Feshas Augen entnahm Bek, dass er gute Nachrichten brachte.

Fesha warf den Umhang ab. »Gut, dich wieder aufrecht sitzen zu sehen, Korporal.«

»Komm zur Sache, Fesha«, knurrte Derra. »Was gibt es?«

»Chaos«, erwiderte Fesha schlicht, von einem Ohr zum anderen grinsend. »Das reinste Chaos.«

»Wie meinst du das?«, fragte Eloise misstrauisch. »Suchen die etwa wieder nach uns?«

»Nein, nein!«, lachte Fesha. »Weit entfernt davon. Ich glaube, die Gefahr ist gebannt. Die Stadtwächter haben alle Hände voll zu tun.«

»Was hast du angestellt?«, knurrte Derra ihn an.

»Ich? Nichts!«, antwortete Fesha und sah unschuldig drein. »Aber von den Shandesern kann man das nicht gerade behaupten.«

»Nun spuck's schon aus«, wurde Derra ungeduldig.

»Überall in der Stadt gehen die Menschen auf die Straße. Die Nachricht von der Niederlage der Shandeser bei Kortag hat sich wohl endlich im Volk herumgesprochen. Die Leute sind, um es vorsichtig auszudrücken, nicht besonders zufrieden mit ihrem Kaiser. Eine bessere Gelegenheit, hier zu verschwinden, konnten wir uns gar nicht wünschen, Sergeant. Sogar das Wetter ist auf unserer Seite. Ich weiß nicht, ob ihr in der letzten halben Stunde aus dem Fenster gesehen habt, aber da draußen hat sich eine richtige Nebelsuppe zusammengebraut. Wenn uns niemand aufhält, müssten wir es noch vor Einbruch der Nacht bis hinter die Stadtgrenze schaffen.«

Derra überlegte einen Augenblick und schüttelte dann den Kopf. »Nein. Bis wir Pferde und Ausrüstung hier haben, würde es nicht mehr lange genug hell sein, um weit genug von der Stadt wegzukommen, damit wir in Sicherheit sind. Ich gebe dir recht, die Gelegenheit ist günstig. Aber wenn die Unruhen anhalten, haben wir später auch noch Gelegenheit, uns aus dem Staub zu machen.«

Fesha grinste und zwinkerte Eloise verschmitzt zu. »Sergeantin, ich bin eben ein richtiger Mitdenker. Ich habe Pferde und Ausrüstung schon mitgebracht. Alles befindet sich in der Gasse gegenüber.«

»Warum hast du das nicht gleich gesagt, Fesha?«, knurrte Derra, deren Augen sich gefährlich verengten. »Lasst uns aufhören zu quasseln und sofort aufbrechen.«

»Hab ich doch gesagt«, flüsterte Fesha Eloise zu.

»Das habe ich gehört, Gefreiter«, schimpfte Derra. »Fordere dein Glück nicht heraus!«

»Wie wäre es mit einem ›Danke, Fesha, gut gemacht‹?«, grummelte der Gefreite vor sich hin, während er Bek gemeinsam mit Eloise vorsichtig auf die Füße half. Bek hörte seine Bemerkung und musste grinsen. Fesha musste noch einiges lernen, wenn er von Derra gelobt werden wollte. Sergeantin Derra nahm die guten Leistungen anderer durchaus zur Kenntnis, lobte jedoch selten. Wenn etwas schiefging oder gar nicht erledigt wurde, war der Verantwortliche allerdings nicht zu beneiden. Fesha ging der Sergeantin mit seinen Späßen und seiner überheblichen Art zwar zuweilen auf die Nerven, doch Bek kannte sie gut genug, um zu wissen, dass sie sich davon nicht beeinflussen ließ. Immerhin war er ein tüchtiger Gefreiter – manchmal etwas nervig und eingebildet, aber sehr tüchtig.

Bek war mehr als glücklich darüber, aus dieser Kammer zu kommen, denn sie erinnerte ihn nur an seine Schmerzen. Kahle weiße Wände, ein Bett, ein Stuhl, ein Holzsessel und ein winzig kleiner Holztisch, mehr gab es nicht. Die Holzfensterläden hielten sie immer geschlossen. Während Bek das Bett hütete, schliefen die zwei, die nicht zur Nachtwache eingeteilt waren, auf dem alten, ausgetretenen Holzfußboden. Wer Wache schob, saß neben der Tür auf dem Stuhl und horchte, ob jemand das Haus betrat.

Derra, Eloise und Fesha hatten hin und wieder draußen etwas zu erledigen gehabt, doch seit Fesha Bek an jenem ersten Tag allein gelassen hatte, um die beiden Frauen zu holen, waren immer mindestens zwei Menschen bei ihm geblieben. Die meisten Botengänge ließ Derra von Fesha erledigen. Das lag einerseits daran, dass er besonders geschickt darin war, Nahrungsmittel und Informationen zu beschaffen. Bek glaubte allerdings zudem, dass Derra den kleinen Gefreiten in der engen Kammer nicht allzu lange ertrug. Bek fand Fesha unterhaltsam, konnte Derra aber auch verstehen.

Fesha und Eloise halfen Bek aus der Kammer. Am oberen Ende der Treppe ins Erdgeschoss war kaum Platz für zwei, doch das Geländer gab Bek zusätzlich Halt. Seine Beine fühlten sich nach der Woche im Bett butterweich an und die Oberschenkel zitterten vor Anstrengung. Speziell vor Eloise war er jedoch nicht gewillt, seine Schwäche einzugestehen.

Während er zur Untätigkeit verurteilt gewesen war, hatte Bek den Blick nicht von der schwarzhaarigen Schönen abwenden können. Als noch nicht klar war, ob Bek die Wunden, die er sich im Kampf gegen Serrius zugezogen hatte, überleben würde, war Eloise die Fürsorglichkeit in Person gewesen. In seinem Schmerz weckte ihre zärtliche Pflege in Bek Gefühle, die ihm bis dahin völlig unbekannt gewesen waren. Er hatte sich schon immer zu Eloise hingezogen gefühlt, doch darin unterschied er sich nicht von den meisten anderen Männern in Baron Keevans Heer. Während seiner Genesung waren seine Gefühle jedoch stärker geworden. Merkwürdig war nur, dass sich Eloise, je besser es Bek ging, immer mehr von ihm zurückzog.

Als er sie nun bei seinen ersten Schritten an seiner Seite spürte, kam sein Blut in Wallung. Er stützte sich schwer auf das Geländer oben an der Treppe und atmete ein paarmal tief durch.

»Meinst du, du schaffst es, Bek, oder sollen wir dir helfen?«, fragte Fesha fürsorglich.

»Nein, es geht schon«, erwiderte Bek entschlossen. »Ich brauch nur einen Augenblick.«

Aber Bek ging es alles andere als gut. Sein Herz raste, die Beine zitterten und ihm war schwindlig. Als Derra mit ihren Habseligkeiten und Vorräten aus der Kammer kam, sah sie ihn scharf an.

»Bleib stehen, Bek«, befahl sie. »Ich bringe nur die Sachen hier schnell nach unten, dann komme ich und helfe dir.«

»Ich brauche keine Hilfe, Sergeant. Ich schaffe es allein«, gab Bek störrisch zurück.

Derra blieb stehen und durchbohrte ihn mit einem finsteren Blick. »Du tust, was ich sage, Korporal. Wenn du deiner langen Liste an Regelverstößen auch noch Ungehorsam hinzufügst, bist du deine Streifen schneller los, als dir lieb ist«, knurrte sie. »Fesha, hilf mir mal. Eloise, du behältst den Korporal im Auge und sorgst dafür, dass er keine Dummheiten macht.«

Fesha nahm ihr die Decken ab und rumpelte damit die Treppe hinunter. Wenn Sergeantin Derra diesen Ton anschlug, widersprach man ihr besser nicht.

Derra folgte Fesha mit mehr Würde und ließ Eloise zum ersten Mal mit Bek allein. Eine Weile standen sie schweigend da und starrten verlegen in die Luft. Bek rang mehr darum, sich auf den Beinen zu halten, als irgendetwas zu sagen. Er spürte, wie er den Kampf verlor. Stöhnend klammerte er sich an das Geländer und sackte langsam in sich zusammen.

Eloise war sofort bei ihm und stützte ihn.

»Warum müsst ihr Männer immer so auf hart machen?«, fragte sie sanft und half ihm, sich auf den Boden zu setzen.

»Warum wolltest du Soldatin werden?« Er verzog den Mund zu einem bitteren Lächeln. »Ich gebe mich hart, weil man das von mir erwartet. Ich muss hart sein, weil ich Erster Schwertkämpfer bin, schon vergessen?«

»Wie könnte ich das vergessen?«, erwiderte sie mit beißendem Spott in der Stimme. »Du trägst den Titel schließlich wie ein Schild vor dir her. Warum schreibst du dir nicht gleich auf die Stirn: ›Erster Schwertkämpfer – na los, durchbohr mich mit deinem Schwert‹. Oh, tut mir leid, ich vergaß – genau das ist ja passiert, nicht wahr?«

»Aber ich habe gesiegt.«

»Und was hat es dir genützt? Du hast Glück, dass du überhaupt noch am Leben bist. Wenn du mitgekommen wärst, als wir dich da rausholen wollten, wären wir jetzt wahrscheinlich bereits wieder sicher in Thrandor. Und du hättest für Serrius nicht das Nadelkissen spielen müssen.«

Stimmt, dachte Bek im Stillen, dann wären wir sicher zurück in Thrandor. Aber ich hätte es mir nie verziehen, wenn ich meinen Schwur gebrochen hätte. Ich habe Jez mein Wort gegeben. Tarmin steh mir bei, ich habe mein Wort gehalten, und ich werde zu Ende führen, was ich begonnen habe.

Eloise vernahm nur ein Stöhnen, das sie deuten mochte, wie sie wollte. Wie sollte er ihr auch erklären, was er vorhatte? Calvyn hatte ihnen schließlich vorgegaukelt, dass er auf ihrer Seite sei.

Derra und Fesha kamen wieder die Treppe hoch, und in Derras Blick lag ein Mitgefühl, das er an ihr noch nie bemerkt hatte. »Dann bringen wir dich mal nach draußen und setzen dich aufs Pferd«, erklärte sie forsch. »Zum Glück haben wir durch das Wetter einen guten Grund, unsere Kapuzen aufzusetzen. Hoffentlich erkennt dich niemand. Am besten setzt sich jemand mit dir aufs Pferd, bis du etwas kräftiger bist.«

»Ich kann das übernehmen«, erbot sich Eloise, und Beks Herz machte bei dem Gedanken, dass Eloise ihn festhielt – oder er sich an ihr –, einen Freudensprung.

»Nein«, entschied Derra, »Fesha ist leichter. Es ist besser, wenn Bek mit ihm reitet.«

Bek spürte schon Ärger in sich aufsteigen, bevor ihm seine Vernunft sagte, dass Derra wie gewohnt praktisch entschied. Er durfte sich von seiner wachsenden Verliebtheit nicht blenden lassen. Trotzdem dachte er bei sich, dass Fesha bestimmt nicht viel weniger wiegen konnte als Eloise.

Derra und Eloise halfen Bek die Treppe hinunter, die eine von vorn, die andere von hinten, während Fesha nach draußen verschwand, um die Pferde zu holen. Bek kam nur langsam voran, Stufe für Stufe, doch als er unten angekommen war, spürte er nicht weniger, sondern mehr Kraft in den Beinen. Den steifen Gelenken und den geschwächten Muskeln tat die Bewegung wohl gut und auch sein Blutkreislauf kam in Schwung.

Aufs Pferd zu gelangen, war eine schmerzhafte Angelegenheit, obwohl Derra ihm Schwung gab. Bek blieb vor Schmerz die Luft weg, als die schnelle Bewegung an seiner Wunde zerrte, und es überraschte ihn nicht zu spüren, wie frisches Blut in den Verband sickerte. Bek hielt sich locker an Feshas Waffenrock fest, während er sich zurechtsetzte, zog sich die Kapuze über den Kopf und wartete, bis Derra und Eloise die letzten Habseligkeiten in die Satteltaschen gepackt und diese auf das Ersatzpferd geschnallt hatten.

Als es losging, versuchte Bek, mit den Bewegungen des Pferdes mitzugehen, damit seine Wunde nicht noch weiter aufriss. Das war zuerst gar nicht so einfach, doch nach und nach fand Bek in einen Rhythmus, der ihm kaum noch Schmerzen bereitete.

Fesha und Bek ritten neben Derra. Eloise folgte mit dem Packpferd. Es war, als würde das Klappern der Hufe auf dem Kopfsteinpflaster vom dicken Nebel gedämpft. Bek hatte keine Vorstellung, wie groß die Stadt war, denn er war nie aus der Arena herausgekommen. Doch Fesha führte sie zielstrebig durch die dunklen Gassen. Er schien den Weg zu kennen.

Plötzlich rief vor ihnen im Nebel eine Stimme fast genau die Worte, die Bek am meisten gefürchtet hatte.

»Halt! Wer seid ihr und wohin des Wegs?«

Zwei uniformierte Gestalten tauchten geistergleich aus dem Dunst auf. Es waren Stadtwächter, die zu Fuß ihre Runde machten und die sie zu Pferde genauso zu fürchten schienen wie Bek ihre Uniformen.

»Wir sind fremd hier, Sir. Wir haben Verwandte besucht, aber die Stadt ist nicht so, wie wir erwartet hatten. Hier rennen so viele Menschen wie wild geworden durch die Straßen, da glauben wir, dass wir in unserem Dorf sicherer sind. Wir haben unseren Besuch deshalb vorzeitig beendet.« Fesha imitierte den Dialekt der ländlichen Gegenden Südshandars.

»Gut, dann setzt eure Reise fort«, erwiderte der Stadtwächter mit einem spöttischen Lächeln. Er hielt sie wohl für feige. Als sie gerade losreiten wollten, stoppte er sie jedoch erneut und Bek dachte, das Spiel sei nun endgültig vorbei. »Sagt mir, ihr guten Landbewohner, warum teilt ihr euch ein Pferd, wenn ihr doch ein Ersatzpferd habt? Kann etwa einer von euch nicht reiten?«, fragte er misstrauisch.

»Ach, das liegt daran, dass die Stute da lahmt«, erwiderte Fesha leichthin. »Hinten rechts, um genau zu sein, wahrscheinlich ist es die Sehne. Wir haben sie deshalb heute nur leicht bepackt, damit sie sich erholen kann.«

Bek hielt den Atem an. Fesha pokerte hoch, er setzte darauf, dass die Stadtwächter nichts von Pferden verstanden. Und tatsächlich gaben sie sich mit der Erklärung zufrieden und winkten sie weiter. Bek konnte sich über Fesha nur wundern. Seine Antworten kamen so gleichmütig, dass Bek ihm auch geglaubt hätte, obwohl sein Dialekt etwas holprig geklungen hatte. Wenige Sekunden später waren die vier wieder in den Nebel abgetaucht.

Die Straßen der Stadt schienen kein Ende zu nehmen. Vielleicht war es Glück oder die Stadtwächter hatten anderswo zu tun – jedenfalls begegneten sie keinem Uniformierten mehr. Jedes Mal, wenn ihnen jemand entgegenkam, wappneten sie sich innerlich, doch gingen die Gestalten stets ihrer Wege, ohne die Reiter weiter zu beachten.

»Weißt du auch genau, wo wir hinmüssen? Ich habe das Gefühl, wir reiten im Kreis.« Derra sprach Bek damit aus dem Herzen.

»Sicher, Derra«, erwiderte Fesha überzeugt. »Ich habe diesen Weg gewählt, damit wir zum einen nicht über die Hauptstraßen müssen, auf denen viele Stadtwachen unterwegs sind. Zum anderen meiden wir die dunkleren Stadtviertel Shandrims. Bei diesem Wetter kämen wir da wohl nicht lebend heraus oder zumindest nicht mit unseren Pferden und der gesamten Ausrüstung.«

»Das sehe ich ein«, erwiderte Derra. »Aber wie weit ist es denn noch bis zur Stadtgrenze?«

»Ach, nicht mehr weit. Ich denke mal, so etwa …«

Da fuhr ein weißer Lichtblitz über sie hinweg und einen unangenehmen Augenblick lang schien die Welt stillzustehen. Dann drehte sie sich weiter.

»… fünf Minuten«, beendete Fesha den Satz.

»Habt ihr das auch gespürt?«, fragte Derra beunruhigt.

»Ich schon.«

»Eindeutig.«

»Ich auch.«

»Was, in Tarmins Namen, war das?«, fragte sich Derra laut.

»Egal, was das war … Was ist das?«, fragte Fesha und legte den Kopf leicht schief wie ein Hund, der auf ein Geräusch lauschte.

Irgendwo in der Ferne vor ihnen ertönte ein Furcht einflößendes Knurren, begleitet von einem höheren Heulen. Bek lief es eiskalt über den Rücken.

»Wenn das Hunde sind, dann habe ich solche wie die noch nie gehört«, erklärte Eloise von hinten.

»Das klingt … bösartig«, murmelte Fesha ungewöhnlich leise.

Plötzlich zerriss ein ohrenbetäubendes Brüllen die Nacht und das Heulen brach unvermittelt ab. Die vier Reiter blickten sich unsicher an. Was immer das für eine Kreatur sein mochte – der wollten sie lieber nicht begegnen.

»Darf ich erfahren, in welche Richtung wir weiterreiten, Fesha?«, fragte Derra wieder mit scheinbar fester Stimme.

»Da entlang«, erwiderte Fesha und deutete genau in die Richtung, aus der die schrecklichen Geräusche gekommen waren.

»Wusste ich doch, dass du das sagen würdest.«

◎ ◎ ◎

»Was macht ihr da draußen?«, rief Akhdar verärgert aus dem Zelt.

Es war erst später Nachmittag und trotz des dicken Nebels hatte die Dämmerung noch nicht eingesetzt. Jenna hatte sich ihren silbernen Pfeil gerade wieder umgehängt, da war eine magische Kraftwelle über sie hinweggefegt und hatte einen kurzen Augenblick lang alles eingefroren.

»Das hatte nichts mit uns zu tun«, erwiderte Jabal, dessen Gesichtsfarbe grau geworden war wie der Nebel. »Das war ... ich weiß nicht, was das war.«

Wenige Sekunden später waren die übrigen vier Großmagier zu ihnen heraus ans Feuer getreten. Augenblicklich wurden Spekulationen angestellt und es wurde hitzig diskutiert.

»Die Zeit hat stillgestanden, aber ich habe es gemerkt. Wie kann das sein?«, fragte Kalmar verwirrt.

»Unsinn!«, widersprach Chevery heftig. »Wenn die Zeit stillsteht, dann steht auch alles andere still. Alles! Auch die Gedanken, Kalmar.«

»Ich weiß nicht, ob ich dir da zustimmen kann, Chevery«, warf Meister Ivalo nachdenklich ein. »Theoretisch ...«

»Meine Herren, bitte!«, unterbrach Akhdar die Diskussion. »Die Natur der Zeit ist zweifellos ein würdiges Thema, aber bleiben wir doch bei der Sache. Die magische

Kraftwelle war sehr stark. Da keiner von uns sie hervorgebracht hat, vermute ich, dass das Phänomen nicht auf diesen Ort hier beschränkt war. Das wiederum bedeutet, dass jemand eine magische Formel gesprochen hat, die eine gewaltige Menge an Energie benötigt. Ich brauche euch wohl nicht daran zu erinnern, dass dieser Energieaufwand unsere Fähigkeiten bei Weitem übersteigt, auch mithilfe des Stabs des Dantillus. Damit bleiben nur noch sehr wenige mögliche Urheber. Ich stelle drei Fragen: Wer? Warum? Zu welchem Zweck?«

»Die erste Antwort ist klar«, meinte Chevery herablassend. »Selkor. Er muss es gewesen sein.«

»*Muss,* Chevery? Warum?«, fragte Jabal sanft. »Jeder der Hüter ist in der Lage, Magie auszuüben, die über so weite Entfernungen wirkt. Merkwürdig war, dass die Kraftwelle offenbar die Zeit beeinflusst hat. Das kann keines der Elemente für sich allein bewirken, daher wäre auch kein einzelner Hüter dazu fähig. Das Erdelement hat wahrscheinlich noch die größte Kraft, aber das ist reine Spekulation. Ich kann mir nicht vorstellen, dass Perdimonn die Zeit dermaßen durcheinanderbringen würde. Was könnte er damit erreichen wollen? Oder ist es möglich, dass die Welle in Wirklichkeit ein Nebeneffekt von einem Zusammenstoß der Elementarkräfte war? Wenn Selkor einen Elementarschlüssel als Waffe eingesetzt hat und ein Hüter ihn mit demselben Element abwehrt, könnte dann aus diesem Widerstreit eine solche Welle entstehen?«

Einen Augenblick lang herrschte betretenes Schweigen bei dem Gedanken an eine Auseinandersetzung dieses Ausmaßes. Diese Gefahr hatten sie bereits mehrmals diskutiert. Seit sich Selkor des Feuerschlüssels bemächtigt hatte, stand zu befürchten, dass er eines der Elemente als Waffe einsetzte.

»Wenn es so eine Auseinandersetzung gab, dann ist alles möglich«, entgegnete Akhdar nachdenklich. »Als die Welle über mich hinwegfegte, hatte ich allerdings nicht dieses Gefühl. Es war mehr, als sei die Zeit …« Die Stimme des alten Magiers verlor sich, während die anderen erwartungsvoll schwiegen.

»… verschoben worden?«, ergänzte Calvyn und zuckte im gleichen Moment zusammen, als ihm klar wurde, dass er sich erneut ungefragt in das Gespräch der Meister eingemischt hatte.

»Verschoben! Ja, das ist es! Danke, Calvyn, genau das ist es. Ich weiß nicht, wie oder warum, aber ich glaube, dass jemand die Zeit als Ganzes verschoben hat.«

Lomand fing Calvyns Blick auf und hob tadelnd eine Augenbraue. Calvyn zuckte entschuldigend die Achseln.

»Meister Akhdar? Darf ich sprechen?«, fragte Calvyn höflich. Aus dem Augenwinkel sah er, dass Lomand zufrieden lächelte.

»Warum? Hast du in Fragen der Zeitbeeinflussung etwas beizusteuern, Junge?«, spottete Chevery herablassend.

Akhdar warf Meister Chevery einen missbilligenden Blick zu. »Bitte, Chevery. Der junge Mann hat ja nicht dich gefragt. Sprich nur, Calvyn. Was hast du zu sagen?«

»Meister, Perdimonn hat in der Vergangenheit schon einmal die Zeit beeinflusst, räumlich begrenzt allerdings. Zum Beispiel, als er vor einem Jahr auf Selkor traf.«

»Wirklich? Was hat er da genau gemacht? Hat er eine Welle ausgelöst, wie wir sie gerade erlebt haben?«, fragte Akhdar interessiert. Auch Meister Cheverys Blick ruhte nun auf Calvyn. Es lag eine Art Gier in seinen Augen.

Calvyn berichtete von der Begegnung mit Selkor, den Gesprächen und der magischen Formel, mit der er Selkor dazu gebracht hatte, den Marktplatz zu verlassen. Die

Großmagier folgten seinen Ausführungen mit einer Mischung aus Verwunderung, Entsetzen und Unglauben.

»Und was wäre geschehen, wenn ihr nur den kleinsten Fehler gemacht hättet?« Chevery konnte kaum glauben, dass Perdimonn solch ein Wagnis eingegangen war.

»Wenn ich es richtig verstehe, Meister Chevery, so hätte das verheerende Folgen gehabt«, erwiderte Calvyn mit unbewegter Miene.

»Verheerend, in der Tat«, stimmte Akhdar nachdenklich zu. »Es war ein kühner Schachzug, den Perdimonn wohl schon im Voraus für den Notfall geplant hatte. Das war sehr gewagt, denn es hätte nicht nur einer von euch Schaden nehmen, sondern Selkor hätte auch eine weitere Waffe in die Hand bekommen können. Wenn Selkor diese Formel irgendwie erlernt und verstärkt hat, dann lässt sich angesichts der Kraftquellen, die ihm mittlerweile zur Verfügung stehen, nur erahnen, in welchem Umfang er die Zeit zu seinen Gunsten beeinflussen könnte. Ich mag gar nicht darüber nachdenken. Danke, dass du uns davon erzählt hast, Calvyn. Es ist zwar wenig tröstlich, gibt uns aber reichlich Stoff zum Nachdenken. Leider wissen wir immer noch nicht, ob diese Zeitverschiebung, so es denn eine war, zum Guten oder zum Schlechten erwirkt wurde.«

»Können wir denn irgendetwas tun?«, fragte Jabal.

»Nein«, antwortete Akhdar nachdenklich. »Wahrscheinlich nicht, aber Wissen ist Macht, Bruder Jabal. Wenn wir die wahre Natur dessen verstehen, was hier vor sich gegangen ist, sind wir möglicherweise besser gegenüber den Folgen gewappnet.«

Die Großmeister diskutierten noch eine Weile über ihre Ideen und Theorien zur Natur der Zeit und stellten Mutmaßungen darüber an, wie die merkwürdige Welle auf sie gewirkt haben könnte. Calvyn, Jenna und Lomand lauschten ihrem Gedankenaustausch. Als es dunkel wurde und sich der Nebel noch dichter um sie legte, zogen sich die Meister einer nach dem anderen ins Zelt zurück und legten sich schlafen. Meister Jabal ging als Letzter.

»Gute Nacht zusammen«, sagte er herzlich und erhob sich ächzend. »Wir Alten brauchen unseren Schlaf, damit wir morgen wieder in alter Frische streiten können!«

Die drei, die noch am Feuer saßen, schmunzelten in sich hinein und wünschten ihm ebenfalls eine geruhsame Nacht. Der Großmeister schritt steif hinüber zum Zelt und verschwand darin.

»Ich mag ihn«, sagte Jenna leise. »Irgendwie ist er anders als die anderen. Mehr wie ein alter Onkel.«

»Meister Jabal ist ein ganz besonderer Magier«, stimmte Lomand ihr zu und versuchte, dabei seinen brummenden Bass so leise wie möglich zu halten. »Angehende Magier können viel von ihm lernen. Das soll nicht heißen, dass die anderen Meister nicht auf ihre Art ebenfalls außergewöhnlich sind. Jeder von ihnen hat besondere Qualitäten, die sie vom durchschnittlichen Magier abheben. Sie können euch allerhand beibringen.«

»Wenn sie alle so besonders sind, warum zanken sie sich dann über jede noch so kleine Kleinigkeit?«, fragte Calvyn flüsternd.

»Das macht sie vielleicht zum Teil zu etwas Besonderem«, erwiderte Lomand mit einem amüsierten Lächeln. »Trotz Jabals Scherz von eben sehen sie es ja nicht als Streit. Sie wollen vielmehr Sachverhalte klären und Informationen sammeln. Jeder Magier kennt sich auf seinem Gebiet bestens aus, und weil sich einige Bereiche überschneiden, versuchen sie Unklarheiten aus der Welt zu schaffen und die Informationen zu ihrem Vorteil zu nützen.«

Das war zwar eine vernünftige Erklärung, doch Calvyn

konnte sich nicht helfen: Für ihn waren die Großmagier streitsüchtige alte Narren, die sich für etwas Besseres hielten. Wenn Perdimonn sie nicht so dringend in Mantor gebraucht hätte, wäre Calvyn wohl einfach auf sein Pferd gestiegen und hätte die Großmagier ihren Streitigkeiten überlassen. Wobei das sicher gegen Lomands Benimmregeln verstoßen hätte!

Auch der Stab des Dantillus hielt Calvyn davon ab, die Magier im Stich zu lassen. Der Stab wäre bei einer Auseinandersetzung mit Selkor von unschätzbarem Wert. Nachdem Calvyn ihn im Einsatz gesehen hatte, juckte es ihn geradezu in den Fingern, ihn selbst einmal auszuprobieren. Aber er wusste natürlich, dass die Chancen eher gegen null tendierten, dass man ihm einen so mächtigen magischen Gegenstand anvertrauen würde.

Gedankenverloren starrte er in die Flammen, die um die Holzscheite tanzten. Die magische Welle, die Großmeister, Selkor, der Nebel, Jenna, Bek und Jez, Derra, Fesha und Eloise, König Malo, Perdimonn, magische Botschaften und eine Flut weiterer Gedanken und Bilder strömten durch seinen Geist. Der Wandteppich in der großen Eingangshalle, die Zauberer, der Gorvath, *Die Orakel des Drehboor,* Darkweavers Amulett, die Schlachten von Mantor und Kortag rauschten ihm als schnelle Folge von Bildern durch den Sinn. Wonach suchte sein Unterbewusstsein? Je intensiver er darüber nachdachte, desto weiter schien sich die Antwort zu entfernen. Wieder gab er sich dem Gedankenstrom hin. Die Lichtformel, die Translokationsformel, Perdimonns Zauberbuch, der …

»Calvyn? Ist was?«, fragte Jenna und berührte ihn leicht am Arm.

»Ahh!«, murmelte er enttäuscht. Es war da gewesen, zum Greifen nah.

»Was ist denn los?«, fragte Jenna besorgt und legte den Arm um ihn.

»Nichts.« Calvyn lächelte sie an. Er lehnte sich an sie und legte seinen Kopf einen Moment auf ihre Schulter, bevor er sie in den Arm nahm. »Gar nichts.«

4

Selkor schlenderte durch die Wüste, als mache er an einem freundlichen Sonntagnachmittag einen Waldspaziergang. Da er die Zeit magisch beeinflusst hatte, bewegte er sich dreimal so schnell wie seine Umgebung. Das war völlig ausreichend, weil er kein bestimmtes Ziel hatte, sei es örtlich oder zeitlich. Angetrieben wurde er allein von den inneren Stimmen, die ihn beständig zur Eile drängten.

Ein Machtschlüssel fehlte ihm noch, dann würde sich seine Bestimmung erfüllen: Er würde der Auserwählte sein. Dann endlich konnte er sich für alle Zeiten einen Platz in den Geschichtsbüchern sichern. Die Frage war, wo Perdimonn hinwollte. Er wusste ja, dass der alte Magier unterwegs war, um ihn aufzuhalten. Aus diesem Grund hatte er sich die anderen drei Schlüssel auch so schnell beschafft. Denn falls es Perdimonn gelungen wäre, die anderen Hüter vor ihm zu warnen, hätte er seine liebe Not gehabt. Der Erdhüter war von den vieren am schwersten einzuschätzen. Aber er konnte einem Kampf mit Selkor nicht ewig aus dem Weg gehen. Früher oder später würde er ihn schon ausfindig machen. Und selbst wenn nicht – mit dem Ring des Nadus, Darkweavers Amulett und drei der vier Schlüssel verfügte Selkor über ausreichend Macht, um sein Ziel auch ohne den Erdschlüssel zu erreichen.

»Ach Perdimonn«, murmelte er. »Wo willst du nur hin?«

Die Sonne brannte gnadenlos vom wolkenlosen blauen Himmel. In seiner schwarzen Kleidung, den hohen Lederstiefeln und dem warmen schwarzen Umhang hätte Selkor vor Hitze umkommen müssen, doch auf seiner Stirn stand kein einziges Schweißtröpfchen. Mit einer einfachen magischen Formel hatte er in seiner kleinen Zeitblase für angenehme Kühle gesorgt.

Dieser Zeitblase hatte es Selkor zu verdanken, dass er die Welle magischer Kraft überhaupt kommen sah. Obwohl er sie nur mit einem Drittel ihrer tatsächlichen Geschwindigkeit wahrnahm, konnte er lediglich zusammenzucken, bevor sie mit voller Wucht auf die Blase krachte und sie zerschmetterte. Es war, als würde sein Körper von einer Million kleiner Blitze getroffen, und ein erstickter Schrei entfuhr seiner Kehle. Jedes Nervenende in seiner Haut schickte ein Schmerzsignal ans Gehirn. Selkor brach zusammen und wälzte sich gequält am Boden.

Nach etwa dreißig Sekunden ließ die Pein nach und Selkors zuckender und zitternder Körper kam zur Ruhe. Er lag flach auf den Rücken und starrte in den klaren blauen Himmel über ihm. Die Wüstensonne brannte, die Luft flimmerte vor Hitze und der Schweiß brach ihm auf der Stelle aus.

Obwohl sein ganzer Körper brannte, brachte er es nicht über sich, sich zu bewegen. Schon der bloße Gedanke daran war schmerzhaft. Aber er konnte nicht einfach liegen bleiben, sonst würde Gevatter Tod ihm das letzte bisschen Leben auch noch aus dem Körper saugen. Die inneren Stimmen gewannen allmählich die Oberhand über den

Schmerz. Selkor rollte sich vorsichtig auf den Bauch und zwang sich auf alle viere. Keuchend hielt er inne, dann richtete er sich auf, bis er kniete.

»Gut gemacht«, beglückwünschten ihn die Stimmen. »Du bist stark. Du schaffst es. Du musst es tun. Hol dir den letzten Schlüssel und öffne das Tor. Dann erst kannst du ruhen. Dein Ruhm wird ewig währen. Als Auserwählter werden dich alle verehren. Steh auf. Geh weiter. Bleib nicht hier. Hier wartet nur der Tod. Geh weiter.«

Mit einem gequälten Schrei zwang sich Selkor auf die Füße und stolperte zu einem nahe gelegenen Felsen. Bei der Berührung mit dem Stein durchzuckte ihn erneut ein Schmerz, ähnlich einem starken Blitzschlag. Er fuhr zusammen, schrie erneut auf, blieb aber, an den Felsen gelehnt, stehen.

Sein Gesicht war schweißüberströmt und aus dem linken Mundwinkel rann Blut.

»Was in drei Teufels Namen war das?«, knurrte er in den Himmel, verschluckte sich, hustete und spuckte Staub aus. Mit dem verdreckten Ärmel wischte er sich über den Mund und verschmierte Blut und Schweiß übers ganze Gesicht.

Was auch immer diese Welle gewesen war, sie musste magischen Ursprungs sein, überlegte er, denn ansonsten hätte sie seine magischen Formeln nicht aufgelöst. Wenn es aber Magie war, und zwar eine so mächtige, dass sie ihm den Boden unter den Füßen wegriss, dann musste Perdimonn oder einer der anderen Hüter ihr Urheber sein.

»Diese idiotischen Tattergreise aus Terilla können es nicht gewesen sein, ihre Macht reicht nie über so große Entfernungen. Das warst du, Perdimonn!«, rief er in die leere Wüste. »Es wird dir aber nichts nützen. Früher oder später finde ich dich. Ich werde der Auserwählte sein. Das ist meine Bestimmung.«

Die Worte verhallten in der Einöde. Selkor knurrte verärgert, stieß sich mit dem Rücken vom Felsen ab und suchte breitbeinig sein Gleichgewicht. Schon der Gedanke daran, Magie einzusetzen, war ihm in seinem gegenwärtigen Zustand zuwider, doch er brauchte sie dringend, um sich gegen die glühende Hitze zu schützen.

Selkor reihte im Geiste die Runen aneinander und umgab sich mit einer Hülle aus kühler Luft. Ein erleichterter Seufzer entfuhr ihm, als die betäubende Hitze schlagartig verschwand. Allerdings begann sein schweißnasser Körper umgehend vor Kälte zu schlottern.

»Je früher ich aus dieser widerwärtigen Wüste herauskomme, desto besser«, murmelte er und strich sich das verklebte Haar aus dem Gesicht.

Selkor hätte sich wohl nicht so schnell der nächsten magischen Formel zugewandt, wenn er erst einmal in Ruhe über die Eigenschaften der Kraftwelle nachgedacht hätte. Doch blind vor Wut darüber, dass ihm ein unsichtbarer Gegner unerwartet den Boden unter den Füßen weggerissen hatte, machte er sich sofort wieder daran, die Zeit zu verzerren. Kaum hatte er die magische Formel ausgesprochen, da weiteten sich Selkors Augen vor Angst, denn den Bruchteil einer Sekunde, ehe der Zauber nach hinten losging, wurde ihm klar, dass er dieselben Höllenqualen noch einmal würde durchleiden müssen. Von allen Seiten traf ihn das Stoßfeuer aus kleinen Blitzschlägen, bis er zuckend und zitternd zusammenbrach und sich schreiend vor Schmerz am Boden wand.

Selkor blieb lange liegen. Die Arme fest um den Körper geschlungen und sich langsam hin und her wälzend, versuchte er den Schmerz aus dem Körper zu pressen. Nach einer Weile gingen seine Schreie in ein leises Stöhnen und Wimmern über. Als es ihm schließlich gelang, sich wieder aufzurappeln, waren sein Gesicht und seine Hände blutverschmiert und staubig, die Augen glänzten silbrig. Selkor atmete tief ein und brüllte einen Schwall von Flüchen in den Himmel.

Dann stand er nur da, mit gesenktem Kopf und lose herabhängenden Armen. Geschunden, blutend und schmutzig, wie er war, hätte man meinen können, Selkor wolle sich in den Wüstensand legen und sein Leben aushauchen. Doch der Magier war ganz und gar nicht bereit zu sterben. Wie ein Tiger, der im hohen Gras vorsichtig den Kopf hebt, um vor dem Sprung noch einen letzten Blick auf seine Beute zu werfen, so streckte sich auch Selkor. Aus seinen merkwürdig silbern schimmernden Augen blitzte wahrhaftig der Tod, doch es war der Tod, den er seinen Feinden zu bringen gedachte.

◎ ◎ ◎

Wie so häufig, wenn man vor einem scheinbar unlösbaren Rätsel steht, hatte Calvyns Geist über Nacht im Schlaf unterbewusst daran weitergearbeitet. Als er am nächsten Morgen erwachte, sah er die Lösung so klar vor sich, dass er meinte, vorher blind gewesen zu sein.

Es war seltsam, denn Calvyn hatte zuvor nicht einmal das Problem gekannt, das er versucht hatte zu lösen. Die Frage war mit der Antwort gekommen. Um sicher durch den Nebel zu finden, brauchte es nur eine einfache Verknüpfungsformel aus zwei Formeln, die er beide in den letzten Tagen gelernt hatte: Die magische Formel für den Schutzschild, den Akhdar eingesetzt hatte, ließ sich in einer abgeschwächten Variante auf ein großes Gebiet anwenden, da sie nicht Schutz bieten, sondern nur eine Grenze ziehen sollte. Die Runenfolge zum Vertreiben von Wasser, die

Lomand ihm beigebracht hatte, hätte innerhalb dieser Grenzen die Feuchtigkeit aus der Luft ziehen können.

Doch als die anderen aufstanden und die Pferde beluden, war Calvyns Idee bereits hinfällig geworden, denn der Nebel hatte sich inzwischen aufgelöst. Calvyn war etwas enttäuscht, dass er die Formel nicht ausprobieren konnte, notierte aber die Runen in sein Zauberbuch, um sie nicht zu vergessen.

Die gesamte folgende Woche verlief ohne Zwischenfälle, außer dass Calvyn und Jenna eine wachsende Beklemmung spürten, gegen die sie nicht ankamen. Als sie Shandar verließen und den Norden Thrandors erreichten, überkam Calvyn das unangenehme Gefühl, dass etwas Schreckliches passiert war oder unmittelbar bevorstand. Jenna ging es nicht anders.

»Es muss mit Bek und Jez zu tun haben. Oder mit Derra und den anderen«, glaubte Calvyn. »Es fing an, als wir die Grenze nach Thrandor überquert haben. Bestimmt ist ihnen etwas zugestoßen.«

»Du hast nur ein schlechtes Gewissen, weil du Derra die Befreiung allein überlassen hast«, widersprach Jenna. »Die sind mittlerweile bestimmt alle wieder sicher auf Burg Keevan, du wirst schon sehen.« Sie strahlte Zuversicht aus, verspürte im Innern ihres Herzens jedoch dieselbe Furcht wie Calvyn. Es kam ihr vor, als würden sie von einem Schatten verfolgt, den allem Anschein nach keiner der Magier bemerkte.

Calvyn war so beunruhigt, dass er Lomand darauf ansprach. Der Hüne lauschte ihm aufmerksam, schrieb Calvyns Bedenken aber seiner blühenden Fantasie zu. Wohl um Calvyn und Jenna abzulenken, verbrachten sie fortan fast jede Minute der Reise mit dem Studium der Magie. Hin und wieder ließ sich Meister Jabal zurückfallen und steuerte eine Lektion bei. Der Großmagier war ein hervorragender Lehrer, der das Wissen mit Leben erfüllte, indem er passende Beispiele und amüsante Anekdoten einstreute. Calvyn und Jenna lernten gern bei ihm.

Unweit von Steingrund, also bereits tief in Nordthrandor, machten sie eines Mittags in einem winzigen Dorf Rast. Calvyn und Jenna freuten sich, einmal nicht kochen zu müssen.

Im kleinen Schankraum des Wirtshauses »Zum fleißigen Steinmetz« war es warm und gemütlich. Als sie eintraten, knisterte im offenen Kamin ein Feuer und dünner Pfeifentabaknebel vermischte sich mit dem Rauch des Holzfeuers. Drei Dorfbewohner und der Schrankwirt, der an seiner Schürze zu erkennen war, saßen an der Theke, die Pfeife im Mund und je einen Tonkrug mit Fassbier vor sich. Die Decke des niedrigen Raums bildeten dicke Balken und Bretter, die Wände waren aus Naturstein gemauert und sauber verfugt.

Ein bärengroßer Hund lag vor dem Kamin. Als die Besucher den Raum betraten, folgte er ihnen mit den Augen, doch die Ohren zuckten kaum und zeigten damit an, dass er keinerlei Interesse an ihnen hatte. Die vier Männer am Tresen verstummten und beäugten die fünf in dunkle Umhänge gehüllten alten Männer und den Riesen, der aussah, als sei er einem Märchen entstiegen. Lomand musste sich nicht nur bücken, um durch die Tür zu kommen, sondern stieß sogar mit dem Kopf gegen die Holzbalkendecke. Als Calvyn und Jenna hinter den Magiern den Raum betraten, musterte der Schankwirt auch sie voll Misstrauen.

Wahrscheinlich liegt es an der merkwürdigen Gesellschaft, in der wir reisen, dachte Calvyn und lächelte in sich hinein.

Der Schankwirt nahm die Pfeife aus dem Mund, stand

auf und schlurfte hinter den Tresen, als suche er dort Schutz. Dem Dickwanst mit dem roten Gesicht waren die Neuankömmlinge offenbar nicht geheuer. Calvyn beobachtete belustigt, dass einer der Gäste ein kaum wahrnehmbares Handzeichen machte, offenbar eine Art abergläubischer Schutz gegen das Böse. Er grinste in sich hinein und fragte sich, ob die anderen es auch bemerkt hatten.

»Was kann ich für euch tun, ihr guten Leute?«, fragte der Schankwirt und versuchte, fröhlich und einladend zu klingen.

Akhdar, der selbst ernannte Sprecher der Gruppe, überhörte die erzwungene Freundlichkeit. »Sieben Krüge Bier für die Männer, bitte, guter Wirt. Und was möchtest du, Jenna?«

»Für mich dasselbe, bitte«, sagte Jenna und versuchte, dabei ihren thrandorischen Dialekt noch zu betonen.

»Acht Krüge Bier also, bitte, und Essen für alle. Was gibt es denn heute?«

Der Schankwirt scharrte nervös mit dem Fuß, riss sich aber zusammen und stammelte, vom gestrigen Braten sei noch etwas übrig, das reiche allerdings nicht für acht. Er habe aber noch reichlich Eintopf, frisches Brot und Butter dazu.

Akhdar bestellte acht Portionen Eintopf und erkundigte sich höflich, an welchen Tisch sie sich setzen dürften.

»Oh, ihr könnt frei wählen. Entschuldigt bitte«, fügte er nervös hinzu, »aber dürfte ich erfahren, wie ihr bezahlen wollt? Es ist nur, ich nehme grundsätzlich keine ausländischen Münzen an.«

Akhdar lächelte und langte in die Tasche. »Und die hier?«, fragte er und warf ein paar Gold- und Silbermünzen auf den Tresen.

Die Augen des Schankwirts weiteten sich beim Anblick

so viel Geldes. »Oh ja, Sir! Die nehme ich gern«, erklärte er, nunmehr mit einem breiten Lächeln auf dem Gesicht. Innerlich passte er wohl schon die Preise an, um den Fremden möglichst viel Geld abzuknöpfen, ehe die Gruppe weiterzog.

Calvyn war überrascht, denn bei den Münzen handelte es sich nicht etwa um shandesische Sen, Senna oder Sennut, sondern um thrandorisches Geld. Er fragte sich, wo der Magier es herhatte. Wahrscheinlich verfügte die Magierakademie über eigene Reserven.

Der Wirt begann mit dem Ausschenken des Bieres und Calvyn und Jenna holten die gefüllten Krüge vom Tresen und verteilten sie an ihre Begleiter. Die fünf Magier setzten sich an einen Tisch, während Lomand am Nachbartisch Platz nahm. Calvyn und Jenna gesellten sich zu ihm. Der Schankwirt wuselte durch eine Hintertür, die vermutlich zur Küche führte. Es dauerte nicht lange, da tauchte er mit einer Schüssel Eintopf in jeder Hand wieder auf. Eine Frau, offenbar seine Ehefrau, folgte ihm, ebenfalls schwer beladen. Sie war beleibt und trug eine sauertöpfische Miene zur Schau, die sich, als sie das Essen auf den Tisch stellte, zu einem gezwungenen Lächeln verzog. Die Wirtsleute brachten weitere Schüsseln mit Eintopf, Löffel und Messer, Butter und Brot. Schon bald waren die Gäste mit Essen und Trinken beschäftigt, noch immer unablässig beäugt von den drei Dorfbewohnern. Die Männer zogen an ihren Pfeifen, steckten die Köpfe zusammen und flüsterten verschwörerisch.

Die Meister begannen erwartungsgemäß, über ihre Erfahrungen mit Schenken und Gasthäusern zu diskutieren, und waren bald so in ihre Unterhaltung vertieft, dass sie alles um sie herum vergaßen. Calvyn, Jenna und Lomand löffelten zunächst schweigend ihren Eintopf. Dann kam Calvyn eine Idee.

»Jenna, wie lange, glaubst du, bräuchten wir von hier zur Burg Keevan?«

Jenna, die gerade einen Löffel Eintopf zum Mund führte, hielt in der Bewegung inne und dachte kurz nach.

»Vier oder fünf Stunden, vermute ich«, sagte sie achselzuckend. »Aber da wollen wir gar nicht hin, oder? Ich dachte, wir nehmen den Weg von Steingrund nach Süden in Richtung Levansbrück. Das ist der schnellste Weg nach Mantor.«

»Das stimmt schon«, erwiderte Calvyn nachdenklich. »Ich habe nur überlegt, ob du nicht einen Abstecher machen könntest und uns danach wieder einholst. So erfahren wir vielleicht, was in Shandrim geschehen ist, und wir wüssten, ob die anderen zurückgekehrt sind. Dann bräuchten wir uns keine Sorgen mehr zu machen. Würdest du das tun?«

»Ja, sicher«, erwiderte Jenna zögernd. »Aber was machen wir, wenn sie mich nicht wieder gehen lassen? Ich habe ja nicht deinen Rang und Stand, Calvyn. Im Moment bin ich eine Gefreite, die sich ohne Erlaubnis von der Truppe entfernt hat. Dafür können sie mich einsperren.«

»Das passiert bestimmt nicht, Jenna«, beruhigte Calvyn sie. »Ich habe dir doch gesagt, dass der Baron dabei war, als ich dem König meine Geschichte erzählt habe. Er weiß, was du getan hast, und ich bin mir sicher, dass ihm völlig klar ist, wie wichtig das war. Wenn du ihm sagst, dass du mit mir unterwegs bist und auch gleich Selkor erwähnst, wird er dir bestimmt jede erdenkliche Hilfe gewähren. Denk darüber nach.«

»Das kommt überhaupt nicht infrage«, unterbrach Lomand sie. Er deutete mit dem Löffel auf Calvyn. »Ihr habt euch dem Studium der Magie verschrieben. Das heißt, ihr tut, was die Großmeister und ich euch sagen. Und was mich angeht, so will ich nicht, dass ihr irgendwelche Ausflüge macht. Du hast hier in Thrandor vielleicht einen hohen Stand, Calvyn, aber solange du unser Schüler bist, ist es mir völlig einerlei, ob du Ritter, König oder der Kaiser von Shandar bist.«

»Aber Lomand …«

»Genug, Calvyn«, entschied Lomand mit fester Stimme. »Ohne die Erlaubnis der Meister oder meine geht ihr nirgendwohin, verstanden?«

»Ja, Lomand«, seufzte Calvyn ergeben.

Nach einer kurzen Pause grinste Lomand Calvyn breit an. »Ich sagte: ›Was mich angeht‹, also dürft ihr gern die Meister fragen, wenn ihr mögt.«

»Vielen Dank, Lomand«, erwiderte Calvyn grinsend und wendete sich wieder seinem Eintopf zu.

Calvyn wollte Jenna nicht drängen und ließ das Thema auf sich beruhen. Er kannte Jenna gut genug, um zu wissen, dass sie über seinen Vorschlag nachdenken und bald einen Entschluss fassen würde.

Darin täuschte er sich nicht. Ehe sie die Schenke verließen, um weiterzureiten, nahm Jenna Calvyn beiseite und sah ihn entschlossen an. Calvyn verlor sich so in ihren großen braunen Augen, dass er zunächst gar nicht wahrnahm, was sie sagte.

»… mit Jabal reden. Er wird uns ernst nehmen«, hörte er, als er aus seiner Versunkenheit erwachte.

Calvyn machte: »Hhmm«, als müsse er erst über ihre Worte nachdenken.

»Hast du mir überhaupt zugehört?«, flüsterte sie vorwurfsvoll.

»Nicht so richtig«, gab Calvyn mit einem schiefen Grinsen zu. »Habe ich dir schon mal gesagt, dass du wunderschöne Augen hast?«

Jenna musste lächeln und gab ihm einen flüchtigen Kuss.

»Ja, aber du kannst es mir immer wieder sagen, wenn du möchtest«, flüsterte sie ihm ins Ohr. »Also, was ich sagen wollte …«

»Wir sollten mit Jabal reden. Er würde uns ernst nehmen. Unterbewusst muss ich doch zugehört haben.«

Jenna knuffte ihn spielerisch an der Schulter und machte einen Schmollmund. Vergnügt gingen die beiden nach draußen zu den anderen.

»Danke noch mal!«, rief Calvyn über die Schulter zurück, als sie durch die Tür traten, damit die Meister annahmen, er habe noch mit dem Wirt gesprochen. Die Magier waren bereits aufgesessen und bedachten ihre beiden Schüler mit vorwurfsvollen Blicken.

Hinter den Fenstern des kleinen Dorfes bewegten sich die Vorhänge, durch die die Bewohner die Fremden neugierig beäugten. Manche standen auch einfach am Zaun ihres Vorgärtchens und gafften. In der Schenke würde am Abend einiges los sein, überlegte Calvyn grinsend, während er sich in Hakkaaris Sattel schwang. Sie hatten dem Dörfchen reichlich Stoff für Tratsch geliefert.

Jenna saß ebenfalls auf und trabte gleich mit ihrer Fuchsstute an, um sich neben Meister Jabal zu setzen. Der Magier musterte sie fragend von der Seite.

»Meister Jabal?«

»Ja, Jenna? Was gibt es?«

»Meister, Calvyn und ich haben, seit wir Shandar verlassen haben, eine ungute Vorahnung. Wir fürchten, dass es mit unseren Freunden zu tun hat, die dort festgehalten wurden. Wenn Ihr es gestattet, würde ich gern einen kurzen Abstecher zur Burg Keevan machen, wo Calvyn und ich ausgebildet wurden.«

»Wo ist denn diese Burg und was versprecht ihr euch davon?«, fragte Jabal nachdenklich.

»Die Burg liegt etwa vier bis fünf Stunden von hier entfernt, Meister Jabal. Ich könnte in Erfahrung bringen, ob unsere Freunde zurückgekehrt sind. In ein oder zwei Tagen hätte ich euch wieder eingeholt, spätestens im Levansbrück.«

Der Meister dachte eine Weile über Jennas Ansinnen nach. Sein Blick verlor sich in der Ferne, doch dann schüttelte er den Kopf.

»Tut mir leid«, erwiderte er, »aber ich halte das für keine gute Idee. Mir wäre nicht wohl dabei. Es fühlt sich falsch an. Und du würdest mit diesem Abstecher auch nichts erreichen. Was würdest du denn tun, wenn deine Freunde nicht auf der Burg wären und niemand etwas von ihnen gehört hat? Würdest du einen weiteren Rettungstrupp zusammenstellen wollen und nach Shandrim reisen, um nach ihnen zu suchen? Und wenn sie auf der Burg sind, was hättest du dann erreicht? Nichts. Nein, ich glaube, für den Moment ist es besser, wenn du hierbleibst. Ich fürchte, wenn du gingest, könnte etwas Schlimmes geschehen.«

»Aber Meister, ich könnte …«

»Nein, Jenna. So lautet die Antwort und damit ist die Sache erledigt«, erklärte Jabal nachdrücklich.

Jenna neigte den Kopf und ließ sich zu Calvyn und Lomand zurückfallen. Calvyn hob fragend eine Augenbraue und Jenna schüttelte kaum wahrnehmbar den Kopf. Calvyn wollte sich keinen Ärger mit den Magiern einhandeln, doch gleichzeitig regte sich sein Widerspruchsgeist und Zorn wallte in ihm auf.

In diesem Augenblick fragte Lomand: »Calvyn, weshalb machen wir diese Reise?«

Mit dieser schlichten Frage rückte Lomand alles wieder zurecht. Natürlich, ihre Aufgabe war es, nach Mantor zu gelangen und Perdimonn im Kampf gegen Selkor beizustehen. Das Leben vieler Menschen hing davon ab, dass sie Erfolg hatten. Bek, Jez und die anderen mussten, so schwer es für Calvyn und Jenna auch war, hinter dieser Aufgabe zurücktreten.

Calvyn seufzte schwer. Seine Züge entspannten sich. »Ihr habt recht, Lomand. Sagt, könnt Ihr Gedanken lesen?«, fragte er lächelnd.

»Völlig überflüssig«, erwiderte Lomand mit seinem brummenden Bass. »Dein Gesicht ist wie ein offenes Buch, Calvyn. Konzentriere dich darauf, was jetzt wirklich wichtig ist. Wenn du das tust, erschließt sich der Weg von allein.«

Sie hatten das Dorf jetzt hinter sich gelassen, und da der Weg eben und gut einsehbar war, ließen die Magier ihre Pferde antraben. Während die sanften grasbewachsenen Hügel an ihnen vorüberzogen, dachten Calvyn und Jenna an ihre letzte Reise nach Mantor. Es war ein langer Marsch gewesen, der sie in die Schlacht geführt hatte. Sie waren in der Unterzahl gewesen und hatten lange nicht gewusst, ob Mantor überhaupt noch in thrandorischer Hand war. Was hatte sich nicht alles verändert seit damals, da sie als frisch gebackene Gefreite im Baron Keevans Heer gedient hatten! Diesmal wartete in Mantor nur ein einziger Gegner, von dem aber eine erheblich größere Gefahr ausging als vom gesamten Nomadenheer jener Tage. Magier und magische Gegenstände, Hüter und Machtschlüssel – alles verschwamm zu einem Wirrwarr, die Vernunft wurde verwoben in ein Netz aus Möglichkeiten. Eine Schlacht zwischen zwei Heeren, mit all den Grausamkeiten, die mit ihr einhergingen, wäre diesem Kampf vorzuziehen, überlegte Calvyn grimmig.

»Au!«, rief Jenna plötzlich und fasste sich an die Brust.

»Was ist denn?«, fragten Calvyn und Lomand wie aus einem Mund.

»Ach, es ist nur der Pfeil, den Perdimonn mir gegeben hat«, sagte sie mit einem entschuldigenden Blick. »Er zwickt mir dauernd in die Haut. Ich trage ihn vielleicht besser über dem Waffenrock. Perdimonn hat ihn wohl nicht für einen flotten Ritt gemacht.«

Jenna zog den silbernen Pfeil am Lederbändchen hervor und rieb dann leicht über die schmerzende Stelle, wo der Pfeil ihre Haut gestochen hatte.

Jenna war keine geübte Reiterin, und es fiel ihr schwer, im Takt mit dem Pferd leicht zu traben. Immer wieder plumpste sie hart in den Sattel, sodass ihr schon bald das Hinterteil wehtat. Da das Reiten ihre ganze Aufmerksamkeit erforderte, hatte sie keine Gelegenheit, einen Blick auf den Pfeil zu werfen. Sonst wäre ihr aufgefallen, dass die Spitze direkt auf ihren Körper zeigte.

Die Magier behielten das flotte Tempo den ganzen Nachmittag über bei. Als es Abend wurde, waren kein Dorf und keine Unterkunft in Sicht. Akhdar machte schließlich halt und sie errichteten neben einem Wäldchen am Wegesrand ein Lager. Calvyn, Jenna und Lomand, die mittlerweile Übung darin hatten, stellten im Handumdrehen das Zelt auf. Bald war auch ein Windschutz errichtet, das Feuer knisterte, in einem großen Kessel dampfte Dahl und es wurde Brot, Käse und gesalzenes Fleisch herumgereicht. Nahe am Feuer lagen Steine, die ihnen später im Zelt die Füße wärmen sollten.

Jenna und Calvyn aßen schweigend. Jenna spürte, dass sich Calvyn noch um Bek, Derra und die anderen sorgte, und ihr erging es nicht anders. Nach dem Essen gab sie den anderen Bescheid, dass sie zum nahe gelegenen Bach gehen und sich den Staub von der Reise abwaschen wolle.

Der Mond war fast voll. Trotzdem brauchte Jenna, als sie sich vom Lagerfeuer entfernte, eine Weile, bis sich ihre Augen an die Dunkelheit gewöhnt hatten. Doch dann beschleunigte sie ihren Schritt und streckte die vom Reiten steifen Glieder.

Im Wäldchen war es unheimlich still. Als Jenna kurz anhielt und lauschte, konnte sie in der Ferne die Stimmen der Magier hören, die sich am Feuer unterhielten. Unwillkürlich vermied es auch Jenna, Geräusche zu machen. Gedd hatte ihr beigebracht, wie man sich lautlos durch den Wald bewegt, und Jenna nutzte die Gelegenheit, das zu üben. Gedd fände es sicher lustig, dachte sie, doch ihr war die Umgebung unheimlich. Je mehr sie sich einredete, dass sie in Thrandor war und hier mit ziemlicher Sicherheit keine Gefahren lauerten, desto unruhiger wurde sie.

Bald hörte Jenna das Rauschen des Baches. Sie freute sich darauf, sich den Schmutz von der Haut zu waschen, auch wenn das Wasser wahrscheinlich eiskalt war. Was gäbe sie für ein dampfendes Bad und duftende Seife! Schon bei dem Gedanken daran lief ihr ein angenehmer Schauer über den Rücken. Doch vorerst musste sie mit einem kleinen Stück Kernseife und einem Fetzen Stoff vorliebnehmen.

Das Mondlicht fiel durch die Bäume und warf geisterhafte Schatten. Das Wasser des Bächleins wirkte trotz des silbrigen Mondscheins rabenschwarz, doch dort, wo es über die Steine plätscherte, sah Jenna, dass es glasklar war. Sie setzte sich ans Ufer, zog Stiefel und Socken aus, wappnete sich innerlich gegen die Eiseskälte und stellte die nackten Füße ins Wasser.

Obwohl es so kalt war, empfand es Jenna als Wohltat, den Schmutz der Reise loszuwerden, und sie wackelte eine Weile wohlig mit den Zehen. Dann zog sie die Füße aus dem Wasser und kniete sich ans Ufer. Sie tauchte den Lappen ins Wasser und seifte ihn ein. Dabei fiel ihr Blick auf den silbernen Talisman, der an dem Lederbändchen baumelte.

Es sah aus, als schwenke die Pfeilspitze zwischen zwei Zielen hin und her. Dann begann der Pfeil zu beben. Jenna ließ Lappen und Seife fallen. Entsetzt erkannte sie, was das zu bedeuten hatte.

5

Femke wartete vor der Tür zum kaiserlichen Arbeitszimmer. Einmal mehr hatte sie ein ungutes Gefühl. Noch vor wenigen Wochen hätte sich Femke darauf gefreut, dem Kaiser Bericht zu erstatten. Warum sie sich nun plötzlich davor fürchtete, war ihr selbst ein Rätsel. Ein Rätsel, dessen Lösung sich bereits schattenhaft abzuzeichnen begann, aber noch konnte Femke es nicht fassen. Es fehlten nur noch wenige Teile, dann hätte sie das Puzzle zusammengesetzt, dessen war sich Femke sicher.

Der Auftragsmörder Shalidar war eines der Teile, die noch nicht passten, egal wie sie es auch drehte. Nachdem sie sich von ihrer Flucht über die Dächer erholt hatte, war sie ihm weitere zwei volle Tage gefolgt – ohne jedes Ergebnis. Shalidar war nicht noch einmal in das Stadtviertel zurückgekehrt, wo sie ihn zuerst beobachtet hatte. Mehr als das, er hatte mit niemandem gesprochen, der auch nur entfernt mit dem Heer zu tun hatte. Der Entschlüsselung dieses Rätsels um Shalidar würde sie sich in ihrer freien Zeit noch widmen.

Im Palast herrschte eine gewisse Anspannung, die angesichts der Sicherheitslage nicht weiter überraschte. Die Kundgebungen in der Stadt nahmen an Zahl und Umfang zu, und Femke wusste mittlerweile von mindestens drei Anführern verschiedener Fraktionen, die nicht abgeneigt waren, Kaiser von Shandar zu werden. Femke fragte sich, ob sie wohl angenehmere Auftraggeber wären. Doch auch nur einen Gedanken an Verrat zu verschwenden, war in ihrem Gewerbe lebensgefährlich. Sie schlug sich das besser aus dem Kopf.

Die Tür zum Arbeitszimmer des Kaisers öffnete sich und einer der kaiserlichen Bediensteten winkte sie herein.

»Seine Kaiserliche Majestät wünscht dich zu sehen«, sagte er steif, neigte den Kopf, als sie eintrat, und schloss dann die Tür von außen.

Mittlerweile war ihr das Unwohlsein, das sie überkam, wenn sie dem Blick des Kaisers begegnete, schon vertraut, und sie entging ihm durch einen tiefen Knicks.

Auf dem Tisch des Kaisers stapelten sich Bücher, Schriftrollen und Notizzettel, einige in der Handschrift des Kaisers, die meisten jedoch in einer flüchtigen spinnenartigen Schrift, die Femke nicht kannte. Merkwürdigerweise lag zuoberst eine solche Notiz, die wirkte, als sei sie nicht vollständig. Wer gab denn dem Kaiser einen unfertigen Bericht?

Wie ein Maler, der einen Augenblick auf der Leinwand einfängt, machte sich Femke ein geistiges Bild von allem, was sie vor sich sah: Die Papiere waren über den Tisch verstreut, die Schreibfeder und das geöffnete Tintenfass offenbar eben noch in Gebrauch gewesen. Die Karte von Shandar lag ausgebreitet über den Schriftrollen und mitten in diesem Durcheinander stand der Kristallkelch mit dem Rotwein.

Femke hatte zwar nur den Bruchteil einer Sekunde für ihre Bestandsaufnahme benötigt, doch dem Kaiser war ihr Blick aufgefallen. Scheinbar beiläufig schob er die Papiere zusammen, achtete aber darauf, dass nun ein Papier mit seiner eigenen Handschrift obenauf lag. Er verbarg etwas vor Femke. Aber immerhin ist er der Kaiser und ich bin die Spionin, dachte sie für sich. Was der Kaiser auf seinem Schreibtisch hatte, war allein seine Sache. Femke sollte für ihn spionieren und nicht etwa ihn ausspionieren.

Als sich der Kaiser wieder aufrichtete, blitzte aus seinen Augen die Kälte, die Femke so beunruhigte, während er sie um ihren Bericht bat.

»Eure Kaiserliche Majestät, die Kundgebungen nehmen an Größe und Häufigkeit zu. Eine der gestrigen Versammlungen, die von Eurem jüngeren Bruder Gouverneur Mariza einberufen wurde, endete mit Unruhen. Mehrere Stadtwächter und wohl doppelt so viele Aufständische wurden schwer verletzt. Im Lauf dieser Woche wurden bei Straßenschlachten mindestens vier Menschen getötet. Wenn es nicht gelingt, die Bevölkerung zu besänftigen, wird diese Zahl sicher noch steigen.«

»Mariza ist ein Dummkopf«, unterbrach der Kaiser sie kalt. »Aber du hast schon recht – ein Dummkopf mit einer ansehnlichen Gefolgschaft. Hast du Kenntnisse darüber, ob sich noch jemand als künftiger Kaiser sieht?«

»Ja, Eure Majestät, es gibt noch mindestens zwei weitere Männer, beides Gouverneure.«

»Was für eine Überraschung!«, entgegnete der Kaiser sarkastisch. »Komm schon, Femke, wer?«

»Sammaris und Daraffa, Eure Majestät. Es scheint, dass beide hier in der Stadt eine beträchtliche Zahl Anhänger haben. Die Bevölkerung ist Euch nicht wohlgesonnen, Eure Majestät. Die Stadtwächter bemühen sich nach Kräften, die Unruhen einzudämmen, aber einiges deutet darauf hin, dass Ihr auch in ihren Reihen Feinde habt.«

Der Kaiser nahm den Weinkelch und führte ihn an die

Lippen. Dann lächelte er Femke mit einer Zuversicht an, die sie an seiner Stelle bestimmt nicht hätte aufbringen können.

»Ich habe dir und deinen Fähigkeiten schon immer größte Wertschätzung entgegengebracht, Femke. Du bist hartnäckig, erfindungsreich und ehrlich. Ich bewundere das, und daher werde ich dich mit einer besonders wichtigen Aufgabe betrauen, aber dazu kommen wir gleich. Sei zunächst gewiss, mein Kind, dass ich das, was du unausgesprochen lässt, lesen kann wie jeden schriftlichen Bericht. Du fragst dich, warum ich die Aufstände nicht von Anfang an im Keim erstickt habe. Glaube mir, ich habe es erwogen. Es hat mir in den Fingern gejuckt, die jämmerlichen Putschversuche meiner Möchtegernrivalen niederzuschlagen und das Klagelied der Bürger, die in der Schlacht von Thrandor Verwandte oder Freunde verloren haben, verstummen zu lassen. Immerhin sind die Soldaten freiwillig ins Heer eingetreten und haben sich den Sold des Kaisers gern in die Taschen gesteckt. Das Heer ist dazu da, Schlachten zu schlagen, und dabei gibt es auch Tote. Nun, die Zeit des Wartens ist vorbei. Sie hat sich gelohnt, denn jetzt kenne ich die wahren Feinde meiner Regentschaft. Jetzt kann ich sie mit einem Handstreich vernichten. Gleichzeitig werde ich den Bewohnern von Shandrim zeigen, weshalb das Heer hier ist und wozu es fähig ist.«

Der Kaiser hielt inne und nahm noch einen Schluck Wein. Allein diese kleine Geste ließ Femke erneut erschauern. Vielleicht verliert der Kaiser ja den Verstand, überlegte sie. Vielleicht fällt er darum so merkwürdige Entscheidungen. Wenn es so war, dann würde das erklären, warum sie in den vergangenen Wochen in seiner Gegenwart so ein mulmiges Gefühl hatte. Doch als sich ihre Blicke trafen, sah Femke in seinen Augen nicht Wahnsinn, sondern Kälte und berechnende Bosheit. Das flößte ihr mehr Angst ein als die Vorstellung, dass er den Verstand verloren haben könnte. Aber wie kam sie eigentlich darauf, dass es Bosheit war? Er hatte Femke schließlich nie etwas getan. Vielleicht war sie es ja, die den Verstand verlor, musste Femke erwägen.

»Wenn du zurückkehrst, Femke, wird sich Shandrim verändert haben. Morgen werde ich sieben Legionen hierher beordern und sämtliche wehrtauglichen Männer der Stadt einberufen lassen. Sollen die Frauen und Kinder auf die Straße gehen – die Männer jedenfalls werden dem Heer beitreten. Wer sich weigert, wird an der Stadtmauer aufgeknüpft. Und Mariza, Sammaris und Daraffa werden für ihren Verrat hängen.«

Deshalb also hatte Shalidar sich mit dem Heeresvertreter getroffen, dachte Femke, enttäuscht, weil sie nicht selbst draufgekommen war. Der Kaiser hat ihn als Mittelsmann eingesetzt, um mit den Heerführern Kontakt aufzunehmen, bevor sie die Stadt mit Gewalt einnehmen.

»Möchtet Ihr, dass ich Shalidar rufen lasse?«, fragte Femke in dem Versuch, dem Kaiser vorzumachen, dass ihr seine militärischen Absichten die ganze Zeit bekannt gewesen waren.

»Was soll ich mit Shalidar?«, erwiderte der Kaiser aufrichtig erstaunt. »Das Heer kann die Gouverneure festnehmen und hängen. Dafür brauche ich keinen Auftragsmörder.«

»Oh, ich weiß auch nicht«, stammelte Femke und kam sich schrecklich dumm vor. »Ich dachte nur. Da habe ich wohl etwas durcheinandergebracht, Eure Majestät.«

Femke war nun völlig verwirrt. Unter dem durchdringenden Blick des Kaisers konnte sie keinen klaren Gedanken fassen. Wenn der Kaiser Shalidar nicht als Mittelsmann benutzte, welche Rolle spielte der Auftragsmörder dann?

Die Sache war wohl doch erheblich komplizierter, als sie angenommen hatte.

»General Surabar wird mit diesen lächerlichen Aufständen schon fertig. Wenn die Rebellenführer erst bestraft und die Männer zum Heer eingezogen sind, werden unsere vereinten Streitkräfte in Thrandor einmarschieren. Diesmal werden wir uns keine Fehler erlauben. Diesmal wird Thrandor unser sein«, erklärte der Kaiser im Brustton der Überzeugung.

Femke überraschte die Einschätzung des Kaisers nicht. General Surabar hatte einen geradezu legendären Ruf als Oberbefehlshaber. Nur eine Handvoll Männer waren jemals in den Rang eines Generals erhoben worden, denn für gewöhnlich wurden die Legionen von Kommandanten geführt, und wenn mehr als eine Legion an einem Feldzug beteiligt war, so einigten sich die jeweiligen Kommandanten auf eine Strategie. Dieser gemeinsame Plan wurde umgesetzt, indem jeder Kommandant seinen Teil des Plans durchführte. Diese Befehlsordnung war in der jüngeren Geschichte nur einmal durchbrochen worden: als beim Angriff auf Thrandor erstmals Zauberer die Streitkräfte befehligten. Femke konnte sich kaum vorstellen, dass der Kaiser diesen Fehler in nächster Zukunft noch einmal begehen würde.

»Für dich, Femke, habe ich eine überaus wichtige und schwierige Aufgabe. Ich bin nicht sicher, wo sie dich hinführen wird, und empfehle dir deswegen, ausreichend Proviant mitzunehmen. Du sollst auch genug Gold bekommen, damit du zurechtkommst.«

»Gold, Eure Kaiserliche Majestät? Für die Erledigung meiner Aufgaben habe ich noch nie Gold gebraucht«, entgegnete Femke überrascht.

»Aber ich habe dich auch noch nie so weit weggeschickt.

Ich möchte, dass du den thrandorischen Kämpfer Bek findest, der aus der Arena geflohen ist. Finde ihn und unterstütze ihn auf jede erdenkliche Art.«

Femke war verblüfft. »Ihn unterstützen, Eure Majestät? Wobei?«

»Er versucht, den Zauberlord Shanier zu finden und zu töten. Hilf ihm, dieses Ziel zu erreichen, und bring mir dann zum Beweis seines Erfolgs ein Zeichen. Der thrandorische Kämpfer hat einen Goldring bei sich, den ich ihm gegeben habe. Wenn er Shanier getötet hat, bring mir den Ring. Erst dann ist deine Aufgabe erledigt.«

Femke war wahrhaft überrascht und neugierig, aber gleichzeitig auch verletzt. Das klang eher nach einer Aufgabe für einen Auftragsmörder. Femke war in erster Linie Spionin. Sie verstand sich am besten darauf, in Shandrim Intrigen aufzudecken. Warum schickte der Kaiser nicht Shalidar? Und wozu das Zeichen? Vertraute der Kaiser ihr nicht mehr? Hatte er deshalb etwas in dem Stapel Papiere vor ihr verborgen? Gab es etwa einen neuen Spion, von dem Femke nichts wusste und der ihre Stellung übernehmen sollte? Femke hatte eine Unzahl von Fragen, die sie dem Kaiser gern gestellt hätte, doch natürlich tat sie nichts dergleichen. Er hatte ihr einen Auftrag erteilt. Nun lag es an ihr, zu beweisen, dass er sich auf sie verlassen konnte.

»Es wird geschehen, wie Ihr befehlt, Eure Majestät«, antwortete sie. »Gibt es noch etwas, Eure Majestät?«

»Nein, Femke. Das ist alles. Viel Glück und möge Shand deine Schritte beflügeln.«

Femke verbeugte sich und schritt rückwärts zur Tür. Ihre Gedanken überschlugen sich geradezu. Als sie sich umdrehte, um den Raum zu verlassen, fuhr Femke vor Schreck zusammen, als sie sich buchstäblich Aug in Aug mit Shalidar wiederfand.

»Tut mir leid«, entschuldigte er sich mit seiner Flüsterstimme. »Ich wollte dich nicht erschrecken. Ist Ihre Kaiserliche Majestät heute in guter Stimmung?«

»So gut wie eh und je«, erwiderte Femke, die innerlich ihren Schreck abschüttelte und einen Schritt zur Seite machte.

Shalidar legte ihr eine Hand auf die Schulter und hielt sie so zurück. »Er hat dich wohl auf eine Reise geschickt?«, hauchte er offensichtlich amüsiert.

»Was? Woher …«

Shalidar lachte leise und schüttelte den Kopf. »Du willst mir doch nicht erzählen, dass du nicht schon selbst draufgekommen bist, was hier los ist? Ich dachte, ihr Spione wisst alles!«

Femke schüttelte seine Hand ab und schob sich an ihm vorbei. Von Shalidar würde sie sich nicht reizen lassen. Sie marschierte an ihm vorbei, als sei er Luft.

»Ach, und Femke«, rief ihr Shalidar krächzend hinterher, »mach dir nicht die Mühe, mir weiterhin zu folgen. Das bringt dich auch nicht weiter.«

Femke drehte sich weder um noch verlangsamte sie ihre Schritte, doch innerlich kochte sie vor Wut. Er hatte gewusst, dass sie ihm folgte. Darum also hatte sie nichts herausfinden können. Shalidar verfügte offensichtlich über Informationen, die ihre Spitzel nicht ausgegraben hatten. Zudem hatte er sie zwei Tage lang absichtlich an der Nase herumgeführt. Femke fluchte innerlich.

Sie wusste natürlich, dass Shalidar einer der Besten seines Fachs war. Hätte sie sich da nicht denken können, dass er merkte, wenn er verfolgt wurde? Sie fragte sich, ob sie langsam nachließ. Warum schickte der Kaiser sie aus der Stadt und warum wusste ein Auftragsmörder noch vor ihr darüber Bescheid? Wenn der Kaiser wollte, dass jemand diesem

Thrandorier Bek unter die Arme griff, warum hatte er dann nicht gleich nach seinem Verschwinden jemanden hinter ihm hergeschickt? Soweit Femke gehört hatte, konnte dieser Thrandorier genauso gut schon lange tot sein, denn der Kämpfer Serrius hatte ihn schwer verletzt.

»Zu viele Fragen und keine einzige Antwort«, murmelte Femke verzagt. Achselzuckend machte sie sich auf den Weg in die kaiserliche Schatzkammer, um das Gold abzuholen, wie vom Kaiser verlangt. Wenigstens brauchte sie bei diesem Auftrag nicht leben wie eine Bettlerin. Wenn der Kaiser ihr schon seine Schatzkammer öffnete, galt es, möglichst viel herauszuholen.

◎ ◎ ◎

»Da ist sie also«, erklärte Perdimonn zufrieden. »Mantor, die Hauptstadt von Thrandor.«

»Ich habe sie mir irgendwie größer vorgestellt.« Arred musterte enttäuscht die Stadtmauer in der Ferne.

»Na ja, das war sie bis vor Kurzem auch. Aber die Nomadensippen aus der Einöde Terachim haben den im Tal gelegenen neueren Teil der Stadt geplündert und niedergebrannt. Die Leute hatten wohl noch keine Gelegenheit, die Trümmer wegzuräumen, geschweige denn die Stadt wiederaufzubauen. Ist einer von euch schon mal hier gewesen?«, fragte Perdimonn.

Keiner der anderen Hüter kannte Mantor und die Aussicht, der Stadt nun einen Besuch abzustatten, schien sie auch nicht besonders zu begeistern. Alle drei hatten bisher ein Einsiedlerleben geführt, im Einklang mit der Welt und dem Element, das sie hüteten.

»Keine Sorge«, meinte Perdimonn vergnügt und sah entschlossen über die mangelnde Begeisterung der anderen

Hüter hinweg. »Wir werden sowieso nicht lange dort bleiben.«

»Perdimonn? Warum müssen wir überhaupt nach Mantor?«, fragte Rikath plötzlich. »Das ist doch jetzt gar nicht mehr nötig. Du bist der Einzige, der die Zeit verzerren kann. Wir könnten Selkor immer einen Schritt voraus sein. Jedes Mal, wenn er uns zu nahe kommt, entwischen wir ihm wieder. Du hast erreicht, dass Selkor nie deinen Schlüssel bekommen wird. Er wird niemals der Auserwählte sein. Also, was sollen wir noch in Mantor? Du gibst Selkor doch nur die Gelegenheit, uns einzuholen.«

Perdimonn seufzte. »Du hast natürlich recht, Rikath. Wir könnten einfach weiter wegrennen und uns verstecken. Aber ich halte das für keine gute Idee. Ich brauche dich wohl nicht daran zu erinnern, dass Selkor im Augenblick eine größere Macht in den Händen hält, als Darkweaver sie je besaß. Er kann damit große Zerstörung anrichten. Davor können wir nicht einfach die Augen verschließen. Noch wissen wir nicht, was Selkor mit dieser geballten Macht eigentlich anstellen will, aber ich nehme an, er hat etwas Bestimmtes vor. Jemand muss sich ihm entgegenstellen, Rikath. Und die Einzigen, die dazu in der Lage sind, sind der Hohe Rat der Magier und wir selbst, und zwar nur, wenn wir gemeinsam handeln.«

»Sich ihm entgegenstellen, Perdimonn? Wozu?«, fragte Morrel zweifelnd. »Wir können ihm nichts antun. Und das Wissen, das er sich angeeignet hat, können wir ihm auch nicht wieder wegnehmen. Wozu soll ein Kampf dann gut sein?«

»Wie ich schon sagte: Wir müssen herausfinden, was er vorhat. Wenn Selkor nur als der Auserwählte in die Geschichtsbücher eingehen will, mache ich mir keine größeren Sorgen, obwohl mir nicht wohl dabei ist, dass ein Magier mit einer solchen Machtfülle durch die Welt geistert. Aber ich bezweifle, dass ihn allein die Eitelkeit treibt. Du hast recht, wir können ihn nicht töten, aber wenn wir herausfinden, was er vorhat, können wir einen Plan schmieden. Wenn wir für die Umsetzung dieses Plans den Rest unseres Lebens brauchen, dann ist es eben so. Falls die Mehrheit dafür ist, ihn in Ruhe zu lassen, beuge ich mich diesem Entschluss. Aber mein Bauch sagt mir, dass das keine Lösung ist. Vorsichtshalber habe ich bereits ein paar Ideen ausgearbeitet.«

»Ach ja?« Arreds Augen blitzten neugierig. »Hast du vielleicht noch ein Ass im Ärmel?«

»So könnte man es ausdrücken«, erwiderte Perdimonn mit grimmiger Miene. »Das Trumpfass ist allerdings die Option, die keiner von uns leichtfertig ausspielen sollte – darüber rede ich erst, wenn uns kein anderer Ausweg mehr bleibt.«

Eine halbe Stunde lang ritten die vier schweigend weiter und überquerten bald die Brücke über den Fallow. Kurz vor den Stadttoren erkannten sie, dass die Aufräumarbeiten außerhalb der Stadtmauer doch vorangetrieben wurden. Die im Schutt umherwuselnden Menschen wirkten von Weitem wie Ameisen. Perdimonn trieb die anderen zur Eile an und sie hielten auf das Haupttor zu.

»Wo werden wir in der Stadt unterkommen, Perdimonn?«, fragte Arred.

»Ehe wir uns Gedanken über eine Unterkunft machen, würde ich mich gern mit Malo unterhalten«, antwortete Perdimonn.

»Malo? Wer ist das, ein alter Freund?«

»Nicht gerade!«, lachte Perdimonn. »Obwohl ich schon seinen Vater kannte. Malo ist der König von Thrandor. Sein Palast liegt oben auf dem Hügel.«

»Der König!«, rief Rikath überrascht aus. »Warum sollten wir mit dem König reden?«

»Na ja, immerhin ist es sein Königreich, Rikath«, antwortete Perdimonn vorwurfsvoll. »Und seine Stadt. Er sollte wissen, was ihn erwartet.«

»Wir marschieren also einfach zum Palast, klopfen an die Tür und sagen: ›Hallo, holt doch mal bitte den König. Wir wollen ein kleines Schwätzchen mit ihm halten‹«, merkte Arred sarkastisch an.

Perdimonn sah zu ihm hinüber und grinste. »Na ja, ich würde nicht genau diese Worte wählen. Aber im Grunde werden wir es genau so machen. Wenn die Wachen nicht mitspielen, müssen wir sie eben überzeugen. Das dürfte nicht weiter schwierig sein. Die Leute hier leben seit zweihundert Jahren ohne Magie. Schon eine einfache magische Formel wird ihnen beweisen, dass sie uns ernst nehmen müssen.«

»Eine einfache Formel«, lachte Rikath. »Genau, Perdimonn, etwas ganz Einfaches. Darauf freue ich mich jetzt schon. Ich habe das dumpfe Gefühl, dass du die Sache hier etwas unterschätzt.«

»Wie meinst du das, Rikath?«

»Wir werden sehen«, lachte sie. »Etwas Einfaches! Haha, das ist gut!«

Sie ritten durch das Stadttor und auf direktem Weg in Richtung Palast. Die Straßen waren nicht besonders belebt, sodass die Hüter auf ihren Pferden gut vorankamen. Marktschreier und Straßenverkäufer priesen lautstark ihre Waren an, doch je weiter die Hüter den Hügel zum Palast hinaufkamen, desto stiller wurde es. Die Häuser wurden größer und prunkvoller und die Reiter begegneten immer weniger Menschen. Als sie auf die Straße einbogen, auf den Palast zuführte, war weit und breit niemand mehr zu sehen.

Als sie auf das zweiflüglige goldfarbene Tor zuritten, bemerkten die Hüter die davor postierte königliche Garde.

»Überlasst das mir«, wies Perdimonn die anderen an.

»Wie du meinst, alter Mann«, stimmte Rikath schmunzelnd zu.

Perdimonn bedachte sie mit einem finsteren Blick, ging dann jedoch mit entspannter Miene auf die Wachen zu. Wie auf ein geheimes Zeichen nahmen die beiden Haltung an, kreuzten ihre Waffen und versperrten so symbolisch das Tor.

»Halt!«, befahl einer der beiden. »Wer seid Ihr und was habt Ihr vor dem Amtssitz des Königs zu suchen?«

»Ich bin Perdimonn, ein Magier. Meine Begleiter und ich möchten uns dringend mit dem König von Thrandor beraten.«

»Ihr erklärt öffentlich, dass Ihr ein Magier seid, Herr? Sind Euch denn die thrandorischen Gesetze gegen die Magie nicht bekannt?«, fragte der ältere Wachmann überrascht.

»Ich bin mit den Gesetzen dieses Landes bestens vertraut, Korporal«, antwortete Perdimonn, der die Streifen auf der Schulterklappe der Uniform erkannt hatte. »Wir sind hier, um dem König wichtige Nachrichten zu überbringen. Außerdem verbietet Euer Gesetz die *Ausübung* von Magie in Thrandor. Verstößt es auch bereits gegen das Gesetz, Magier zu sein?«

»Es tut mir leid, aber ich kann Euch und Eure Freunde nicht einfach in den Palast spazieren lassen, nur weil Ihr behauptet, Nachrichten für den König zu haben. Ich empfehle Euch, Eurer Wege zu gehen«, erklärte der Korporal höflich.

»Ist Euer Hauptmann abkömmlich, Korporal?«

»Er ist im Wachraum, aber ich kann Euch versichern,

dass er nicht anders urteilen wird als ich. Möglicherweise wird er Euch sogar festnehmen, weil Ihr Magier seid.«

»Ach, tatsächlich?«, meinte Perdimonn mit gesenkter Stimme. »Ich schlage vor, dass Ihr ihn schnell holt, sonst geschieht etwas, was sogar den König herbeieilen lassen würde.«

Der Korporal sah ihn erstaunt an. Der Alte lächelte noch immer und in seinen blauen Augen blitzte der Schalk. Dennoch konnte sich der Wachmann seinen Worten nicht entziehen. Er ging zum Wachraum und verschwand durch die Tür.

Als er wieder auftauchte, folgte ihm ein Hauptmann, der die merkwürdige Besuchergruppe mit durchdringendem Blick musterte. Er erblickte einen einfach gekleideten alten Mann, einen schlaksigen Kerl mit leuchtend rotem Haar, einen kleinen, stämmigen Burschen und eine hübsche dunkelhaarige Frau in einem ungewöhnlichen meergrünen Kleid. Das sind alles andere als alltägliche Besucher, dachte er bei sich, als er sich vor den Alten stellte, der offenbar der Sprecher der Gruppe war.

»Danke, dass Ihr gekommen seid, Hauptmann«, begann Perdimonn freundlich. »Wie ich dem guten Korporal hier schon zu erklären versuchte, müssen wir uns mit dem König über eine äußerst dringliche Angelegenheit beraten. Wenn Ihr also so gut sein wollt, uns in den Palast zu führen, seid Ihr uns auch schon bald wieder los.«

»So stellt Ihr euch das also vor?«, fragte der Hauptmann, unsicher, ob der alte Mann es ernst meinte.

»Ja, das wäre die einfachste Lösung«, bestätigte Perdimonn mit dem üblichen belustigten Blitzen in den Augen.

»Und wenn ich Euch nicht einlasse?«, fragte der Hauptmann. Seine Mundwinkel zuckten belustigt nach oben.

Perdimonns Miene verfinsterte sich und er schüttelte den

Kopf. »Das wäre keine gute Idee, Hauptmann. Ich bin heute gut gelaunt, deshalb würde ich den Schaden gering halten, wenn ich mich zum König durchkämpfen müsste. Aber so oder so werde ich heute noch mit ihm sprechen.«

»Was für einen Schaden? Mein Korporal hat gemeldet, dass Ihr behauptet, Magier zu sein. Kennt Ihr die Strafe, die in Thrandor auf die Ausübung von Magie steht?«

»Meint Ihr solche Magie?«, fragte Perdimonn. Er konzentrierte sich und streckte dem Hauptmann die flache Hand entgegen. Aus dem Nichts tauchte eine kleine weiße Kugel auf, die immer heller strahlte.

»Oh, das ist nett«, erklärte der Hauptmann höflich. »Wahrscheinlich könnt Ihr auch Münzen verschwinden lassen und Seiltricks vorführen, aber damit kommt Ihr nicht vor den König. Bitte, tut Euch einen Gefallen und geht Eurer Wege. Ich möchte Euch nur ungern einsperren.«

Perdimonn schloss die Hand um die Lichtkugel. »Hört zu, Hauptmann, und zwar genau. Euer Volk hat genug mit dem Aufbau der Unterstadt zu tun. Nur für ein paar Worte mit dem König will ich wahrlich nicht durch das Tor hier brechen oder die Palastmauern niederreißen.«

Der Hauptmann musterte sein Gegenüber und die dicken Mauern rund um das weitläufige Palastgelände, dann brach er in schallendes Gelächter aus. »Palastmauern niederreißen … Hahaha! Ich muss schon sagen, Ihr habt mir heute meinen ersten Lacher beschert. Die Leute versuchen ja auf jede erdenkliche Weise, in den Palast zu gelangen, aber Ihr seid der Erste, der damit droht, die Mauer einzureißen. Habt Dank für die unterhaltsame Einlage, Alter, aber ich rate Euch dringend, jetzt Eurer Wege zu gehen.«

Perdimonn musterte die Steinplatte, auf der der Hauptmann stand, und lächelte. »Rührt euch nicht, Hauptmann. Egal, was geschieht, rührt euch nicht von der Stelle. Ich will nicht, dass Euch etwas zustößt«, riet Perdimonn dem adrett gekleideten Offizier.

Er deutete auf die Füße des Hauptmanns und murmelte etwas vor sich hin. Da ertönte ein lautes Knacken, gefolgt von dem knirschenden Geräusch, das entsteht, wenn Stein an Stein reibt. Dem Hauptmann und seinen beiden Wachmännern fiel vor Verblüffung die Kinnlade herunter: Auf einer quadratischen Säule aus Erde und Gestein erhob sich die Steinplatte, auf der der Hauptmann stand, aus dem Pflaster. Die Säule wuchs, bis der Hauptmann etwa vier Meter über dem Boden stand.

»Was zum …?«

»Also, Hauptmann. Wenn ich beschließe, Euch wieder herunterzulassen, werdet Ihr dann dem König ausrichten, dass wir um eine Audienz ersuchen? Entweder das oder wir werden die Mauern einreißen und ihn unangekündigt aufsuchen. Wie sollen wir es denn nun halten? Und ich verspreche Euch, dass wir unverrichteter Dinge abziehen werden, wenn der König nicht mit uns sprechen will. Aber ich glaube, er möchte hören, was wir ihm zu sagen haben.«

Eines musste man dem Hauptmann lassen: Er bewahrte Haltung. Wie eine Statue stand er reglos auf seiner Säule und dachte, wie es den beiden Wachleuten erschien, eine Ewigkeit nach. Als er schließlich sprach, war seine Stimme ruhig und gefasst.

»Ihr habt Euer Anliegen mit Nachdruck vorgebracht. Ich müsste Euch jetzt verhaften lassen, aber auch ich möchte Unannehmlichkeiten vermeiden. Lasst mich herunter, und ich teile dem König mit, dass Ihr eine Audienz wünscht. Ihr habt mein Wort darauf.«

Perdimonn nickte, und die Säule senkte sich knirschend und ächzend, bis sich die Steinplatte wieder ins Pflaster einfügte. Der Hauptmann trat beiseite und starrte die Platte an, als sei sie eine Schlange, die ihn beißen wolle.

»Interessanter Trick«, bemerkte er gequält. »Korporal, geh und hole ein paar Männer aus der Wachstube, die sich um die Pferde kümmern. Meine Herren, meine Dame, wenn Ihr die Pferde hier festbindet, werden meine Leute dafür sorgen, dass sie Wasser und Futter bekommen. Gefreiter, öffne das Seitentor.«

Während sich der Hauptmann um alles kümmerte, flüsterte Rikath Perdimonn zu: »Unter der Drohung, die Palastmauern einzureißen, verstehst du also etwas Einfaches?«, scherzte sie.

»Na ja, es war eine ziemlich geradlinige Idee. Also könnte man sie wohl als einfach bezeichnen. Aber ich gebe zu, die waren nicht so leicht zu beeindrucken, wie ich mir das vorgestellt hatte«, gestand Perdimonn mit einem reumütigen Grinsen ein.

»Die Säule war ein hübscher Einfall«, erwiderte Rikath so leise, dass der Hauptmann sie nicht hören konnte. »Das geht bestimmt in den Sagenschatz Thrandors ein.«

»Danke. Mir hat es auch ganz gut gefallen«, erklärte Perdimonn. Beide bemühten sich wieder um eine ernste Miene, da der Hauptmann sie nun durch das Seitentor auf das Palastgelände führte.

Ehe sie sich's versahen, stiegen die vier Magier die breite Treppe zu dem Portal empor, das in den Palast führte. Als sie die Eingangshalle betraten, empfing sie Veldan, der Oberste Diener des Königs, und begleitete sie ins Innere des Palastes.

Auf dem Weg durch die Empfangshalle stieß Perdimonn Rikath an und deutete wortlos auf den großen Wandbehang, auf dem Darkweavers Niederlage dargestellt war. Das Bild zeigte drei Magier, die dem schwarz gekleideten Darkweaver gegenüberstanden, und vier weitere Gestalten, die aus einiger Entfernung zusahen. Rikath machte auch die anderen beiden Hüter darauf aufmerksam. Alle vier machten daraufhin ein finsteres Gesicht, während sie Veldan und dem Hauptmann am Ende der großen Empfangshalle in einen breiten Flur folgten.

Als sie im Warteraum vor den Privatgemächern des Königs ankamen, bat Veldan den Hauptmann um die Namen der Besucher. Da auch er sie nicht kannte, bedeutete er den Hütern mit einer Handbewegung, sich vorzustellen. Perdimonn lächelte den alten Diener an und seine blauen Augen blitzten erneut.

»Mein Name ist Perdimonn und das hier sind Rikath, Morrel und Arred. Wir sind … Magier, die dem König eine Botschaft zu überbringen haben«, erklärte Perdimonn.

»Ihr kommt mir merkwürdig bekannt vor, Perdimonn. Sind wir uns schon einmal begegnet?«, fragte Veldan.

»Das ist schon möglich«, erwiderte Perdimonn. »Ich bin nicht zum ersten Mal hier im Palast, auch wenn mein letzter Besuch geraume Zeit her ist.«

»Tatsächlich? Nun, vielleicht fällt es mir ja noch ein«, sagte Veldan, dem die Sache offenbar keine Ruhe ließ.

Der alte Palastdiener klopfte an der Tür, wartete auf das schwache »Herein« und betätigte dann die schwere Eisenklinke. Nachdem er die Tür hinter sich geschlossen hatte, hörten Perdimonn und die anderen durch das dicke Holz der Tür zuerst nur ein leises Gemurmel, dann drang des Königs Ruf »Magier!« bis auf den Flur hinaus. Es folgte ein weiterer Wortwechsel, dann Stille, und endlich öffnete sich die Tür wieder.

»Der König wünscht Euch jetzt zu sehen«, meldete Veldan. »Majestät, das sind die Magier Perdimonn, Rikath, Morrel und Arred. Wünscht Ihr, dass der Hauptmann bei dem Gespräch zugegen ist, Eure Majestät?«

»Nein, Veldan, das wird nicht nötig sein. Schicke dafür bitte Anton her. Ich hätte ihn gern dabei.«

Veldan verbeugte sich, verließ den Raum und schloss die Tür hinter sich.

König Malo musterte die merkwürdige Besuchergruppe und schüttelte nachdenklich den Kopf.

»Vergebt mir, Lady Rikath, meine Herren, aber vor einem Jahr war ich noch der festen Überzeugung, dass es gar keine Magie gibt. Und jetzt stehen gleich vier Menschen vor mir, die behaupten, die verbotenen Künste auszuüben. Und die angeblich etwas mit mir zu besprechen haben. Das ist für mich alles recht neu. Ich hoffe, Ihr versteht das? Bitte, setzt Euch.«

Der König deutete auf mehrere bequeme Sessel und mit einer Verbeugung nahm jeder der Hüter Platz.

»Perdimonn, Euren Namen habe ich schon gehört«, erklärte Malo bedächtig. »Ich glaube, Calvyn hat ihn erwähnt.«

»Das ist sehr wahrscheinlich, Eure Majestät. Calvyn und ich waren gemeinsam auf Reisen. Unser Schicksal scheint miteinander verwoben zu sein«, erwiderte Perdimonn lächelnd. »Er ist ein guter Junge.«

»Das ist wohl wahr«, stimmte der König ihm zu. »Ich würde einiges darum geben, ihn jetzt hier zu haben, damit er mich beraten könnte, was ich zu den vier Magiern sagen soll.«

»Euer Wunsch könnte sehr bald in Erfüllung gehen, Eure Majestät, denn Calvyn ist auf dem Weg hierher. Leider gilt das auch für Selkor, den Calvyn sicher ebenfalls erwähnt hat. Das Problem ist, dass wir nicht genau wissen, wer zuerst eintreffen wird.«

6

Als General Surabar das Privatgemach des Kaisers betrat, strahlte er das Selbstbewusstsein eines Mannes aus, der völlig mit sich im Reinen ist. Der Salut, mit dem er den Kaiser begrüßte, war zackig, aber auch von einer gewissen Beiläufigkeit. Er wusste wohl, dass der Kaiser ihn um einen unschätzbaren Dienst bitten würde, den ihm niemand anderes leisten konnte.

»General, schön, Euch wiederzusehen. Bitte nehmt Platz«, hieß Vallaine ihn willkommen, bemüht, sich in seiner kaiserlichen Gestalt nicht anmerken zu lassen, wie ihn die überhebliche Art des Generals ärgerte.

Vallaine begegnete Surabar zum ersten Mal, daher wusste er, dass er Vorsicht walten lassen musste. Der General wurde in den Streitkräften wie eine Art militärischer Gott verehrt. Die Liste seiner Großtaten reichte mehrere Jahrzehnte zurück. Wenn der General mit einem klaren Ziel vor Augen aus diesem Gespräch herausging, war es schon so gut wie erreicht. Vallaine musste nur dafür sorgen, dass es das richtige Ziel war.

»Etwas zu trinken, Surabar? Ich habe Euren Lieblingsweinbrand hier«, bot Vallaine an und ging, das eigene Glas in der Hand, zur Getränkevitrine.

»Nein, vielen Dank, Eure Kaiserliche Majestät. So früh am Tag noch nicht«, lehnte der General ab. Er suchte sich einen Stuhl, der mit der Lehne zur Wand stand, und setzte sich.

Der Kerl sitzt da, als nehme er eine Militärparade ab,

dachte Vallaine verärgert, während er sein Glas mit Wein füllte. Bei Shand, wie ich diese Militärs hasse!

Nach außen hin lächelte er und zog seinen Stuhl näher heran, sodass er mit dem General sprechen konnte, ohne sich ständig zu verdrehen. Es schoss ihm durch den Kopf, dass ihn der General durch die Wahl seines Platzes genau dazu gezwungen hatte, doch er verscheuchte den Gedanken wieder. Er durfte nicht zulassen, dass ihm seine Verärgerung anzusehen war. Das Gespräch war zu wichtig.

Vallaine musterte sein Gegenüber kurz, während er sich setzte und an seinem Wein nippte. Surabar sah aus wie Anfang fünfzig, war aber, wie Vallaine wusste, bereits über sechzig. Er war glatt rasiert, hatte scharf geschnittene Gesichtszüge, kurzes silbergraues Haar und sehr helle graublaue Augen. Um die Schultern war der General breit, um die Taille schmal. Er strahlte militärische Strenge und Disziplin aus. Vallaine hasste ihn instinktiv dafür.

Surabar musterte den Kaiser ähnlich gründlich, und als sich ihre Blicke trafen, durchzuckte Vallaine den Bruchteil einer Sekunde der Verdacht, der General durchschaue seine Illusion.

»Habt Dank, dass Ihr so schnell gekommen seid, General. Wie Ihr zweifellos gehört habt, gibt es in jüngster Zeit Unruhen auf Shandrims Straßen. Die Stadtwache ist nicht in der Lage, mit Tumulten dieser Größenordnung fertig zu werden, und so möchte ich Euch bitten, mit Euren Legionen die Ordnung in der Stadt wiederherzustellen.«

Vallaine verstummte und wartete auf die Antwort des Generals. Surabar saß nur da und blickte Vallaine in die Augen. Das Herz des Zauberers begann zu rasen. Wusste Surabar, wer er wirklich war? War er seinem Geheimnis auf die Spur gekommen, wo doch keiner der Palastangestellten etwas bemerkt hatte?

»Ist das alles?«, fragte der General mit unbewegtem Gesicht. »Ihr habt einen General und sieben Legionen gerufen, um die Ordnung in der Stadt wiederherzustellen, Eure Majestät?«

Vallaine lächelte und nahm noch einen Schluck Wein. »Auf den ersten Blick mag das überzogen wirken, General. Aber das ist nur der erste Schritt meines Plans. Ich möchte, dass Ihr anschließend eine große Aushebung durchführen lasst und jeden wehrtauglichen Mann in der Stadt ins Heer einzieht. Die einberufenen Männer müssen eine solide Grundausbildung erhalten, um sie für den letzten Teil des Plans vorzubereiten, der wäre …«

»Thrandor zu erobern«, ergänzte der General.

»Richtig, General, Thrandor zu erobern. Seht Ihr da irgendein Problem?«

Der General nahm die Hände von den Knien, verschränkte die Finger ineinander und ließ die Knöchel knacken. Sein Blick schweifte durch den Raum. Er war offenbar tief in Gedanken. Vallaine, der ungeduldig auf eine Antwort wartete, verschlug es fast den Atem, als sich Surabars Blick plötzlich wieder auf ihn richtete. Obwohl Surabar, soweit er es abschätzen konnte, über keinerlei Zauberkräfte verfügte, machte ihn allein seine Anwesenheit bereits nervös.

»Ich bin mir noch nicht sicher, Eure Kaiserliche Majestät. Ihr habt bereits fünf Legionen nach Thrandor geschickt, die, wenn ich es richtig verstanden habe, von Zauberern geführt wurden.«

Der Ton des Generals war höflich, doch Vallaine spürte den Abscheu hinter seinen Worten. Es war unmissverständlich, was Surabar von dieser Entscheidung hielt.

»Soweit ich weiß, Eure Majestät, ist nur eine Handvoll Männer von diesem Abenteuer zurückgekehrt. Wie kommt

Ihr darauf, dass sieben Legionen, selbst wenn sie durch eine Mobilmachung verstärkt werden, mehr ausrichten könnten?«

Vallaine schluckte seinen Ärger herunter. Er begriff, worauf der General hinauswollte. Doch da er auf seine Unterstützung angewiesen war, riss er sich zusammen und sagte das, was Surabar wohl von ihm hören wollte. Wenn Thrandor erst unterworfen war, würde er die Dienste des Generals zum Glück nicht mehr brauchen. Dann würde ihn ein unglücklicher »Unfall« ereilen, dachte er hämisch. Shalidar würde ihn gewiss liebend gern aus dem Weg schaffen.

»Ich hätte nie erlauben dürfen, dass Lord Vallaine Zauberer als Heerführer einsetzt. Das war ein Fehler«, antwortete Vallaine beherrscht. »Wenn ich jemanden Eures Formats ernannt hätte, wären wir nie in diese unglückliche Lage geraten.«

Der General nickte, noch immer höflich, aber nachdenklich. Vallaine dagegen schäumte innerlich vor Wut. Hatte dieser Mann überhaupt keine Ehrfurcht vor dem Kaiser? Am liebsten wäre er in den Geist des Generals eingedrungen und hätte ihn zerquetscht wie eine überreife Pflaume. Wenn er es nur wollte, so hätte er im Handumdrehen dafür sorgen können, dass sich Surabar hilflos am Boden wand und um Gnade winselte.

»Gut, Eure Kaiserliche Majestät, meine Soldaten werden morgen damit beginnen, die Ordnung in der Stadt wiederherzustellen. Es wird ein paar Tage dauern, bevor wir mit der Aushebung beginnen können. Zuerst brauchen wir Ausrüstung, Kleidung und Unterkunft für die Männer. Das wird natürlich einiges kosten, Eure Majestät. Kann ich davon ausgehen, dass Ihr die Mittel dafür zur Verfügung stellt?«

»Selbstverständlich, General. Ich werde den Schatzmeister umgehend anweisen. Das Vorhaben hat absoluten Vorrang«, versicherte Vallaine ihm.

Surabar nickte kurz und sein Blick verlor sich wieder in der Ferne. Vallaine nippte an seinem Glas und ließ den Wein genussvoll über die Zunge rollen. Der Alkohol half ihm, seine innere Anspannung abzubauen. Als der General Vallaine wieder ins Visier nahm, schluckte der den Wein unwillkürlich herunter.

»Ich nehme an, ihr wollt, dass Euch die Anführer der Aufstände vorgeführt werden?«, fragte er beiläufig.

»Das wäre wohl das Beste, General. Wenn ich sie aufknüpfen lasse, ohne sie vorher gesehen zu haben, könnte sich das herumsprechen und Euch Eure weitere Tätigkeit erschweren. Doch hängen sollen sie für ihren Verrat. Sosehr es mir gefiele, sie den Tieren in der Arena zum Fraß vorzuwerfen – für Feinde des Kaiserreichs wäre es eine allzu ehrenhafte Strafe. Sollen sie neben dem Südtor an der Stadtmauer baumeln, als Mahnung für alle, dass Hochverrat unverzeihlich ist. Ich weiß schon, wer die Hauptfiguren in diesem Spiel sind, General, und sie sollen dafür bezahlen – auch mein beklagenswert fehlgeleiteter Bruder.«

Der General atmete tief ein und erhob sich. Dann salutierte er in derselben zackigen und doch beiläufigen Manier wie bei seinem Eintreten.

»Mit Eurer Erlaubnis, Eure Kaiserliche Majestät, treffe ich sogleich die erforderlichen Maßnahmen. Es gibt viel zu tun.«

»Selbstverständlich, General. Es hat mich gefreut, Euch wiederzusehen«, log Vallaine und lächelte Surabar freundlich an. »Bitte haltet mich über Eure Schritte auf dem Laufenden.«

»Natürlich, Eure Majestät.«

Der General schritt forsch aus dem Raum, und obwohl

er humpelte, wirkte jede Bewegung kontrolliert. Ein gefährlicher Mann, mit dem man besser keinen Streit anfing, dachte Vallaine, als die Tür hinter Surabar ins Schloss fiel – ein wahrhaft gefährlicher Mann. Doch Gefahren lauerten überall. Vallaine wusste nur zu gut, dass er mit dem Feuer spielte. Ein einziger Fehltritt konnte sehr schmerzhaft, wenn nicht sogar tödlich sein. Bei diesem Gedanken lächelte der Lord des Inneren Auges feinsinnig, denn genau betrachtet war das schon sein Leben lang so gewesen: Intrigen, Täuschungen, Niedertracht und Mord hatten ihn begleitet, seit er vor Jahrzehnten Zauberer geworden war. Die Rolle des Kaisers war da ein ähnliches Spiel. Allerdings gab es diesmal erheblich mehr Mitspieler, die jeweils unterschiedliche Stärken, Fähigkeiten und Talente besaßen, was ein Problem war. Ihm, Vallaine, kam zwar die Stellung des Kaisers zu, doch war er wie der König auf dem Schachbrett eher unbeweglich und vergleichsweise schwach. So blieb ihm nur, die Menschen um ihn herum zu lenken und sich selbst bestmöglich zu schützen. Und wenn er in dieser Partie hin und wieder eine Figur opfern musste, so bereitete ihm das keine Gewissensbisse. Immerhin spielte Vallaine, um zu gewinnen.

◎ ◎ ◎

Femke parierte ihr müdes Pferd durch. Die Sonne ging gerade hinter dem Horizont unter. Es war der dritte Tag ihrer Reise und sie hatte die Grenze zwischen Shandar und Thrandor erreicht. Obwohl sie keine besonders geübte Reiterin war, kam sie gut voran. Ihr erstes Pferd hatte ihr leidgetan, denn das arme Tier war nach zwei Tagen völlig ausgepowert gewesen. Nach einem ganzen Tag im Galopp sah nun auch ihr neues Pferd müde aus.

Unterwegs hatte Femke jede Menge Zeit zum Nachdenken. Shalidars rätselhafte Abschiedsworte belasteten sie schwer. Was war ihr entgangen? Woher hatte Shalidar gewusst, dass der Kaiser sie auf diese Reise schicken würde? Oder hatte er einfach nur geraten? Was hatte er vor? Handelte er im Wissen des Kaisers oder spielte er sein eigenes Spiel? Nie war das Intrigennetz in Shandrim so eng gewoben gewesen und trotzdem schickte der Kaiser sie zu einem Zeitpunkt aus der Stadt, da Femkes Wissen und Fähigkeiten ihm mehr hätten nützen können denn je. Der Kaiser war kein Narr. Er tat nichts ohne guten Grund. Was also trieb ihn dazu?

Femkes Pferd schnaubte und begann, am Wegesrand Gras zu fressen. Es war höchste Zeit, sich wieder einmal die Beine zu vertreten, beschloss Femke, rutschte vom Pferderücken und kam schwankend zum Stehen.

»Bei Shand!«, murmelte Femke. »Ich werde noch monatelang breitbeinig durch die Gegend laufen!«

Da ihr Pferd zufrieden mampfte, ging Femke auf und ab und ließ sich noch einmal alles durch den Kopf gehen. Dann blieb sie einen Augenblick stehen, schloss die Augen und rief sich den mit Pergamenten und Zetteln übersäten Schreibtisch des Kaisers in Erinnerung. Etwas hatte nicht gestimmt. Femke spürte, dass nur noch ein kleines Puzzleteilchen fehlte, damit alles einen Sinn ergab.

Plötzlich weiteten sich Femkes Augen. Sie blieb stehen und schlug sich mit der Hand gegen die Stirn. »Natürlich! Der Kaiser ist gar nicht der Kaiser. Er ist ein Schwindler!«

Warum hatte sie es nicht früher erkannt? Je länger sie drüber nachdachte, desto mehr Ungereimtheiten kamen ihr in den Sinn. Das merkwürdige Gefühl, das sie in seiner Gegenwart hatte, hätte sie gleich auf die richtige Fährte bringen müssen. Doch die Ähnlichkeit war so groß, dass es sich um Zauberei handeln musste. Sogar die Stimme war die des Kaisers. Die eine oder andere Redewendung war vielleicht ungewohnt und die Ausdrucksweise einen Hauch anders. Doch abgesehen davon war die Täuschung so hervorragend gewesen, dass sie darauf hereingefallen war wie alle anderen.

Im Palast hatte niemand eine Ahnung, überlegte sie – bis auf Shalidar. Er musste Bescheid wissen, sonst wäre er nicht so überheblich gewesen. Ja, das war es. Shalidar wusste es, und der Kaiser, der falsche Kaiser, vermutete wohl, dass Femke ebenfalls Verdacht geschöpft hatte. Deshalb war er so versessen gewesen, sie aus dem Weg zu schaffen. Erst hatte er sie beauftragt, Barrathos zu finden, und nun diese Reise. Es passte alles zusammen.

»Ich Idiotin!«, schalt sich Femke laut. »Bei Shand, allein auf dem Schreibtisch gab es mehr Hinweise als Brotlaibe in einer Backstube.«

Die Notizen in der ihr fremden Handschrift stammten nicht von einem Spion, sondern von dem Schwindler selbst. Aus diesem Grund waren sie auch unvollständig. Das Tintenfass hatte links gestanden, doch der Kaiser war Rechtshänder. Und dann das offensichtlichste Indiz, der Wein. Auch der Kaiser hatte gern einen guten Tropfen getrunken, allerdings nie tagsüber. Femke hatte es auf die Unruhen in Shandrim geschoben, dass er am helllichten Tage einen Schluck gebraucht hatte. Nun fiel ihr auch ein, dass der Kaiser das Glas in der linken Hand gehalten hatte. Wochenlang war ihr das entgangen.

Wer also war dieser Schwindler? Wie hatte er es geschafft, genauso auszusehen wie der Kaiser? Nur einer kam dafür infrage: der Zauberlord Vallaine. Keiner sonst hatte ein so offensichtliches Motiv! Femke hätte ein Pfund pures Gold gegen einen Kupfer-Sennut gewettet, dass sie mit ihrer

Vermutung richtig lag. Es passte einfach alles zusammen. Der Kaiser hatte die Jagd auf Vallaine eröffnet und der Zauberlord hatte zurückgeschlagen. Aber welche Rolle spielte Shalidar dabei?

Es wurde jetzt schnell dunkel und auch empfindlich kalt. Femke musste sich entscheiden, was sie im Lichte dieser neuen Erkenntnisse zu tun gedachte. »Erledige ich meine Aufgabe oder kehre ich nach Shandrim zurück?«, murmelte sie zitternd. Eine eisige Brise fuhr ihr durch die Kleider und ließ sie frösteln.

Die Entscheidung war nicht einfach. Wenn sie den thrandorischen Kämpfer aufspürte, würde sie wahrscheinlich mehr darüber erfahren, was Vallaine mit ihm vorhatte. Andererseits hatte der falsche Kaiser Femke vor ihrer Abreise recht genau dargelegt, was er inzwischen zu tun gedachte. Seine Pläne passten zu Lord Vallaines Wesen, seinem Denken und Handeln. Es hätte ihm auch kaum etwas genützt, wenn er Femke angelogen hätte, denn bei ihrer Rückkehr sollten diese Pläne ja bereits umgesetzt sein. Wusste der Thrandorier vielleicht mehr darüber? Femke bezweifelte es, aber möglicherweise könnte er ihr doch helfen, einige ihrer Wissenslücken zu schließen.

Ich darf nichts überstürzen, beschloss sie. Mir ist kalt, ich brauche etwas zu essen und eine Mütze Schlaf. Am besten übernachte ich erst einmal in einem Gasthaus.

Um nicht noch lange suchen zu müssen, kehrte Femke in das Dorf zurück, durch das sie kurz zuvor gekommen war. Nach drei Tagen Reiten war sie an den Oberschenkeln und am Hinterteil schon ganz wund, und da auch ihr Pferd am Ende war, ließ sie es im Schritt gehen. Doch selbst diese sanften Bewegungen waren schmerzhaft. Femke schwor sich, dass sie im Gasthaus ein warmes Bad nehmen würde.

Als die Lichter des Dorfes in Sicht kamen, war Femke bis auf die Knochen durchgefroren. Vor dem Gasthaus angekommen, hörte sie aus dem Schankraum Musik und Stimmen. Es herrschte offenbar reger Betrieb. In Shandrim hätte sich Femke wohl darüber gefreut, denn eine Schenke, in der das Bier reichlich floss, war eine Fundgrube für Informationen jeder Art. Heute jedoch hätte sie Stille und Beschaulichkeit vorgezogen.

Femke rutschte aus dem Sattel, band den Zügel um den Pflock vor der Gaststätte und tätschelte ihrem Pferd den Hals. Erschöpft, wie es war, wäre es wahrscheinlich ohnehin nicht weggelaufen, nahm sie an.

Als Femke die Tür zum Schankraum öffnete, schlug ihr der Lärm in voller Lautstärke entgegen. Am liebsten hätte sie kehrtgemacht und wäre irgendwo anders hingegangen, aber da sie keine Wahl hatte, bahnte sie sich einen Weg durch den vollen Raum bis zum Tresen.

Sie brauchte eine Weile, den Mann am Tresen auf sich aufmerksam zu machen, da er damit beschäftigt war, andere Gäste zu bedienen. Doch schließlich kam er zu ihr herüber.

»Was kann ich dir bringen?«, fragte er kurz angebunden.

»Ich hätte gern ein Zimmer für die Nacht und einen Platz im Stall für mein Pferd, bitte«, antwortete Femke müde.

»Das geht in Ordnung«, nickte der Mann. »Ich sage dem Wirt Bescheid. Er ist gleich wieder da. Möchtest du etwas zu trinken, solange du wartest?«

Femke wollte schon ablehnen, fand dann aber, dass ein Glas Wein jetzt genau das Richtige wäre. Geld war kein Problem und hier auf dem Lande war ohnehin alles billiger. Femke hatte vor ihrer Abreise auf Geheiß des Kaisers eine erkleckliche Menge Goldes aus der Schatzkammer erhalten. Das ermöglichte es ihr, noch eine Weile sorgenfrei zu reisen. Dass sie sich jederzeit in der Schatzkammer bedienen durfte, war ein Sonderrecht, das Femke selten in Anspruch nahm. Für manche Aufgaben musste sie sich kleiden wie eine Bettlerin, für andere wie eine Königin, und Femke mochte fast jede Rolle mit all ihren jeweiligen Anforderungen. Obwohl der Kaiser stets darauf geachtet hatte, dass sie für ihre Dienste angemessen entlohnt wurde, war ihr die Bezahlung nie wichtig gewesen. Es war das Abenteuer, die Herausforderung, gewürzt mit einer Prise Gefahr, die Femke bei der Stange hielt.

An den Tischen war kein Platz mehr frei. Da Femke sowieso nur so lange bleiben wollte, bis der Wirt ihr das Zimmer zeigte, setzte sie sich auf einen Barhocker. Der Mann am Tresen brachte ihr einen Kelch Wein. Abwesend zahlte sie ihre Zeche, aus reiner Gewohnheit den Gesprächen um sie herum lauschend. Zu den Fähigkeiten, die Femke in Fleisch und Blut übergegangen waren, gehörte es, dass sie im Stimmengemurmel verschiedenen Gesprächen folgen konnte.

Mehrere Gäste unterhielten sich über Vieh, das unter rätselhaften Umständen zu Tode gekommen war. Schafe und sogar Rinder waren in der letzten Zeit von einem oder mehreren unbekannten Raubtieren erlegt worden, die anschließend wieder verschwunden waren.

»Ich sag euch, das war ein Rudel Wölfe«, erklärte ein Gast im Brustton der Überzeugung. »Früher sind hier regelmäßig Wölfe durchgezogen.«

»Das ist doch Quatsch, Ethan. Wölfe lassen ihre Beute nicht liegen. Sie töten nicht ohne Grund, sie töten, um zu fressen. Viele Tiere sind aber zerfetzt zurückgelassen worden. Die wenigen Spuren, die ich gefunden habe, sahen auch nicht gerade nach Wölfen aus. Viel zu groß. So etwas habe ich in meinem Leben noch nicht gesehen.«

»Das Gute ist, dass sie offenbar auf dem Weg nach Thrandor sind. Die Spur der Verwüstung führt nach Süden. Ich glaube nicht, dass wir noch mal Ärger bekommen werden«, meinte Ethan mit offensichtlicher Genugtuung.

»Das stimmt schon«, sagte ein anderer, »das Problem sind wir sicher los. Es heißt, die Viecher haben in der Nähe von Shakta einen Bauern und seine ganze Familie getötet. Je früher die Biester in Thrandor sind, desto besser. Ich glaube nicht, dass sie außer der Familie schon jemand zu Gesicht bekommen hat, und ich hoffe bei Shand, dass ich nicht der Erste bin. Wenn ich es nicht besser wüsste, würde ich sagen, das war das Werk von Dämonen.«

Bei der Erwähnung von Dämonen machten mehrere der Männer Handzeichen zur Abwehr des Bösen. Femke standen die Haare zu Berge und eine böse Vorahnung stieg in ihr auf, während sie die erschrockenen Blicke und die Gesten der Männer beobachtete. Der Gast, der die Idee mit den Dämonen aufgebracht hatte, war offenbar nicht abergläubisch, sondern lachte nur und nahm einen großen Schluck Bier.

»Bring kein Übel über uns mit deinem losen Mundwerk, Malkiere«, mahnte Ethan mit banger Stimme.

Malkiere lachte laut auf. »Seid doch nicht dumm. Einen Dämon kann nur ein Hexenmeister heraufbeschwören und davon gibt's heutzutage nicht mehr so viele. Wenn es ein Dämon ist, dann hat ihn uns der Hexenmeister entweder auf den Hals gehetzt oder wir liegen zufällig auf dem Weg zu demjenigen, den es treffen soll. Die Biester werden immer zu einem bestimmten Zweck heraufbeschworen, normalerweise, um jemanden zu erledigen. Wenn ihr also in letzter Zeit keinen Ärger mit einem Hexenmeister hattet, dann braucht ihr euch auch keine Sorgen zu machen, jetzt, wo sie bereits weitergezogen sind. Es sind sowieso keine

Dämonen, denn ich habe noch nie gehört, dass ein Hexenmeister so dämlich ist, mehr als einen Dämon auf einmal heraufzubeschwören. Das ist viel zu gefährlich. Nein, nein, das waren keine Dämonen.«

Als sie jemand an der Schulter berührte, zuckte Femke zusammen und ihr Herz hämmerte plötzlich wie wild. Es war der Wirt. Femke war so in das Gespräch der Männer vertieft gewesen, dass sie ihn nicht hatte kommen hören. Die Spionin tadelte sich im Stillen wegen ihrer Nachlässigkeit, doch sie war einfach zu müde.

»Entschuldigung. Ich wollte dich nicht erschrecken. Wie ich höre, willst du ein Zimmer haben. Wenn du mir folgst, zeige ich dir, was ich dir anbieten kann.«

Der Wirt war alles andere als ein typischer Vertreter seiner Zunft. Er sah aus, als habe er in seinem Leben noch keinen Tropfen Bier angerührt. Klapperdürr und nicht sonderlich groß, hatte er eine Traurigkeit an sich, die merkwürdig war für jemanden, der sein Geld als Gastwirt verdiente. Er trug wohl schwer an seiner eigenen Geschichte.

»Ja, ich brauche ein bequemes Bett zum Schlafen, und wenn es geht, vorher ein warmes Bad«, erwiderte Femke und bedeutete dem Wirt voranzugehen. »Ach, und könntest du noch jemanden vor die Tür schicken, der sich um mein Pferd kümmert und mir die Satteltaschen bringt? Ich war so erschöpft, dass ich die arme Stute gar nicht abgesattelt habe. Sie hat einen schweren Tag hinter sich. Wenn du dafür sorgen könntest, dass sie jemand trocken reibt und ihr Heu und Hafer gibt, bezahle ich gern etwas mehr.«

»Kein Problem, Fräulein. Ich schicke einen der Burschen hinaus, sobald ich dir dein Zimmer gezeigt habe. Mit dem warmen Bad wird es aber etwas dauern, fürchte ich. Wie du siehst, ist heute ziemlich viel los.«

»Sicher, das ist auch kein Problem. Zur Not kannst du

mich auch wecken, wenn es eingelassen ist«, versicherte Femke ihm mit einem müden Lächeln.

»Ich schicke dir jemanden, wenn alles fertig ist.«

»Danke.«

Sie suchten sich ihren Weg durch den Schankraum zu einer Tür. Kaum fiel sie hinter ihnen ins Schloss, ließ der Geräuschpegel merklich nach und Femke seufzte erleichtert auf. Merkwürdig, dass mich schon so ein bisschen Lärm dermaßen stört, dachte sie. Doch das Gespräch, dem Femke soeben gelauscht hatte, war ihr auf den Magen geschlagen. Gerade hatte sie herausgefunden, dass der Kaiser wahrscheinlich ein Zauberer war. Das Letzte, was sie jetzt brauchte, waren noch mehr übernatürliche Vorkommnisse.

Der Wirt führte sie durch einen kurzen Flur an der Küche vorbei und eine Treppe hinauf in den ersten Stock. Die Beleuchtung war dort eher mäßig – mit je einer Öllampe an den beiden Flurenden und einer am Treppenabsatz –, aber das Zimmer, in das der Wirt sie führte, war auch nur wenige Schritte von der Treppe entfernt. Er nahm einen dicken Schlüsselbund vom Gürtel und hielt ihn sich im trüben Licht vor die Augen.

»Das ist er«, sagte er, steckte den Schlüssel ins Schloss und öffnete die Tür. »Es ist nicht besonders groß, aber für einen müden Reisenden dürfte es bequem genug sein. Warte einen Augenblick, dann bringe ich dir eine Lampe.«

Femke wartete an der Tür, während der Wirt zum Ende des Flurs trottete und die dort hängende Öllampe herunternahm.

»Das Öl wird reichen, bis du gebadet hast und zu Bett gegangen bist. Im Flur hänge ich noch eine neue Lampe auf«, versicherte ihr der Wirt.

Er führte sie in den Raum, stellte die Lampe auf ein

Tischchen, das neben dem Kopfende des großen Bettes an der Wand stand, strich sich die Schürze glatt und blickte sich um, ob alles in Ordnung war. »Jemand wird sich um dein Pferd kümmern und bei dir anklopfen, wenn das heiße Bad fertig ist. Das Badezimmer ist rechts am Ende des Korridors. Handtücher findest du in der obersten Schublade der Kommode und Seife neben dem Badezuber. Hättest du gern auch etwas zu essen?«

»Nein, danke. Es ist alles wunderbar, danke«, erwiderte Femke.

»Gut, dann gehe ich mal besser wieder in den Schankraum, sonst kriege ich Ärger mit meiner Frau«, erklärte der Wirt mit einem Lächeln, das die Traurigkeit nicht aus seinem Gesicht vertreiben konnte. Als sich die Tür hinter dem Wirt geschlossen hatte, ließ sich Femke erschöpft auf das Bett sinken, streckte sich darauf aus und schloss die Augen. Schon nach wenigen Sekunden hatte sie das merkwürdige Gefühl, schwerelos durch den Raum zu treiben. Gleichzeitig schienen ihre Glieder schwer wie Blei zu sein.

Femke war allerdings noch viel zu aufgewühlt, als dass sie sich dem Schlaf hätte hingeben können. Sie überlegte, wofür Vallaine, sofern er tatsächlich den Platz des Kaisers eingenommen hatte, wohl sonst noch verantwortlich war. Femke war sich aus mehreren Gründen ziemlich sicher, dass das Vieh der Bauern nicht großen Raubtieren, sondern tatsächlich Dämonen zum Opfer gefallen war. Dass ihre Spur nach Thrandor führte, war einer jener außergewöhnlichen Zufälle, die einem Spion sofort ins Auge stachen. Femke hatte allerdings noch nie gehört, dass auch Zauberer Dämonen heraufbeschworen. Vallaine konnte es also wohl nicht gewesen sein.

Da fiel Femke Barrathos ein, den sie aufgespürt und zum Kaiser gebracht hatte. Zum einen hatte er einige äußerst seltsame Dinge in seinen Taschen gehabt. Und zum anderen hatte der Kaiser vorgehabt, sich eine gewisse Fähigkeit des riesigen Mannes zunutze zu machen. Wenn der Kaiser in Wahrheit ein Zauberer war, konnte doch Barrathos ein Hexenmeister sein!

Es war aber auch möglich, dass die ganze Sache ein einziges riesiges Hirngespinst war. Dann war sie drauf und dran, Verrat zu begehen und des Kaisers Befehl zu missachten. Was, wenn der Kaiser gar kein Schwindler war und Barrathos nichts weiter als ein begnadeter Händler, den er mit einer Aufgabe betrauen wollte? Sah sie womöglich nur Gespenster? Wenn sie sich täuschte, würde sie eines Tages neben den Gouverneuren, die nach dem Thron gestrebt hatten, an der Stadtmauer hängen.

Ein sanftes Klopfen an der Tür brachte das Leben zurück in Femkes schwere Glieder.

»Wer ist da?«, fragte sie und setzte sich auf.

»Der Stallbursche mit den Satteltaschen, Fräulein«, erklang eine Stimme.

»Komm herein«, bat Femke und rieb sich die Augen.

Ein Junge von vielleicht fünfzehn Jahren betrat den Raum, die Satteltaschen über der Schulter.

»Wo soll ich sie hinlegen, Fräulein?«, fragte er und musterte sie mit unverhohlener Bewunderung.

Femke hielt sich die Hand vor den Mund, um ihr Lächeln zu verbergen, und gab vor zu gähnen. Der Stallbursche befand sich offenbar mitten in den Wirren der Pubertät.

»Auf den Stuhl neben dem Bett, danke«, erwiderte sie. »Wie geht es meiner Stute?«

»Sie ist sehr erschöpft, Fräulein. Du musst sie ganz schön gejagt haben«, sagte der Bursche, hängte die Taschen behutsam über die Stuhllehne und sah Femke dann erwartungsvoll an.

»Na ja, wir hatten einen weiten Weg. Es wäre nett von dir, wenn du sie mit Stroh abreiben und ihr eine Decke überlegen könntest.«

Der Bursche nickte, blieb aber wie angewurzelt stehen.

»Danke«, fügte Femke in einem Tonfall hinzu, der ihm klarmachen sollte, dass er nun entlassen war.

»Geht klar, Fräulein. Wenn ich noch etwas für dich tun kann, brauchst du mich nur zu rufen. Ich heiße Senhaile, Fräulein. Stets zu Diensten.« Ehe er die Tür hinter sich schloss, zwinkerte er ihr noch einmal zu.

Femke ließ sich lautlos kichernd zurückfallen. Der arme Kerl, dachte sie, bemüht, kein Geräusch von sich zu geben, das er draußen hätte hören können.

Als sie sich beruhigt hatte, war Femke wieder hellwach. Wie lange hatte sie schon nichts mehr zu lachen gehabt! Jetzt freute sie sich auf das heiße Bad. Die Entscheidung, was sie am nächsten Tag tun sollte, konnte warten, bis sie sich sauber und erfrischt fühlte.

7

Calvyn legte ein trockenes Holzscheit auf das Feuer, worauf eine Wolke aus glühenden Funken emporstieg und durch die klare Nachtluft tanzte. Meister Jabal hüstelte, und Calvyn wandte sich ihm wieder zu, um mit der Lektion fortzufahren.

Jenna war gerade zum Bach gegangen, um sich zu waschen, und Meister Jabal hatte Calvyn angeboten, ihm magische Formeln beizubringen. Doch Calvyn konnte sich einfach nicht konzentrieren, er wurde immer wieder von seinen Vorahnungen abgelenkt, von dem eindeutigen Gefühl, dass seinen Freunden etwas Schlimmes passiert war oder passieren würde. Jabal hatte natürlich recht – Calvyn konnte nicht beeinflussen, was mit Bek, Derra und den anderen geschah. Doch für Calvyn war das nur ein schwacher Trost.

»Es tut mir leid, Meister Jabal, ich war etwas abgelenkt. Bitte vergebt mir meine Unaufmerksamkeit«, entschuldigte er sich zerknirscht.

»Nun gut, Calvyn, dann wollen wir einmal sehen, was du über magische Gegenstände weißt«, sagte Jabal. »In die Klinge deines Schwertes hast du magische Formeln eingearbeitet, also weißt du offensichtlich etwas darüber. Später werde wir dein Wissen weiterentwickeln, indem wir den Stab des Dantillus untersuchen und überlegen, mit welcher Bindungsformel der Großmagier den Stab mit so viel Macht ausstatten konnte.«

Jabal hielt kurz inne und blickte in die flackernden Flammen des Feuers.

»Fangen wir damit an, was Perdimonn dir beigebracht hat«, schlug er vor.

Beim Gedanken an seinen alten Lehrer musste Calvyn unwillkürlich lächeln. Er dachte an die Zeiten zurück, die sie gemeinsam am Lagerfeuer verbracht hatten. Viele magische Formeln hatte ihm der alte Magier nicht beigebracht, doch Calvyn hatte bei ihm gelernt, was mit Magie alles möglich war und wie man mit Fantasie und den entsprechenden Runen die erstaunlichsten Dinge erreichen konnte.

Magie werde, so Perdimonn, von zwei Faktoren beeinflusst: der Stärke der Kraftquelle und der Fantasie des Magiers. Mit Calvyn hatte er vor allem am zweiten Faktor gearbeitet.

»Wenn Ihr damit meint, Meister Jabal, welche Formeln mir Perdimonn beigebracht hat, um Gegenstände zu verzaubern, so muss ich antworten: keine einzige«, erwiderte Calvyn zögernd. »Wir hatten gerade erst mit magischen Formeln begonnen, als sich Perdimonn von mir trennte, weil uns Selkor auf den Fersen war. Er hat mir allerdings sein Zauberbuch gegeben. Viele der Formeln darin dienen der Herstellung von Salben und Tränken gegen alle möglichen Beschwerden und Verletzungen.«

»Aha«, erwiderte Jabal nachdenklich. »Dann standen die magischen Formeln, mit denen du die Klinge besprochen hast, wohl in dem Zauberbuch?«

»Na ja, eigentlich nicht«, erwiderte Calvyn. Er kratzte sich im Nacken und überlegte, wie er es Jabal beibringen sollte. Die anderen Studenten an der Akademie hatten es für leichtsinnig gehalten, dass er sich Formeln ausdachte. Was würde Meister Jabal dazu sagen?

»Also? Was war es dann? Wo hast du Formeln gelernt, mit denen man Magie an einen Gegenstand bindet?«

»Ich … äh … ich habe sie mir ausgedacht, Meister Jabal«, murmelte Calvyn.

»Du hast sie dir ausgedacht?«, rief Jabal entsetzt aus. »Ist das dein Ernst? Du hast sie dir einfach so ausgedacht?«

»Na ja, Meister, nein, ich habe mir natürlich ausgiebig Gedanken gemacht. Ich habe mehrere Tage daran gearbeitet, die Runen in eine Abfolge zu bringen, die meines Erachtens die erwünschte Wirkung haben würde. Alle magischen Formeln, mit denen ich das Schwert belegt habe, habe ich von Sprüchen aus dem Zauberbuch abgeleitet. Ich habe einfach ein bisschen damit herumgespielt, bis sie dazu gepasst haben, was ich erreichen wollte.«

»Herumgespielt!«, quiekte Meister Jabal ungläubig.

Von der abschließenden Formel und der verschwundenen Rune, die in den letzten Momenten des Schmiedens ungebeten in seinem Geist aufgetaucht war, erzählte Calvyn lieber nichts. Jabal sah nach allem, was er von Calvyn erfahren hatte, schon entsetzt genug aus.

»Ich war überzeugt, dass die Formeln funktionieren würden, Meister, und das haben sie auch – jede einzelne«, fuhr Calvyn fort. »Ihr habt es selbst bei dem Spruch erlebt, der die Klinge zu meinem Eigentum macht und bewirkt, dass man sie mir zurückgibt. Ich habe noch andere Eigenschaften eingearbeitet.«

Jabal atmete tief ein und sah Calvyn direkt in die Augen.

»Hat Perdimonn dir gesagt, dass du magische Formeln erfinden sollst?«, fragte er mit großem Ernst.

Darüber hatte Calvyn noch nie nachgedacht. Der alte Magier hatte immer betont, dass sich Magie anpassen ließ. Der Zahl der Runenfolgen und der möglichen Wirkungen seien keine Grenzen gesetzt. Begrenzt, so Perdimonn, sei nur die Vorstellungskraft dessen, der Magie betreibt. Doch hatte er Calvyn je ermutigt, eigene Formeln zu entwickeln? Calvyn wusste es nicht mehr genau. Er hatte sich von seinem Instinkt und seinem wachsenden Wissen leiten lassen.

»Nein, Meister. Perdimonn hat mir überhaupt nicht viel über praktische Magie beigebracht. Ich habe ihn nur so verstanden ...«

»... und da hast du deine eigenen Formeln entwickelt«, ergänzte Jabal. Er seufzte tief. »Nun, dein Unwissen kann ich dir wohl nicht zum Vorwurf machen. Aber wenn du eine deiner selbst erfundenen Formeln aussprichst, spielst du mit dem Feuer. Es ist ein Wunder, dass dir noch nichts zugestoßen ist. Na komm, sehen wir uns einmal an, was du da geschaffen hast. In der Akademie konnte ich mir dein Schwert nicht genauer ansehen.«

Calvyn reichte Meister Jabal das Schwert samt Scheide

und sah zu, wie er die Klinge herauszog. Zu Calvyns Überraschung schimmerte sie unverkennbar blau. Einen Moment lang war Calvyn sprachlos.

»Was ist das?«, fragte Jabal interessiert. »Als Akhdar sie in deinem Zimmer aus der Scheide zog, hat sie nicht so geschimmert. Was hat das zu bedeuten?«

»Das macht sie nur, wenn das Böse in der Nähe lauert, Meister Jabal«, keuchte Calvyn, sprang auf die Füße und spähte in die Dunkelheit.

»Du willst doch wohl nicht sagen, dass ich böse bin«, lachte Jabal, drehte die Klinge in der Hand und fuhr sanft mit der Fingerspitze über die im Metall eingebetteten silbernen Runen.

»Nein, nicht Ihr, Meister Jabal«, erwiderte Calvyn nervös, »sondern etwas oder jemand in der Nähe. Wenn es Euch nichts ausmacht, würde ich mein Schwert gern wieder an mich nehmen. Und es wäre gut, wenn wir die anderen herholten.«

»Haha, sehr witzig, junger Mann. Hier ist dein Schwert. Können wir jetzt fortfahren?«

»Ich meine es wirklich ernst, Meister Jabal«, wisperte Calvyn und drehte sich langsam, das Schwert in der Hand, um die eigene Achse. »Todernst. Holt die anderen, schnell, ehe es zu spät ist! Als die Klinge das letzte Mal diese Farbe angenommen hat, war Darkweavers Amulett in der Nähe.«

Meister Jabal, der langsam begriff, dass Calvyn ihn nicht auf den Arm nehmen wollte, sprang auf. Lomand erschien im Zelteingang und musterte den kampfbereiten Calvyn, der wie von Sinnen wirkte.

»Was hast du …«, begann er, doch Calvyn bedeutete ihm zu schweigen.

Jabal bat Lomand flüsternd, alle am Feuer zu versammeln, doch da geschahen schon mehrere Dinge gleichzeitig. Calvyn fiel ein, dass Jenna allein im Wald war, und Lomand entdeckte einen der Naksadämonen, der sich lautlos von hinten an Calvyn heranschlich. Den Bruchteil einer Sekunde später bemerkte Calvyn den zweiten Naksa, der aus der Dunkelheit auf ihn zukam.

Lomand bewegte sich für seine Größe unglaublich schnell. An Jabal vorbei stürzte er sich mit seinem ganzen Gewicht von der Seite auf den Dämon und brachte ihn aus dem Gleichgewicht.

»*Ardeva!*«, brüllte Calvyn, und während augenblicklich Flammen das Schwert umzüngelten, wappnete er sich gegen den Angriff des Dämons. Seit der Gorvath ihm die Seele genommen hatte, konnte Calvyn einiges über Dämonen in Erfahrung bringen. In der Akademie hatte er jedes Buch in seinem Zimmer nach diesem Thema durchforstet. Was er gelernt hatte, erwies sich an diesem Abend als überaus nützlich.

Dämonen verabscheuten das Feuer, das hatte er mehrfach gelesen, ebenso wie den Ratschlag, einem Dämon nie in die Augen zu blicken.

Die Augen waren die wohl mächtigste Waffe im beeindruckenden Waffenarsenal eines Dämons: Er zog sein Opfer erst in seinen Bann und machte ihm dann mit seinen rasiermesserscharfen Krallen und seinen spitzen Zähnen den Garaus. Die Augen und die weichen Schleimhäute in seinem Maul waren die einzigen verwundbaren Stellen, denn seiner Haut konnte keine noch so scharfe Waffe etwas anhaben. Das einzige Material, das sie mit Leichtigkeit durchstieß, war ein besonderer Kristall, der als Dämonstod bezeichnet wurde. Er war sehr selten, und die einzigen Stücke, die Calvyn je gesehen hatte, waren die, die Jenna ihm gezeigt hatte. Leider hatte er keine Ahnung, wo sie sie aufbewahrte, und auch keine Zeit, danach zu suchen.

Ebenfalls war bekannt, dass unter Dämonen eine primitive Rangordnung herrschte, die hauptsächlich von ihrer Macht und Intelligenz abhing. Der erste Dämon, mit dem Calvyn es aufnahm, gehörte wohl einem niederen Rang an. Er hatte ein fast hundeähnliches Äußeres, war aber größer als jede Dogge. Die Sprünge mit den stark bemuskelten Hinterbeinen glichen jedoch eher denen einer Katze als eines Hundes. Als der Dämon sich abstieß und auf ihn zuflog, stützte sich Calvyn auf ein Knie und nutzte den Schwung des Angreifers, indem er sein Gewicht über die Schwertspitze leitete und das Monstrum über seinen Kopf hinwegschleuderte.

Calvyn hatte fast das Gefühl, Teil einer Luftakrobatenvorstellung zu sein, als der zweite Dämon, von Lomands Angriff aus der Bahn geworfen, an Calvyn vorbeizuckte und geradewegs ins Feuer krachte. Brennende Äste und Funken stoben in die Luft und das Monstrum brüllte vor Schmerz und Zorn.

Calvyn stieß mit dem Schwert nach dem Dämon, der im Feuer gelandet war, doch die Klinge prallte an der schuppenartigen Haut ab wie jedes gewöhnliche Schwert.

Das beantwortet schon mal eine Frage, dachte Calvyn, drehte sich um und wehrte den anderen Dämon ab, der sich mit beängstigender Schnelligkeit erneut auf ihn stürzte. Dieses Mal warf sich Calvyn zur Seite und stieß dem vorbeistürzenden Untier die Klinge blindlings ins Antlitz. Mitten im Flug gelang es dem Dämon jedoch, mit den Krallen Calvyns Brust aufzuschlitzen. Die brennenden Wunden und das hervorquellende Blut zwangen Calvyn, rasch nach einer geeigneten magischen Formel zu suchen, um dem Dämon beizukommen.

Mit der Macht der Verzweiflung murmelte Calvyn die verkürzte Version einer Runenfolge zum Entzünden von

Feuer. Er leitete die Formel durch sein Schwert und stellte sich vor, dass ein Feuerball aus der Klinge schieße, ähnlich einem Pfeil, der von der Sehne schnellt. Der Naksa, der ihn soeben an der Brust verletzt hatte, drehte sich bereits wieder zu ihm um. Calvyn sah aus dem Augenwinkel, dass Lomand den anderen Dämon beschäftigte. Ohne einen weiteren Gedanken zu verschwenden, zielte er mit dem Schwert auf den Naksa und setzte die Formel frei. Ein blau glühender Flammenball von der Größe einer geballten Faust schoss aus der Schwertspitze direkt in das Gesicht des Dämons. Die Flammen verbrannten dem Naksa die Augen. Er brüllte vor Schmerz und trat verwirrt den Rückzug an.

Calvyn drehte sich zu Lomand um und erkannte voll Entsetzen, dass der Hüne dem Dämon entschlossen die Hände um den Hals gelegt hatte, während dieser mit den Krallen der Tatzen nach ihm stieß. Lomands Rumpf und Oberschenkel waren blutüberströmt, die Kleidung und das Fleisch darunter zerfetzt. Es war unfassbar, dass er sich überhaupt noch auf den Beinen halten konnte.

Calvyn eilte Lomand brüllend zu Hilfe und stieß dem Naksa das brennende Schwert ins Maul. Die Klinge fuhr durch Gewebe und Knochen und drang bis in den Schädel des Dämons ein. Die Wucht des Angriffs lockerte auch den eisernen Griff Lomands, doch das spielte keine Rolle mehr, denn als der Naksa zu Boden ging, war er schon tot. Auch Lomand brach zusammen, doch Calvyn konnte sich nicht um ihn kümmern, da der andere Dämon einen neuen Angriff startete.

Calvyn zog das Schwert aus dem Schädel des toten Naksa und sprach noch einmal die Formel für den Feuerball. Er biss die Zähne zusammen, zielte und ließ dann erneut einen Feuerball aus der Schwertspitze schießen, der den Dämon wieder mitten ins Gesicht traf. Der Schrei, den das Monstrum ausstieß, jagte garantiert auch dem unerschrockensten Krieger einen kalten Schauer über den Rücken. Calvyn zögerte trotz seiner Furcht jedoch nicht, hechtete auf den geblendeten Naksa zu und stieß wieder und wieder mit der Klinge nach Augen und Maul. Der Dämon, der wohl weniger das Schwert fürchtete als vielmehr die Flammen, wich vor jedem Hieb zurück.

Vom Zelt her ertönte ein Schrei. Calvyn ließ sich davon nicht ablenken, sondern tanzte um den Dämon herum. Aus dem Augenwinkel sah er allerdings, dass die Magier vor dem Zelt auseinanderstoben und eine riesige schattenhafte Gestalt einen von ihnen in den Klauen hielt. Calvyn konnte nicht eingreifen, denn er hatte hier selbst alle Hände voll zu tun.

Der Naksa hieb mit seinen Klauen und schnappte mit seinen Furcht einflößenden Zähnen nach ihm, war aber von den Feuerbällen und den Hieben des flammenden Schwerts sichtbar geschwächt. Trotzdem sprang er hin und her und suchte nach einer Lücke zwischen den Schwerthieben, um Calvyn mit seinen Klauen aufzuschlitzen.

Bevor Calvyn zum dritten Mal die Feuerformel anwendete, wiederholte er die entscheidende Runenfolge wieder und wieder. Der Dämon schnappte nach ihm, fletschte knurrend die Zähne, und Calvyn konzentrierte sich darauf, in diesem Hexenkessel aus Flammen, Pranken und tödlichen Hieben immer wieder wegzutauchen und auszuweichen. Als der Dämon, unvorsichtig geworden, endlich mit gefletschten Zähnen auf ihn zustieß, entfesselte Calvyn seine Feuerbälle, die er dem Naksa einen nach dem anderen in rascher Folge ins Gesicht schoss. Das Monster wich zurück und öffnete das Maul zu einem Schmerzensschrei. Da stieß Calvyn mit dem Schwert zu, aus dem noch immer Feuerbälle schossen, und der Kopf des Dämons zerbarst mit einem lauten Knall.

Keuchend vor Anstrengung drehte sich Calvyn zum Zelt um und erstarrte, gefangen vom Blick zweier glühender Augen. Der große Schatten, den er bereits bemerkt hatte, schritt langsam auf ihn zu. Nachlässig ließ er den leblosen Körper fallen, den er in den Pranken gehalten hatte. Calvyn wusste nicht, wer der Tote war. Er konnte keinen klaren Gedanken mehr fassen, denn die Augen des Dämons hielten ihn in seinem Bann. Er war völlig hilflos. In diesem Zustand konnte er keine Magie ausüben. Gegen den mächtigen Dämon, dem er nun gegenüberstand, würde ohnehin keine magische Formel helfen. Er gehörte einer höheren Ordnung an als die beiden, die Calvyn soeben bekämpft hatte, und sein Blick war alles beherrschend.

Calvyn verfluchte sich im Stillen, weil er unwillkürlich aufgeblickt und dem Dämon ins Antlitz gesehen hatte. Wie schon bei dem Gorvath blieb ihm nichts anderes übrig, als entsetzt und hilflos zuzusehen, wie das Monstrum langsam auf ihn zuschritt. Es sah genauso aus, wie Calvyn den Gorvath in Erinnerung hatte. Er wollte das Schwert heben und sich dem Dämon stellen. Doch es war ein einseitiger Kampf, den der Krill mit seinem bannenden Blick bestritt, und Calvyn konnte ihn nicht gewinnen. Hilflos stand er da, wie angewurzelt, gefangen von den großen orangerot glühenden Augen, die nie blinzelten und eine unaussprechliche Bosheit ausstrahlten. Calvyn ließ wie gelähmt die Arme hängen, das brennende Schwert entglitt seinen Fingern und fiel zu Boden.

Der Dämonenbann hatte Calvyn fest im Griff. Der Tod näherte sich Schritt für Schritt.

◎ ◎ ◎

In der Sekunde, als der silberne Talisman zu beben begann, war Jenna alles klar: das ungute Gefühl einer nahenden Gefahr, der Pfeil, der sich ständig bewegte, und sogar Meister Jabal, der nicht gewollt hatte, dass sie die Gruppe verließ. Es passte alles zusammen.

»Bei Tarmin!«, keuchte sie, erhob sich langsam und suchte den Wald nach einem Anzeichen des Dämons ab, den Blick gesenkt, um nicht etwa in den Dämonenbann zu geraten.

Das helle Mondlicht tauchte das Wäldchen in geisterhaftes Licht und jeder Schatten schien Jenna plötzlich bedrohlich. In der Stille der Nacht waren nur das Rauschen und Glucksen des Baches zu hören. Zwischen den Bäumen regte sich nichts. Kein Geräusch, einfach nichts deutete darauf hin, dass ein Dämon in der Nähe war. Jenna überraschte das nicht, denn sie hatte diese Erfahrung schon einmal gemacht.

Plötzlich fiel ihr das Dämonstodmesser ein, das Gedd ihr zum Abschied geschenkt hatte, und unwillkürlich fuhr ihre Hand an die Hüfte. Als sie das Messer nicht gleich fand, setzte den Bruchteil einer Sekunde ihr Herz aus. Hatte sie es etwa verloren oder im Lager zurückgelassen? Doch dann spürte sie das Heft und eine Welle der Erleichterung überrollte sie. Im Moment der Furcht hatte sich ein unangenehmer Geschmack in ihrem Mund breitgemacht. Jenna schluckte, um ihn loszuwerden, doch ihr Mund war ihr wie ausgetrocknet. An Trinken war jetzt jedoch nicht zu denken, die Zeit rauschte schneller dahin als der Bach hinter ihr. Jenna spürte förmlich die Sandkörner durchs Stundenglas rinnen, die sie dazu trieben zu handeln.

So vorsichtig und leise, wie es nur ging, bahnte sich Jenna einen Weg durch die Bäume. Das Messer hatte sie in der rechten Hand. Der silberne Talisman, den sie sich mit der

Linken vors Gesicht hielt, richtete sich zitternd in Richtung Lager aus. Am liebsten hätte Jenna einen Warnruf ausgestoßen, doch sie musste fürchten, damit einen Angriff des Dämons zu provozieren, bevor sie in einer guten Position war, um zurückzuschlagen.

Ein grauenerregender Schrei durchriss die nächtliche Stille, unmenschlich, erfüllt von Schmerz und Zorn. Jenna, der klar war, dass es nun nicht mehr darum ging, unentdeckt zu bleiben, spurtete los, so schnell sie nur konnte. Ehe sie sich's versah, stolperte sie über einen Ast, kam hart auf dem Waldboden auf und verlor dabei das Messer.

Jenna stieß einen lauten Fluch aus. Beim Aufstehen durchzuckte sie ein stechender Schmerz, und einen Augenblick dachte sie, der linke Knöchel sei gebrochen. Doch sie hatte keine Zeit, sich darum zu kümmern. Sie ließ sich auf alle viere nieder, kroch über den weichen Waldboden und suchte im Laub verzweifelt nach dem Dämonstodmesser.

Wieder erklang ein schreckliches Brüllen, gequält und voller Angst, dem Jenna am liebsten einen Verzweiflungsschrei hätten folgen lassen. Da sah sie einige Schritte entfernt das Heft des Messers aus dem Laub ragen. Jenna kroch auf Händen und Knien darauf zu und zog die Klinge aus dem Boden. In diesem Moment stürmte eine schattenhafte Gestalt vom Lager her auf sie zu.

Unwillkürlich holte Jenna aus, um das Messer zu werfen. Doch dann sah sie einen wehenden Umhang und erkannte Meister Cheverys teigiges Gesicht, das im Mondlicht noch blasser wirkte als sonst, verzerrt vor stummem Entsetzen. Jenna hoffte, dass auch Calvyn auf der Flucht war, doch im Grunde ihres Herzen wusste sie, dass das nicht zu ihm gepasst hätte.

Keuchend vor Schmerzen in ihrem Fußgelenk, rappelte Jenna sich auf. So schnell es irgend ging, humpelte sie auf das Lager zu. Am Rand des Wäldchens angekommen, konnte Jenna sehen, dass der Dämon Calvyn mit seinem Blick gefangen hielt und drauf und dran war, ihn zu töten. Jenna würde unmöglich schnell genug bei dem Monstrum sein, um ihm das Messer in den Leib zu rammen, und ihr Bogen lag im Zelt. Ihre einzige Hoffnung bestand darin, das Messer zu werfen, und darin war sie wahrlich keine Meisterin.

Fesha hatte den anderen Rekruten einmal seine Messerwurfkünste vorgeführt, während Jenna nebenan mit ihrem Bogen trainiert hatte. Sie hatte damals die Bemerkungen des lustigen kleinen Mannes mit halbem Ohr mitbekommen und versuchte nun, das wenige, was sie aufgeschnappt hatte, zu beherzigen.

Als sie das Messer mit aller Kraft, die sie aufbrachte, auf den Weg schickte, hatte die unvermeidliche Gewichtsverlagerung vom rechten auf den linken Fuß unglücklicherweise zur Folge, dass ihr im entscheidenden Moment des Abwurfs der geschwächte linke Knöchel wegknickte. Bereits im Fallen wusste Jenna, dass das Messer sein Ziel verfehlen würde, da sie es etwas zu früh losgelassen hatte und die Wurfbahn zu hoch war.

Wie in Zeitlupe folgten Jennas Augen dem im Mondlicht glitzernden Dämonstodmesser, während sie mit den Unterarmen ihren Sturz abfing.

Der Krill ergötzte sich währenddessen an der Hilflosigkeit seines Opfers. Das Messer befand sich noch in der Luft, da baute er sich zu seiner vollen Größe auf, um Calvyn den tödlichen Schlag beizubringen. In diesem Moment fuhr ihm die Klinge mit tödlicher Wucht seitlich in den Schädel.

Das Glühen in den Augen des Dämons erlosch, und Calvyn stolperte rückwärts, weg von dem Monstrum, gerade rechtzeitig, bevor es vornüberkippte. Als es mit einem dumpfen Schlag auf den Boden prallte, füllten sich Jennas Augen mit Tränen der Erleichterung. Lautlos dankte sie dem Schöpfer für die Fügung des Schicksals, die Calvyn das Leben gerettet hatte. Es folgte ein Moment völliger Stille, dann schallte Calvyns Stimme, angespannt bis aufs Äußerste, vom Lager her durch die Nacht.

»Jenna, sind noch mehr da?«

Mehr? Jenna hatte keinen Gedanken daran verschwendet, dass es mehr als ein Dämon sein könnte. Rasch drehte sie sich auf den Rücken und hielt den Silberpfeil hoch. Er machte keinerlei Anstalten, sich in eine bestimmte Richtung zu drehen. Jenna seufzte erleichtert.

»Nein, da sind keine mehr«, rief sie zurück. »Bist du verletzt?«

»Nicht so schlimm, wie es unter diesen Umständen zu erwarten wäre. Und du?«

»Bin umgeknickt«, erklärte Jenna laut. »Wahrscheinlich verstauchter Knöchel, aber ich glaube nicht, dass etwas gebrochen ist.«

»Gut, Jenna. Bleib, wo du bist, dann komme ich und helfe dir. Ich muss nur erst nach Lomand sehen. Ihn hat's schwer erwischt.«

Calvyn, noch ein wenig benebelt von dem Dämonenbann, erkannte gleich, dass Lomand noch am Leben war. Die Brust des hünenhaften Magiers hob und senkte sich regelmäßig, doch offenbar war er ohne Bewusstsein. Das war wohl auch besser so, dachte Calvyn, denn die Vielzahl der tiefen Kratzwunden hätte sicher schreckliche Schmerzen für ihn bedeutet.

Calvyn dankte im Stillen Perdimonn dafür, dass er ihm so viele Heilformeln beigebracht hatte. Er riss Lomands Hemd auf und untersuchte die Wunden. Lomand hatte viel Blut verloren, doch da er groß und kräftig war, würde er es überleben, vorausgesetzt, Calvyn handelte schnell. Da keine der Wunden für sich genommen lebensgefährlich war, verwob Calvyn mehrere Runenfolgen, die das Gewebe zusammenzogen und die Haut heilten. Es war anspruchsvolle Magie und Calvyn geriet vor Anstrengung mächtig ins Schwitzen.

Als er die Wunden am Oberkörper geheilt hatte, nahm Calvyn das Schwert zur Hand, um dessen Klinge auf seine Berührung hin sofort die blauen Flammen züngelten. *»Darmok!«*, befahl er, und das Feuer erlosch. Nachdem sich Calvyn überzeugt hatte, dass auch das blaue Schimmern, das vor dem Bösen warnte, verschwunden war, machte er sich daran, Lomand die Hose von den Beinen zu schneiden.

Aus den tiefen Rissen, die kreuz und quer über die Oberschenkel verliefen, strömte das Blut, und wieder sprach Calvyn die bewährten Formeln. Als er die letzte Wunde geschlossen hatte, war er völlig ausgelaugt. Die Magie hatte ihn seine letzte Kraft gekostet.

Lomands Wunden waren nun zwar geschlossen, gesund war er aber noch lange nicht. Er hatte einen schweren Schock erlitten und die Luft und der Boden waren eiskalt. Calvyn würde es jedoch niemals schaffen, den riesigen Lomand auf welche Weise auch immer ins Zelt zu tragen. Aber wenn Calvyn ihn nicht bald wärmte, konnten ihn Unterkühlung und Schock doch noch das Leben kosten.

Erschöpft taumelte Calvyn in Richtung Zelt. Auf dem Weg stolperte er über Meister Ivalo. Auch ohne den Puls des Magiers zu fühlen, wusste er, dass er tot war. So eilte Calvyn weiter geradewegs ins Zelt und schnappte sich mehrere Decken. Als er wieder herauskam, stand Jenna vor ihm, auf einen dicken Ast gestützt.

»Du bist ja verletzt!«, rief sie. Es klang fast wie ein Vorwurf.

Calvyn sah hinunter auf sein zerrissenes und blutdurchtränktes Wams. »Das ist nicht so schlimm«, beruhigte er sie. »Hilf mir, Lomand zuzudecken, damit er uns nicht erfriert.«

Gemeinsam wickelten sie den Hünen in die Decken, wobei sie ihn mehrmals hin- und herrollten. Die letzte Decke legten sie zusammen und schoben sie ihm unter den Kopf.

Erschöpft ließen sie sich schließlich neben den versprengten Resten des Lagerfeuers nieder. Die Glut gab noch Wärme ab und mit den trockenen Ästen in Calvyns Reichweite knisterte bald wieder ein kleines Feuer.

»Komm, Calvyn, lass mich einen Blick auf deine Wunde werfen. Hier ist frisches Wasser, damit kann ich sie wenigstens säubern«, erbot sich Jenna.

»Das ist wirklich nicht nötig, Jenna. Ich kümmere mich später darum, wenn ich ein bisschen geschlafen habe. Aber gegen einen Schluck Wasser hätte ich nichts einzuwenden. Meine Kehle ist wie ausgetrocknet.«

»Sei nicht albern, Calvyn. Du willst doch nicht, dass sich das entzündet. Komm schon. Runter mit dem Oberteil.«

Calvyn musste über ihre Hartnäckigkeit schmunzeln. Als sie an seinem Hemd zu zupfen begann, seufzte er ergeben und zog es sich über den Kopf.

Jenna zuckte unwillkürlich zurück, als sie das viele Blut auf Brust und Bauch sah.

»Kann ich jetzt einen Schluck Wasser haben?«, fragte Calvyn.

»Hier«, sagte sie und reichte ihm ihre Flasche. »Trink nicht alles aus. Ich brauche noch etwas, um die Wunden zu reinigen. Es sieht ganz so aus, als hätten wir bald an derselben Stelle Narben. Meine sind allerdings noch etwas beeindruckender.«

»Wieso Narben?«, fragte Calvyn überrascht. »Ich wusste

gar nicht, dass du bei dem Kampf mit dem Gorvath verwundet wurdest.«

»Die Verletzungen habe ich mir genau genommen kurz zuvor eingefangen. Bevor wir ihn töten konnten, war ich dem Gorvath schon zweimal begegnet. Beim zweiten Mal hatte ich Glück, dass ich es überhaupt überlebt habe. Ich hoffe, deine Wunden heilen besser als die hier.«

Mit diesen Worten hob sie ihr Hemd hoch und zeigte ihm die breiten Narben, die quer über ihren Bauch liefen. Noch immer war die Haut entlang der weißen Striemen gerötet.

»Jenna, ich hatte ja keine Ahnung«, sagte Calvyn sanft, als sie das Hemd wieder herunterließ.

»Hässlich, nicht wahr?«, sagte Jenna mit Tränen in den Augen. »Ich werde mich wohl nie mehr zum Bräunen in die Sonne legen, das wäre mir zu peinlich. Ich wusste ja, dass ich mir als Soldatin Verletzungen und Narben einfangen kann, aber so richtig habe ich das wohl nie zu Ende gedacht.«

Calvyn lehnte sich vor und wischte ihr behutsam die Tränen aus dem Gesicht. Dabei zitterte er vor Kälte. Bei Temperaturen um den Gefrierpunkt ohne Hemd dazusitzen, war trotz des Feuers nicht gerade gemütlich.

»Keine Sorge, Jenna. Das bringe ich später in Ordnung. Du wirst schon sehen, wofür ein Magier gut sein kann.«

Calvyn stellte sich in seinem Geist erneut die Runenfolge zur Behandlung von Fleischwunden vor und fuhr mit der Fingerspitze jede Kratzwunde auf seiner Brust nach. Eine nach der anderen verschwand, als würde sie wegradiert. Jenna sah mit offenem Mund zu. Als Calvyn fertig war, wischte sie nur noch das Blut weg, doch darunter deutete nichts darauf hin, dass es je eine Verletzung gegeben hatte.

»Du kannst auch die Narben entfernen?«, fragte Jenna ungläubig.

Calvyn lächelte matt. »Ja. Gib mir nur einen Moment, um mich aufzuwärmen und meine Kräfte zu sammeln, dann bist du sie los.«

»Das muss nicht jetzt sein«, widersprach Jenna, umarmte ihn und drückte ihn fest an sich. »Das kann warten, bis du dich wieder ganz erholt hast. Du bist bestimmt schrecklich müde. Es ist ein Wunder, dass du überhaupt noch am Leben bist. Keine Ahnung, wie du die anderen beiden Dämonen ohne eine Dämonstodwaffe erledigen konntest.«

Jenna löste sich aus der Umarmung, hob Calvyns Wams und Umhang auf und reichte ihm beides.

»Hier, zieh das über. So gern ich deinen nackten Oberkörper betrachte, das hier ist nicht die Zeit und der Ort dafür. Ich versuche inzwischen, etwas zu essen aufzutreiben. Ich glaube, wir können beide einen Happen vertragen.«

Jenna hüpfte, schwer auf ihren Ast gestützt, durchs Lager und suchte aus verschiedenen Taschen einiges zusammen. Brot, Käse, getrocknetes Fleisch, Kekse und ein paar Äpfel ergaben ein Mahl, das beide wieder zu Kräften kommen ließ. Dazu tranken sie den Rest des Wassers aus Jennas Flasche. Als Lomand laut zu schnarchen begann, mussten sie beide lachen. Nach einer Weile drehte sich der massige Magier auf die Seite und die Geräusche verstummten. Nur das Knistern des Feuers durchbrach noch die Stille.

»Wo die anderen Magier wohl sind?«, fragte sich Calvyn plötzlich. Seine Stimme dröhnte geradezu durch die Nacht. »Für ihr Alter waren sie ganz schön schnell unterwegs.«

»Meister Chevery hatte es jedenfalls ziemlich eilig, als er an mir vorbeistürmte«, stimmte Jenna ihm zu. »So langsam frage ich mich, ob die Großmagier Perdimonn überhaupt etwas nützen.«

»Du hältst uns wohl alle für Feiglinge, die sich bei der kleinsten Gefahr aus dem Staub machen?«, hörten sie da ganz in der Nähe Meister Jabals Stimme.

Der Magier tauchte aus der Dunkelheit auf und blickte Jenna streng an. Jenna hielt ihm jedoch stand.

»Der Gedanke ist mir tatsächlich gekommen«, antwortete sie herausfordernd. »Immerhin wart Ihr blitzschnell verschwunden und habt es Calvyn und Lomand überlassen, mit den drei Dämonen fertig zu werden.«

»Das ist etwas völlig anderes, als es mit einem anderen Magier aufzunehmen, Jenna. Dämonen sind beinahe alle immun gegenüber Magie. Und meine Brüder und ich sind für einen Nahkampf mit solchen Kreaturen nicht gerüstet. Bei Selkor liegt die Sache anders. Wir mögen vielleicht nicht imstande sein, ihn zu besiegen, aber wir werden uns unserer Pflicht, gegen ihn zu kämpfen, nicht entziehen … ich zumindest nicht.«

»Ich auch nicht«, erklang da Akhdars Stimme, der wie aus dem Nichts vor ihnen auftauchte. »Ist Lomand …«

»Lomand wird wieder gesund, Meister Akhdar«, kam Calvyn ihm zuvor. »Er hat viel Blut verloren, aber ich habe seine Wunden geheilt. Er braucht jetzt nur etwas Schlaf. Weil wir ihn nicht ins Zelt tragen konnten, haben wir ihn in Decken eingewickelt. Meister Ivalo hatte weniger Glück.«

»Das habe ich schon vermutet, als das Monstrum ihn mit seinen Krallen durchbohrte«, gestand Akhdar. »Wo sind die anderen?«

»Weiß ich nicht.« Calvyn zuckte mit den Schultern.

»Kein Grund zur Sorge. Bis zum Morgen sind sie bestimmt wieder da.«

8

Meister Akhdar behielt nur teilweise recht. Meister Kalmar kehrte bereits kurz nach Mitternacht zurück, doch von Meister Chevery fehlte auch am nächsten Morgen noch jede Spur. Die drei Großmeister berieten sich und versuchten, eine geistige Verbindung zu ihm herzustellen – ohne Erfolg. Nachdem sie zusammengepackt hatten und die Pferde beladen waren, beschlossen sie, ihre Reise ohne ihn fortzusetzen.

»Lasst ihm das Pferd und ausreichend Vorräte da, damit er sie später findet«, ordnete Meister Akhdar an. »Wir müssen uns beeilen. Die Dämonen hatten es auf uns abgesehen. Jemand will verhindern, dass wir unser Ziel erreichen. Wer immer sie geschickt hat, könnte es wieder versuchen.«

Calvyn hatte eine recht genaue Vorstellung davon, wer die Dämonen geschickt hatte. Er vermutete stark, dass es Lord Vallaine war, fasste aber nach kurzem Nachdenken den Entschluss, den Meistern seinen Verdacht nicht mitzuteilen. Wenn sie glaubten, dass Selkor sie daran hindern wollte, sich mit Perdimonn zu treffen, so führte sie das möglicherweise zu der Annahme, dass Selkor einen Kampf fürchtete. Das würde ihr Selbstvertrauen stärken und sie zu größerer Eile anspornen.

Lomand war früh aufgestanden und hatte angefangen, das Lager abzubrechen, als hätte es die Ereignisse des Vorabends nicht gegeben. Er bedankte sich bei Calvyn, dass er ihm die Wunden geheilt hatte, und beglückwünschte ihn zu seiner Arbeit.

Calvyn heilte Jennas verstauchten Knöchel und ging dann mit ihr zum Bach, um vor der Abreise die Wasserflaschen aufzufüllen. Dort entfernte er auch ihre Narben.

Freudentränen kullerten Jenna über die Wangen, als sie mit den Fingerspitzen über ihre nun wieder makellose Haut fuhr.

Calvyn war gerührt von ihrem Glück.

»Eines Tages werde ich mich noch angemessen bei dir bedanken«, versprach Jenna, und ihr Blick ließ keinen Zweifel daran, was sie damit meinte. »Im Moment muss das hier reichen.«

Sie warf ihm die Arme um den Hals und gab ihm einen innigen Kuss, der Calvyn den Atem raubte. Jenna war seine erste Freundin und Calvyn trieben der Kuss und ihr Versprechen vor Verlegenheit und Freude die Röte ins Gesicht. Als er Jennas Umarmung erwiderte, meinte er, sie müsse spüren, wie ihm das Herz gegen die Brust hämmerte. Es war ein herrliches Gefühl, das er sich am liebsten in alle Ewigkeit bewahrt hätte. Doch die Zeit drängte und nach einer Weile löste er sich mit einem wehmütigen Lächeln aus der Umarmung. Die beiden nahmen die Wasserflaschen auf und kehrten ins Lager zurück.

Wenn sich die Magier gefragt hatten, wo Jenna und Calvyn so lange geblieben waren, so sagten sie jedenfalls nichts dazu. Lomand hatte die Pferde gesattelt und getrenst, und als die Wasserflaschen verteilt waren, saßen alle sechs auf und machten sich auf den Weg. Lomand führte Meister Ivalos Pferd als Handpferd. Es trug einen Teil der Ausrüstung, die normalerweise auf die beiden Packpferde verteilt wurde.

Was die drei Magier mit Meister Ivalos Leiche und den Kadavern der Dämonen gemacht hatten, wusste Calvyn nicht. Er fragte auch lieber nicht danach.

Gegen Mittag gaben die Meister das Zeichen anzuhalten. Calvyn und Jenna, die annahmen, sie hätten Hunger, stiegen ab, um ein schnelles Mittagessen zuzubereiten. Doch Meister Jabal bedeutete Calvyn, zu ihm zu kommen. Calvyn reichte Jenna Hakkaaris Zügel, um nachzusehen, was los war.

»Da vorn kommt uns eine große Gruppe bewaffneter Männer entgegen. Was schlägst du vor? Sollen wir den Weg verlassen und warten, bis sie vorbei sind? Oder reiten wir weiter und hoffen, dass sie uns vorbeilassen?«, fragte Jabal. »Das ist dein Land, Calvyn, du kennst die Gebräuche besser.«

Calvyn dachte einen Augenblick nach und antwortete dann: »Es kommt darauf an, wer es ist, Meister Jabal. Kann ich erst sehen, wer es ist?«

Meister Jabal machte Platz und ließ Calvyn an die Spitze der Gruppe treten. Zunächst erkannte Calvyn gar nicht, was Meister Jabal meinte, weil er nicht wie die anderen im Sattel saß. Doch dann entdeckte er, dass sich in der Ferne hinter einigen Büschen Standarten bewegten. Er musste grinsen.

»So ein Zufall, Meister!«, rief er den Magiern zu. »Die schwarze Flagge mit dem blauen Kreuz, das ist Baron Keevans Standarte, und die weiße mit dem roten Pferd, das ist Lord Valdeers. Sie kehren wohl von den jüngsten Waffengängen in Südthrandor zurück. Wenn ich voranreiten dürfte, könnte ich dafür sorgen, dass sie uns durchlassen. Der Baron wird sicher einen Kurzbericht erwarten, ehe wir weiterreiten, aber das dürfte nicht lange dauern. Die Straße jetzt noch zu verlassen, würde nichts bringen, denn der Baron und Lord Valdeer schicken immer Spähreiter aus, die uns bestimmt schon entdeckt haben. Wenn Ihr mir das Reden überlasst, sorge ich dafür, dass wir recht bald weiterziehen können.«

»Na gut, Calvyn. Während du Bericht erstattest, essen wir etwas zu Mittag. Sitz rasch auf und reite uns voran, damit wir keine Zeit verlieren«, ordnete Meister Akhdar an.

Calvyn lief zurück und schwang sich in den Sattel. Jenna machte ein besorgtes Gesicht, als sie erfuhr, dass sie den Baron treffen würden. Calvyn verstand ihre Nervosität, war sich jedoch sicher, dass sie vom Baron keine Schwierigkeiten zu erwarten hatte. Er lächelte ihr aufmunternd zu, bevor er sein Pferd antrieb und sich an die Spitze der Gruppe setzte.

Calvyn führte die anderen im Schritt an. Er war zwar nicht seinem Stand als Ritter Thrandors entsprechend gekleidet, bemühte sich aber um Haltung. Vor dem Baron wollte er keinesfalls nachlässig wirken.

»Haltet an! Wohin des Wegs?«, befahl der Standartenträger, als Calvyn die Spitze der Einheit erreichte.

»Ich bin Sir Calvyn, Sohn Jorans, Ritter des Reiches Thrandor, Gefreiter. Wo ich hinwill, ist meine Sache. Allerdings möchte ich kurz mit Baron Keevan und Lord Valdeer sprechen. Lass uns bitte durch oder gib uns Geleit«, erwiderte Calvyn so gebieterisch wie möglich.

»Für einen Ritter des Reiches seid Ihr ungewöhnlich gekleidet, Sir Calvyn, aber nur ein Narr würde eine solche Behauptung aufstellen, wenn sie nicht wahr wäre. Ihr sollt Eure Eskorte haben, Sir.«

Mehrere Soldaten wurden abgestellt, die Reisegruppe zu begleiten. Die einen ritten voran, die anderen folgten ihr. Aller Augen waren auf sie gerichtet, während sie zur Mitte der Kolonne vorstießen, wo Baron Keevan und Lord Valdeer ritten. Mehrere Soldaten grüßten Calvyn und einige erkannten auch Jenna. Calvyn nickte ihnen zu, entdeckte jedoch keinen seiner Freunde.

Dass Calvyn und Jenna hier keine Unbekannten waren,

wirkte auf die Geleitsoldaten wohl beruhigend. Calvyn musste innerlich grinsen, weil er hier zur Abwechslung einmal den Meistern Schutz bot. Nur sein Stand als Ritter des Reichs und Berater des Königs in Fragen der Magie schützte sie vor dem Gesetz gegen die Ausübung von Magie. Sie waren auf seine Fürsprache angewiesen, und das verlieh ihm zeitweilig eine gewisse Macht über sie, auch wenn er wusste, dass er sie nicht ausnutzen durfte.

Schon bald hatten sie das Gefolge von Hauptleuten, die Baron Keevan und Lord Valdeer begleiteten, erreicht. Calvyn war überrascht und belustigt, als Hauptmann Strexis und Hauptmann Tegrani vor ihm salutierten. Er erwiderte den Gruß.

»Guten Tag, meine Herren. Schön, Euch zu sehen«, erklärte Calvyn mit einem breiten Lächeln.

»In der Tat, Sir Calvyn. Ich vermute, Eure Mission ist erfolgreich gewesen?«, antwortete Baron Keevan freundlich, aber mit gewohnt unbewegter Miene.

»Mylord, ich bin von meinem eigentlichen Vorhaben ein wenig abgelenkt worden. Aber ich würde Euch gern Bericht erstatten, wenn Ihr es wünscht.«

»Abgelenkt, so, so«, meinte Baron Keevan nachdenklich und beäugte Calvyns Reisegefährten. »Es ist sicher eine kurze Unterbrechung unseres Marsches wert, deinen Bericht zu erhalten. Hauptmann Tegrani, lass die Kolonne anhalten. Die Soldaten sollen sich rechts und links des Wegs auf der Wiese ausruhen.«

»Jawohl, Mylord, sofort«, antwortete Tegrani.

Der Hauptmann ritt los und rief den Sergeanten Anweisungen zu, die sie an die Korporale und Soldaten weitergaben. Es ging sehr geordnet zu, und schon bald befand sich nur noch eine Handvoll Hauptleute, der Baron, Lord Valdeer und Calvyns Reisegruppe auf dem Weg. Sie stiegen ab und die Hauptleute ließen die Pferde in der Nähe anbinden. Calvyn machte die Anwesenden miteinander bekannt.

»Lord Valdeer, Baron Keevan, darf ich Euch die Großmeister Akhdar, Jabal und Kalmar vorstellen? Das ist Magier Lomand, und das hier die Gefreite Jenna, die ich mir aus Euren Diensten gewissermaßen ausgeliehen habe. Ich hoffe, es stört Euch nicht.«

»Überhaupt nicht, Calvyn. Ich bin froh, dass du noch am Leben bist, Gefreite Jenna«, erklärte Baron Keevan wohlwollend, und Jenna bedankte sich mit einer Verbeugung.

»Mylord, es schmerzt mich, es zuzugeben, doch ich war gezwungen, die Befreiung von Bek und Jez Sergeantin Derra und den beiden Gefreiten zu überlassen. Mein Lehrer Perdimonn hat Verbindung mit mir aufgenommen und mich gedrängt, nach Terilla zu gehen und diesen Herren hier einen Besuch abzustatten. Um die Sache kurz zu machen: Wir sind auf dem Weg nach Mantor, wo wir uns mit Perdimonn treffen. Gemeinsam wollen wir den shandesischen Magier Selkor daran hindern, noch mehr Macht zu erlangen. Es sieht ganz danach aus, als sei Derrigan Darkweavers Amulett nicht der einzige magische Gegenstand, den Selkor in seinen Besitz gebracht hat. Mit der Machtfülle, über die er bereits verfügt, wäre es ihm ein Leichtes, Thrandor zu zerstören. Wir müssen ihn aufhalten, bevor er etwas Derartiges tun kann.«

»Das klingt genau nach der Art Aufgabe, für die der König Euch Euren Titel verliehen hat«, bemerkte Lord Valdeer mit einem schiefen Lächeln. »Ihr erstattet sicher auch in Mantor Bericht?«

»Gewiss, Lord Valdeer, ich werde Ihrer Majestät so bald wie möglich berichten. Aber wir müssen uns beeilen, denn nach dem, was ich zuletzt gehört habe, ist Perdimonn auf dem Weg nach Mantor und Selkor hat sich an seine Fersen geheftet. Bitte, meine Herren, haltet unterwegs die Augen offen. Wir haben bereits zwei unserer Gefährten an Dämonen verloren. Vermutlich ist die Gefahr gebannt, aber ich rate dennoch zur Vorsicht.«

»Dämonen? So etwas wie der, der deine Seele verschlungen hat?« Baron Keevans Augen verengten sich.

»Keine Gorvaths, Mylord, aber sie waren gefährlich genug, um einen Magier zu töten. Ein weiterer wird vermisst. Falls Ihr ihm begegnet, gebt ihm bitte Bescheid, wo wir sind. Sein Name ist Chevery«, teilte Calvyn mit, bemüht, sich seine Abneigung gegen den Großmagier nicht anmerken zu lassen.

Der Baron und Lord Valdeer luden Calvyn und seine Gefährten zu einem raschen Mahl ein. Außerdem ließ Keevan ihre Vorräte auffüllen und die Pferde füttern und tränken. Damit hatte sich der kurze Aufenthalt schon bezahlt gemacht, fand Calvyn. Mit dem Proviant, den sie nun in den Packtaschen hatten, würden sie es bequem bis nach Mantor schaffen.

Zum Abschied bat Calvyn den Baron, falls er nach seiner Rückkehr auf die Burg Neues von Bek und Jez erfahren sollte, ihm eine Nachricht nach Mantor schicken zu lassen. Der Baron versprach es ihm gern und wünschte allen eine sichere Reise.

Als sie wieder unterwegs waren, kamen Calvyn die Großmagier angesichts der schrecklichen Ereignisse der vergangenen vierundzwanzig Stunden geradezu vergnügt vor. Immerhin war einer ihrer Gefährten einen schrecklichen Tod gestorben und ein anderer spurlos verschwunden. Calvyn begriff nicht, warum sie so guter Laune waren.

»Sie sind alt, Calvyn. Und alte Männer sterben«, erwiderte Lomand, als er ihn danach fragte. »Als sie von Terilla aufbrachen, schien ihnen die Wahrscheinlichkeit groß, dass keiner von ihnen je zurückkehren würde. Sie sind aufgebrochen, weil es sein musste. Wenn sie jetzt nicht zeigen, dass Ivalos Tod und das … Verschwinden Meister Cheverys sie schmerzt, so heißt das noch lange nicht, dass sie es auf die leichte Schulter nehmen. Glaub mir, falls Meister Chevery nicht nach Mantor kommt, wäre es für ihn ohnehin besser, tot zu sein. In der Nähe der anderen drei Meister sollte er sich dann besser nicht blicken lassen!«

◎ ◎ ◎

Die vier Hüter waren von der freundlichen und entgegenkommenden Art des Königs angenehm überrascht. König Malo und Baron Anton hatten ihnen zugehört, sich dann kurz beraten und anschließend gefragt, wie sie ihnen behilflich sein könnten. Perdimonn, der puren Unglauben erwartet hatte, war verblüfft, dass die beiden ihnen ihre Geschichte auf Anhieb abnahmen.

»Ich habe in letzter Zeit zu viel Merkwürdiges erlebt, als dass ich Euch als Narren abtun könnte«, erwiderte König Malo mit einem wissenden Lächeln. »Ihr werdet trotzdem verstehen, dass ich Eure Aussagen erst überprüfen muss. Ich möchte Euch bitten, als meine Gäste im Palast zu bleiben, bis Calvyn eintrifft und alles bestätigt.«

Perdimonn nahm das Angebot gern an, schlug aber vor, dass immer ein Hüter mit den Wachen am Stadttor Dienst tun solle. Die drei anderen Hüter hatten sich von Selkor und dem Mantel des Merridom in die Irre führen lassen und wussten, was für Tricks der Magier anwendete. Die Hüter wollten um jeden Preis vermeiden, dass Unbeteiligte zu Schaden kamen, wenn Selkor in Mantor eintraf.

Der König war einverstanden und ließ Veldan rufen.

»Ja, Eure Majestät?«, fragte Veldan mit einer tiefen Verbeugung.

»Danke, dass du so schnell erschienen bist. Bitte führe unsere Gäste in die Suiten im Westflügel. Sie werden eine Weile im Palast wohnen, und ich möchte, dass sie alle Annehmlichkeiten genießen, die wir unseren Gästen hier im Palast zu bieten haben.«

»Jawohl, Eure Majestät. Ich werde mich sofort darum kümmern, Eure Majestät«, erklärte Veldan ehrerbietig, bedachte die vier Hüter aber mit einem abschätzigen Blick, der so gar nicht zu seinem Tonfall passen wollte. Er befand die merkwürdig aussehenden Fremden in ihren staubigen Kleidern wohl nicht für würdig, mit dem König zu sprechen, geschweige denn in den prächtigen Gästesuiten des Westflügels zu wohnen.

Perdimonn zwinkerte Rikath zu, deren Augen ebenfalls belustigt blitzten. »Pass mal auf«, flüsterte er ihr zu, als sie auf den Flur traten.

Perdimonn schloss zu Veldan auf und musterte ihn von der Seite, als versuche er mit aller Macht, sich an etwas zu erinnern.

»Sag mal, Veldan, täusche ich mich oder bist du der Sohn des Nesrun, der vor mehreren Jahren ebenfalls Oberster Diener des Königs war?«

»Ja, das stimmt. Ich bin der letzte von vier Obersten Dienern, die das Amt vom Vater an den Sohn weitergegeben haben«, verkündete Veldan stolz. »Leider habe ich keine Söhne. Die Familientradition wird mit mir enden.«

»Ah ja«, machte Perdimonn, als erinnere er sich plötzlich an ein weiteres Detail. »Natürlich, ich hatte ganz vergessen, dass auch Pallane und Favel mit dir verwandt sind.«

»Du scheinst viel über die Geschichte des Palastes zu wissen«, erwiderte Veldan, offensichtlich beeindruckt, dass sich

Perdimonn an seine Vorfahren und sogar an den Namen seines Urgroßvaters erinnerte. »Ist das eine Art Steckenpferd von dir?«

»Oh nein, Veldan! Mir ist gleich aufgefallen, dass du genau so ein Wichtigtuer bist wie Nesrun. Als du mich erinnert hast, dass du auch mit Pallane und Favel verwandt bist, ist mir klar geworden, dass du an deinem schlechten Benehmen gar nicht schuld bist. Es liegt ganz offensichtlich in der Familie. Ich weiß noch genau, wie Favel zum Obersten Diener aufstieg – er war monatelang unausstehlich«, besann sich Perdimonn, dem der Schalk aus den Augen blitzte.

»Du weißt das noch?«, spottete Veldan. »Ich diene seit neununddreißig Jahren im Palast, davon sechsundzwanzig als Oberster Diener. Mein Vater hatte diese Stelle neunundzwanzig Jahre inne und sein Vater vierundzwanzig. Du willst mir doch nicht weismachen, dass du hier warst, als mein Urgroßvater mehr als zwölf Jahre davor Oberster Diener wurde?«

»Doch«, erklärte Perdimonn mit einem strahlenden Lächeln. »Das war im vierten Jahr nach der Thronbesteigung König Roaths II., wenn ich mich recht entsinne. Es ist nur deshalb so ein denkwürdiges Datum, weil in jenem Frühjahr dieser Wirbelsturm über das Ostmeer fegte. Weißt du noch, Rikath? Es war der einzige wirklich verheerende Sturm, der je aus dem Osten kam.«

»Oh ja!«, rief Rikath, und ihr Blick schweifte bei der Erinnerung in die Ferne. »Die Brandung in der Meerenge von Ahn war damals ein furchtbarer Anblick.«

»Daran erinnere sogar ich mich«, lachte Arred. »Der Wind heulte über den Eingang meiner Höhle hinweg, als wollte er sie mit sich reißen. Als ich hinausging, um nachzusehen, was das für ein Lärm war, wurde ich fast vom Berg geblasen.«

»*Ihr* … erinnert Euch!«, stotterte Veldan und zeigte anklagend mit dem Finger auf Arred. »Aber das ist doch lachhaft. Ihr seid noch nicht einmal alt genug, um Euch an König Malos Krönung zu erinnern. Und Ihr, junge Dame, seid niemals älter als …«

»Hat man dir nicht beigebracht, dass es sich nicht schickt, vom Alter einer Dame zu sprechen?«, unterbrach Rikath ihn mit hochgezogener Augenbraue. »Abgesehen davon, wenn wir hier schon Jahre zählen, dann bist du doch wohl der Jüngste. Aber lasst uns nicht über Nichtigkeiten streiten. Besteht die Chance, dass die Gästesuiten im Westflügel Badezuber haben? Ehrlich gesagt fühle ich mich, als hätte mich die Flut angeschwemmt – nur nicht so sauber.«

Veldan war sichtlich erbost, nicht nur, weil die Hüter ihren Spaß mit ihm trieben, sondern auch wegen der ungeheuerlichen Vorstellung, dass es im Palast ein Gästezimmer ohne Badezuber geben könnte, zumal im Westflügel. In beleidigtem Ton teilte er Rikath mit, dass es selbstverständlich in jeder Suite eine Bademöglichkeit gebe, ebenso wie jede andere Annehmlichkeit, die man von Gästeunterkünften erwarten könne.

»Außerdem werden Euch die königlichen Schneider zur Verfügung stehen, um Euch für Euren Aufenthalt im Palast mit angemessenen Gewändern auszustatten«, fügte Veldan mit einem abschätzigen Blick auf ihre staubigen Kleider hinzu. Danach sprach er kein Wort mehr, bis er ihnen ihre Gemächer gezeigt hatte.

Als Veldan sie verlassen hatte, versammelten sich die Hüter in Perdimonns Suite und legten fest, wer die erste Wache am Stadttor übernehmen sollte. Arred meldete sich freiwillig. Da sie zu Fuß schon eine Stunde bis zum Tor brauchten, legten sie Zwölfstundenschichten zwischen zwölf Uhr mittags und Mitternacht fest. Arreds erste Wache sollte etwas kürzer sein.

Sobald einer von ihnen Selkor kommen sah, sollte er Perdimonn über die geistige Verbindung Bescheid geben. Perdimonn würde dann die anderen benachrichtigen und die Zeit so beeinflussen, dass sie Selkor gemeinsam gegenübertreten konnten. Einzeln, da waren sie sich einig, sollten sie ihm nicht die Stirn bieten.

Selkor besaß zwar drei der vier Schlüssel, doch ihm fehlte noch das Wissen und die Erfahrung mit den einzelnen Elementen. Alle Hüter kannten und liebten ihr jeweiliges Element, über das sie nun schon so lange wachten. Daher konnten sie Selkors Versuche, die Macht der Schlüssel zu nutzen, abblocken. Wenn Calvyn und der Rat der Magier rechtzeitig eintrafen, konnten sie gemeinsam den magischen Kräften entgegenwirken, die sich in Darkweavers Amulett, dem Ring des Nadus und dem Mantel des Merridom verbargen.

Arred machte sich auf den Weg zum Stadttor. Es war nicht leicht, sich im Palast zurechtzufinden, doch nachdem er das Palastgelände erst einmal verlassen hatte, fand er den Weg hinunter zum Stadttor ohne Mühe. Dort angekommen erklomm Arred die Treppe, die auf die Mauer führte, und ging hinüber zu dem kleinen Wachhaus im Turm seitlich des Stadttors.

Der diensthabende Sergeant der Nachmittagsschicht bedachte Arred mit einem Blick, der ihn sogleich an Veldan erinnerte. Aus ihm sprach die Frage: »Was hast du denn hier zu suchen?«, ergänzt durch die Feststellung: »Du gehörst nicht hierher. Mach die Fliege.« Arred lächelte den Sergeanten an. Er wollte es erst einmal mit Freundlichkeit probieren.

»Guten Tag, Sir. Ich heiße Arred«, begann er und streckte seinem Gegenüber die Hand hin.

»Ich bin kein Sir, Arred. Ich habe den Dienstgrad eines Sergeanten und beabsichtige nicht, mich mit den Problemen der Offiziere herumzuschlagen«, erwiderte der Mann mit sauertöpfischer Miene und musterte die von Arred dargebotene Hand, als sei sie giftig.

Arreds Lächeln wurde breiter. Perdimonn würde ihn später wahrscheinlich dafür schelten, aber er war nicht bereit, sich von diesem einfachen Soldaten – welchen Rang er auch immer innehatte – behandeln zu lassen wie Abschaum. Immerhin hatte Perdimonn seinen Spaß mit Veldan gehabt. Die Thrandorier sollten ruhig erfahren, wozu Magier fähig waren, und einem kleinen Späßchen war Arred sowieso nie abgeneigt.

»Oh, dann entschuldige ich mich, Sergeant. Vergib mir, ich kenne mich mit den Dienstgraden des Heeres nicht besonders gut aus. Ich lebe schon viele Jahre in … äh, einer Gegend, die weitab liegt von der zivilisierten Welt.« Arred neigte entschuldigend den Kopf, noch immer ein freundliches Lächeln auf den Lippen.

»Was willst du, Mann? Ich kann mich nicht den ganzen Tag mit dir abgeben«, erwiderte der Sergeant verärgert.

»Ich bin hier, um dir bei der Bewachung der Stadttore zu helfen. Ein mächtiger Feind Thrandors befindet sich auf dem Weg hierher, und ich will gemeinsam mit meinen drei Freunden verhindern, dass er in die Stadt gelangt«, erklärte Arred.

»Ach wirklich?«, entgegnete der Sergeant spöttisch. »Hör mal gut zu. Ich verstehe keinen Spaß. Dafür habe ich auch gar keine Zeit. Die Stadt ist hervorragend geschützt, danke sehr, also könnt ihr uns die Wache getrost überlassen und euch entspannen. Wenn dieser angebliche ›Feind‹ hier auftaucht, nehmen wir es schon mit ihm auf.«

Arred schüttelte traurig den Kopf und schürzte die Lippen. Er sah sich kurz um, ob jemand in der Nähe Wache schob.

»Unglücklicherweise, Sergeant, weißt du nicht, mit wem du es da zu tun hast. Was tust du, wenn der fragliche Mann mit einem einzigen Feuerstoß deine Stadttore schmelzen lässt – etwa so?«

Arred drehte sich um, streckte die linke Hand mit der Handfläche nach vorne aus und vollendete innerlich eine Runenfolge, die er während des Gesprächs mit dem Sergeanten bereits vorbereitet hatte. Ein gewaltiger Feuerstrahl schoss aus Arreds Hand und brauste zwanzig Meter die Stadtmauer entlang. Der Sergeant flüchtete sich in sein Wachhäuschen und verriegelte die Tür. Arred löschte die Flamme und verneigte sich vor den Menschen, die sich auf der Straße unterhalb der Stadtmauer versammelt hatten und jetzt klatschten. Sie dachten wohl, es handle sich um die Vorstellung eines Gauklers.

Als Arred an die Tür des Wachhäuschens klopfte, erhielt er keine Antwort. Er hämmerte ein zweites Mal dagegen und rief: »Sergeant! Um Tarmins willen, Mann, öffne die Tür! Ich will dir doch nur helfen. Wenn du es schon bei einer so kleinen Vorführung mit der Angst bekommst, dann gehst du Selkor besser aus dem Weg. Genau deswegen will der König doch, dass wir hier Wache schieben.«

Bei der Erwähnung des Königs vernahm er ein Klicken und die Tür öffnete sich knarrend. Der Sergeant spähte vorsichtig hinaus, das Türblatt als eine Art Schutzschild benutzend.

»Der König weiß Bescheid?«, fragte er unsicher.

»Natürlich«, erwiderte Arred bestimmt. »Ich komme direkt aus dem Palast, wo meine Freunde und ich derzeit untergebracht sind. Wir wohnen im Westflügel, falls dir das etwas sagt.«

»Ihr wohnt im Palast?«

»Das habe ich doch gerade gesagt«, erwiderte Arred, der so langsam die Geduld verlor. »Also, Sergeant, am besten fangen wir noch einmal von vorn an. Ich heiße Arred, und ich soll dir helfen, die Stadt zu bewachen.«

Arred streckte wieder die Hand aus. Diesmal nahm sie der Sergeant und schüttelte sie vorsichtig. Einen Augenblick erwog Arred, ihn mit einem kleinen Hitzetrick zu erschrecken, fand dann aber, dass er dem Armen für diesen Tag genug zugemutet hatte.

»Wie hast du das mit dem Feuer gemacht? Tut das nicht weh?«, fragte der Sergeant. Er beäugte Arred argwöhnisch, als fürchte er, ihm könnten jeden Moment zwei Köpfe wachsen oder er könnte in tausend Stücke zerbersten.

Arred bedachte ihn mit einem schelmischen Lächeln und hob vielsagend die Augenbrauen. »Willst du das wirklich wissen?«, fragte er, verschränkte die Finger seiner Hände und tat so, als bereite er einen neuen Zauber vor. »Keine Angst, ich mache nur Spaß. Ich könnte es dir auch gar nicht beibringen. Es erfordert Jahre gewissenhaften Studierens, bis man auch nur die einfachsten Formeln beherrscht. Das ist ja auch das Problem, vor dem Mantor derzeit steht. Ein sehr mächtiger Magier ist auf dem Weg hierher, und ihr habt in Thrandor niemanden, der euch gegen ihn verteidigen könnte. Deshalb sind wir hier. Gemeinsam mit weiteren Magiern, die noch unterwegs sind, wollen meine Freunde und ich verhindern, dass dieser Selkor euch allzu große Scherereien macht.«

»Bitte, Arred, vergib mir meine Zweifel. Die Sache mit dem Feuer hat mir, ehrlich gesagt, eine Heidenangst eingejagt. Trotzdem muss ich jemanden in den Palast schicken, um mir deine Geschichte bestätigen zu lassen. Ich hoffe, du verstehst das.« Der Sergeant bereitete entschuldigend die Arme aus.

»Natürlich, Sergeant. Immer los! Aber jetzt kommen wir zu den wichtigen Fragen: Wo hat man den besten Blick nach draußen? Und gibt es hier oben etwas zu trinken?«

Der Sergeant nickte und führte Arred zur Treppe in der hinteren rechten Ecke des Raums.

»Dort geht es auf die Turmspitze und da steht immer ein Wachtposten. Du kannst ihm Gesellschaft leisten, wenn du möchtest. Er hat frisches Wasser und auf halber Höhe findest du immer eine Kanne warmen Dahl.«

»Wasser und Dahl? Etwas Stärkeres habt ihr nicht?«

»Doch nicht im Dienst, Arred«, erwiderte der Sergeant vorwurfsvoll.

»Diese Antwort habe ich erwartet«, seufzte Arred ergeben und schüttelte enttäuscht den Kopf. »Also gut, dann gehe ich mal besser auf meinen Posten.«

Um Mitternacht wurde Arred von Rikath abgelöst. Nachdem sich der Sergeant Arreds Aussagen im Palast hatte bestätigen lassen, gelangte Rikath ohne Probleme auf den Wachturm. Die Wachleute mochten sie auf Anhieb und prügelten sich bald darum, wer sie mit Wasser und Dahl versorgen durfte. Die Wasserhüterin erheiterte die Aufmerksamkeit, die ihr zuteilwurde. Obwohl in Mantor wie in allen Heeren Thrandors auch Frauen dienten, schien es, als hätten die Wachleute noch nie mit einer Frau Dienst getan. Als Rikath am Mittag des folgenden Tages den Stab an Morrel weiterreichte, bedankte sie sich bei den Soldaten für ihre Gesellschaft und kündigte an, 36 Stunden später zurückzukehren. Morrel beobachtete kurz darauf belustigt, wie die Männer versuchten, in die entsprechende Schicht eingeteilt zu werden.

Von Selkor und den Magiern fehlte indes jede Spur. Auf

Morrel folgte Perdimonn und auf diesen wieder Arred. Am Spätnachmittag seiner zweiten Schicht sichtete Arred die erste Ankunft. Leider war es nicht der Rat der Magier.

9

Als Arred die Gestalt im schwarzen Umhang heranreiten sah, wusste er, dass es Selkor war. Der shandesische Magier machte keinerlei Anstalten, sich zu tarnen, und saß auf einem Ross, das den Stolz und die Überheblichkeit seines Reiters widerspiegelte. Arred baute die Gedankenverbindung zu Perdimonn auf. *»Perdimonn. Wir haben Gesellschaft und sollten unseren Gast willkommen heißen.«*

»Verstanden«, antwortete Perdimonn. *»Wann wird er am Tor sein?«*

»In ungefähr fünf Minuten.«

»Gut, wir treffen uns am Stadttor. Sieh dich vor! Ich halte ihn auf, bis wir bei dir sind.«

»Gut«, bestätigte Arred. Er warf einen letzten Blick auf Selkor und stieg dann die Treppe hinab.

Der merkwürdige Ruck, den es gab, als Perdimonn die Zeit für die vier Hüter beeinflusste, kam Arred stärker vor als beim letzten Mal. Ob es damit zusammenhing, dass Perdimonn die Zeit an den Erdschlüssel gebunden hatte? Doch Arred schob den Gedanken beiseite. Er eilte die Treppen hinunter zur Stadtmauer und dann auf die Straße.

Wie beim letzten Mal, als Perdimonn die Zeit eingefroren hatte, stand die Welt um Arred herum still. So fiel es ihm nicht weiter schwer, sich einen Weg durch die Menschen auf der Straße zu bahnen. Arred wusste, dass er sie nicht berühren durfte. Da sein eigenes Tempo im Verhältnis enorm hoch war, hätte ein Zusammenstoß schlimme Folgen gehabt. Zum Glück war am späten Nachmittag auf der Straße hinter der Stadtmauer nicht mehr viel Betrieb.

Arred umgab dieselbe gespenstische Stille, die er noch von der Bootsfahrt von Kaldea zur Meerenge von Ahn in Erinnerung hatte. Damals war kein Mensch in der Nähe gewesen, doch hier, mitten in der Hauptstadt, hatte diese Ruhe etwas Gespenstisches.

Die Menschen waren in ihren jeweiligen Bewegungen eingefroren. Wo Arred auch hinsah, waren Leute mitten im Gehen, Rennen oder gar Hüpfen in einer Haltung erstarrt, die die Schwerkraft Lügen strafte. Die Schwerkraft wirkte ja auch nicht wie üblich, überlegte Arred, schreckte aber vor diesem Gedanken zurück, denn je mehr er darüber nachdachte, desto verwirrender erschien ihm das Ganze. Wenn man die Naturgesetze zugrunde legte, müsste sich die Veränderung des Zeitflusses doch auch auf seinen Körper auswirken. Perdimonns Zauber schien sich sämtlicher Logik zu entziehen. Es war einfach unheimlich.

Arred erreichte das Stadttor, setzte sich außerhalb davon auf den Boden und wartete. In einiger Entfernung konnte er Selkor auf seinem Pferd sehen, reglos wie alles um ihn herum.

Wenn ich mich nicht der Gewaltlosigkeit verpflichtet hätte, so ging es Arred durch den Kopf, wäre es jetzt ein Leichtes, Selkor zu töten. Alle unsere Probleme wären mit einem Schlag gelöst. Doch ein Hüter brach seinen Schwur nicht einfach, nicht einmal im Kampf gegen einen bösen Magier.

Perdimonn hatte sicher einen Plan. Den hatte er doch

immer, dachte Arred. Er fröstelte leicht, als ihn das unheimliche Gefühl beschlich, dass Selkor ihn beobachtete. Das war lächerlich, und Arred wusste es, doch er kam nicht dagegen an. Er stand auf, ging durch das Stadttor und ertrug lieber die gespenstische Stille der Stadt als den Blick Selkors, auch wenn er sich ihn nur einbildete.

Arred kam die Wartezeit endlos vor. Um sich abzulenken, jonglierte er, auf dem Pflaster sitzend, mit fünf Feuerbällen. Als die anderen drei Hüter endlich aus einer der Seitenstraßen auftauchten, die den Hügel hinauf zum Palast führten, wäre Arred am liebsten aufgesprungen und ihnen entgegengelaufen. Doch er beherrschte sich, erhob sich gemächlich und reckte die Beine, die steif geworden waren vom langen Sitzen.

»Komm, Arred«, sagte Perdimonn einfach. »Es wird vermutlich etwas hässlich, aber ich habe den anderen schon erklärt, wie wir diese Konfrontation am besten zu unserem Vorteil nutzen können.«

Arred lächelte breit. Perdimonn schüttelte immer und für jede Gelegenheit einen Plan aus dem Ärmel. Der alte Magier hatte eine Begabung, auch die schwierigsten Situationen zu meistern. Das war ihr Glück, denn die anderen Hüter hatten sich jahrzehntelang in ihrer jeweiligen kleinen Welt eingerichtet und waren es nicht gewohnt, Probleme lösen zu müssen.

Die vier durchschritten gemeinsam das Stadttor, und Arred deutete auf Selkor, der noch immer auf seinem Pferd saß. Perdimonn nickte und bedeutete den anderen, stehen zu bleiben.

»Also gut!« Er atmete tief ein. »Arred, du bleibst hier bei den anderen. Sie werden dich in unseren Plan einweihen. Ich gehe mal hin und schaue, ob ich Selkor um den einen oder anderen magischen Gegenstand erleichtern kann.«

Arred tat wie geheißen. Er war verwirrt, denn er war davon ausgegangen, dass sie Selkor gemeinsam gegenübertreten würden. Morrel und Rikath klärten ihn jedoch sogleich darüber auf, was Perdimonn vorhatte. Arred brach in lautes Gelächter aus.

Der alte Magier trat vorsichtig auf den erstarrten Selkor zu. Obwohl er von seinem Plan überzeugt war und Morrel und Rikath gegenüber Zuversicht ausgestrahlt hatte, hämmerte ihm nun, da er neben Selkor und dessen Pferd stand, das Herz wild in der Brust.

Selkor war wie üblich schwarz gekleidet und trug hohe Lederstiefel, die mit kunstvollen silbernen Mustern verziert waren. Aus seiner Haltung sprachen Stolz und Überheblichkeit, doch in den Augen des shandesischen Magiers blitzte neben brennendem Ehrgeiz auch kalter Zorn.

Perdimonn war froh, dass Selkor nicht mehr Umsicht gezeigt hatte, als er sich Mantor näherte. Mit Sicherheit hatte der shandesische Magier versucht, den Zeitfluss zu verändern, ohne Zweifel mit schmerzhaften Folgen. Seither ging er wohl davon aus, dass niemand mehr Einfluss auf die Zeit nehmen konnte. Hätte er auch nur eine Sekunde angenommen, dass einer der Hüter noch dazu in der Lage war, so hätte er sicherlich den Mantel des Merridom benutzt und sich Mantor getarnt genähert. Dann wäre es erheblich schwerer gewesen, ihn auszumachen. Perdimonn hatte diese Möglichkeit durchaus in Betracht gezogen.

Der alte Magier öffnete mit unendlicher Vorsicht die Schnallen von Selkors Satteltaschen, schlug sie auf und blickte hinein. Behutsam zog er den Inhalt heraus und legte die Gegenstände einen neben dem anderen auf den Boden. Ganz unten in der ersten Tasche fand er den Mantel des Merridom. Sein Herz machte einen Hüpfer.

»Hervorragend«, murmelte er.

Es gab keine Möglichkeit, die Machtschlüssel, die Selkor gestohlen hatte, zurückzuholen, und mit Rikath und Morrel war er sich einig gewesen, dass es unklug wäre, Darkweavers Amulett zu berühren. Nach allem, was sie wussten, war das Amulett vermutlich vom Zeitfluss unabhängig, daher konnte es schon ein gefährliches Unterfangen sein, sich auch nur seinem Träger zu nähern. Über die Eigenschaften, die der Mantel des Merridom und der Ring des Nadus besaßen, wussten sie dagegen genau Bescheid, und demnach konnte Perdimonn sie unbeschadet an sich nehmen.

Der Erdhüter wollte Selkors Habseligkeiten gerade wieder in die Satteltaschen packen, als ihm einfiel, dass er auch einfach alles mitnehmen konnte. Wenn es ihnen später gelang, den shandesischen Magier zu vertreiben, würden die nächsten Nächte für ihn recht ungemütlich werden.

Perdimonn kicherte. Er durfte Selkor zwar nicht das Leben nehmen, doch er konnte es ihm ganz schön schwer machen. Er breitete den Mantel aus, legte den Inhalt der Satteltaschen darauf und schnürte das Ganze zu einem Bündel, das er vorerst am Boden liegen ließ, um nach dem Ring des Nadus zu suchen.

Wie erwartet trug Selkor ihn am Mittelfinger der rechten Hand. Es würde nicht einfach werden, ihn abzuziehen, ohne Selkor zu verletzen, doch wenn sie seine Macht einschränken wollten, blieb ihm nichts anderes übrig. Mit unendlicher Geduld und Umsicht löste Perdimonn Selkors Finger, die um den Zügel geschlossen waren. Dann holte er ein kleines Döschen Salbe aus der Tasche, schmierte etwas davon auf den Mittelfinger und zog Selkor den Ring, Stück für Stück, über den Finger, bis er ihn endlich, nach einer gefühlten Ewigkeit, in der Hand hielt.

Perdimonn konnte ein Grinsen nicht unterdrücken, als

er sich den Ring auf den Finger steckte. Sorgfältig wischte er die Salbe von Selkors Fingern, die er anschließend wieder um den Zügel legte.

»So weit, so gut«, murmelte Perdimonn, zufrieden mit seinem ungewöhnlichen Diebstahl. Dann machte er sich, das Bündel mit Selkors Habseligkeiten unter dem Arm, auf den Rückweg zum Tor.

Die anderen Hüter warteten bangen Herzens. Alle drei seufzten erleichtert auf, als Perdimonn den Mantel des Merridom in die Höhe hielt und ihnen den Ring des Nadus zeigte, der an seinem Finger blitzte.

»Was ist in dem Mantel?«, fragte Rikath neugierig.

»Selkors Vorräte und alles, was er so für sein Nachtlager braucht«, erwiderte Perdimonn unschuldig. »Nichts wirklich Wichtiges also.«

Die anderen Hüter glucksten vergnügt und strahlten einander an wie Schulkinder, die ihrem Lehrer soeben den Stuhl unter dem Allerwertesten weggezogen hatten. Natürlich war es nicht mehr als ein Schabernack, aber es hellte ihre Stimmung angesichts dessen, was ihnen bevorstand, deutlich auf.

Perdimonn leerte den Inhalt des Bündels innerhalb der Stadtmauer auf die Straße. Sobald die Zeit wieder normal lief, würden die Sachen wahrscheinlich in wenigen Minuten verschwunden sein, mitgenommen von Mantors Bürgern. Selbst wenn Selkor den Diebstahl bald bemerkte, würde er seine Habe nicht so schnell wiederbekommen.

Perdimonn warf sich den Mantel des Merridom über die Schulter und schloss die Schmuckschnalle über der Brust.

»Also, sind alle bereit?«, fragte er und blickte in die Runde.

»Bereit«, antwortete Arred. Auch die anderen nickten.

»Gut, dann wollen wir mal«, erklärte Perdimonn entschlossen. Er sammelte seine Kräfte und richtete sie auf das Gestaltwandeln.

Perdimonn hatte die magische Formel, mit der man sein Äußeres veränderte, immer gehasst und beherrschte sie auch nicht besonders gut. Doch mit dem Mantel des Merridom fiel sie ihm erheblich leichter als sonst. Augenblicklich entstand in seinem Geiste das Bild der Person, deren Gestalt er annehmen wollte. Es war so klar, als hätte Perdimonn den Mann eben erst gesehen, und schon nach wenigen Atemzügen war die Verwandlung vollzogen.

»Sehr eindrucksvoll«, beglückwünschte Rikath ihn grinsend. »Jetzt siehst du fast so alt aus, wie du bist!«

»Sehr witzig«, erwiderte die Stimme des Großmagiers Akhdar sarkastisch. Perdimonn berührte sachte seinen Bart, das Haupthaar und seine veränderten Gesichtszüge und sah hinunter auf seine Kleidung. »Eine Schande, dass der richtige Akhdar nicht rechtzeitig gekommen ist. Mit ihm wäre die ganze Sache erheblich leichter.«

Wieder sammelte Perdimonn seine geistigen Kräfte und sprach eine weitere Formel – eine, die ihm vertrauter war und in der er mehr Übung hatte. Nach wenigen Minuten blickte er wieder die anderen an und nickte.

»Die Trugbilder auf der Mauer sind fertig«, bestätigte er. »Arred, kannst du es so erscheinen lassen, als ob einige von ihnen Feuerformeln wirken?«

»Das werde ich schaffen«, antwortete Arred grinsend und begann sofort wieder, mit seinen Feuerbällen zu jonglieren.

»Gut, dann noch eine letzte Illusion.« In Perdimonns rechter Hand erschien der Stab des Dantillus. »… und los geht's!«

Mit diesen Worten hob Perdimonn seine Zeitverzerrungsformel auf und die Welt um sie herum erwachte wieder zum Leben. Die drei Hüter und der vermeintliche

Großmagier Akhdar marschierten beherzt durch das Stadttor hinaus, um sich ihrem Gegner zu stellen.

Als Selkor die vier Gestalten vor sich auftauchen sah, zügelte er sein Pferd und erwartete sie. Auf seinem Gesicht machte sich ein höhnisches Grinsen breit. Unwillkürlich fasste er nach dem Ring des Nadus. Als er bemerkte, dass er nicht mehr da war, verschwand das Grinsen und seine rechte Hand fuhr an die Brust, wo Darkweavers Amulett unheilvoll glitzerte wie ein bösartiges silbernes Auge. Erleichtert ließ Selkor die Hand wieder sinken. In seinen Zügen lag eine Mischung aus Zorn und Befriedigung.

»Wo ist denn der Feigling Perdimonn?«, fragte er laut. »Ruft ihn her, sonst lege ich diese jämmerliche Barbarenstadt in Schutt und Asche und hole ihn mir.«

»Das wirst du schön bleiben lassen«, erwiderte Perdimonn mit Akhdars Stimme. »Gemeinsam haben wir die Macht, dich von ihm fernzuhalten.«

»Du glaubst doch nicht ernsthaft, dass mich diese jämmerlichen Gestalten hier aufhalten können, Akhdar? Du bist ein noch größerer Narr, als ich angenommen habe. Das sind doch lauter Dummköpfe. Die werden dir gar nichts nützen. Meine Macht reicht aus, euch alle fertig zu machen, euch und diese jämmerlichen Feiglinge, die da oben auf der Stadtmauer auf mich lauern.«

Perdimonn schmunzelte innerlich. Selkor hatte gute Augen, das musste man ihm lassen. Von den imaginären Magiern, die er erschaffen hatte, war kaum der Zipfel eines Umhangs zu sehen, doch Selkor hatte sie bereits entdeckt. Beunruhigte Selkor das Zusammentreffen womöglich mehr, als er zugeben wollte, fragte sich Perdimonn.

»Gib deine Suche nach Perdimonn auf, Selkor, oder du wirst diesen Tag bis in alle Ewigkeit bereuen.«

»Warum sollte ich das tun, du alter Narr? Bist du von Sinnen? Jahrelang habe ich auf mein Ziel hingearbeitet, bin weiter gereist als du in deinem langen Leben, Akhdar. Heute werde ich zum Auserwählten, und es gibt nichts, was du dagegen tun kannst«, erwiderte Selkor zornig.

»Macht euch bereit, es geht los«, murmelte Perdimonn den anderen zu.

Und tatsächlich beschwor Selkor in rascher Folge alle drei ihm zugänglichen Schlüssel herauf. Perdimonn schwenkte den falschen Stab des Dantillus, um ihn abzulenken, während er in Wahrheit eine Formel für den Ring des Nadus vorbereitete. Er hoffte inständig, Selkor möge den Unterschied nicht bemerken.

Mit einem Gebrüll, gewaltiger als das von tausend Löwen, baute sich vor den Hütern eine Flammenwand auf. Morrel blies sie mit einem heftigen Windstoß zu Selkor zurück. Perdimonn hatte geahnt, dass Selkor sein Lieblingselement Feuer als Erstes einsetzen würde, und Morrel vorgewarnt. Selkor entging dem Flammentod nur, indem er mit Darkweavers Amulett einen magischen Schutzschild errichtete.

Von mehreren Stellen der Stadtmauer hagelten Feuerblitze auf Selkor herab, die jedoch verglichen mit seiner Feuerwand nur wie Glühwürmchen wirkten. Arred wollte ja auch lediglich den Eindruck erwecken, dass auf der Stadtmauer Verstärkung stand.

Auch Perdimonn schmetterte mit dem Ring des Nadus Feuerstöße auf Selkor. Jeder Einzelne wäre wohl tödlich gewesen, doch den Schutzschild konnten sie nicht durchdringen. Perdimonn wusste das sehr wohl, doch auch seine Angriffe dienten nur der Ablenkung.

Selkor blieb beim Feuer, verlegte sich jedoch auf Blitze, denen Arred mit entschlossener Miene und geballten Fäusten jeweils einen eigenen Blitz entgegenschickte. Jedes Mal, wenn zwei Blitze krachend und zischend aufeinandertrafen, gingen die Bewohner von Mantor verängstigt in Deckung.

Perdimonn ging dazu über, Selkor mit Angriffen von der Mauer her abzulenken. Sorgfältig gezielte Feuerstöße, die er durch den angeblichen Stab des Dantillus leitete, ließen zudem rund um Selkor Steine und Erde in die Luft spritzen.

Der shandesische Magier änderte erneut seine Taktik. Er wandte sich dem Fallow zu und breitete beschwörend die Arme aus. Das Flusswasser baute sich zu einer Wand auf, die auf die vier Magier zudonnerte. Doch da hob Rikath die Hand. Die Wassermassen, turmhoch und breit wie drei Häuser, kamen zum Stillstand und änderten, wie von Riesenhand geknetet, ihre Form.

In einem unsichtbaren Kampf ihrer Willenskräfte bewegten die beiden Magier das Wasser mal in die eine, mal in die andere Richtung. Rikath blieb ruhig und gefasst, während Selkor schwitzte und sich abmühte. Hin und wieder schleuderte er einen Feuerstrahl gegen die Stadtmauern und den vermeintlichen Akhdar, doch jeder seiner Angriffe wurde von dem einen oder anderen Hüter abgewehrt.

»Gib auf, Selkor. Du kannst diesen Kampf nicht gewinnen!«, rief Perdimonn. »Du wirst den letzten Schlüssel nicht erringen. Niemals wirst du der Auserwählte sein.«

»Erzähl das deinem Gott, egal, welcher es ist!«, schrie Selkor zurück und schleuderte ihm einen weiteren brennenden Lichtblitz entgegen. Arred wehrte ihn mit einem Blitz ab, der unter ohrenbetäubendem Krachen mit Selkors zusammenprallte.

Nach diesem letzten Angriff gab Selkor auch die Wassermassen frei, die Rikath umgehend zurück ins Flussbett leitete.

Selkor hielt seinen Schutzschild aufrecht, warf sein Pferd herum und galoppierte in Richtung der Fallowbrücke davon. Perdimonn sah ihm wortlos nach. Dann betrachtete er das versengte Gras und die aufgewühlte Erde um sie herum. Die Stadtmauer war von schwarzen Brandflecken überzogen. Nun, da die Schlacht vorüber war, tauchten hinter der Brustwehr die Köpfe neugieriger Stadtbewohner auf, die nachsehen wollten, wer diesen aufregendsten magischen Kampf seit Darkweavers Zeiten eigentlich ausgefochten hatte.

Perdimonn vergewisserte sich, dass Selkor die Brücke überquert hatte und weiterritt, ohne sich noch einmal umzusehen. Er nahm seine eigene Gestalt an und wandte sich mit einem tiefen Seufzer an die anderen Hüter.

»Das ging doch besser als erwartet.«

◎ ◎ ◎

In Shandrim wimmelte es nur so von Soldaten und Stadtwächtern. Schon in den Vororten wurde Femke mehrmals aufgehalten und gefragt, was sie in der Stadt wolle. Das Heer hatte Shandrim offenbar fest im Griff.

Femke erzählte jedes Mal dieselbe Geschichte. Ihre kranke Tante wohne in Shandrim und habe sie gebeten, ihr zur Hand zu gehen, bis sie wieder auf den Beinen sei. Femke gab vor, sich nicht auszukennen, und fragte jedes Mal, wenn sie angehalten wurde, nach dem Weg. Noch wusste sie nicht so recht, wie sie vorgehen sollte: Sollte sie sich als Erstes einen Unterschlupf suchen, um von dort aus die nächsten Schritte zu planen? Oder besorgte sie sich besser zunächst eine geeignete Verkleidung?

Femke hatte in mehreren Stadtteilen Verstecke mit Kleidung und Ausrüstung angelegt, doch nur in einem befand sich auch militärische. Da ihr angesichts der vielen Soldaten und Stadtwächter auf den Straßen jede andere Tarnung nutzlos erschien, machte sie sich auf den Weg zu dem entsprechenden Haus. Das war nicht ganz ungefährlich, denn der Kaiser ahnte womöglich, dass sie ihren Auftrag nicht ausführen würde, und ließ bekannte Anlaufpunkte beobachten. Femke schlug das Herz bis zum Hals, als sie vor dem Haus ankam und ihr Pferd anband. Doch sie widerstand der Versuchung, die Umgebung nach möglichen Beobachtern abzusuchen. Stattdessen ging sie betont gelassen zur Tür und klopfte.

Zunächst war nichts zu hören, und Femke fürchtete schon, dass das Haus durchsucht und ihre Kontaktperson verhaftet worden war. Doch dann erklangen Schritte. Die Tür öffnete sich knarrend und ein vertrautes Gesicht spähte durch den Türspalt.

»Ach, du bist es«, sagte die Frau leise und zog die Tür ganz auf. »Komm nur.«

Femke trat ein. Die Frau schloss die Tür hinter ihr und sah sie forschend an.

»Du solltest mehr essen, junge Dame. Du bist dünn wie eine Bohnenstange. Komm mit in die Küche, ich habe heißen Dahl auf dem Ofen, wenn du magst. Er ist ganz frisch.«

»Das wäre wunderbar, Lisa«, erwiderte Femke dankbar, denn sie war ziemlich durchgefroren. »Ich kann allerdings nicht lange bleiben. Ich muss nur ein paar Sachen aus dem Schrank holen, dann bin ich schon wieder weg. Ich habe noch einiges zu erledigen, bevor es dunkel wird.«

Lisa lächelte Femke freundlich an. Sie hatte ein gebräuntes Gesicht mit Lachfalten um die Augen, das auf alle, die jünger waren als sie, eine mütterlich-fürsorgliche Wirkung hatte. Lisa bemutterte andere gern, und ihre Freundlichkeit kam von Herzen, das spürte man.

»Ihr jungen Leute, immer seid ihr in Eile, habt nie Zeit, euch mal in Ruhe hinzusetzen. Wirklich, ich frage mich, was dich umtreibt. Aber du weißt am besten, was du zu tun hast, junge Dame. Komm jetzt, wärm dich ein bisschen auf. Dann bringe ich dich nach oben.«

Femke lächelte dankbar und gleichzeitig belustigt. Jedes Mal, wenn sie herkam, bestand Lisa darauf, sie in das Gästezimmer im ersten Stock zu geleiten, in dem der Schrank mit ihren Kleidern stand. Als sie einmal darauf hingewiesen hatte, dass sie den Weg kannte, hatte Lisa sie mit einem äußerst vorwurfsvollen Blick bedacht, als hätte sie etwas Unanständiges gesagt.

Der Dahl war so heiß, dass Femke eine Weile pusten musste, ehe sie den ersten Schluck nehmen konnte. Lisa hatte einen großzügigen Löffel Honig hineingegeben, ohne Femke zu fragen. Sie wollte sie offensichtlich ein wenig mästen. Obwohl Femke das Getränk eigentlich zu süß war, erfüllte es sie nach der Anstrengung des einwöchigen Rittes doch mit einer wohltuenden Wärme und Energie.

Lisa wuselte derweil durch die Küche und schien Ordnung machen zu wollen. Da so viele Kochtöpfe und Gerätschaften herumstanden, sah es eher danach aus, als räume sie die Sachen von einer Ecke in die andere. Schöpfkellen, Löffel und Bratenwender hingen an den Wänden und an großen Metallhaken waren Zwiebelbünde befestigt. In den Regalen stapelten sich Töpfe, Pfannen und Backbleche in allen Größen, und im Gewürzregal standen Kräuter, Gewürze und Soßen, mit denen man eine ganze Kompanie hätte versorgen können. Femke wusste, dass Lisa keine Familie hatte und seit vielen Jahren allein hier lebte. Doch da sie leidenschaftlich gern kochte und buk, bekam die Nachbarschaft von den Früchten der vielen Stunden Arbeit, die sie in der Küche verbrachte, ihren Teil ab.

Femke sah der kleinen, untersetzten Frau bei der Arbeit zu, während sie an ihrem Dahl nippte. Als Lisa ihr ein Stück

Obstkuchen aufdrängte, sagte sie nicht Nein, sondern verzehrte es geduldig. Doch die Zeit lief ihr davon, und so blieb ihr nichts anderes übrig, als Lisa zu drängen.

»Ich bin dir sehr dankbar für den Kuchen und den Dahl, aber ich muss jetzt wirklich weiter«, erklärte sie entschuldigend.

»Was, meine Liebe? Ach so, ja, natürlich. Wo habe ich nur meinen Kopf? Komm mit, ich bringe dich nach oben«, erwiderte Lisa, stellte die Schüsseln ab, die sie in den Händen hielt, raffte seitlich die Röcke hoch und rauschte an Femke vorbei.

Das Gästezimmer hatte sich seit dem letzten Mal kaum verändert. Allerdings schienen zu den Figürchen und Tierchen aus Glas und Holz, die sämtliche Regale der Kammer füllten, noch ein oder zwei hinzugekommen zu sein.

Lisa verbringt ihr ganzes Leben mit Kochen und Abstauben, dachte Femke, als sie den Schlüsselbund, den sie um den Hals trug, unter dem Wams hervorzog. Es hingen gut zehn Schlüssel daran, doch Femke wusste genau, welchen sie brauchte. Es war ein kleiner Messingschlüssel, dessen Kopf mehrfarbig emailliert war und die Form eines Schmetterlings hatte.

Lisa rückte den einen oder anderen ihrer Schätze zurecht und verließ dann den Raum. Femke öffnete den Schrank und wühlte in den Kleidern, die sie darin aufbewahrte. Die Sachen rochen etwas muffig, waren aber sauber und trocken. Femke stellte sich eine Stadtwächteruniform zusammen. Sie hatte die Kleider erst einmal getragen, doch da sie seither nicht zugenommen hatte, würden sie noch passen. An der Rückwand des Schranks lehnte ein Schwert samt Scheide. Einen Bogen hatte sich Femke nie besorgt, da sie bislang keinen gebraucht hatte. Leider trugen wegen der vielen Gefechte in der Stadt mittlerweile alle Stadtwächter einen Bogen. Femke fragte sich, ob es auffallen würde, dass sie keinen hatte.

Sie packte die Uniform in einen Rucksack, der sich ebenfalls im Schrank befunden hatte, nahm das Schwert unter den Arm und wollte den Schrank gerade wieder zuschließen, als ihr einfiel, dass sie noch etwas vergessen hatte, ohne das ihre Tarnung unvollständig wäre.

Sie wühlte ihre Sachen durch, bis sie fand, wonach sie suchte: zwei lange Verbandsrollen. Femke hatte zwar keine üppige Figur, musste jedoch trotzdem ihre weiblichen Rundungen verbergen, wenn sie als junger Mann durchgehen wollte. Mit den Leinenstreifen konnte sie sich die Brust abbinden und auf diese Art männlicher erscheinen.

Als auch die Verbände verstaut waren, schloss Femke den Schrank ab und setzte sich den Rucksack auf den Rücken. Nun galt es, aus dem Haus zu kommen, ohne dass ihr Lisa eine weitere Mahlzeit aufdrängte. Leise schlich sich Femke die Treppe hinunter und huschte in den Gang.

»Vielen Dank, Lisa. Bis bald!«, rief sie in die Küche, und noch bevor die Dame des Hauses antworten konnte, war sie durch die Haustür geschlüpft und band ihr Pferd los. Sekunden später saß sie im Sattel und ritt davon.

Die Verkleidung hatte sie sich besorgt, aber wo sollte sie jetzt hin? Da die üblichen Verstecke und Nachtlager nicht infrage kamen, musste sie sich etwas anderes überlegen. Sie brauchte einen nahe gelegenen Ort, wo sie niemand vermutete. Frauen trugen in Shandrim kein Schwert, und deshalb war Femke im Moment genau das, was sie nicht sein wollte: auffällig.

Der einzige Ort, der ihr einfiel, war ein Gasthaus nur zwei Straßen weiter. »Zum Goldenen Feuerdrachen« gehörte einem Mann, dessen Art genauso anmaßend war wie der Name seines Gasthauses. Femke hatte noch nie dort übernachtet, jedoch schon beobachtet – als sie bei einem Auftrag jemandem in die Gaststube gefolgt war –, wie der Wirt mit aufgesetzter Freundlichkeit seine Gäste umgarnte. Der unterwürfige Mann mit dem Gesicht eines Wiesels hatte die Angewohnheit, sich dauernd die Hände zu reiben, was seine unangenehme Erscheinung nur noch verstärkte.

»Zum Goldenen Feuerdrachen« wäre unter anderen Umständen der letzte Ort gewesen, den sich Femke für eine Übernachtung ausgesucht hätte. Gerade das aber machte ihn zum idealen Unterschlupf, da niemand sie dort vermuten würde. Femke schickte ein Stoßgebet zum Himmel, dass sie auf der kurzen Strecke zum Gasthaus keinen Soldaten begegnen möge, und nahm den direkten Weg. Sei es, dass ihr Gebet erhört wurde oder dass sie einfach Glück hatte – wenige Minuten später stand sie unbeschadet vor dem Goldenen Feuerdrachen.

Femke band ihr Pferd am Pfosten vor dem Gasthaus fest, nahm den Rucksack ab, klemmte sich das Schwert unter den Arm und betrat den Gastraum. Da es noch früher Nachmittag war, waren keine Gäste da und auch den Wirt konnte sie nirgends entdecken. Nur eine Frau putzte den Schanktresen. Missbilligend musterte sie Femkes Schwert. Femke folgte ihrem Blick und lächelte sie beruhigend an.

»Oh, keine Sorge, das ist nicht meins«, sagte sie und hielt das Schwert in die Luft. »Das ist für meinen Verlobten. Er ist bei der Stadtwache und sein Schwert hat schon bessere Tage gesehen. Deshalb will ich ihm das hier schenken. Ich habe es heute gekauft.«

»Gut«, erwiderte die Frau kurz angebunden. »Wir mögen hier im Goldenen Feuerdrachen nämlich keine Waffen. Den Soldaten bleibt ja nichts anderes übrig, als welche zu tragen, aber für eine junge Frau wie dich schickt es sich wahrlich nicht. Also, was kann ich für dich tun?«

»Ich wollte gern für ein paar Nächte ein Zimmer mieten, wenn du eins hast.«

»Wir sind aber nicht billig, junge Dame, und du musst im Voraus bezahlen.«

»Selbstverständlich«, erwiderte Femke freundlich. Innerlich kochte sie vor Wut, denn die Frau wollte den Vorschuss nur, weil Femkes Kleidung so ärmlich wirkte. »Was kostet denn eine Woche?«

»Eine Woche? Das wären dann fünf Sen«, erklärte die Frau, wohl in der Annahme, dass der Preis Femke abschrecken würde.

»Ist da ein Platz für mein Pferd im Stall, ein warmes Bad und eine Mahlzeit mit drin?«

»Ja, sicher.« Die Frau hob überrascht die Augenbrauen, weil der Preis nicht die erwünschte abschreckende Wirkung gezeigt hatte.

»Nur fünf, gut«, meinte Femke beiläufig. »Da bin ich aber froh, denn mein Verlobter sagte, es wäre ziemlich teuer hier.«

In Wahrheit waren fünf Sen für ein Gasthaus wie den Feuerdrachen ein völlig überzogener Preis. Doch Femke hatte dieser überheblichen Person zeigen wollen, dass sich hinter der abgerissenen Erscheinung eine gut betuchte junge Frau verbarg. Mit unbewegter Miene, aber jede Sekunde auskostend, zog sie ihren mit goldenen Sen wohlgefüllten Geldbeutel heraus und öffnete ihn so, dass die Frau hineinsehen konnte.

»Also, hier sind deine fünf Sen«, sagte Femke fröhlich. »Wenn du mir jetzt mein Zimmer zeigen könntest? Ich möchte gern ein Bad nehmen, um mir den Schmutz von der Reise abzuwaschen, wenn das in Ordnung wäre.«

10

Als sie in der Ferne das Krachen und das Poltern hörten, trieben die Magier ihre Pferde zu höchster Eile an. Die Donnerschläge, die über die weite Landschaft hallten, kamen in zu schneller Folge, als dass es sich um die natürlichen Begleiterscheinungen eines Gewitters handeln konnte. Es gab nur eine Erklärung: Es war ein magischer Kampf, wobei enorme Energie entfesselt wurde. Auch ohne viel Fantasie kam man schnell darauf, wer daran beteiligt sein musste.

»Folgt mir!«, brüllte Akhdar. »Wir müssen Mantor erreichen, bevor es zu spät ist.«

Obwohl die Pferde erschöpft waren von den Anstrengungen der vergangenen Wochen, gaben sie ihr Bestes. Doch bald hatten die drei Großmagier Calvyn, Jenna und Lomand abgehängt, da Calvyn und Jenna mit den Packpferden alle Hände voll zu tun hatten und Lomand, der ebenfalls ein Handpferd führte, außerdem noch für sein Ross viel zu schwer war.

Endlich brachen die Donnerschläge ab. Akhdar und Kalmar drosselten ihr Tempo nur so weit, dass Jabal aufschließen konnte, dann besprachen sich die drei während des immer noch scharfen Rittes. Ein weiterer Donnerschlag durchschnitt die Luft, gefolgt von einer unheilvollen Stille. Calvyn schlug das Herz bis zum Hals. Es war noch immer eine gute Meile bis zum Kamm des Hügels, auf dem Calvyn und Jenna gegen Demarrs Nomadenheer gekämpft hatten. Die Schlacht schien ihnen Ewigkeiten her zu sein, obwohl es erst ein knappes Jahr her war, dass Calvyn und Jenna als Gefreite knappe zwei Meilen von hier Seite an Seite in einer scheinbar hoffnungslosen Schlacht gekämpft hatten.

Die anhaltende Stille ließ nichts Gutes erahnen, und Calvyn wünschte, er könnte eine Gedankenverbindung zu Perdimonn herstellen. Er schwor sich, das bei nächster Gelegenheit zu üben. An die Möglichkeit, dass Perdimonn die gewaltigen Explosionen nicht überlebt haben könnte, wollte er nicht einmal denken.

Als Calvyn und Jenna die Spitze des Kamms erreichten, von wo sich ihnen der Blick auf Mantor öffnete, trafen sie auf die drei Großmagier, die dort angehalten hatten und bereits das Tal nach Hinweisen über den Ausgang des Kampfes absuchten. Selbst auf diese Entfernung waren die großen verbrannten Grasflächen vor der Stadt und die vielen Krater im Boden deutlich zu erkennen.

»Was ist?«, fragte Jenna atemlos. »Wisst ihr schon, wer gesiegt hat?«

Die Großmagier sahen einander fragend an, doch keiner konnte sich zu einer Antwort durchringen.

Schließlich ergriff Jabal mit besorgter Stimme das Wort. »Wir wissen es noch nicht, Jenna. Auf diese Entfernung lässt sich das unmöglich sagen. Aber wir müssen uns der Stadt mit größter Vorsicht nähern. Wenn die Hüter Selkor nicht aufhalten konnten, dann befindet er sich vielleicht bereits in Mantor. Seien wir ehrlich: Ohne ihre Unterstützung können wir nichts gegen ihn ausrichten. Wir könnten ihn höchstens überrumpeln. Deshalb würde ich vorschlagen, dass wir uns mit einer Illusion schützen, bis wir wissen, was heute hier geschehen ist. So verschaffen wir uns zumindest etwas Zeit, uns für einen Kampf zu rüsten. Meister Kalmar, du bist doch unser begabtester Illusionist. Was würdest du empfehlen?«

Kalmar brauchte nicht lange nachzudenken. »Wir sollten uns tarnen«, erklärte er entschieden. »Unsichtbarkeit wäre zu gefährlich, denn die Geräusche lassen sich nicht völlig ausblenden. Unter normalen Umständen wäre es schwierig, uns alle wirkungsvoll zu tarnen, aber wenn ich den Stab des Dantillus einsetze, dürfte es ganz gut gelingen. Da sechs Personen ohne Wagen nicht als Händler durchgehen würden, mache ich aus Akhdar besser einen Adligen und aus den anderen sein Gefolge. Das erklärt die Größe unserer Gruppe und die zusätzlichen Pferde. So dürfte es uns gelingen, in die Stadt zu gelangen, ohne dass sich jemand zu sehr wundert.«

Calvyn verkniff sich die Bemerkung, dass er diese Täuschung ohne Zuhilfenahme des Stabes einfach mit Zauberei zustande bringen könnte. Das hätte die Magier nur wieder gegen ihn aufgebracht. So hielt er widerstrebend den Mund und sah Kalmar zu, wie er die komplizierte Runenfolge vorbereitete.

Was für ein Jammer, dass sie so unflexibel sind, dachte er. Hätte er die Täuschung mithilfe eines Illusionszaubers bewerkstelligt, so wäre den Magiern die Macht des Stabes für den Notfall zu ihrer Verfügung gestanden.

Endlich stieß auch Lomand zu ihnen. Sein armes Pferd war schweißnass. Lomand saß ab, damit es sich erholen konnte, und bürstete ihm den Schweiß aus dem Fell. Calvyn stieg ebenfalls ab. Er schlug vor, Lomands Pferd die Satteltaschen eines der Packpferde aufzuschnallen, sodass Lomand das Packpferd reiten konnte.

»Gute Idee«, stimmte der Magier zu. »Es ist nicht mehr weit, und es wäre eine Schande, wenn das arme Tier in letzter Minute noch lahm werden würde.«

Sie taten wie beschlossen und wechselten auch die Sättel, da Lomand behauptete, er könne selbst auf diese kurze

Strecke auf keinem anderen Sattel sitzen als auf seinem eigenen.

»Man weiß nie, was kommt«, erklärte er entschieden. »Vielleicht müssen wir noch einmal Tempo machen.«

Als sie mit dem Umpacken fertig waren, hatte auch Kalmar seine Formel gebildet. Alle saßen auf. Jenna musste kichern beim Anblick der Stute, die nun Lomand trug. Es sah aus, als verdrehe sie voller Abscheu die Augen, als sich der schwere Magier in den Sattel schwang. Calvyn warf Jenna einen fragenden Blick zu.

»Später«, meinte sie grinsend.

Als die Formel ausgeführt war, musterten sie sich gegenseitig. An die Stelle der Magierumhänge und der Reisekleidung war in Akhdars Fall ein prachtvolles Gewand getreten. Die anderen Magier und Calvyn trugen die schlichte Kleidung von Dienern. Jenna stellte überrascht fest, dass ihr Gewand fast so edel war wie das Meister Akhdars. Auch die Gesichtszüge der Reisenden hatten sich leicht verändert, allerdings so, dass sie einander noch erkannten.

»Also, alle miteinander, dann stellen wir uns mal kurz vor. Meister Akhdar ist Sir Akhdar, Ritter des Reiches im Ruhestand, und du, Jenna, bist seine Tochter. Jabal und ich sind eure Diener, Lomand und Calvyn eure Waffenknechte. Wir behalten unsere Namen bei, damit wir uns nicht versprechen, nennen sie aber nur, wenn es gar nicht anders geht. Seid ihr zufrieden, Brüder?«

»Sehr zufrieden, danke«, erwiderte Akhdar. »Lasst uns schnellstens wieder aufbrechen. Es wäre furchtbar, wenn wir so weit geritten wären, um dann eine so kurze Spanne zu spät zu kommen. Wir müssen so rasch wie möglich herausfinden, was geschehen ist.«

Mit diesen Worten trieb Akhdar sein Pferd den Hügel hinunter. Die anderen schlossen sich ihm an. Meister Jabal ließ sich zurückfallen und übernahm die Zügel des Packpferdes, das Jenna geführt hatte, damit sie mit Akhdar voranreiten konnte. Meister Kalmar übernahm in seiner Eigenschaft als Diener Lomands Handpferd.

Obwohl sie bergab nur Schritt reiten konnten, waren sie bald am Stadttor angekommen. Schon von Weitem sahen sie Neugierige auf die Stadtmauer und durch das Tor strömen. Diejenigen, die von der Stadt aus den eindrucksvollen Kampf beobachtet hatten, erzählten denen, die nicht dabei gewesen waren, die wildesten Geschichten. Calvyn hörte, dass von Dutzenden von Magiern die Rede war, die aus dem Nichts aufgetaucht seien und Feuerblitze von den Stadtmauern geschossen hätten, um dann unvermittelt wieder zu verschwinden. Andere sprachen von einer turmhohen Welle, die sich aus dem Fluss Fallow erhoben habe, wieder andere von gewaltigen Explosionen. Calvyn wusste, wie viel Kraft es kostete, auch nur einen kleinen Feuerball entstehen zu lassen. Selbst mit dem Stab des Dantillus wären die Blitze, von denen die Leute sprachen, so gut wie unmöglich.

Akhdar hielt am Stadttor kurz an und fragte einen Bürger, was geschehen sei. Bald war er grob im Bilde.

»Die Hüter haben offensichtlich die Oberhand behalten«, gab er nach hinten durch. »Die Leute sagen, sie seien gerade erst zum Palast hinaufgegangen. Kennst du den Weg, Calvyn?«

Calvyns Herz hüpfte vor Erleichterung, und als er Jennas Blick begegnete, strahlte er sie an. Perdimonn war es gelungen, Selkor ein zweites Mal abzuwehren. Wenn der alte Magier auf dem Weg zum Palast war, so würden sie ihn dort treffen, denn der König erwartete sicher heute noch von Calvyn einen ausführlichen Bericht.

»Hinter der Stadtmauer links, dann die erste Straße

rechts und immer geradeaus den Berg hinauf«, erwiderte Calvyn. »Der Palast liegt ganz oben auf dem Hügel.«

Als Jenna und Calvyn den Magiern den Berg hinauf folgten, waren sie so gelöster Stimmung wie seit Wochen nicht mehr. Umso mehr überraschte es Calvyn, dass die vier Magier nach wie vor besorgte Mienen aufgesetzt hatten. Calvyn konnte seine Neugier nicht zügeln. »Was ist los, Lomand?«, fragte er leise. »Warum zieht ihr alle so ein Gesicht? Die Hüter haben doch gesiegt.«

»Ja, aber zu welchem Preis?«, knurrte Lomand. »Es kann gut sein, dass Selkor jetzt alle vier Schlüssel hat. Nur weil er abgezogen ist, heißt das noch lange nicht, dass er sein Ziel nicht erreicht hat.«

Calvyn verfiel in grübelndes Schweigen. Kurz vor dem Palast ritt er an die Spitze der Gruppe.

»Meister Kalmar, könntet Ihr die Illusion bitte aufheben?«, sagte er. »Dann frage ich die Wachen, ob die Hüter im Palast sind, und kümmere mich darum, dass wir eingelassen werden.«

Meister Kalmar benötigte mehrere Minuten, um die Tarnung rückgängig zu machen, und wieder ärgerte sich Calvyn, dass er nicht seine Hilfe als Zauberer anbieten konnte, um Zeit zu sparen. Als Kalmar endlich fertig war, ritt Calvyn zum Haupttor und sprach die Garden an.

»Seid gegrüßt, meine Herren. Würdet ihr bitte melden, dass Sir Calvyn am Tor auf Einlass wartet? Ich bin in Begleitung von fünf Freunden und wir bitten um eine Audienz beim König.«

»Ihr werdet bereits erwartet, Sir Calvyn. Einen Augenblick bitte, dann werdet Ihr und Eure Gefährten zum König geleitet.«

»Erwartet? Dann sind Perdimonn und die drei anderen

Magier schon hier? Wann sind sie eingetroffen?«, wollte Calvyn wissen.

»Vor zwei Tagen, Sir«, erwiderte der Wachmann. »Sie haben bei ihrer Ankunft reichlich Wirbel veranstaltet. Es heißt, sie hätten hier vor dem Palast Magie ausgeübt, Sir. Und heute müssen sie unten vor der Stadt eine noch abenteuerlichere Vorstellung abgeliefert haben.«

Einer der Männer war zur Wachstube gegangen und kam kurz darauf mit einer ganzen Gruppe zurück, die die Pferde wegführte und die Ankömmlinge in den Palast geleitete. Obwohl er nicht das erste Mal hier war, beeindruckte Calvyn die schiere Größe und die Pracht des Palastes aufs Neue. Ehrfurcht und Staunen würden ihn wohl auch in Zukunft jedes Mal erfassen, wenn er den Palast betrat.

Wieder ging es durch die große Eingangshalle, und Calvyns Blick wanderte unwillkürlich zu dem Wandteppich, auf dem Darkweavers Fall dargestellt war. Irgendwie überraschte es Calvyn nicht, dass die Abbildung sich wieder geändert hatte, doch diesmal war die Veränderung höchst merkwürdig. Er zupfte Jenna am Ärmel und deutete unauffällig auf den Gobelin.

»Das ist ein anderer Teppich als der, den wir letztes Mal gesehen haben«, flüsterte Jenna stirnrunzelnd. »Aber das Motiv ist sehr ähnlich, nicht wahr?«

»Es ist derselbe Wandteppich«, erwiderte Calvyn. »Nur das Bild hat sich geändert. Ich bin mir sicher, dass es ein magischer Teppich ist. Er scheint die gegenwärtigen Ereignisse widerzuspiegeln, nur bin ich nicht sicher, wie das zu deuten ist. Als ich ihn das erste Mal mit dir zusammen gesehen habe, haben neun Magier gegen einen gekämpft. Das letzte Mal, als ich hier war, waren es fünf. Jetzt sind es nur noch drei, und zwei davon erscheinen seltsam durchsichtig, als lösten sie sich gerade auf. Auch der Hintergrund hat sich verändert. Diese Felsformation hinter den Figuren war vorher nicht da. Das ist wirklich sehr merkwürdig.«

»Am besten fragen wir Perdimonn, wenn wir ihn sehen«, schlug Jenna vor.

»Genau das dachte ich auch.«

Die Gruppe wurde zu den Privatgemächern des Königs geführt, vor deren Tür Krider bereits wartete. Der Vorsteher des königlichen Gesindes trug wie immer eine makellose dunkelblaue Uniform mit Goldknöpfen sowie blitzblank polierte schwarze Stiefel. Er schien nicht sonderlich überrascht, sie zu sehen. In der Tat erwartete er sie wohl bereits, denn als sie eintrafen, klopfte er unverzüglich an die Tür und meldete dem König ihre Ankunft.

Akhdar bedeutete Calvyn voranzugehen. Jenna und die Magier folgten ihm.

»Eure Majestät.« Calvyn mache eine tiefe Verbeugung.

»Willkommen zurück, Sir Calvyn. Ich freue mich, dich zu sehen. Ich brauche dringend deinen Rat. Bei all diesen magischen Heimsuchungen weiß man ja nicht mehr ein noch aus.«

»Ich helfe, so gut ich kann, Eure Majestät. Aber ich habe Männer bei mir, die in magischen Fragen erheblich kompetenter sind als ich. Und wie ich sehe, steht Euch mein Lehrer bereits zur Seite«, erwiderte Calvyn und lächelte Perdimonn zu.

Der alte Mann erhob sich. Calvyn trat vor und umarmte ihn. Auch Jenna drückte Perdimonn an sich und gab ihm einen Kuss auf die Wange. Die blauen Augen des alten Magiers blitzten vergnügt.

»Eure Majestät, darf ich Euch meine Reisegefährten vorstellen? Das ist Großmagier Akhdar, Großmagier Jabal, Großmagier Kalmar.« Calvyn deutete nacheinander auf die

Magier, die dem König huldvoll zunickten. »Sie sind die verbliebenen Mitglieder des Rates der Magier aus Terilla in Shandar.«

»Ich bin erfreut, Euch zu sehen, meine Herren« erwiderte der König.

»Und das hier ist Magier Lomand, Eure Majestät. Er hat mir jüngst bei einem Gefecht, bei dem wir zwei unserer Gefährten verloren haben, das Leben gerettet.«

»Willkommen, Lomand. Der Verlust Sir Calvyns hätte mich schwer bedrückt. Er hat sich als wertvoller Verbündeter erwiesen. Was dich angeht, junge Dame, dich erkenne ich wieder. Gefreite Jenna, wenn ich mich nicht irre?«

»Ihr habt ein hervorragendes Gedächtnis, Eure Majestät«, erwiderte Jenna mit einer Verbeugung, die sie angesichts ihrer Reisekleidung einem Knicks vorzog.

Der König komplettierte die Vorstellung, indem er Rikath, Arred, Morrel und Baron Anton denen vorstellte, die sie noch nicht kannten. Dann bat er seine Gäste, an dem großen ovalen Tisch Platz zu nehmen.

»Meine Damen und Herren, das ist die erste Versammlung dieser Art während meiner Amtszeit. Wie Ihr alle wisst, ist seit Derrigan Darkweavers Zeiten die Ausübung von Magie in Thrandor bei schwerer Strafe verboten. Trotzdem sind wir hier, um über die Macht der Magie und Darkweavers Erbe zu sprechen. Wäre wohl einer von Euch so freundlich zu erklären, welche Bedrohung von diesem Magier Selkor für Thrandor ausgeht? Einmal abgesehen davon, dass er mir heute die Stadtmauer versengt und meine Bevölkerung mit seinen Feuerspielchen in Angst und Schrecken versetzt hat.«

»Mit Eurer Erlaubnis, Eure Majestät, werde ich beginnen«, erbot sich Perdimonn. »Meine gelehrten Freunde vom Rat der Magier werden meinen Informationen sicher noch einiges hinzuzufügen haben.«

Der König nickte, und Perdimonn gab ihm einen kurzen Überblick über die Rolle der Hüter und die Art der Geheimnisse, die sie schützten. Er berichtete von seinen früheren Begegnungen mit Selkor und dessen Bestreben, möglichst viele magische Gegenstände in seinen Besitz zu bringen. Insbesondere schilderte er Selkors Bemühen, sich die Kenntnis der vier Elementarschlüssel anzueignen und sich zum Auserwählten zu erheben.

»Wie war das?«, unterbrach Baron Anton. »Der Auserwählte? Was hat das denn zu bedeuten?«

»Der Auserwählte soll über alle vier Schlüssel der Macht verfügen. Er wurde über die Jahrhunderte von mehreren Sehern, Orakeln und Propheten angekündigt. Am bekanntesten ist wohl Drehboor, dessen Vorhersagen sich im Laufe der Jahre und Jahrhunderte überwiegend als richtig erwiesen haben. Er beschrieb einen Mann, der sich auf Messers Schneide bewegt, einen, der vor einer Wahl steht, die das Schicksal der Welt entscheiden wird. Seit dem Krieg der Götter ist Selkor der Einzige, der über mehr als einen Schlüssel verfügt – tatsächlich fehlt ihm nur noch einer, um der Auserwählte zu werden. Trotz der Niederlage, die wir ihm heute beigebracht haben, glaube ich nicht, dass er dieses Ziel aufgeben wird.«

»Da bin ich mir nicht so sicher, Perdimonn«, widersprach Rikath mit besorgter Miene. »Als er heute davonritt, schien es mir tatsächlich, als beabsichtige er, nicht zurückzukehren. Allerdings war mir, als hätte er ein neues Ziel ins Visier genommen. Doch ich habe keine Ahnung, was das sein könnte.«

»Nun, ich hoffe, du hast recht. Wenn ich mir jemanden aussuchen sollte, der das Schicksal der Welt bestimmt, wäre Selkor sicher nicht meine erste Wahl. Nehmen wir einmal an, dass er den letzten Schlüssel noch immer an sich reißen will und sein Rückzug nur vorübergehend war. Dann müssen wir uns überlegen, wie wir ihn daran hindern können.«

Er verstummte und einen Augenblick war es mucksmäuschenstill in dem Raum. Alle starrten gedankenversunken vor sich hin. Schließlich durchbrach Akhdar die Stille. Er sprach mit einer Würde, die alle im Raum gefangen nahm.

»Bruder Perdimonn, die anderen Ratsmitglieder und ich, wir sind dir, so schnell es ging, zu Hilfe geeilt. Zugegeben, wir verfügen vielleicht nicht mehr über die magischen Kräfte, die wir einst besaßen, und wir haben auch nur noch einen einzigen magischen Gegenstand in unserem Besitz, der diese Kräfte zu steigern vermag. Doch wir werden dich mit aller Macht beschützen, die uns zur Verfügung steht.«

Perdimonn lächelte ihn dankbar an und beugte leicht den Kopf. »Was die magischen Gegenstände angeht, Bruder Akhdar, kann ich dir diese beiden hier zurückgeben. Ich habe sie Selkor heute abgenommen. Er wird sie bestimmt schmerzlich vermissen. Das ist einer der Gründe, warum ich vermute, dass er zurückkommen wird. Es ist ihm heute nicht nur misslungen, den letzten Schlüssel in seinen Besitz zu bringen, sondern er hat auch den Ring des Nadus und den Mantel des Merridom eingebüßt.« Perdimonn holte den Mantel unter dem Tisch hervor und zog sich den Ring vom Finger. Feierlich überreichte er beides Akhdar.

Der Großmagier war sprachlos. Er nahm Ring und Mantel entgegen und brachte nur ein verblüfftes »Wie?« heraus.

»Das erzähle ich dir bei anderer Gelegenheit, Akhdar. Es war kein ungefährliches Unterfangen, aber alles, was wir noch vor uns haben, birgt Gefahren. Wir spielen mit dem Schicksal der Welt und sind darauf angewiesen, dass das Glück auf unserer Seite ist. Wagt denn jemand eine Vorhersage, was Selkor als Nächstes tun wird?«

Zu Calvyns Überraschung meldete sich Baron Anton zu Wort.

»An Selkors Stelle würde ich herauszufinden versuchen, was heute schiefgegangen ist, eine Lösung für das Problem finden und dann vernichtend zurückschlagen«, erklärte er nachdenklich. »Aber das sage ich natürlich aus der Sicht eines Heerführers.«

»Das ist jedenfalls eine mögliche Variante«, erwiderte Perdimonn. »Ich sehe das ähnlich.«

»Sollen wir dann nicht besser wieder Wache halten?«, fragte Arred, und es hörte sich fast an, als freue er sich darauf.

»Zuerst sollten wir entscheiden, ob wir hierbleiben, woanders Unterschlupf suchen oder Selkor folgen, Arred«, entgegnete Perdimonn. »Ich bin mir natürlich bewusst, dass wir als Gäste hier nicht besonders gern gesehen sind, Eure Majestät. Wir brechen Eure Gesetze und bringen Eurem Reich nichts als Scherereien, die Ihr nach allem, was Ihr bereits erlebt habt, ganz und gar nicht brauchen könnt. Was haltet Ihr von der Sache?«

König Malo blickte nachdenklich in die Runde und seufzte. »In einem habt Ihr recht, Perdimonn. Wir haben in Thrandor unruhige Zeiten hinter uns, die in unserer Geschichte wohl Ihresgleichen suchen. Ich will die schlimme Zeit, die mein Volk durchmachen musste, durchaus nicht verlängern, aber ich muss mich der Verantwortung gegenüber der Zukunft meines Reiches stellen. Ihr sagt, das Schicksal der Welt liegt möglicherweise in Selkors Hand. Einen so mächtigen Mann muss ich ernst nehmen. Ich habe in der Vergangenheit manche Gefahr unterschätzt. Das wird nicht mehr vorkommen.«

Bei den letzten Worten hatte der König wütend mit der Faust auf den Tisch geschlagen, worauf manch einer seiner Gäste erschrocken zusammenzuckte.

»Verdammt noch mal«, fluchte er. »Ich bin wahrlich nicht auf Ärger aus, aber ich werde euch nicht aus der Stadt vertreiben. Diesem Selkor muss das Handwerk gelegt werden. Mir wäre es natürlich lieber, wenn für die Bewohner Mantors keine Gefahr bestünde. Aber wenn Ihr mir sagt, dass der Kampf hier stattfindet, bin ich auf Eurer Seite.«

»Habt Dank, Eure Majestät. Das ist großzügiger, als wir erwarten durften. Nun, hat noch jemand eine Vorstellung, was Selkor vorhat oder was wir am besten als Nächstes tun? Sollen wir seinen nächsten Schritt abwarten oder sollen wir ihm zuvorkommen?«

Calvyn hatte bislang allen Beiträgen gebannt gelauscht. Er hatte das unbestimmte Gefühl, als würden sie etwas Wichtiges übersehen, doch er kam nicht darauf, was es war. Dabei schweiften seine Gedanken immer wieder zu dem Wandbehang in der Eingangshalle ab, bis er sich schließlich genötigt sah, etwas dazu zu sagen.

»Ich weiß nicht, wie wichtig das ist«, begann er zögernd. »Aber mir ist ein ganz bestimmter Gobelin in der Eingangshalle aufgefallen, auf dem Darkweaver und mehrere Magier abgebildet sind.«

Perdimonn und die anderen Hüter wechselten bedeutungsvolle Blicke. Sie wussten offenbar mehr darüber als Calvyn.

»Sprich weiter, Calvyn, was ist damit?«, ermunterte Perdimonn ihn.

»Also, erstens einmal erscheint mir die Abbildung magisch zu sein«, erklärte Calvyn.

»Magisch!«, rief der König. »Ein magischer Wandteppich in meiner Halle?«

»Ja, Eure Majestät. Ich wollte Euch schon letztes Mal darauf ansprechen, aber dann habe ich es leider vergessen.«

»Es zählt zu den Eigenschaften des Teppichs, Eure Majestät, dass er den Betrachter glauben lässt, er sehe genau das, was er immer gesehen hat«, kicherte Perdimonn. »Der Teppich hängt schon sehr lange dort, und jedes Mal, wenn ich ihn angeschaut habe, sah er anders aus.«

»Beeindruckend«, erwiderte der König wahrhaft überrascht. »Es erstaunt mich, dass so etwas im Palast so lange unbemerkt geblieben ist. Aber was hat das mit Selkor zu tun, Calvyn?«

Calvyn zögerte. Er fürchtete, sich mit seinen Überlegungen zum Narren zu machen. Doch die anderen blickten ihn erwartungsvoll an. Er konnte nicht mehr zurück.

»Vielleicht täusche ich mich ja, Eure Majestät, aber ich glaube nicht, dass auf dem Gobelin noch Darkweavers letzter Kampf zu sehen ist. Vielmehr ist es wohl eine Auseinandersetzung mit Selkor, vielleicht sogar eine, die noch gar nicht stattgefunden hat. Das Unheimliche ist, dass die Zahl seiner Gegner ständig sinkt. Als ich den Wandbehang das erste Mal gesehen habe, standen ihm neun Magier gegenüber. Das hätte natürlich auch der Kampf zwischen Darkweaver und dem Hohen Rat der Magier sein können. Wie auch immer, beim nächsten Mal waren es nur noch fünf Magier und heute sind es drei. Außerdem scheinen zwei der Figuren zu verblassen.«

»Verblassen? Bist du sicher?«, fragte Morrel überrascht.

»Ja, Sir. Als wir vorhin durch die Eingangshalle schritten, sahen sie ziemlich geisterhaft aus. Und im Hintergrund war eine Felsformation zu sehen, die vorher nicht da gewesen war und die irgendwie nicht natürlich wirkte. Ich dachte, sie könnte uns vielleicht einen Hinweis darauf geben, wo Selkor hinwill. Wenn wir ihn dort stellen könnten, dann würde das demjenigen, der gegen ihn antritt, zumindest einen kleinen Vorteil verschaffen, weil er sich darauf vorbereiten kann.«

»Da ist was dran, Perdimonn«, erklärte Morrel entschieden. »Niemand hat je den Wandteppich in dieser Weise genutzt, aber das könnte klappen.«

»Was könnte klappen, Morrel?«, fragte Rikath zweifelnd. »Wir müssen sehr vorsichtig sein. Sollen *wir* etwa einen Kampf erzwingen?«

»Aber wir können uns doch wenigstens den Gobelin einmal ansehen, oder?«, schlug Baron Anton vor. »Vielleicht finden wir wertvolle Hinweise, die uns die Entscheidung leichter machen.«

»Das ist eine gute Idee, Anton. Ich würde gern einmal einen Blick auf diesen magischen Wandteppich werfen«, stimmte König Malo ihm zu. »Ein Blick darauf könnte uns durchaus weiterhelfen.«

Das Wort des Königs galt und die Gäste folgten dem König und dem Baron. Perdimonn ließ sich zurückfallen und schritt zwischen Calvyn und Jenna durch die Flure. Er wollte wissen, wie es Calvyn an der Akademie ergangen war. Als er hörte, wie unterschiedlich die Meister mit Calvyns schnellen Fortschritten umgegangen waren, lachte er.

»Sogar Meister Jabal war entsetzt, dass ich mir eigene Formeln ausgedacht habe«, vertraute Calvyn ihm mit gesenkter Stimme an. »Das verstehe ich gar nicht. Aus den Gesprächen mit dir habe ich gefolgert, dass es unbeschränkt viele Möglichkeiten gibt, wie man Magie einsetzen kann. Ich dachte immer, vorausgesetzt, ich verwende die richtigen Runen und mache mir ein klares Bild, bin *ich* Meister über die Magie, sobald ich die Formel vollende. Die Meister haben mir aber recht deutlich zu verstehen gegeben, dass es genau umgekehrt ist.«

»Ist dir denn je eine deiner magischen Formeln missglückt?«, fragte Perdimonn mit einem amüsierten Lächeln.

»Nein, aber ...«

»Daraus solltest du deine eigenen Schlüsse ziehen«, unterbrach Perdimonn ihn und zwinkerte ihm zu. »Vergiss nicht, dass die Meister, die an der Akademie lehren, selbst schon ihre Ausbildung dort gemacht haben. Sie geben das Wissen weiter, das sie von ihren Meistern gelernt haben. Leider neigen Magier dazu, das Wissen ihren eigenen Fähigkeiten anzupassen, um ihr Können im besten Licht erscheinen zu lassen. Wenn jemand so viel Einfluss darauf hat, *wie* er sein Wissen weitergibt, zumal über einen so langen Zeitraum, wird so manches verzerrt. Das ist oft keine Absicht, aber mit der Zeit werden diese Verzerrungen zu Traditionen und gelten schließlich als unumstößlich. Ein guter Student stellt alles infrage, und ein guter Meister hat sein Wissen nicht auswendig gelernt, sondern aus Erfahrungen gezogen. Denk darüber nach. Wenn du möchtest, können wir uns später noch einmal darüber unterhalten.«

Calvyn musste Perdimonns Worte tatsächlich erst verarbeiten. Sie widersprachen allem, was an der Akademie galt. Calvyn fragte sich, warum Perdimonn ihn nach Terilla geschickt hatte, wenn er doch von den Lehren der Magier nichts hielt.

»Und du hast dich also der Aufgabe, Calvyns Seele zu retten, als würdig erwiesen«, wandte sich Perdimonn an Jenna. »Ich bin sehr beeindruckt. Ich wusste ja, dass du eine entschlossene junge Dame bist, aber um ganz ehrlich zu sein, habe ich nicht so ganz daran glauben können, dass du es schaffst. Ich schulde dir großen Dank. Immerhin wäre das eigentlich meine Aufgabe gewesen.«

»Nicht doch, Perdimonn«, murmelte Jenna verlegen. »Ich habe es ja nicht für dich getan, sondern für mich. Ich muss dir allerdings etwas beichten: Das Gold habe ich fast vollständig hergeschenkt. Ich zahle es dir natürlich zurück, aber es wird eine Weile dauern, bis ich so viel zusammenhabe.«

»Du hast es jemandem geschenkt?«, fragte Perdimonn mit einer merkwürdig erfreuten Miene. »Darf ich fragen, wem?«

»Einem Ehepaar. Es behauptete übrigens, dich zu kennen: Gedd und Kerys Arissalt.«

Perdimonn dachte eine Weile stirnrunzelnd nach, dann hellte sich sein Gesicht auf. »Kerys, die Heilerin? Aus einem Dorf im shandesischen Teil des Großen Walds im Westen?«

»Genau die«, bestätigte Jenna. »Sie hat mir mit ihren Heilkünsten das Leben gerettet. Und ohne Gedds Hilfe hätte ich den entscheidenden Kampf gegen den Gorvath auch nicht überlebt.«

»Dann war das Geschenk doch angemessen. Du schuldest mir gar nichts, Jenna. Auch wenn du etwas anderes mit dem Geld gemacht hättest, wärst du mir nichts schuldig. Ich habe es dir ja nicht geliehen, sondern gegeben. Es sollte dir bei der Erfüllung deiner Aufgabe helfen und so war es ja auch.«

Die drei betraten mit einigem Abstand zum Rest der Gruppe die große Eingangshalle. Die anderen standen bereits vor dem großen Gobelin und betrachteten kopfschüttelnd die geisterhaften Figuren der Magier, die nur noch als Schatten zu erkennen waren. Vor allem auf Morrels Stirn hatte sich eine tiefe Falte gebildet, während er finster zu dem Teppich hinaufstarrte. Perdimonn trat zu ihm und legte dem untersetzten Mann eine Hand auf die Schulter.

»Was ist, Morrel? Was siehst du?«, fragte der alte Magier leise.

»Der Stein links im Bild.« Morrel deutete auf einen großen Felsen, der ganz offensichtlich von Menschenhand geformt worden war. »Erinnert er dich nicht an etwas?«

Perdimonns Augen weiteten sich. »Das hat er also gemeint!«

»Was denn, Perdimonn? Wer hat was gemeint?«, fragte Calvyn.

»Selkor, heute Morgen«, erwiderte der alte Magier. »Er sagte: ›Erzähl das deinem Gott, egal, welcher es ist.‹ Er meinte das wörtlich. Das hier, meine Damen und Herren, ist der Thron der Götter. Es scheint so, als wolle Selkor die Götter zurück in diese Welt bringen.«

Es folgte ein Durcheinander von Fragen und Kommentaren, bis König Malo mit erhobenen Händen Schweigen gebot. Als alle verstummt waren, stellte er ruhig und gelassen seine Frage: »Hüter Perdimonn, was macht dich so sicher, dass Selkor die Götter zurückbringen will? Was verspricht er sich davon?«

»Der Thron der Götter ist der schwächste Punkt zwischen dieser Welt und dem Reich, in das die Götter vor langer Zeit nach ihrem Krieg verbannt wurden. Wenn Selkor zum Thron der Götter will, so kann er dort nur eins vorhaben. Der Thron ist das Portal zwischen den Welten. Es wurde versiegelt, doch wie es scheint, wird Selkor versuchen, es zu öffnen.«

Perdimonn holte gerade Luft, um fortzufahren, da wurde er von unerwarteter Seite unterbrochen. Jenna starrte den Wandbehang an, allerdings nicht den Felsen, sondern die beiden verbliebenen Widersacher.

»Seht doch!« Aus ihrer Stimme sprachen Angst und Entsetzen. »Seht doch, wer ihm gegenübersteht!« Sie drehte sich zu Calvyn um und sah ihn mit einem Ausdruck an, der ihm das Herz bis zum Hals schlagen ließ. »Es gibt gar keinen Zweifel, Calvyn – das bist du!«

11

Obwohl es auch in der Uniform eines Stadtwächters gefährlich war, sich in der Nähe des Palastes herumzudrücken, musste Femke das Wagnis eingehen. Shalidar hatte zwar mehrere Schlupfwinkel in der Stadt, verbrachte aber die meisten Nächte in seiner Suite im Palast – eine Vorliebe, die er ausnahmsweise mit Femke teilte.

Seit sie sich am Vorabend die Haare abgeschnitten hatte, fühlte sich ihr Nacken und Kopf merkwürdig an. Die kalte Luft stach ihr in die Haut, und sie musste dauernd gegen die Versuchung ankämpfen, sich mit den Fingern durch das kurze Stoppelhaar am Hinterkopf zu fahren.

Ansonsten war Femke mit ihrer Verkleidung sehr zufrieden. Die quer über die Schulter laufenden Streifen ihrer Uniform ließen sie breiter wirken, und die Taille hatte sie ein wenig ausgepolstert, sodass sie aussah wie ein gut durchtrainierter junger Mann. Da der Leinenstreifen, mit dem sie ihre Brüste verbunden hatte, ihr das Atmen ein wenig erschwerte, hoffte Femke allerdings, dass sie nicht schnell laufen musste, aber ansonsten war es nicht allzu unbequem.

Für den letzten Schliff hatten ein paar Kleckser Farbe gesorgt. Ein Hauch Grauschwarz an Kinn und Oberlippe vermittelte den Eindruck, sie rasiere sich, und an der Kehle hatte sie einen Adamsapfel angedeutet. Mehr war gar nicht nötig.

Je länger sie sich vor dem Palast aufhielt, desto größer war die Wahrscheinlichkeit, dass jemand sie fragen würde, was sie dort zu suchen hatte. Und wenn sie sich irgendwo in eine Ecke stellte, würde das so aussehen, als drücke sie sich vor einer Aufgabe. Offenbar war der Befehl ausgegeben worden, dass die Stadtwächter in Gruppen patrouillieren sollten, sodass kaum einer allein unterwegs war. Femke hatte deshalb das Gefühl, trotz ihrer Tarnung aufzufallen wie eine bunte Kuh.

Eine Gruppe von einem halben Dutzend Stadtwächter bog direkt vor ihr um die Ecke und marschierte auf Femke zu. Es waren schon mehrere Gruppen vorbeigekommen, ohne sie anzusprechen, doch die Art, wie der Anführer sie musterte, sagte ihr, dass es diesmal anders sein würde.

Und wirklich rief ihr der Stadtwächter zu: »He, du, was hast du hier zu suchen?« Genau in diesem Moment schlüpfte Shalidar aus dem Palasttor.

Nicht ausgerechnet jetzt, stöhnte Femke innerlich auf. Wieder würde ihr der Auftragsmörder entwischen. »Ja, Sir?«, antwortete sie und beobachtete aus dem Augenwinkel, wo Shalidar sich hinwandte. »Ich warte auf meinen Leutnant. Er erstattet im Palast Bericht, Sir. Er ist jeden Moment wieder da, Sir.«

»Gut, Soldat, weiter so«, ordnete der Stadtwächter an und gab seinen Männern ein Zeichen, sich wieder in Bewegung zu setzen.

Femke musste warten, bis die Gruppe außer Sichtweite war. Während sie noch wütend und mit geballten Fäusten dastand, bemerkte sie plötzlich eine zweite Gestalt, die den Palast verließ und in dieselbe Richtung verschwand wie Shalidar. Plötzlich begriff Femke, wie der Mörder es angestellt hatte, sie an der Nase herumzuführen: Er ließ sich von einem Mann verfolgen, der feststellte, ob Shalidar jemand auf den Fersen war.

Ein befriedigtes Lächeln erhellte Femkes Züge. Plötzlich

war ihre Aufgabe ganz leicht. Sie brauchte nur Shalidars Schatten folgen, bis der überzeugt war, dass es keinen Verfolger gab. Sehr wahrscheinlich traf sich Shalidar, nachdem er eine Zeit lang ziellos durch die Gegend gewandert war, an einem vorher verabredeten Treffpunkt mit dem Mann. Wenn er sicher war, dass er nicht beschattet wurde, würde er ihn wohl entlassen. Dann konnte Femke ihm direkt folgen.

Sobald die Stadtwächtergruppe außer Sicht war, machte sich Femke im Marschschritt auf den Weg. Im Laufe ihrer Spionagetätigkeit hatte sie zwar manche Fertigkeit entwickelt, doch ein soldatischer Gang hatte nicht dazugehört. Sosehr sie sich auch bemühte, es fiel ihr schwer, zackig die Beine zu strecken, statt sanft mit den Hüften zu schwingen.

Als der Mann von der Hauptstraße in eine ruhigere Seitenstraße einbog, folgte ihm Femke in einigem Abstand. Er erwartete sicher nicht, verfolgt zu werden, trotzdem war sie lieber vorsichtig. Shalidar war offensichtlich kein Narr. Es war durchaus denkbar, dass er noch weitere Schutzmaßnahmen getroffen hatte – wie sich beispielweise am Treffpunkt mit seinem Schatten von einem dritten Mann beobachten zu lassen. Aber Femke war ihm jetzt auf der Spur und im Katz- und Mausspiel war sie eine Meisterin. Heute würde sie sich von Shalidar nicht an der Nase herumführen lassen.

Ein kurzer Blick in die Gasse zeigte ihr, dass sich Shalidars Schatten nicht einmal die Mühe machte, sich umzusehen, sondern sich nur nach vorn orientierte. Femke war das recht. Sie hielt weiterhin Abstand zu dem Verfolgten und bemerkte, dass er am Ende der Gasse die entgegengesetzte Richtung nahm.

Als sie die Straße überquerte und sich nach dem Mann umsah, war Shalidar schon da. Er kam seinem Schatten jetzt entgegen, der ihm im Vorbeigehen kurz zunickte. Femke hörte, dass Shalidar weiter in ihre Richtung ging. Es blieb ihr nichts übrig, als vor ihm her zu gehen, wollte sie kein Misstrauen erregen.

Kurze Zeit später wurde sie von Shalidar überholt. Sie zwang sich, ihn nicht anzusehen, während er vor ihr die Straße überquerte. Wenn der Mörder sich auch nur eine Sekunde beobachtet fühlte, war das Spiel endgültig vorbei. Femke tat so, als überprüfe sie jede Seitenstraße, an der sie vorbeikam, und ließ sich ein wenig weiter zurückfallen. Sie wollte sichergehen, dass Shalidars Schatten ihm nicht mehr folgte. Doch wenn er sich nicht sehr gut versteckte, war sie die Einzige, die Shalidar nun noch auf den Fersen war.

Femke beschleunigte ihre Schritte wieder und verkürzte den Abstand auf den Verfolgten auf ein vertretbares Maß.

»Nun denn, Shalidar«, murmelte sie, »wollen wir doch mal sehen, was du so vorhast.«

Shalidar fackelte nicht lange. Zu Femkes Freude begab er sich auf direktem Weg in das Stadtviertel, wo die Heereslegionen ihr Hauptquartier eingerichtet hatten. Er traf sich also wieder mit seinem Kontaktmann. Einen anderen Grund für seinen Besuch konnte es nicht geben, denn im Heer gab es keine Verwendung für einen Auftragsmörder.

Wie zu erwarten, steuerte Shalidar nicht das Hauptquartier selbst an, sondern eine nahe gelegene Wohngegend, in der sich viele der höheren Dienstgrade eingemietet hatten. Als Femke sah, wo er hinwollte, ließ sie sich wieder etwas zurückfallen. Das war eine gute Entscheidung, denn kurz darauf drehte sich Shalidar um und nahm seine Umgebung genauestens in Augenschein, ehe er zur Tür eines großen Hauses trat und anklopfte.

Femke beobachtete das Haus einige Minuten lang. Als sie sicher war, dass Shalidar nicht so schnell wieder herauskommen würde, ging sie näher heran. In diesem Moment kam ihr ein junger Schwertkämpfer aus einer der Legionen an dem Haus vorbei.

»Entschuldige, Soldat, kannst du mir wohl sagen, wer in dem Haus hier wohnt?«, fragte sie mit rauer Stimme, die klang, als sei sie erkältet.

»In dem hier?«, erwiderte der Soldat lachend. »Ich dachte, das wüsste jeder. Da wohnt General Surabar.«

»Wirklich? Der große Surabar? Vielen Dank.« Femke ging entschlossenen Schrittes weiter.

Weil sie am helllichten Tage sowieso nicht in das Haus hineinkam, hatte es keinen Zweck, zu warten und womöglich Aufsehen zu erregen. Femke wollte in den Goldenen Feuerdrachen zurückkehren und dort überlegen, was als Nächstes zu tun war.

Dass sich Shalidar mit General Surabar traf, überraschte Femke, denn der Kaiser hatte ihr den Eindruck vermittelt, dass es zwischen den beiden keinerlei Verbindung gebe. Wenn der Kaiser aber nichts davon wusste, konnte durchaus eine Verschwörung dahinterstecken. Shalidar hatte schon immer gern sein eigenes Süppchen gekocht und war vermutlich ebenso bereit, den falschen Kaiser zu verraten wie den richtigen.

Ehe Femke jedoch etwas unternehmen konnte, musste sie sich zunächst vergewissern, dass der Kaiser wirklich Lord Vallaine war.

◎ ◎ ◎

Calvyn drehte sich der Magen um. Es bestand überhaupt kein Zweifel: Auf dem Wandbehang war er zu sehen, im Kampf mit Selkor, an einem Ort, den Arred und Perdimonn als den Thron der Götter bezeichnet hatten. Wenn Perdimonn Selkor bereits gefürchtet hatte, bevor dieser die Machtschlüssel an sich gerissen hatte, von Darkweavers Amulett ganz zu schweigen – wie sehr musste Calvyn ihn da erst fürchten?

Es war verrückt: Warum war nicht Großmagier Akhdar abgebildet oder Jabal? Warum musste es Calvyn sein, der sich noch in der Ausbildung befand und keine Erfahrung mit magischen Zweikämpfen hatte? Der Kampf mit Demarr zählte in Calvyns Augen nicht, denn sein Schwert hatte die magischen Angriffe des Amuletts selbstständig abgewehrt. Die einzige Formel, die er angewandt hatte, war der magische Schutzschild gewesen und der war beim ersten Angriff durch Darkweavers Amulett zusammengebrochen.

Von dem Moment an, da sie wussten, dass Calvyn gegen Selkor antreten würde, behandelten ihn die Magier höchst unterschiedlich. Die Meister gaben sich zunächst recht kühl. Sie fragten sich wohl alle, warum es nicht einer von ihnen war, der gegen Selkor antreten sollte. Waren sie etwa zu diesem Zeitpunkt nicht mehr am Leben, wenn es endlich zum Kampf kam? Welche andere Erklärung konnte es geben? Doch als sie den ersten Schreck überwunden hatten, bestanden alle drei Großmeister darauf, Calvyn vor dem Kampf noch möglichst viel beizubringen, damit er gut gerüstet sei.

Rikath, Morrel und Arred beäugten Calvyn voller Argwohn, als sei er ein gefährliches Tier, das ohne Vorwarnung auf sie losgehen könne. Der König und der Baron wiederum benahmen sich wie stolze Eltern, deren Sohn soeben etwas Großartiges geleistet hat. Calvyn hoffte inständig, ihr Vertrauen darauf, dass er auch die aussichtsloseste Situation zum Guten wenden könne, möge gerechtfertigt sein, denn er fühlte sich alles andere als gut gewappnet für den anstehenden Kampf.

Am stärksten belastete die neue Lage aber sein Verhältnis zu Jenna. Sie hatte ihn mit ihrem trockenen Humor immer aufgeheitert, ihn aufgerichtet, wenn er niedergeschlagen war. Doch nun war sie selbst still und in sich gekehrt. Es war nicht so, dass sie sich von ihm zurückgezogen hätte. Eher schien sie nach Zweisamkeit zu verlangen, dabei war sie jedoch so schweigsam, als könne sie nicht in Worte fassen, was sie belastete. Sie war nicht mehr die Jenna, die er kannte, und das beunruhigte Calvyn mehr als alles andere.

Als Calvyn wieder einmal vor dem Wandteppich stand, kämpfte er damit, seinen aufsteigenden Ärger herunterschlucken. Es war spät am Abend. Die Meister hatten ihn endlich aus dem Unterricht entlassen und waren auf ihre Zimmer gegangen. Doch Calvyn hatte mit einer Flut von Gedanken und Gefühlen fertig zu werden. An Schlaf war nicht zu denken.

Der Teppich zeigte klar und deutlich Selkor, der Calvyn mit magischen Mitteln angriff, und Calvyn mit dem Schwert in der Hand, wie im Zweikampf zweier Krieger. Warum wehre ich mich nicht mit Magie?, fragte sich Calvyn. Selkor trug offensichtlich keine Waffe, warum Calvyn? Wenn die Meister doch wussten, dass Calvyn gegen Selkor antreten musste, warum überließen sie ihm dann nicht den Stab des Dantillus? Meister Jabal hatte ihm bereits versprochen, dass sie am nächsten Tag mit dem Stab üben würden, aber welchen Sinn hatte das? Der Stab war auf dem Bild nicht zu sehen.

Die Gestalten auf dem Wandbehang waren zu klein, als dass Calvyn hätte erkennen können, ob er den Ring des Nadus trug. Deshalb wollte er die Meister bitten, den Umgang mit dem Ring vorrangig zu üben. Aber es war nicht ausgeschlossen, dass sich das Bild noch veränderte und ihn mit dem Stab des Dantillus zeigte. Es war zum Verzweifeln.

»Hast du Angst?«, fragte Perdimonn.

Calvyn erschrak, denn er hatte seinen Lehrer nicht kommen hören.

»Etwas«, gab er zu. Dann grinste er Perdimonn an. »Genauer gesagt bin ich wie gelähmt.«

»Ich verstehe«, meinte der Alte. »Aber du brauchst dir keine Sorgen zu machen. Du bist gut vorbereitet.«

»Ich und gut auf einen Kampf mit Selkor vorbereitet?«, fuhr Calvyn leicht hysterisch auf. »Der zerschmettert mich doch mit dem kleinen Finger.«

»Nein, das glaube ich nicht«, beschwichtigte Perdimonn ihn. »Ich bin sogar sicher, dass er das schön sein lässt.«

»Und was macht dich so zuversichtlich?«, fragte Calvyn, bemüht, sich wieder zu beruhigen.

»Es ist noch etwas früh, das zu sagen, aber die Ereignisse der vergangenen Monate haben dich auf diesen Kampf vorbereitet. Sonst wärst du jetzt nicht auf dem Gobelin zu sehen.«

»Nur weil ich da abgebildet bin, heißt das noch lange nicht, dass ich auch gut vorbereitet bin, Perdimonn, und das weißt du ganz genau.«

Perdimonn seufzte und lächelte. »Ja, da hast du recht. Aber du hast eine Vorbereitung genossen, deren du dir im Moment nicht bewusst bist. Lass dich nicht aus der Fassung bringen, Calvyn. Wenn du dort bist, wirst du bereit sein. Vertrau mir. Habe ich dich jemals angelogen?«

Calvyn dachte kurz nach und lächelte dann. »Na ja, damals in der ›Schwarzen Katze‹, da hast du versprochen, du würdest nur noch ein letztes Getränk bestellen«, erklärte er verschmitzt.

Perdimonn lachte, und als Calvyn einstimmte, entspannte er sich zusehends.

»Wann machen wir uns denn auf den Weg zum Thron

der Götter?«, fragte er, den Blick erneut auf den Wandbehang gerichtet.

»Morgen geht es los, Calvyn. Wir können nicht riskieren, dass Selkor bereits genug Macht besitzt, um das Portal zu öffnen und die Götter in diese Welt zurückzubringen.«

»Warum heißt es überhaupt Thron der Götter?«

»Wenn du es siehst, wird sich deine Frage von allein beantworten«, erwiderte Perdimonn mit einem schiefen Grinsen. »Der Thron ist riesengroß und wurde nicht für Menschen errichtet, so viel steht fest.«

»Und warum wollen wir nicht, dass die Götter zurückkehren?«, fragte Calvyn verwirrt. »Das wäre doch gut, oder? Immerhin verehren die Menschen ja alle möglichen verschiedenen Gottheiten. Glaubst du nicht, dass sie froh wären, wenn sie ihre Götter wiederhätten?«

Perdimonns Stirn legte sich in Falten, und zum ersten Mal seit Langem beobachtete Calvyn, wie alle Fröhlichkeit aus seinen Augen wich.

»Die Götter, um die es hier geht, sind anders, als du dir das vielleicht vorstellst«, erklärte er ernst. »Natürlich gibt es Götter, die wir Menschen als ›gut‹ bezeichnen würden, weil sie die eine oder andere lobenswerte Eigenschaft haben. Aber die Mehrheit ist nicht so. Ich möchte sie nicht direkt mit Dämonen vergleichen, denn das sind sie nicht, aber sie stammen aus einer anderen Welt und haben völlig andere Wertvorstellungen als wir. Mit ihren übernatürlichen Kräften haben sie die Macht, große Wunder zu bewirken, doch bei der Ausübung dieser Macht können sie recht launenhaft sein. Als sie noch in unserer Welt waren, brachten sie mehr Unglück als Glück über sie. Man hat sie aus gutem Grund verbannt, Calvyn. Es wäre verhängnisvoll, sie wieder hereinzulassen.«

»Warum verehren die Menschen sie dann so?«, fragte

Calvyn überrascht. »Wenn sie keinen Einfluss mehr auf die Geschicke unserer Welt haben, warum beten die Menschen sie noch an?«

»Jeder Mensch braucht etwas, woran er glauben kann, Calvyn. Dazu kommen Unwissenheit und der unwillkürliche Wunsch zu glauben, dass alles grundsätzlich gut ist. Hast du schon einmal vom Krieg der Götter gehört?«

»Ja, natürlich, Perdimonn. Jeder hat vom Krieg der Götter gehört.«

»Wenn es Selkor gelingt, das Portal zu den Göttern zu öffnen, werden sie ihren Krieg fortführen, das steht fest. Er würde Unglück und Zerstörung über diese Welt bringen. Daneben würden unsere jüngsten Kriege belanglos wirken.«

Calvyn schauderte. »Du zeichnest ein grauenvolles Bild.«

»Grauenvoll wäre es in der Tat«, erwiderte Perdimonn. »Aber jetzt, Calvyn, verschieb das Grübeln auf morgen. Ich schlage vor, du gehst ins Bett, es ist schon spät.«

»Du hast recht. Gute Nacht, Perdimonn.«

»Gute Nacht, Calvyn. Schlaf gut.«

Calvyn ging in sein Zimmer, war aber innerlich zu aufgewühlt, um schlafen zu können. Erst mehrere Stunden später döste er ein, doch sein Schlaf war unruhig und voller Albträume.

Als Calvyn kurz nach Sonnenaufgang aufstand, waren seine Lider so schwer, als hätte er die Augen nie geschlossen, und er fühlte sich schwach und antriebslos.

Seufzend blickte er in den Wandspiegel und strich sich mit den Fingern die Haare glatt. Er sah so erschöpft aus, wie er sich fühlte. Auch nachdem er sich das Gesicht mit kaltem Wasser gewaschen hatte, ging es ihm nicht viel besser.

Perdimonn hatte für die Abreise keine Zeit festgelegt. Da nichts darauf hindeutete, dass sie unmittelbar bevorstand, ging Calvyn, nachdem er sich angekleidet hatte, noch einmal in die große Eingangshalle. Als er das Bild genau so vorfand, wie er es am Abend zuvor verlassen hatte, war er enttäuscht. Nach der unruhigen Nacht hatte er im Stillen gehofft, es hätte sich irgendetwas verändert – und wenn es nur eine Kleinigkeit gewesen wäre.

Nach dem Frühstück ging es Calvyn etwas besser, doch die Magier belegten ihn sofort wieder mit Beschlag. Ständig war einer der Meister an seiner Seite und versuchte, ihm etwas beizubringen. Hätten sie sich nur an der Akademie seiner so angenommen, dachte Calvyn bitter, dann hätte er mehr gelernt und könnte etwas zuversichtlicher in die Zukunft blicken. So aber hatte er das Gefühl, dass von den neuen Lektionen rein gar nichts hängen blieb. Calvyn wünschte sich, sie ließen ihn einfach in Ruhe, damit er sich mit dem Gedanken vertraut machen könnte, wieder an vorderster Front zu stehen.

Als die vier Hüter, Calvyn, Jenna und die vier verbliebenen Magier aus Terilla den Palast zu Pferde verließen, wurden sie am Tor vom König, seiner Familie, Baron Anton und zahlreichen Adligen verabschiedet.

»Viel Glück, Sir Calvyn. Ich erwarte bei eurer Rückkehr einen ausführlichen Bericht«, sagte König Malo laut und lächelte zu Calvyn hinauf.

»Ich werde Euch nicht enttäuschen«, erwiderte Calvyn und grüßte zackig.

»Von Euch anderen erwarte ich, dass Ihr ihn nach besten Kräften beschützt«, ermahnte der König den Rest der Gruppe. »Bringt ihn mir unbeschadet wieder!«

»Wir werden alles tun, was in unserer Macht steht, Eure Majestät«, versicherte Perdimonn. Er winkte dem König noch einmal zu, ließ das Haupttor hinter sich und ritt der Gruppe voran den Berg zum Stadttor hinab.

»Hast du eine Ahnung, wo es genau hingeht?«, fragte Jenna Calvyn auf dem Weg durch die Stadt.

»Zum Thron der Götter«, erwiderte Calvyn grinsend.

Jenna hob vielsagend eine Augenbraue. Mehr brauchte es nicht.

»Das Gleiche habe ich Perdimonn beim Frühstück auch gefragt«, hob Calvyn eilig an zu erklären. »Es handelt sich wohl um einen riesenhaften, aus Stein gemeißelten Thron. Er liegt im Gebirge an der Südgrenze Thrandors auf einem der niedrigeren Berggipfel, ganz in der Nähe des Weißwasserpasses, wenn dir das weiterhilft.«

»Nicht besonders«, gab Jenna zu. »So weit südlich von Mantor war ich noch nie.«

»Ich auch nicht, abgesehen von meinem Abstecher nach Kortag. Aber damals hatte ich keine Zeit für Ausflüge.«

Weiter konnten sie ihre Unterhaltung nicht führen, während sie durch die Stadt ritten, denn Meister Jabal setzte sich neben Calvyns Pferd und bombardierte seinen Schüler mit Magierwissen. Jenna hörte gut zu, denn obwohl sie die Lektionen noch nicht umsetzen konnte, war sie wild entschlossen, bereits jetzt möglichst viel zu lernen. Die Meister würden ihr Wissen vielleicht nie wieder so großzügig weitergeben wie jetzt.

Als sie die Stadt verließen, bemerkte Jenna vier Reiter, die ihnen auf der Straße von Norden her entgegenkamen. Obwohl die Entfernung zu groß war, als dass sie Einzelheiten hätte erkennen können, kamen Jenna die vier irgendwie bekannt vor. Ihr Blick folgte ihnen unwillkürlich, als sie nach Westen zur Brücke über den Fallow abbogen.

»Entschuldigt, Meister Jabal, wenn ich unterbreche. Diese Reiter da drüben, kennen wir die vielleicht, Calvyn?«

Calvyn kniff die Augen zusammen und spähte nach rechts hinüber. Vielleicht war es die aufrechte Haltung im

Sattel, jedenfalls erinnerte Calvyn die Gestalt auf dem ersten Pferd an Derra.

»Ich bin mir nicht sicher, Jenna«, antwortete Calvyn, »aber wir sollten das nachprüfen. Meister Jabal, würdet Ihr uns einen Augenblick entschuldigen? Es könnte wichtig sein. Wenn wir länger als ein paar Minuten weg sind, könntet Ihr dann auf der anderen Seite der Brücke auf uns warten? Vielen Dank!«

Calvyn wartete die Antwort nicht ab, sondern wendete sein Pferd und galoppierte auf die vier Reiter zu. Jenna folgte ihm. Die beiden trieben ihre Pferde an und näherten sich schnell. Bald konnten sie erkennen, dass es tatsächlich Derra war, gefolgt von Fesha. Die beiden Reiter dahinter waren nicht so gut zu sehen, doch als einer der beiden sein Pferd plötzlich antrieb und an Derra und Fesha vorbeijagte, hüpfte Calvyns Herz vor Freude. Jetzt erkannte er den dunkelhaarigen Reiter.

»Bek!«, brüllte er und trieb Hakkaari noch schärfer an.

Die beiden ritten im gestreckten Galopp aufeinander zu und sprangen aus dem Sattel, noch ehe ihre Pferde zum Stehen gekommen waren. Calvyn lachte vor Freude, seinen Freund zu sehen, und lief mit ausgebreiteten Armen auf ihn zu. Völlig unvorbereitet traf ihn Beks hasserfüllter Blick, der ihn erstarren ließ. Die beiden standen einander nun in etwa fünf Schritt Entfernung gegenüber.

»Bek?«, fragte Calvyn verwirrt.

»Zieh dein Schwert und sieh dem Tod ins Auge, Shanier«, erwiderte Bek kalt, zog sein eigenes und schritt langsam auf Calvyn zu.

»Bek, ich bin es, Calvyn. Shanier gibt es nicht mehr. Er starb in dem Moment, als meine Seele zurückkehrte. Bek?«

»Zieh dein Schwert. Ich vernichte dich so oder so.«

Die anderen vier Reiter, die mittlerweile zu ihnen gestoßen waren, flehten Bek alle an einzuhalten. Doch so, wie er in der Arena das Geschrei der Zuschauer ausgeblendet hatte, verschloss er auch jetzt seine Ohren. Für ihn gab es nur noch eines: Er wollte seinen Schwur erfüllen und den Mann, der da vor ihm stand, töten.

Calvyn wich zurück, die Hand am Heft seines Schwertes, jedoch entschlossen, es nicht gegen seinen Freund zu ziehen, solange es nicht unbedingt nötig war. Warum hielt Bek ihn immer noch für Shanier? Derra und die anderen hatten ihm doch sicher erzählt, was geschehen war? Calvyn verstand nicht, was in Bek vorging, doch ihm war klar, dass er ihn ernst nehmen musste. Calvyn brauchte eine Art Auszeit, um mit ihm zu reden. Auch wenn es ihm widerstrebte, fiel ihm nur eine Möglichkeit ein, Bek in Schach zu halten, ohne ihn zu verletzen: mittels Zauberei.

»Hör zu, Bek, ich will das nicht, aber du lässt mir keine andere Wahl«, sagte Calvyn entschuldigend, während er sich Zugang zu Beks Geist zu verschaffen versuchte, um ihn mit geistiger Gewalt zurückzuhalten. Doch zu Calvyns Entsetzen entschlüpfte ihm Beks Geist wie ein Stück nasse Seife. Der Zauber schien an ihm abzugleiten, egal, wie viel Kraft er hineinsteckte. Genau diesen Augenblick wählte Bek für seinen Angriff.

Calvyn gelang es, das Schwert zu ziehen und Beks Hiebe abzuwehren. Zwölfmal kreuzten sie die Klinge, bevor er auf Abstand gehen konnte.

»Das ist doch Wahnsinn, Bek! Warum tust du das?«, fragte Calvyn und versuchte gleichzeitig, Macht über seinen Freund zu gewinnen, wieder ohne Erfolg.

»Ich habe geschworen, dich zu töten, Shanier. Ich habe es bei Jez' Leiche geschworen und ich werde meinen Schwur halten«, erwiderte Bek mit emotionsloser Stimme. Die kalten graublauen Augen allerdings, die seine Gegner in der

Arena von Shandrim so gefürchtet hatten, waren erfüllt von tiefem Zorn und unbändiger Rachsucht.

»Jez ist tot?«, fragte Calvyn traurig.

»Ja, und du wirst es auch bald sein«, knurrte Bek und griff erneut an.

Wäre Bek im Vollbesitz seiner körperlichen Kräfte gewesen, so hätte Calvyn nicht einmal die ersten paar Sekunden überlebt. Aber auch in seinem elenden Zustand, in dem ihm jeder Schwerthieb und jeder Ausfallschritt stechende Schmerzen bereitete, war Bek Calvyn mehr als gewachsen. Dank seiner Kampfausbildung in der Arena verfügte er über Fertigkeiten, die Calvyn nie erlernt hatte, und Calvyn musste mit jedem Hieb seiner Klinge einen Schritt zurückweichen.

Plötzlich zögerte Bek und machte einen Schritt zurück. Da merkte Calvyn, dass sie nicht mehr allein waren. Fesha und Jenna standen mit gezogenen Klingen zu Beks Linken, Derra und Eloise zu seiner Rechten.

»Nimm das Schwert runter, Bek«, knurrte Derra. »Hör endlich auf mit dem Unsinn.«

Doch Bek war nicht bereit aufzugeben. Er zog einfach sein zweites Schwert und rüstete sich mit zusammengebissenen Zähnen zum nächsten Angriff. Schon begann durch seinen Waffenrock Blut zu sickern, dort, wo an seiner Seite die erst kürzlich verheilte Wunde wieder aufgebrochen war. Calvyn sah es, wusste aber, dass sie nicht von einem seiner Hiebe stammte. Er hatte es ja kaum geschafft, Beks Schläge abzuwehren, ganz zu schweigen davon, einen Gegenangriff zu starten.

Calvyn überlegte verzweifelt, mit welcher magischen Formel er Bek aufhalten konnte. Da traf ihn eine Idee wie ein Blitzschlag, und ohne einen Moment darüber nachzudenken, setzte er sie in die Tat um.

Gerade als Bek sich auf seinen Gegner stürzen wollte, was für beide gewiss ein schmerzhafter Angriff geworden wäre, verloren Beks Beine den Bodenkontakt, er stieg in die Luft und schwebte bald zwei Mannshoch über dem Erdboden. Arme und Beine konnte er bewegen, jedoch nichts an seiner Position ändern. Er war völlig hilflos.

»Also«, sagte Calvyn mit fester Stimme, »jetzt hörst du mir mal zu, Bek. Oder soll ich dich da oben schmoren lassen? Mach die Augen auf, Mann! Ich bin es, Calvyn. Nicht Shanier, sondern Calvyn. Lord Shanier starb in dem Moment, als Jenna und Demarr den Dämon töteten, der meine Seele verschlungen hatte. Du kannst ihn nicht töten, Bek. Er ist schon tot.«

»Aaarrr!«, brüllte Bek zornig und warf mit seinen Schwertern nach Calvyn.

»Bei Tarmins Zähnen, Bek! Sieh hin! Sieh dir *unsere* Freunde doch an, Bek. Da sind Derra, Jenna, Fesha und Eloise. Ich habe sie nicht verzaubert. Sie wissen, dass Shanier besiegt ist. Sie haben mich zurückbekommen, Calvyn, deinen besten Freund – das dachte ich jedenfalls.«

»Du hast uns in die Arena in den Tod geschickt. Du kannst nicht mein Freund sein«, zischte Bek.

»Lord Shanier hat euch in die Arena geschickt, Bek. Ja, ich weiß, dass ich gewissermaßen Lord Shanier war. Er war ich ohne Seele. Jetzt habe ich meine Seele wieder, und es schmerzt mich, was du hast durchmachen müssen. Ich trauere um unseren Freund Jez. Du kannst dir gar nicht vorstellen, wie schrecklich es für mich ist, dass ich als Shanier euch das angetan habe. Als ich meine Seele wiederhatte, wollte ich euch da rausholen. Ich habe an nichts anderes gedacht.«

»Warum hast du es dann nicht getan, Calvyn? Warum bist du nicht gekommen?«, brüllte Bek. »Jez hat an dich geglaubt,

Calvyn. An dem Tag, an dem er gestorben ist, hat er immer noch an dich geglaubt. Und was hat es ihm gebracht?«

Calvyn schnürte es bei Beks Worten die Kehle zu. Er wusste nicht, was er dazu sagen sollte. Sollte er Bek etwa erklären, etwas Wichtigeres sei ihm dazwischengekommen? Jenna ersparte ihm eine Antwort.

»Bek«, flehte sie ihn an, »wenn du Calvyn nicht glauben willst, dann hör wenigstens auf uns. Ich bin mit Calvyn unterwegs, seit wir uns in Terilla getroffen haben. Und es ist kein Tag vergangen, an dem er nicht von dir und Jez gesprochen hat, an dem er sich nicht gefragt hat, ob Derra und die anderen es geschafft haben, euch zu retten. Ich weiß, wie schwer die Entscheidung ihm gefallen ist, den Rettungstrupp im Stich zu lassen, um dem Rat der Magier die Nachricht seines Lehrmeisters zu überbringen. Derra und die anderen haben dir doch bestimmt erzählt, dass ihm nichts anderes übrig blieb. Sieh her: Das ist der Calvyn, der mit uns die Ausbildung gemacht hat, der Calvyn, der letztes Jahr mit uns hier gekämpft hat, der Calvyn, den ich liebe. Eher würde ich für ihn sterben, als es zuzulassen, dass du mit dem Schwert auf ihn losgehst, Bek.«

»Jenna sagt die Wahrheit, Bek. Wir haben dir das schon die ganze Zeit gesagt«, fügte Derra mit ihrer rauen Stimme hinzu.

»Hör auf damit, Bek«, flehte Eloise ihn an. »Es ist der Bek, den wir von Burg Keevan kennen, den wir hier vermissen, nicht Calvyn.«

Bek war hin und her gerissen. Er war bis an die Grenzen seiner Kräfte gegangen, um Jez' Tod zu rächen. Er durfte seinen Schwur nicht brechen, er durfte jetzt nicht aufgeben! Und doch: Hier waren seine Freunde, die ihm alle die gleiche Geschichte erzählten. War sein Schwur tatsächlich durch andere Ereignisse gegenstandslos geworden?

»Ich kann nicht. Ich kann nicht!«, rief er. »Ich habe bei Jez' Leiche geschworen, ihn zu rächen. Ich kann ihn nicht enttäuschen.«

»Du hast ihn doch schon gerächt, Bek«, erwiderte Derra. »Du hast Serrius in der Arena besiegt. Und jemand anderes hat Shanier zerstört. Es ist doch völlig unerheblich, dass du Calvyn nicht persönlich befreit hast, Hauptsache, dein Versprechen hat sich erfüllt. Der Schwur, an dem du festhältst, gründet auf einer Lüge. Calvyn ist nicht mehr Shanier. Du kannst jetzt nichts mehr für Jez tun, also mach die Augen auf und sieh die Dinge, wie sie sind. Wirst du jetzt endlich auf uns hören oder müssen wir dich erst in Ketten legen?«

Bek blickte auf Calvyn hinab. Ein Teil von ihm glaubte den anderen, doch tief in seinem Inneren weigerte sich etwas, sich von dem Schwur zu lösen, der ihn in den vergangenen Monaten am Leben gehalten hatte. Aber als er Calvyn jetzt ansah, war dort keine Spur mehr von dem kaltherzigen Zauberer, der ihn in die Arena verbannt hatte. Dort stand der junge Mann, der in Baron Keevans Heer sein bester Freund gewesen war. Tränen traten ihm in die Augen.

»Ich wollte dir nie wehtun, Bek. Ich schwöre dir, das ist die Wahrheit. Ich kann dich nur um Verzeihung bitten für das, was du durchmachen musstest. Natürlich ist mir bewusst, dass eine Entschuldigung nichts wiedergutmachen kann. Es schmerzt mich, dich so zu sehen. Was kann ich nur sagen, damit du mir glaubst?«

Noch rangen in Bek Rachsucht und Zuneigung, der Schwur und die alte Freundschaft, Hass und Liebe, doch schließlich gab die Aufrichtigkeit in Calvyns Blick und die Offenheit seiner Worte den Ausschlag.

Er hatte gewusst, dass es ihm nicht leichtfallen würde, gegen seinen alten Freund zu kämpfen. Für Shanier hatte er nur Hass und Bitterkeit empfunden, doch immer war auch ein Fünkchen Hoffnung da gewesen, dass Calvyn nicht für Shaniers Bosheiten verantwortlich war. Eine Welle der Erleichterung erfasste Bek und er brach in Tränen aus. Und er war nicht der Einzige, der weinte. Auch über Calvyns und Jennas Wangen kullerten die Tränen.

Das Donnern sich nähernder Hufe brachte die fünf Freunde zurück in die Gegenwart. Die Magier kamen herangeritten.

»Ist alles in Ordnung, Calvyn?«, rief Perdimonn und zügelte sein Pferd.

Calvyn sah zu seinem lautlos weinenden Freund auf und nickte. »Alles ist gut, Perdimonn«, erwiderte er bedächtig. »Alles ist gut.«

12

Femke hielt munteren Schrittes auf den Dienstboteneingang des Kaiserpalastes zu. Statt Uniform und Schwert trug sie heute die Livree der kaiserlichen Dienstboten. Sie war zu dem Schluss gelangt, dass sie ihren Verdacht über die wahre Identität des Kaisers nur im Palast überprüfen konnte. Das war Spionieren in seiner höchsten Vollendung, denn sie musste ihn überführen, ohne dass er etwas davon merkte.

»Wer bist du, Bursche?«, grummelte der Wachmann sie am Dienstboteneingang unwirsch an. »Ich habe dich hier noch nie gesehen.«

Da Femke sich das Haar so kurz geschnitten hatte, wäre

sie wohl kaum als Hausmädchen durchgegangen und war deshalb wieder als junger Mann unterwegs. Der weiße Wappenrock mit dem kaiserlichen Löwen auf gekreuzten Schwertern sah, wie sie fand, recht fesch aus.

»Drachenklaue eins, eins, zwei«, antwortete Femke leise, damit niemand anderes die Worte hörte.

»Was? Äh, ich meine, wirklich? Dann mal los, Junge«, stotterte der Wachmann überrascht und winkte sie hastig hinein.

Femke grinste, als sie durchs Tor trat. Die Parole wies sie als Spion des Kaisers aus. Die Wachleute hatten natürlich keine Ahnung, wer diesem erlesenen Kreis alles angehörte. Nicht einmal Femke konnte es mit Bestimmtheit sagen; sie kannte elf weitere Spione oder ahnte zumindest, wer sie waren. Der Einzige, der die genaue Zahl kannte, war der Kaiser selbst.

Die Spione standen in harter Konkurrenz zueinander. Hin und wieder kreuzten sich ihre Wege und manchmal endeten solche Begegnungen auch tödlich. Das größte Problem war, dass sich nicht sicher sagen ließ, wer für wen arbeitete. Wenn man auf einen Spion traf, der dasselbe Ziel vor Augen hatte, lag die Annahme nahe, dass er für jemand anderen arbeitete. Damit war er zwangsläufig ein Gegner.

Blutvergießen verbot sich im Palast natürlich von selbst. Spione, die sich dort über den Weg liefen, rechneten später, außerhalb des Palastes, miteinander ab. Allerdings wurde im Palast besonders ausgiebig spioniert. Spione suchten die Macht wie Motten das Licht und wo ballte sich die Macht stärker als im Palast?

Femke schlüpfte durch eine der vielen Türen in den Dienstbotenflügel. Sie eilte durch die Flure und schwang die Pergamentrolle, die sie dabeihatte, wie ein Schwert, um zu zeigen, auf welch wichtiger Mission sie war. Die Kunst, nach außen hin stets einen höchst beschäftigten Eindruck zu machen, hatte Femke den Dienstboten reicher Leute abgeschaut. Manch einer von ihnen war fast ausschließlich damit beschäftigt, sein Nichtstun zu verschleiern und Beobachter glauben zu lassen, er könne sich vor lauter Arbeit bald nicht mehr auf den Beinen halten.

»He, Bursche!«, rief jemand ihr zu, als sie sich durch eine Gruppe von Dienern schlängelte, die Kisten mit Vorräten in einen Lagerraum trugen.

»Tut mir leid, keine Zeit«, entgegnete Femke abweisend und wedelte mit dem Pergament.

Schon war sie um die nächste Ecke, ohne sich auch nur umgesehen zu haben. Um unbehelligt durch den Palast zu kommen, vermied Femke jeden Blickkontakt und starrte stur vor sich auf den Boden. Allerdings musste sie bald ihre Taktik ändern, denn sie konnte nicht ewig hier in einem relativ kleinen Teil des Palastes herumrennen, ohne aufzufallen.

Femke hatte sich natürlich schon etwas überlegt. Als erstklassige Spionin ging sie kein unnötiges Risiko ein, ohne darauf so gut wie möglich vorbereitet zu sein. Ihr Plan war nicht ungefährlich, aber sie hatte die Gefahren sorgfältig abgewogen. Alles hing davon ab, ob sie die Lage richtig eingeschätzt hatte und mit der Nachricht für den Kaiser, die sie mit großem Bedacht auf das Pergament geschrieben hatte, die erwünschte Wirkung erzielte. Wenn er den Köder schnappte, würde Femke bald Gewissheit haben, wenn nicht, musste sie sich einen neuen Plan ausdenken.

In der Nähe des kaiserlichen Arbeitszimmers stand immer ein Diener bereit, falls der Kaiser etwas wünschte oder Besucher einzulassen waren. Er war die zentrale Figur in Femkes Plan. Nach einem langen Marsch durch die Palastflure sah Femke ihn neben der Tür stehen und gelangweilt die Bilder an der Wand gegenüber betrachten.

»Entschuldige, würdest du dem Kaiser bitte diese Nachricht überbringen? Man sagte mir, sie sei sehr wichtig, aber ich habe mich auf dem Weg hierher verlaufen, weil ich neu bin. Und jetzt muss ich schnell in die Bibliothek zurück, sonst setzt es eine Tracht Prügel«, erklärte sie gehetzt. Sie drückte dem Diener die Pergamentrolle in die Hand, machte auf dem Absatz kehrt und rannte in Richtung Bibliothek davon.

Dort wollte Femke allerdings gar nicht hin. Sobald sie um die nächste Ecke gebogen war, drückte sie sich flach an die Wand und lauschte. Die nächsten Sekunden waren entscheidend.

Femke hörte, wie der Diener anklopfte und die Tür zum kaiserlichen Arbeitszimmer öffnete. Femke hatte Hunderte von Malen beobachtet, wie Diener die kaiserlichen Gemächer betraten, und wusste, dass sie immer erst die Tür hinter sich schlossen, ehe sie sich vor ihrem Herrn verbeugten.

Femke schickte ein Stoßgebet zum Himmel, dass in den nächsten Sekunden niemand vorbeikommen möge, hastete zurück zum Arbeitszimmer des Kaisers und hörte gerade noch die Tür zuschnappen. Mit einem befriedigten Lächeln lief sie an der Tür vorbei, den Flur entlang und um die nächste Ecke. Dort presste sie sich mit dem Rücken gegen die Wand und lauerte schwer atmend auf den Wutanfall des Kaisers. Er ließ nicht lange auf sich warten.

»Wer hat dir das gegeben?«

Trotz der geschlossenen Tür konnte Femke die zornige Stimme des Kaisers hören. Die Antwort des Dieners war zu leise, doch dann ging die Tür auf und der nun folgende Wortwechsel war klar und deutlich zu verstehen.

»Was für ein Neuer? Bring ihn auf der Stelle her!«, befahl der Kaiser erbost.

»Jawohl, Eure Kaiserliche Majestät«, stammelte der eingeschüchterte Diener.

»Nein, wir machen es anders. Du führst mich zu ihm. Na los. Bring mich zur Bibliothek und zeig ihn mir«, herrschte der Kaiser ihn an.

Femke lächelte zufrieden in sich hinein. Als der Kaiser dem Diener befohlen hatte, ihm den Burschen zu bringen, hatte sie einen Moment lang der Mut verlassen, denn das hätte ihren Plan zunichtegemacht. Doch ihre Rechnung ging auf, da der Kaiser mit Sicherheit verhindern wollte, dass der Diener zuerst mit dem Burschen sprach.

Das Pergament war einzig und allein dazu da gewesen, den Kaiser aus seinem Arbeitszimmer zu locken. Sie hatte darauf die Worte geschrieben, die ihrer Meinung nach am besten geeignet waren: *Barrathos ist ein Fettsack und ein Dummkopf von einem Hexenmeister. Seine Dämonen haben in etwa so viel Macht wie die armen Seelen, mit denen Ihr die Kämpfer und die Tiere in der Arena füttert. Ich weiß, wer Ihr seid. Eure Tage sind gezählt.*

So, wie der Kaiser diese Zeilen aufgenommen hatte, war das für Femke schon fast Beweis genug. Doch da sie völlig sichergehen wollte, musste sie Vallaine in seiner wahren Gestalt sehen. Und das konnte sie nur in seinem Arbeitszimmer oder in seinem Schlafzimmer. Femke hatte noch nie gehört, dass sich ein Spion Zutritt zu den geheiligten Schlafgemächern des Kaisers verschafft hätte. So blieb ihr nur das Arbeitszimmer.

Sie wusste, dass es dort ein Versteck gab, das der Kaiser heimlich hatte einbauen lassen und in dem er einen Spion untergebracht hatte, wenn Gäste erwartet wurden. Ehe der Kaiser selbst eintraf, ließ er die Gäste hineinführen und ihnen Getränke servieren. Dann blieben sie eine Weile allein und hatten Gelegenheit, miteinander zu plaudern. Nachdem er seine Gäste verabschiedet hatte, ließ sich der Kaiser dann von seinem Spion berichten, worüber vor seinem Eintreffen gesprochen worden war. Femke wollte dieses Versteck nun umgekehrt nutzen, da sie annahm, dass Vallaine keine Ahnung von seiner Existenz hatte.

Das war natürlich gewagt, denn wenn er es doch kannte, dann saß sie dort in der Falle. Das war der Pferdefuß an der Sache. Normalerweise arbeitete sie vor jeder Unternehmung einen Notfallplan aus. In diesem Fall musste sie wohl oder übel alles auf eine Karte setzen.

Femke hörte, wie der Kaiser die Tür zu seinem Arbeitszimmer abschloss, und wagte einen kurzen Blick um die Ecke. Der Kaiser und sein Diener gingen in Richtung Bibliothek davon. Femke wartete noch ein paar Sekunden und rannte dann los. Doch entgegenkommende Stimmen ließen sie auf der Stelle erstarren. Sie drehte blitzschnell um und versteckte sich wieder in dem Seitengang.

Zwei der kaiserlichen Dienstboten schlenderten an ihr vorbei, tief versunken in ein Gespräch über Dienstpläne und arbeitsscheue Küchenhilfen.

Femke kochte innerlich. Hoffentlich waren sie bald verschwunden. Der Kaiser würde schon bald in der Bibliothek sein und merken, dass niemand den gesuchten Burschen kannte. Wahrscheinlich kehrte er dann schnurstracks zu seinem Arbeitszimmer zurück. Auch ohne diese unvorhergesehene Verzögerung war die Zeit reichlich knapp.

Nicht weit von der Stelle, an der sich Femke gegen die Wand drückte, blieben die beiden Dienstboten stehen. Femke zog sich vorsichtig Schritt für Schritt tiefer in den Gang zurück.

»Ich muss los, nachsehen, wie weit die mit dem Bettenmachen sind«, sagte die eine Stimme endlich.

»Dann bis später. Zum Abendessen, sechste Stunde?«

»Ja, ich werde da sein.«

Sie gingen auseinander und zu Femkes großer Erleichterung bog keiner von ihnen in den Seitengang ein. Doch sie hatte wertvolle Sekunden, wenn nicht gar Minuten verloren. Einen Augenblick zögerte sie. Hatte sie noch genug Zeit, in das Versteck zu gelangen? Wenn man sie schnappte, war sie so gut wie tot. Doch Femke schlug alle Bedenken in den Wind und raste zur verschlossenen Tür des Arbeitszimmers.

Sie kniete sich hin und schob sorgfältig den Draht mit dem Holzgriff ins Schloss, den sie dabeihatte. Kleine Schweißperlen sammelten sich auf ihrer Stirn und rannen langsam über die rechte Augenbraue, doch Femke nahm keine Notiz davon. Innerhalb von Sekunden hatte sie mit dem Dietrich fachmännisch das Innenleben des Schlosses erkundet und schon klickte der Riegel. Femke öffnete die Tür, schlüpfte ins Zimmer und machte sich umgehend daran, die Tür wieder zu verschließen. Sie spürte, dass der Zapfen in der richtigen Stellung war, doch der Riegel klemmte.

Da hörte sie Stimmen. Der Kaiser kehrte zurück. Das Herz schlug ihr bis zum Hals. Sie hatte keine Zeit mehr, die Tür richtig abzusperren.

»Ich erwarte, dass du ihn findest«, befahl der Kaiser zornig. »Durchsucht den ganzen Palast. Lasst jeden befragen. Keiner darf das Gelände verlassen.«

Femke rannte lautlos zum Getränkeschränkchen und suchte mit der Hand nach dem Mechanismus, mit dem es sich zur Seite schieben ließ. Sie war erst einmal in des Kaisers Geheimversteck gewesen. Da es damals der Kaiser für sie geöffnet hatte, wusste sie nicht genau, wonach sie eigentlich suchte. Ihr blieben nur noch wenige Sekunden. Der Kaiser war fast an der Tür. Seine zornige Stimme wurde immer lauter.

»Es ist mir egal, ob du den Palast auseinandernehmen

musst. Ich will keine Entschuldigungen hören, ist das klar? Spürt ihn auf und bringt ihn her, und zwar sofort!«

Da war er, der Knopf, tief unten an der rechten Seitenwand der Vitrine. Femke drückte ihn und betete, der Schrank möge keine Geräusche von sich geben, wenn er zur Seite schwang. Zum Glück öffnete er sich lautlos. Femke schlüpfte in das Loch hinter der Vitrine und zog den Schrank wieder an seinen Platz.

Gleichzeitig mit dem Klicken, mit dem der Knopf wieder einrastete, steckte der Kaiser den Schlüssel ins Türschloss. Femke versuchte, sich in dem engen Versteck zu entspannen und ihre Atmung zu beruhigen. Durch winzige Löcher in der verspiegelten Rückwand der Vitrine fielen kleine Lichtpunkte zu ihr herein. Gemeinsam mit den dünnen Lichtstreifen, die an den Rändern in das Versteck fielen, brachten die Löcher Femke genügend Helligkeit. Sie wagte es jedoch nicht, durch eins der Löchlein zu spähen, sondern hielt nur den Atem an und lauschte.

Femke hörte, wie der Kaiser den Schlüssel hin und her bewegte und sich vergeblich bemühte, das Schloss zu öffnen. Dann wurde der Knauf gedreht und die Tür zum Arbeitszimmer öffnete sich mit einem leisen Quietschen.

»Bei Shands Zähnen!«, fluchte Vallaine leise. Vorsichtig spähte er in das Zimmer, doch da war niemand. Dieser Schurke Shanier hat mich weggelockt, um sich hier umzusehen, dachte er im Stillen. Vergeblich suchte er den Raum nach Illusionszaubern ab. So leicht lasse ich mich nicht hinters Licht führen, entschied er bei sich und zog einen Dolch aus dem linken Stiefelschaft. Doch dann hielt er inne.

»Sei kein Dummkopf!«, ermahnte er sich laut. »Für solche Katz-und-Maus-Spielchen bist du wirklich zu alt.«

Im Flur kamen gerade zwei Diener vorbei, offenbar auf der Suche nach dem Burschen.

»Ihr da!«, rief er.

»Ja, Eure Kaiserliche Majestät?«, antwortete der eine.

»Durchsucht mein Arbeitszimmer. Während ich weg war, ist jemand hier gewesen. Vielleicht versteckt er sich noch irgendwo. Seid vorsichtig, er ist gefährlich.«

»Jawohl, Eure Majestät«, erwiderte der zweite Diener und schluckte schwer.

Argwöhnisch betraten die beiden den Raum. Unter dem kritischen Blick des Kaisers suchten sie jeden Winkel ab, sahen unter dem Schreibtisch und hinter den Vorhängen nach, konnten aber nichts finden. Als er sicher war, dass niemand da war, betrat der Kaiser den Raum.

»Helft jetzt den anderen bei der Suche. Ach, und sagt ihnen, dass jeder Unbekannte festzuhalten ist, egal, wie er oder sie aussieht. Ich habe den Verdacht, dass der Eindringling ein Zauberer sein könnte, der sein Aussehen jederzeit verändern kann.«

»Jawohl, Eure Majestät«, erwiderten die Diener im Chor. An ihren betretenen Gesichtern war abzulesen, wie mulmig ihnen bei der Vorstellung war, dass sie nach einem Zauberer suchten.

»Was ist? Steht nicht untätig herum! Macht euch an die Arbeit!« Der Kaiser entließ sie mit einer unwirschen Handbewegung.

»Ja, Eure Majestät. Sofort, Eure Majestät.« Eilfertig liefen die beiden Diener davon, ohne sich noch einmal umzusehen.

Vallaine schloss die Tür und trat schnurstracks an seinen Schreibtisch, um zu überprüfen, ob irgendetwas fehlte. Atemlos spitzte Femke die Ohren und wagte einen Blick durch eins der winzigen Gucklöcher. Der Schrank stand leider nicht so, dass man einen guten Blick auf den Schreibtisch gehabt hätte, doch Femke konnte erahnen, dass der Kaiser um den Tisch ging und ihn sorgfältig begutachtete.

»Verdammt, Shanier! Was hast du nur vor?«, hörte Femke ihn zornig zischen.

Femke hörte das Rascheln von Papier und das Klirren eines Glases.

»Ein Schluck Wein wird mir guttun«, murmelte der Kaiser.

Seine Schritte näherten sich der Getränkevitrine, und nun konnte Femke ihn deutlich sehen, das Glas in der Rechten. Er nahm die Weinkaraffe aus dem Schrank und schenkte sich ein. Femkes Herz setzte einen Schlag aus, als der Kaiser sie direkt ansah und ein Lächeln sich auf seinem Gesicht ausbreitete. Es war, als blicke er durch den Spiegel an der Rückwand der Vitrine hindurch. Entsetzt beobachtete sie, wie sein Gesicht verschwamm und Lord Vallaines bösartige Züge annahm.

◎ ◎ ◎

Calvyn ließ Bek wieder herunter und nahm den weinenden Freund in die Arme. Gemeinsam trauerten sie um ihren Freund Jez, während Jenna und die anderen spürbar bewegt um sie herumstanden.

Nach einer Weile war von Akhdar ein Hüsteln zu vernehmen. »So bewegend dieser Augenblick auch ist, Calvyn, wir müssen wirklich weiter. Selkor hat bereits einen Tag Vorsprung. Wir haben keine Zeit zu verlieren.«

»Selbstverständlich, Meister Akhdar«, erwiderte Calvyn rasch, »aber mein Freund hier blutet. Wir haben doch sicher Zeit, seine Wunde zu heilen, bevor wir weiterreiten? Ich vermute, meine Freunde wollen auch nicht zurückbleiben, und in diesem Zustand ist Bek nicht reisefähig.«

»Na gut, aber beeil dich«, schnaubte Akhdar ungeduldig.

»Komm, Bek, lass mich mal sehen. Ich bin sicher, dass ich dich nicht wirklich erwischt ... Um Himmels willen!«

Bek hatte den Waffenrock angehoben, und Calvyns Augen weiteten sich vor Schreck, als er den blutgetränkten Verband sah. So vorsichtig es eben ging, entfernte er ihn und rang nach Luft, als er das letzte Stück Leinen entfernt hatte.

»Setz dich, Bek. So etwas übersteigt meine Fähigkeiten. Aber du hast Glück, wir haben einen Heiler hier. Perdimonn! Ich brauche deine Hilfe.«

Perdimonn saß ab und gab Rikath die Zügel seines Pferdes. Er kniete sich neben Bek nieder und untersuchte behutsam und konzentriert die Eintritts- und Austrittswunde.

»Das ist keine frische Verletzung. Wie lange ist das her, junger Mann?«, fragte er, ohne aufzublicken.

»Fast einen Monat«, erwiderte Bek, der bei Perdimonns Berührung zusammengezuckt war. »Es ist nie ganz verheilt.«

»Wie auch, wenn du dauernd mit deinen Schwertern herumwedelst«, rügte Perdimonn, lächelte aber dabei. »Keine Sorge, ich kann das heilen. Bitte jetzt nicht bewegen.«

Perdimonn legte die Stirn in tiefe Falten. Calvyn beobachtete, wie sich seine Lippen bewegten, während er sich im Geiste die Runenfolge für die Heilung zurechtlegte. Es war keine einfache Formel, denn er musste nicht nur die oberflächlichen Wunden, sondern auch die inneren Verletzungen heilen.

Äußerlich geschah zunächst gar nichts, doch Bek spürte bereits, wie die Verletzungen in seinem Körper heilten. Mit vor Verblüffung geweiteten Augen beobachtete er, wie sich unter Perdimonns magischer Formel die Wunden schlossen, weiße Narben bildeten und als der Magier zum Ende kam, auch die dunkelroten Ränder entlang der Stichwunden nach und nach verschwanden, bis gar nichts mehr von den Verletzungen zu sehen war.

Als Perdimonn fertig war, reichte er Bek die Hand und zog ihn auf die Füße. Bek tastete die Stellen ab, an denen die Wunden geklafft hatten, und konnte es kaum fassen, dass er keinerlei Schmerz mehr verspürte. Es war, als wäre er nie verwundet worden.

»Habt Dank, mein Herr. Ich stehe tief in Eurer Schuld. Ich dachte, die Wunden würden mir lebenslang zu schaffen machen«, erklärte Bek mit einer Verbeugung.

»So wäre es wohl auch gewesen«, erwiderte Perdimonn und neigte den Kopf. »An deiner Stelle würde ich es trotzdem ein paar Tage langsam angehen lassen. Das Blut, das du verloren hast, kann ich dir nicht ersetzen. Wenn du reichlich isst und dich etwas schonst, wirst du dich bald fühlen wie neugeboren. Da Calvyn offenbar möchte, dass ihr vier mit uns reitet, steigt ihr jetzt am besten auf, damit wir weiterkönnen. Akhdar hat vollkommen recht: Wir haben keine Zeit mehr zu verlieren.«

Calvyn umarmte Bek noch einmal kurz, alle saßen auf und kurze Zeit später war die ganze Gruppe wieder an der Fallowbrücke. Calvyn setzte sich mit Hakkaari neben Beks Pferd.

»Schönes Pferd, Calvyn«, bemerkte Bek mit einem anerkennenden Blick auf den wunderschönen Hengst. Als sein Blick auf Calvyns Sattel fiel, stieß er einen erstaunten Pfiff aus. »Ist das etwa das Zeichen für einen Ritter des Reiches von Thrandor?«

Calvyns Hand wanderte unwillkürlich zu dem Knauf seines Sattels, wo das königliche Wappen eingearbeitet war, und er musste lächeln. Der königliche Stallmeister hatte darauf bestanden, Calvyn, der ja nun nicht mehr unerkannt bleiben musste, für die Reise mit seinem neuen Sattel und dem neuen Zaumzeug auszustatten, und er hatte es gern angenommen. Zum Palastschneider, der ihm die Kleidung mit den ritterlichen Insignien hätte nähen können, hatte er es aber nicht mehr geschafft. Wenn er wieder lebend nach Mantor zurückkehrte, so schwor sich Calvyn, würde er als Erstes die königliche Schneiderei aufsuchen.

»Es wundert mich, dass Derra und die anderen es dir nicht erzählt haben«, erwiderte er und sah über die Schulter zur Sergeantin zurück, die direkt hinter ihnen ritt.

»Wir wollten ihm die Überraschung nicht verderben, Sir Calvyn«, entgegnete Derra mit einem verwegenen Grinsen.

»Sir Calvyn, das hat schon was«, meinte Bek nachdenklich. »Hört zu, Sir Calvyn, es tut mir wirklich leid wegen vorhin ...«

»Du brauchst dich nicht zu entschuldigen, Bek. Du hattest guten Grund, wütend zu sein, und bitte nenn mich wieder Calvyn. Der Titel ist wahrlich nicht nötig.«

»Oh doch, und wie, Sir Calvyn«, kam Derras raue Stimme von hinten. »Ihr seid Ritter und werdet Euch wie einer verhalten. Sonst sehe ich mich gezwungen, Euch die eine oder andere Lektion aus der Grundausbildung in Erinnerung zu bringen.«

Calvyn lief rot an und lachte verlegen. »Ach du Schande! Da bin ich Ritter des Reiches, aber gegen Sergeantin Derra komme ich nicht an«, erklärte er mit einem entschuldigenden Schulterzucken.

»Ich bin froh, dass Ihr es so seht, Sir Calvyn«, schnurrte Derra mit einem zufriedenen Grinsen.

Bek lachte und Calvyn stimmte ein. Dass Derra ihn herumkommandierte, rückte alles wieder zurecht. Es war wie in alten Zeiten.

»Warum seid ihr eigentlich alle hier, Sergeantin? Warum seid ihr nicht auf Burg Keevan?«, fragte Calvyn. »Versteht mich nicht falsch, aber ich bin überrascht, dass ihr Bek mit diesen Verletzungen nicht erst auf die Burg gebracht habt.«

»Der Baron ist einen Tag nach uns auf der Burg eingetroffen und hat uns von eurer Begegnung erzählt«, erwiderte Derra. »Als er erwähnte, dass du gern Nachricht davon hättest, wie es uns geht, habe ich ihm sofort unsere Dienste angeboten. Bek war wild entschlossen, dich zu finden, und als du nicht auf der Burg warst, wollte ich ihn nicht zwingen, dort zu bleiben. Ich kenne seinen Sturkopf mittlerweile gut genug, um zu wissen, dass er uns gefolgt wäre. Dabei hätte er sich womöglich allerhand Ärger eingehandelt. Der Baron war nicht begeistert, uns alle vier ziehen zu lassen, aber ich konnte ihn überreden. Beks Verletzung habe ich ihm gegenüber natürlich nicht erwähnt.«

»Du hast den Baron *überredet?* Das muss aber erhebliche Überredungskünste erfordert haben. Baron Keevan ist ja nicht gerade schwer von Begriff, und ich hätte angenommen, er würde auf Anhieb merken, wenn sich jemand für ein kleines Abenteuer aus dem Staub machen will!«

»Vielleicht bin ich ein Naturtalent, Sir Calvyn«, brummte Derra und zog belustigt die Mundwinkel nach oben.

»Das steht völlig außer Zweifel, Sergeantin Derra«, lachte Calvyn.

Da die Stimmung so gelöst war, wollte Calvyn gleich noch eine Frage klären, die ihn beschäftigte. Nämlich wie sich Bek gegen seinen Versuch, ihn mittels Zauberei zu beherrschen, hatte wehren können? Obwohl Calvyn es mit aller Macht versucht hatte, war es ihm so erschienen, als halte ihn eine unsichtbare Schranke auf.

»Sag mal, Bek, hast du Zauberei erlernt, seit wir uns das letzte Mal gesehen haben?«, fragte er neugierig.

»Ich?«, lachte Bek. »Machst du Witze?«

»Nein, gar nicht, ich meine es sehr ernst«, erwiderte

Calvyn. »Vor deinem ersten Angriff auf mich habe ich versucht, dich mithilfe von Zauberei aufzuhalten, aber es ist mir nicht gelungen, in deinen Geist vorzudringen. Es war, als hättest du eine Art unüberwindbare geistige Sperre errichtet. So etwas habe ich noch nie erlebt.«

»Ich habe keine Ahnung von Zauberei, Calvyn. Kurz bevor ich angegriffen habe, sagst du? Merkwürdig.« Bek spielte nachdenklich mit dem Ring am Mittelfinger seiner rechten Hand.

»Was ist merkwürdig?«

»Es war nur so, dass sich meine rechte Hand unmittelbar vor dem Angriff ganz seltsam anfühlte. Als hätte sich der Ring in Eis verwandelt. Die ganze Hand war kalt.«

»Ein Ring? Den hast du doch früher nicht getragen«, fragte Calvyn überrascht nach und betrachtete den breiten Ring an Beks Finger. Er kam ihm merkwürdig bekannt vor, dabei schien es ein ganz gewöhnlicher Goldring zu sein. »Woher hast du den?«, fragte Calvyn.

»Der Kaiser von Shandar hat ihn mir nach meinem letzten Kampf in der Arena geschenkt. Und jetzt fällt mir auch wieder ein, dass er gesagt hat, der Ring würde mir helfen, wenn ich dir, also Shanier, begegne. Frag mich nicht, wie seine Worte genau lauteten, ich kann mich beim besten Willen nicht mehr daran erinnern. Mich hatte kurz zuvor ein Schwert durchbohrt und ich war nicht ganz bei mir. Aber ich erinnere mich vage, dass er Shanier erwähnt hat.«

»Aber woher wusste der Kaiser, dass du versuchen würdest, mich zu finden?«, rief Calvyn verwundert aus.

»*Dich* kennt er wahrscheinlich auch gar nicht«, warf Fesha von hinten ein. »Aber er kennt Lord Shanier, und da du und Lord Shanier, na ja, ein und dieselbe Person wart, kennt er dich gewissermaßen doch. In den Straßen von Shandrim munkelt man, Shanier sei ein abtrünniger Zauberer, der die shandesischen Einheiten verraten hat. Der Kaiser, sagt man, dürste danach, ihn tot zu sehen.«

»Ein abtrünniger Zauberer?«, lachte Calvyn. »Na ja, das trifft die Sache ganz gut. Schließlich habe ich dafür gesorgt, dass fünf seiner Legionen fast vollständig vernichtet wurden. Das hat ihn bestimmt geschwächt. Trotzdem ist es merkwürdig, dass der Kaiser so einen Ring besitzt, ganz zu schweigen davon, dass er ihn weggibt. Mir ist diese Sache irgendwie ziemlich unheimlich. Wir können nur hoffen, dass er Thrandor jetzt in Ruhe lässt und sich um seine eigenen Angelegenheiten kümmert.«

»Das kannst du laut sagen«, pflichtete Jenna ihm bei.

»Hier, Calvyn, nimm den Ring an dich. Mit Zauberei und Magie will ich nichts zu schaffen haben. Du kannst besser damit umgehen«, erklärte Bek entschieden, zog sich den Ring vom Finger und reichte ihn Calvyn.

»Bist du sicher, Bek? Immerhin hat der Kaiser ihn dir geschenkt.«

»Ja, aber das Geschenk hatte einen Haken. Es hätte mich fast dazu befähigt, meinen besten Freund umzubringen. Nimm ihn nur. Ich bin mir sicher, du hast eine bessere Verwendung dafür als ich.«

Calvyn war gerührt von Beks Geste und steckte sich den Ring an den Mittelfinger der linken Hand. Anders als erwartet, fühlte sich der Ring an wie jedes gewöhnliche Schmuckstück. Calvyn fiel ein, dass Lord Vallaine einen ähnlichen Ring getragen hatte. Wahrscheinlich kam er ihm deswegen vertraut vor. Ob es wohl mehr solcher außergewöhnlichen Schutzschilde gab?

Am Mittag, als die Gruppe eine Rast einlegte, ließen die Meister sich nicht davon abbringen, ihm Dinge beizubringen, die Calvyn für völlig überflüssig hielt.

»Warum soll ich denn mit dem Stab üben, Meister Jabal?

Auf dem Wandbehang war deutlich zu sehen, dass ich das Schwert in der Hand halte. Wir wissen nicht einmal, ob ich den Ring des Nadus trage.«

Jabal lächelte ihn freundlich an. »Wenn du Selkor erst gegenüberstehst, wirst du auch auf dem Gobelin mit dem Stab abgebildet sein und nicht mit dem Schwert, Calvyn, das hoffe ich jedenfalls. Dein Schwert ist gut gemacht, aber es verfügt nicht über die Magie verstärkenden Kräfte des Stabes oder des Rings. Du übst jetzt erst einmal mit dem Stab, denn er hat weniger Macht als der Ring. Mit dem Ring anzufangen wäre, als gebe man einem Kleinkind einen Dolch in die Hand und ließe es damit Gemüse schneiden. Wenn du mit dem Stab umgehen kannst, machen wir mit dem Ring weiter.«

Calvyn nickte nachdenklich und zog dann eine Grimasse. In wenigen Tagen würden sie das Gebirge mit dem Thron der Götter erreichen. Die Zeit war knapp. Hätten die Meister ihm in der Akademie mehr beigebracht, dann wäre er für den Kampf gegen den mächtigen Magier besser gewappnet gewesen. Selkor war Calvyn an Erfahrung, Wissen und Macht weit überlegen. Nur auf einem Gebiet konnte Calvyn ihm möglicherweise das Wasser reichen, nämlich dem der Zauberei.

Aber wahrscheinlich war Selkor auch ein recht guter Zauberer, musste Calvyn annehmen. Anders war nicht zu erklären, was er in der Schlacht von Mantor mit den terachitischen Nomaden gemacht hatte. So viele Menschen auf einmal zu beeinflussen und dadurch bewegungsunfähig zu machen, war mit Magie unmöglich, denn es setzte eine unermessliche Kraft voraus. Da Selkor damals noch keine magischen Gegenstände besessen hatte, war Zauberei die einzige vernünftige Erklärung. Calvyn verschwieg den Meistern seine Überlegungen, denn sie betrachteten die

Zauberei als eine der »niederen Künste«. Für sie wäre es unvorstellbar gewesen, gegen einen so mächtigen und tückischen Magier wie Selkor Zauberei einzusetzen.

»Meister, was soll ich mit dem Stab tun?«, fragte Calvyn.

Jabal rieb sich nachdenklich das Kinn. »Am besten fängst du mit etwas an, wofür du viel Kraft brauchst, was du aber schon beherrschst. Die Formel, mit der du deinen Freund in die Luft gehoben hast, würde sich eignen. Wir wollen einmal sehen, wie das mit dem Stab geht. Aber diesmal nehmen wir keinen Menschen, sondern einen unbelebten Gegenstand, in Ordnung?«

»Gut, Meister.« Calvyn grinste und sah sich nach etwas Geeignetem um. »Etwas Großes oder etwas Kleines?«

»Das ist eigentlich egal«, antwortete Meister Jabal. »Beides hat so seine Tücken.«

»Wie wäre es damit?« Calvyn hob einen faustgroßen Stein auf.

»Damit wird es gehen. Leg ihn auf den Boden und lass ihn knapp über unsere Köpfe steigen.«

»Mit dem Stab?«, fragte Calvyn.

»Noch nicht. Bediene dich vorerst deiner eigenen magischen Mittel.«

Calvyn tat wie geheißen, machte sich ein Bild von dem aufsteigenden Stein und füllte ihn mit den Runen, die bewirkten, dass er leichter wurde als Luft. Der Stein erhob sich vom Boden und stieg auf die gewünschte Höhe. Meister Jabal nickte zufrieden.

»Und jetzt schleuderst du den Stein gegen den Baum da drüben«, wies ihn Jabal an und deutete auf eine alte Eiche. »Gib so viel magische Kraft hinein, wie du nur aufbringen kannst.«

Calvyn sammelte sich, die Stirn in tiefe Falten gelegt. Wie Perdimonn es ihm einst beigebracht hatte, hielt er sich das gewünschte Ergebnis vor Augen. Er stellte sich vor, dass der Stein wie von einem mächtigen Katapult abgeschossen gegen den Baum krachte. Der Stein schlug hart gegen den Stamm und hinterließ eine tiefe Schramme in der Borke. Meister Jabal hob überrascht die Augenbrauen.

»Gut! Wirklich sehr gut, Calvyn. Es war zu spüren, dass du sogar der Luft um uns herum die Kraft entzogen hast.«

Jabal ging zum Baum, hob den Stein auf und legte ihn wieder an die Stelle, von wo Calvyn ihn hatte aufsteigen lassen.

»Jetzt versuchst du es noch einmal«, meinte er lächelnd, »nur dass du die Magie dieses Mal durch den Stab lenkst.«

Calvyn nahm den Stab des Dantillus und hielt ihn vor sich. Er schloss die Augen, stellte sich vor, wie die Kraft oben aus dem Stab und anschließend in den Stein floss, und leitete die Runen durch den Stab. Als er die Augen öffnete, stellte er verblüfft fest, dass der Stein viel schneller in die Höhe geschossen war, als er es sich vorgestellt hatte. Es kostete ihn einige Anstrengung, ihn wieder auf die gewünschte Höhe sinken zu lassen.

»Hervorragend!«, rief Meister Jabal begeistert. »Wirklich sehr gut, Calvyn. Und jetzt schleudere ihn wieder gegen den Baum.«

Calvyn atmete tief ein und reihte die entsprechenden Runen aneinander. Nachdem er beim vergleichsweise einfachen Anheben des Steins erlebt hatte, wie der Stab die Kraft vervielfältigte, machte er sich auf eine außergewöhnliche Wirkung gefasst.

Perdimonn tippte Jenna an und deutete zu Jabal und Calvyn hinüber. »Sieh mal«, flüsterte er ihr mit einem amüsierten Lächeln zu. »Das wird unterhaltsam.«

Als Calvyn die Runen durch den Stab leitete, krachte es gleich zweimal: das erste Mal, als der Stein die Schallmauer durchbrach, das zweite Mal, als er gegen den Baum schlug. Der Einschlag war so gewaltig, dass der Stein zersprang und die Splitter sich tief ins Holz gruben.

»Wahnsinn!« Jenna war beeindruckt.

»Das kannst du laut sagen«, stimmte Perdimonn ihr zu. »Mit dem Stab kann der Bursche ganz schön was ausrichten!«

13

Am Abend rief Perdimonn die Hüter zusammen und ging mit ihnen ein Stück vom Lager weg. Es war kalt, aber windstill, und die Magier stießen mit jedem Atemzug ein kleines Wölkchen in die Nachtluft. Als sie außer Hörweite waren, fragte Rikath Perdimonn nach dem Grund für die Unterredung.

»Was hältst du vom jungen Calvyn?«, fragte Perdimonn zurück.

»Netter Bursche, ehrliche Haut, große Begabung«, erwiderte Rikath wie aus der Pistole geschossen. »Warum fragst du?«

»Traut einer von euch ihm zu, dass er Selkor zur Strecke bringt?«

»Nein«, meinte Arred traurig.

»Ich auch nicht«, schloss sich Morrel an.

»Leider kann ich auch nichts anderes sagen«, fügte Rikath hinzu.

»Ihr geht also davon aus, dass wir verloren haben, bevor

wir überhaupt am Thron der Götter angekommen sind? Selkor hat bereits gewonnen?«

»Nicht unbedingt«, widersprach Morrel. »Selkor wird den Jungen wahrscheinlich besiegen, aber das heißt noch lange nicht, dass er das Tor ohne den vierten Schlüssel öffnen kann. Vielleicht ist der Kampf gar nicht so entscheidend.«

»Da hast du wohl recht«, stimmte Perdimonn zu. »Aber nehmen wir einfach mal an, dass Selkors Macht bereits ausreicht, das Tor zu öffnen. Was machen wir dann?«

Es folgte ein langes Schweigen. Die Vorstellung war furchtbar.

»Hast du etwa schon wieder einen Plan, Perdimonn?«, fragte Arred schließlich argwöhnisch. »Wie ich dich kenne, hast du uns doch nicht hier versammelt, um uns in tiefe Hoffnungslosigkeit zu stürzen?«

»Das stimmt«, erwiderte Perdimonn. »Ich denke bereits eine Weile über etwas nach, aber was das angeht, müssten wir genauso geschlossen handeln wie bei der Sache mit der Zeit. Ich bezweifle allerdings, dass ihr auf Anhieb zustimmen werdet.«

»Na komm schon, raus damit«, forderte Arred ungeduldig.

Perdimonn umriss den anderen seine Idee. Wie erwartet, fiel allen drei vor Erstaunen der Kinnladen herunter.

»Das ist doch nicht dein Ernst!«, rief Rikath, als er fertig war. »Das ist das Verrückteste, was ich je gehört habe.«

»Oh nein, Perdimonn, das kommt überhaupt nicht infrage«, erklärte Morrel.

Arred stand einfach nur da, den Mund entsetzt aufgerissen.

Perdimonn seufzte schwer. »Ich weiß, es ist ziemlich viel,

von euch zu erwarten, dass ihr mit so einer Maßnahme einverstanden seid. Aber ich glaube, wir haben keine andere Wahl, denn ...«

◎ ◎ ◎

Femkes Herz hatte einen Schlag ausgesetzt, als Vallaine seine wahre Gestalt angenommen hatte. Ein paar schreckliche Sekunden lang war sie überzeugt gewesen, der Zauberer würde spüren, dass sie da war. Seine boshaften Augen schienen geradewegs durch den Spiegel zu sehen. Der eiskalte Blick verursachte ihr auch noch eine Gänsehaut, als Vallaine schon lange den Raum verlassen hatte.

Es musste spät in der Nacht sein, vielleicht sogar früh am Morgen. Femke versuchte den Knopf zu erreichen, mit dem sich die Vitrine von der Wand wegschieben ließ. Vallaine war erst vor einer Stunde gegangen und würde wohl heute Nacht nicht mehr zurückkehren.

Beim Gedanken daran, wie die Diener ihm in regelmäßigen Abständen von der ergebnislosen Suche nach dem Eindringling berichtet hatten – wobei Vallaine sich bei jedem Klopfen augenblicklich in den Kaiser verwandelt hatte –, musste Femke innerlich grinsen. Zum Glück verhalf ihr Lord Vallaine zu einem hervorragenden Grund für ihre Anwesenheit in Shandrim. Ständig hatte er den Namen Shanier vor sich hin gemurmelt, denn er war offenbar überzeugt, dass sich sein Erzfeind in der Stadt aufhielt. Wo sollte also Femke anders sein als in Shandrim, da der Kaiser sie losgeschickt hatte, Shanier aufzuspüren und zu töten? Für die Spionin eröffnete das unzählige neue Möglichkeiten, die sie unbedingt nutzen wollte.

Zuerst musste sie sich allerdings aus ihrem engen Gefängnis befreien, und das war, wie es sich herausstellte, gar nicht so einfach. Da der Raum hinter der Vitrine so klein war, dass sich Femke nicht um die eigene Achse drehen oder hinunterbeugen konnte, kam sie nicht an den Knopf heran. Das Versteck war nicht dazu geschaffen, von innen geöffnet zu werden, denn normalerweise ließ man die Spione von außen hinein und nach getaner Arbeit auch wieder heraus.

Bei dem Versuch, an den Knopf zu gelangen, verrenkte sich Femke stöhnend und ächzend. Den Kopf nach oben und die Schulter nach unten gedreht, bückte sie sich, so tief es irgend ging, und tastete nach dem Knopf. Sie streckte die Finger aus, um an der Rückwand des Schrankes noch ein Stückchen weiter zu kommen, doch es hatte keinen Sinn. Sie erreichte den Knopf nicht.

Seufzend gab sie auf und machte sich an die nicht weniger schwierige Aufgabe, wieder eine einigermaßen bequeme aufrechte Haltung einzunehmen. Sie überlegte, mit welchem Hilfsmittel sie weiter hinunterreichen konnte. Das Einzige, was ihr einfiel, war der Dietrich, mit dem sie das Türschloss geknackt hatte. Falls er brach, säße sie, ihrem Miniaturgefängnis entflohen, im Arbeitszimmer fest und würde auf direktem Weg in eine richtige Zelle wandern. Doch da sie keine andere Möglichkeit sah, zog sie das Werkzeug vorsichtig aus der Tasche und nahm den kleinen Holzgriff zwischen Daumen, Zeigefinger und Mittelfinger der linken Hand.

Die Verrenkungen wiederholend, beugte sich Femke hinunter, so weit es ging, und tastete mit dem Dietrich nach dem Knopf. Als sie schon glaubte, er sei noch immer außer Reichweite, spürte sie an der Rückwand der Vitrine etwas hervorstehen. Mit schmerzverzerrtem Gesicht drückte sie mit dem Metallhaken auf den Knopf, doch der Druck reichte einfach nicht aus.

Femkes Körper schmerzte von oben bis unten, und sie wusste, dass sie diese verkrampfte Haltung nicht lange würde beibehalten können. Mit letzter Kraft presste sie den Holzgriff des Werkzeugs gegen die Rückwand, sodass er ihr als Hebel diente, und drückte mit dem Mittelfinger auf den Metallhaken.

Femke liefen vor Anstrengung die Tränen über die Wangen, doch endlich macht es Klick, die Vitrine schwang zur Seite und Femke fiel, mittlerweile zitternd vor Angst und Schwäche, aus ihrem Versteck. Es gelang ihr gerade noch, sich abzufangen, ehe sie gegen die Seitenwand der Vitrine knallte. Zum Glück war im Schrank nichts kaputtgegangen und auch der Lärm hielt sich in Grenzen. Femke sammelte sich kurz, schob dann den Schrank vorsichtig zurück und trat zum Schreibtisch des Kaisers, um noch einen letzten Blick darauf zu werfen.

Sie prägte sich genau ein, wo was lag, und begann dann rasch, die Berichte durchzublättern. Die Beleuchtung war äußerst schlecht, da durch die Oberlichter, die auf den auch nachts mit Fackeln beleuchteten Flur gingen, nur wenig Licht fiel, und Femke tat sich schwer, Vallaines spinnenhafte Schrift zu entziffern. Das Einzige, was sie den Notizen sicher entnehmen konnte, war, dass er einen Überfall auf Thrandor plante. Der Grund dafür erschloss sich ihr nicht. Trotzdem hatte ihr das gewagte Abenteuer mehr Erkenntnisse gebracht, als sie sich erhofft hatte. Doch nun war es höchste Zeit, dass sie sich aus dem Staub machte.

Femke legte alles wieder so hin, wie sie es vorgefunden hatte, stieg auf einen Stuhl und spähte durch eins der Oberlichter in den Flur hinaus. Sie hatte befürchtet, dass ein Wachmann vor dem Arbeitszimmer des Kaisers säße, doch sie hatte Glück: Es war niemand zu sehen.

Ohne Zeitdruck öffnete Femke mit dem Dietrich in wenigen Sekunden das Schloss. Dabei hallte das Klicken des Riegels durch den stillen Raum. Vorsichtig zog sie die Tür auf und blickte in den Flur hinaus. Als sie sicher war, dass niemand etwas gehört hatte, schlüpfte Femke hinaus, zog die Tür hinter sich zu und verschloss sie wieder.

Femke kam der Gedanke, dass es selbst zu dieser späten Stunde verrückt wäre, in dieser Verkleidung den Palast verlassen zu wollen. Die Wahrscheinlichkeit, dass man sie bemerkte, war ziemlich hoch. Was also lag näher, stattdessen in ihr Zimmer im Palast zu gehen und dort zu übernachten? Es war zwar in einem anderen Gebäudeflügel, doch wenn sie unbeobachtet hinkam, konnte sie sich aus ihrem Schrank eine neue Verkleidung heraussuchen. Dort hatte sie auch Perücken, unter denen sie das kurze Haar verstecken konnte, und Schminke, mit der sie sich so verändern konnte, dass niemand sie mehr mit dem jungen Diener in Verbindung bringen würde, nach dem den ganzen Tag gesucht worden war.

Femke lief durch die stillen Korridore. An jeder Biegung machte sie halt und spähte vorsichtig um die Ecke. So gelangte sie unbemerkt in ihre Kammer. Als sie die Tür hinter sich geschlossen und verriegelt hatte, seufzte sie erleichtert auf und entledigte sich ihrer Kleider und des Leinenverbandes. Die Dienerlivree faltete sie sauber zusammen und verstaute sie ganz unten in einer Schublade. Nachdem sie sich passende Kleidung für den nächsten Tag herausgelegt hatte, fläzte sich Femke aufs Bett und sank nun, da die Anspannung und Aufregung des Tages von ihr abfiel, in einen tiefen und traumlosen Schlaf.

◎ ◎ ◎

»Perdimonn?«

»Ja, Calvyn?«

»Letzte Nacht ist etwas Merkwürdiges geschehen. Vielleicht hast du eine Erklärung dafür«, flüsterte Calvyn, damit ihn niemand anderes hörte.

»Was denn?«, fragte Perdimonn neugierig. »Inwiefern merkwürdig?«

»Na ja, es war ein Traum, oder zumindest glaube ich das. Ich habe geträumt, dass ich im Nachthemd vor dem Zelt stehe, aber mit meinem Schwertgurt um die Hüfte. Ich weiß noch, dass ich den Drang verspürte, das Schwert zu ziehen. Ich hielt es mit ausgestreckten Armen vor mir und arbeitete magische Formeln in die Klinge ein. Gleichzeitig dachte ich, dass sie im Grunde nichts zu bedeuten hatten. Ich komme aber einfach nicht darauf, was für Formeln genau das waren.«

»Ja, das ist schon etwas merkwürdig. Aber du hast selbst gesagt, dass es wahrscheinlich nur ein Traum war. Ich würde mir an deiner Stelle keine allzu großen Gedanken darüber machen«, beruhigte Perdimonn ihn mit einem freundlichen Lächeln. »Du stehst im Moment ziemlich unter Druck. Versuch, den Traum zu vergessen und dich auf deine Übungen zu konzentrieren.«

»Wenn das alles wäre, würde ich deinen Rat gern befolgen, Perdimonn. Aber da ist noch mehr. Am Ende jeder Formel glühte eine der Runen auf meinem Schwert kurz auf. Dann veränderte sie sich und verschwand schließlich ganz.«

»Aha. In Träumen geschehen die merkwürdigsten Dinge.«

»Ich habe mir mein Schwert gerade angesehen, Perdimonn. Die Runen sind weg. Es ist, als wären sie nie da gewesen. Dabei habe ich sie, als ich das Schwert das letzte Mal zog, klar und deutlich gesehen. Ich frage mich, ob ich vielleicht gar nicht geträumt habe. Aber wenn ich das Schwert wirklich mit neuen magischen Formeln versehen habe, dann war es jedenfalls unbewusst. Vielleicht hat mich ja jemand dazu gebracht? Und wenn es so war, dann stellt sich doch die Frage, wer und warum?«

Calvyn zog sein Schwert und hielt es Perdimonn vor die Nase. Der alte Magier untersuchte stirnrunzelnd die Klinge.

»Nun, keine Frage, auf der Klinge sind keine Runen zu sehen«, gab Perdimonn zu. »Hat denn die Klinge noch dieselben Eigenschaften wie zuvor?«

»Das weiß ich nicht«, erwiderte Calvyn angespannt. »Ich habe es noch nicht überprüft.«

»Dann mach das so schnell wie möglich und berichte mir, was du herausgefunden hast«, schlug Perdimonn vor. »Ich kann dir auch nicht erklären, was da letzte Nacht passiert ist. Aber falls sich seine Eigenschaften nicht verändert haben, dann spielt es doch eigentlich keine Rolle, oder?«

Calvyn dachte einen Augenblick darüber nach, die Stirn in tiefe Falten gelegt. »Das stimmt wohl. Aber mir gefällt die Vorstellung nicht, dass jemand mich gegen meinen Willen steuert. Vielleicht war es ja Selkor? Wenn er mich nun dazu gebracht hat, das Schwert mit einer seiner Formeln zu belegen? Dann werfe ich es lieber gleich weg.«

»Hat es sich denn angefühlt wie Selkor?«, fragte Perdimonn.

»Nein … eigentlich nicht. Feindlich oder bösartig hat es sich nicht angefühlt.«

»Gut, ich denke mal darüber nach, was das alles zu bedeuten hat«, versprach ihm Perdimonn in zuversichtlichem Ton. »Überlass die Sache mir, Calvyn. Ich werde mich auch mit den anderen Hütern beraten. Vielleicht fällt ihnen etwas dazu ein.«

»Danke, Perdimonn, das weiß ich wirklich zu schätzen.«

Calvyn kehrte erleichtert zu seinen Freunden zurück, die bereits dabei waren, das Lager abzubrechen und die Packpferde zu beladen. Es tat gut, ihren Scherzen zu lauschen und vor allem zu sehen, dass Bek bester Laune war.

Bek hatte allen Grund, glücklich zu sein. Seit seiner Rettung aus der Arena in Shandrim hatte er sich Derra, Fesha und Eloise nicht wirklich geöffnet, weil er gefürchtet hatte, dass sie ihm die Rache an Calvyn ausreden würden. Nachdem er sich nun von seinem Schwur Jez gegenüber befreit fühlte, hatte er sich am Vorabend am Lagerfeuer bei seinen drei Befreiern entschuldigt. Derra und die anderen waren ihm nicht böse, sondern freuten sich, dass er endlich wieder ganz der Alte war.

Das galt besonders für Eloise. Obwohl sie es nach außen hin nicht zeigte, fühlte sie sich zunehmend zu Bek hingezogen. Schon beim Rekrutentraining auf Burg Keevan hatte sie eine Schwäche für den Korporal gehabt. Beim Schwerttraining war es durchaus nicht nur die Anstrengung gewesen, die ihr die Wangen gerötet hatte. Allerdings wollte sie eine gute Soldatin werden und fürchtete, eine Beziehung zu einem ranghöheren Soldaten wäre dabei nicht eben förderlich. Mittlerweile, da sie selbst zumindest Gefreite war, stand sie der Idee aufgeschlossener gegenüber.

Am Abend zuvor hatte es zwischen den vier Freunden eine Menge Umarmungen und Schulterklopfen gegeben. Als sie sich schließlich schlafen gelegt hatten, war die gesamte Anspannung des Tages von ihnen abgefallen.

Am nächsten Morgen fühlte Eloise sich durchaus bereit, den Korporal zu necken, bis es zu einem Körperkontakt kam – allerdings nicht der romantischen Art.

»He, Bek, ziehst du mal an dem Seil oder willst du einfach noch den ganzen Tag die Aussicht genießen?«, fragte Eloise laut.

»Für dich immer noch Korporal Bek, Gefreite Eloise. Warum? Hast du was damit vor?«, erwiderte Bek verschmitzt grinsend.

»Wenn ich etwas vorhätte, würde ich dich wohl eher zu einem Faustkampf herausfordern«, erwiderte Eloise, die Hände in die Hüften gestemmt, und warf sich mit einer schwungvollen Kopfbewegung das schwarze Haar aus dem Gesicht. »Sieh dich doch an! Du hast wochenlang nicht trainiert, Korporal. Im Faustkampf würdest du mit wehenden Fahnen untergehen.«

»Ach ja?«, erwiderte Bek und sein Grinsen breitete sich übers ganze Gesicht aus. »Dann mal los, Eloise. Auf ein Tänzchen.«

Bek warf das Seil, das er in der Hand gehalten hatte, zur Seite und baute sich vor Eloise auf. Die verschränkte die Finger und ließ die Knöchel knacken. Angriffslustig streckte sie die Arme aus, die Handflächen nach oben, und winkte ihn mit einer kleinen Bewegung ihrer Finger heran. Derra und Calvyn tauschten wissende Blicke. Ein kaum merkliches Lächeln auf dem Gesicht der Sergeantin verriet, dass sie damit, was sich da zwischen den beiden anzubahnen schien, völlig einverstanden war. Calvyn überlegte, ob sie Eloise vielleicht sogar darin bestärkt hatte.

Das Schwerttraining in der Arena von Shandrim hatte Beks Oberkörper gestählt, doch seit seiner Verwundung hatte er einen Teil seiner Muskelmasse wieder eingebüßt. Eloise war zwar viel leichter als er, doch sie war in Bestform und wartete voll Zuversicht auf Beks ersten Angriff.

Bek stürzte sich auf sie und versuchte, sie in die Arme zu schließen, doch sie entwischte ihm mit einem tänzelnden Schritt zur Seite, packte ihn am linken Handgelenk und drehte ihm den Arm auf den Rücken. Als er sich gezwungenermaßen vornüberbeugte, stieß sie ihm das rechte Knie in den Bauch, woraufhin ihm die Luft mit einem hörbaren Zischen aus den Lungen wich.

Während Bek noch nach Luft schnappte, ließ Eloise seinen Arm los, verschaffte sich mit einem Schritt zurück Platz und versetzte ihrem Gegner mit dem Fuß einen Tritt seitlich an den Kopf, der ihn rücklings zu Boden gehen ließ.

»Na, Erster Schwertkämpfer?«, lachte Eloise. »Ziemlich miese Reflexe. Es wundert mich, dass du in der Arena auch nur eine halbe Minute überlebt hast.«

Bek nahm es ihr nicht krumm. Er verstand den Zweck der Übung. Nachdem Perdimonn ihn geheilt hatte, musste er dringend wieder in Form kommen. Er rieb sich das Kinn und stand bedächtig auf. Obwohl er genau wusste, dass er in seiner derzeitigen Verfassung nicht gegen Eloise ankommen würde, setzte er trotzdem zum Gegenangriff an.

Es folgte ein weiterer Schlagabtausch, der nun auch die Aufmerksamkeit der Magier und der Hüter auf sich zog.

»Was ist denn hier los?«, fragte Perdimonn scharf. »Sorg dafür, dass sie aufhören, Calvyn, oder ich greife ein.«

»Nicht, Perdimonn, bitte. Das ist wichtig für Beks Genesung. Er braucht das«, erklärte Calvyn. »Lass sie einfach noch ein oder zwei Minuten kämpfen. Derra und ich sorgen schon dafür, dass der Kampf nicht ausartet.«

Perdimonn schnaubte entrüstet. »Mir ist völlig unverständlich, wie es der Genesung dienlich sein soll, wenn man sich gegenseitig den Schädel einschlägt.« Er zuckte zusammen, als Eloise einen zweiten Fußtritt in Beks Gesicht landete. »Das muss doch wehtun.«

Calvyn würde sich darüber nicht mit ihm streiten. Er spürte fast körperlich die Wucht von Eloises Tritten und war froh, dass er sie nicht abbekam.

»Dennoch würde ich es sehr zu schätzen wissen, wenn du dich da raushieltest, Perdimonn.«

Beim letzten Treffer war Bek leicht ins Wanken geraten, aber nicht gestürzt. Als Eloise noch einmal nachsetzte, fing Bek ihren Fuß ab und hielt ihn mit beiden Händen fest, sodass sie umfiel. Doch der sichtlich mit sich zufriedene Bek hatte sich zu früh gefreut, denn Eloise zog ihm, noch am Boden liegend, die Füße unter dem Körper weg und versetzte ihm, während er fiel, noch einen weiteren Tritt in den Magen. Dem hatte Bek nichts mehr entgegenzusetzen. Er krümmte sich vor Schmerz und hielt sich mit beiden Händen den traktierten Bauch.

»Genug«, keuchte er. »Du hast gewonnen, Eloise. Dieses Mal wenigstens. Wie wäre es, wenn du mir später noch ein bisschen beim Schwerttraining zur Hand gingst?«

»Wenn die Gefreite nicht will, übernehme ich das«, knurrte Derra. »Das viele Herumliegen hat dich verweichlicht. Die Soldaten werden dich nicht ernst nehmen, wenn du dich von einer Gefreiten dermaßen in die Pfanne hauen lässt.«

Bek stieß ein röchelndes Glucksen aus. »Stimmt schon. Ich mache jedes Training, das du mir aufbrummst. So lasse ich mich jedenfalls nicht noch einmal verdreschen.«

Eloise, die aufgestanden war, streckte Bek die Hand hin. Er nahm sie und ließ sich hochziehen. Eloise lächelte ihn an, wobei ihre grünen Augen blitzten und auf ihren Wangen kleine Grübchen erschienen. »An deiner Stelle würde ich nicht darauf wetten, Korporal. Ich glaube, ich werde deinen schlappen Hintern noch ein paarmal aus dem Dreck ziehen müssen.«

Bek verschlug es komplett die Sprache, als ihn ihr umwerfendes Lächeln mit voller Wucht traf. Er war seinen Gefühlen für sie, die seit seiner Rettung immer stärker geworden waren, mittlerweile hilflos ausgeliefert. So stand er nur da und starrte sie mit offenem Mund an.

Eloise legte ihm den Zeigefinger unters Kinn und schloss ihm den Mund. Dann machte sie sich wieder an das Abbauen der Zelte. »Komm schon, Bek«, rief sie fröhlich. »Sabbern bringt dich nirgendwohin.«

Bek sah sich verlegen nach Calvyn, Derra und Fesha um, die sich zusammenreißen mussten, um nicht zu lachen. Bek stöhnte innerlich und eilte Eloise mit feuerroten Wangen zu Hilfe.

◎ ◎ ◎

»Wie macht sich der Junge, Jabal?«, fragte Akhdar leise. Die beiden ritten wie immer an der Spitze der Gruppe nebeneinander her. Sein Ton verriet keinerlei Gefühle. Seine Augen indes erzählten eine andere Geschichte. Von Jabals Antwort hing möglicherweise das Schicksal der Welt ab.

»Calvyn übertrifft all meine Erwartungen, Akhdar. Er ist wirklich ein außergewöhnlich begabter junger Mann. Was Selbstbeherrschung, geistige Kräfte und magisches Können angeht, ist er seinem Alter weit voraus.«

»Ich höre schon das ›Aber‹«, seufzte Akhdar.

Jabal verzog das Gesicht. »Da hörst du richtig. Der Junge ist ein wahres Wunderkind, aber mit Selkor kann er es nicht aufnehmen. Wenn Selkor nicht über die Schlüssel verfügen würde, hätte er vielleicht eine Chance, aber so … Selbst mit der Hilfe des Stabs und des Rings kann Calvyn nicht gegen eine Elementarkraft bestehen, geschweige denn gegen drei. Er wird es nicht schaffen, Akhdar.«

»Und wenn die Hüter Selkor daran hindern könnten, die Elemente einzusetzen, wie sie es schon vor Mantor getan haben, Jabal? Hätte Calvyn dann eine Chance?«

Jabal strich sich nachdenklich übers Kinn. »Der Prophezeiung zufolge ist keiner der Hüter bei diesem Kampf dabei. Wir sollten also nicht damit rechnen.«

»Aber wenn sie doch da wären?«, beharrte Akhdar. »Könnte er Selkor dann besiegen?«

»Möglich wäre es«, räumte Jabal ein, »aber sehr unwahrscheinlich. Selkor hat Darkweavers Amulett und ist Calvyn an Erfahrung Jahrzehnte voraus. Er wäre auch ohne die Macht der Elemente noch im Vorteil. Calvyn ist ein begabter junger Mann, aber ich glaube nicht, dass das reicht.«

Akhdar nickte. Er wusste, dass er sich auf Jabals Einschätzung verlassen konnte. Da sie sich mit der seinen deckte, musste er davon ausgehen, dass Calvyn im Kampf gegen Selkor unterliegen würde. Doch das steigerte nur seinen Wunsch, dem jungen Magier zu helfen, wo es nur ging.

Akhdar sah sich nach Calvyn um, der unbeschwert mit seinen Freunden lachte und scherzte. Kaum zu glauben, dass von diesem jungen Mann in den nächsten Tagen womöglich das Schicksal der Welt abhängen würde. Er ist nur so locker, weil er keine Ahnung hat, dachte Akhdar missmutig. Wenn er wüsste, was tatsächlich auf dem Spiel steht, wäre er gelähmt vor Angst. Sollte er, Akhdar, es Calvyn erklären, oder sollte er ihm seine unbekümmerte Unwissenheit lassen? Was mussten sie noch mit ihm üben? Am besten besprach er das mit Perdimonn. Er kannte den Jungen besser als jeder andere.

»Gib ihm noch zwei Übungsstunden mit dem Stab, Jabal«, sagte Akhdar, »und dann zeige ich ihm den Umgang mit dem Ring des Nadus. Ich gebe zu, die Aussichten sind düster. Aber wir sind nicht den weiten Weg von Terilla hergekommen, um jetzt aufzugeben.«

»Gut, Akhdar. Du hast recht, wir müssen ihn so bald wie möglich mit dem Ring vertraut machen, aber mir ist, ehrlich gesagt, gar nicht wohl dabei. Der Junge kann mit dem Stab ja schon einiges bewirken, aber ich bezweifle, dass er die feinen Abstufungen zwischen dem Stab und dem Ring wird abschätzen können, um eine nennenswerte Steigerung seiner Leistungsfähigkeit zu erreichen. Vielleicht wäre es besser, wenn wir uns auf den Stab beschränkten und ihm ein paar Sachen beibrächten, mit denen er Selkor überraschen kann.«

»Das stimmt schon, Jabal. Aber bedenke, wie schnell Calvyn lernt. Ich glaube, er wird die magischen Gegenstände schneller beherrschen, als wir glauben. Wir sollten die Gelegenheit, ihm für seinen Kampf eine weitere mächtige Waffe an die Hand zu geben, unbedingt nutzen. Ich habe das eindeutige Gefühl, dass genau darin unsere Rolle in dieser Geschichte liegt. Was wir ihm beibringen, kann entscheidend sein. Also lass uns nichts unversucht lassen, ja?«

»Du hast recht, Akhdar«, pflichtete Jabal ihm bei. »Ich wollte ihm auch nichts vorenthalten. Wir müssen Calvyns Fortschritte nur ganz genau beobachten und ihn dort stärken, wo er kurzfristig am meisten davon hat.«

Akhdar lächelte ihn müde an. »Ja«, sagte er leise, »wir wollen alle das Beste für ihn. Ich hoffe nur, dass das ausreicht.«

Die beiden Alten sahen sich noch einmal nach Calvyn um. Wenn der junge Mann sich bewusst war, dass er beobachtet wurde, so zeigte er es jedenfalls nicht. Er war völlig in das Gespräch mit seinen Freunden vertieft. Perdimonn dagegen bemerkte die Blicke der beiden Magier und lächelte ihnen aufmunternd zu. Die beiden nickten höflich zurück.

»Perdimonn weiß etwas, was wir nicht wissen, da bin ich völlig sicher«, grummelte Akhdar säuerlich. »Warum würde der alte Fuchs sonst so auf die Fähigkeiten des Jungen vertrauen?«

Jabal kratzte sich nachdenklich am Kinn. »Ich weiß es nicht. Vielleicht solltest du ihn fragen. Wir stehen schließlich alle auf derselben Seite.«

»Hmm, vielleicht werde ich genau das tun. Bis dahin, was willst du Calvyn als Nächstes beibringen? Wir sprechen uns besser ab, damit wir keine Zeit verlieren.«

◎ ◎ ◎

Obwohl er reichlich Spott ertragen musste, insbesondere von Feshas Seite, hatte Bek der Zweikampf mit Eloise angespornt und er hatte beschlossen, neben den Reitern herzulaufen, um seine Ausdauer zu verbessern. Jenna machte es ihm leichter, indem sie die Zügel ihres Pferdes an Calvyn übergab und sich ihm anschloss.

»Nach der ganzen Reiterei muss ich mal den Knick in den Beinen loswerden«, lachte sie und trabte neben Bek her. »Ich laufe wirklich gern, hatte nur länger keine Gelegenheit.«

»Läuft gern!«, rief Fesha. »Bist du sicher, dass es dir gut geht, Jenna? Du siehst aus, als hättest du Fieber.«

»Mach dich nur lustig, Fesha. Ich werde jetzt mal eine Stunde oder so laufen und danach geht es mir bestimmt viel besser.«

»Oh, Fesha wird das Lachen schon noch vergehen«, unterbrach sie die raue Stimme von Sergeantin Derra. »Nach dir, Jenna, wird er eine Stunde laufen. Und damit er uns nicht bremst, traben Eloise und ich hinter ihm her und machen ihm Beine.« Sie sah Eloise, die sich köstlich amüsiert hatte, bedeutungsvoll an. Das Lächeln der schwarzhaarigen Gefreiten erstarb, doch sie ergab sich achselzuckend in ihr Schicksal.

Calvyn lachte laut auf und scherzte. »Ach ja, die Wonnen

der Langstreckenläufe bei Sergeantin Derra. Daran erinnere ich mich gut.«

Derra wandte sich zu ihm um und hob fragend die eckigen dunklen Augenbrauen. Doch selbst von ihrem allseits gefürchteten Blick ließ Calvyn sich die Laune nicht verderben, sondern drohte ihr scherzhaft mit dem Finger.

»Auch wenn Ihr das offenbar witzig findet, *Sir* Calvyn, ich meine es völlig ernst und erwarte auch von Euch diese Auffassung. Darf ich darauf hinweisen, dass die sitzende Tätigkeit in der Magierakademie Spuren um Eure Taille hinterlassen hat, *Sir?* Ich würde vorschlagen, dass Ihr Euch uns anschließt, damit das Training, das ich Euch habe angedeihen lassen, nicht völlig für die Katz war.«

»Für die Katz!«, rief Calvyn mit gespielter Entrüstung. Er wusste sehr gut, dass er, seit er nach Terilla gegangen war, keine Unze zugenommen hatte. »Ich werde dir schon noch beweisen, dass ich in bester körperlicher Verfassung bin, Sergeantin.«

»Dann wird ein kleiner Lauf dir ja wohl nicht schaden, oder?«, konterte Jenna.

»Ihr habt euch wohl alle gegen mich verschworen, was?«, fragte Calvyn argwöhnisch.

»Wir sorgen uns nur um dein Wohlergehen, Calvyn.« Jenna grinste und sah dann mit einem übertrieben unschuldigen Blick zu Derra hoch. »Ist doch so, Sergeantin?«

»Ganz genau«, erwiderte Derra mit unbewegter Miene.

»Hör nicht auf sie, Sir Calvyn. Die wollen dich nur herumkommandieren. Darauf fällst du doch nicht rein?«, bat Fesha inständig.

Derra durchbohrte Fesha mit ihrem durchdringenden Blick, dem dieser wenig Beachtung schenkte.

»Na ja …«, begann Calvyn unentschlossen. »Ich habe tatsächlich schon länger nicht mehr trainiert, also würde mir ein kleiner Lauf wohl nicht schaden.«

Derra und Jenna sahen einander befriedigt an.

Fesha dagegen streckte die Arme zur Seite aus und schickte einen verzweifelten Blick gen Himmel. »Ich glaub es nicht!«, rief er und seufzte tief. »Von wegen, höhere Dienstgrade hätten Privilegien. Wenn es so wäre, würde ein Ritter des Reiches ja wohl kaum neben seinem völlig gesunden Pferd herlaufen, nur weil eine Sergeantin es sich in den Kopf gesetzt hat.«

»Unsinn, Fesha«, widersprach Derra ihm. »Sir Calvyn macht das nicht, weil ich es so will. Er läuft, weil es ihm guttut. Stimmt doch, Sir Calvyn?«

Calvyn lachte und zuckte die Schultern. »Natürlich, Sergeantin.«

»Du bist ein Verräter am männlichen Geschlecht, Sir Calvyn«, murrte Fesha, doch seine Augen blitzen vergnügt.

Die Reisenden kamen an diesem Vormittag der Südgrenze Thrandors ein gutes Stück näher. Calvyn erhielt während des Rittes weiteren Unterricht von den Magiern, die sich aber auch nicht beschwerten, als er erklärte, dass er ein Stück zu Fuß nebenherlaufen wolle.

Wenn sie Rast machten, ließ Derra Bek und die anderen abwechselnd zum Schwerttraining antreten, während die Hüter das Essen zubereiteten. Calvyn sah gebannt zu, wie Bek nach einer Trainingseinlage mit einem Schwert gegen Eloise seine Übungsreihen mit zwei Schwertern durchlief. Die Anmut und Genauigkeit seiner Bewegungen war beeindruckend. Die beiden Klingen schienen zu einem Teil seines Körpers zu werden. Obwohl er es langsam hatte angehen lassen, schwitzte Bek bereits, bevor er zu den temporeichen und kraftraubenden Figuren überging.

Als er fertig war, fragte Calvyn seinen Freund: »Wie

kannst du den Bewegungen eines Gegners folgen, der so schnell mit zwei Schwertern hantiert?«

»Das ist reine Übungssache. Mein Ausbilder Hammar war ein hervorragender Lehrer«, erwiderte Bek. »Wenn du dich erst einmal daran gewöhnt hast, dann ist es nicht anders als beim Kampf mit einem Schwert. Du musst natürlich die beiden Schwerter aufeinander abstimmen und das Gleichgewicht halten, aber wenn du den Tanz erst einmal beherrschst, kannst du eine verheerende Wirkung erzielen.«

»Das kann ich mir vorstellen«, erklärte Calvyn beeindruckt.

»In einer Schlacht ist diese Kunst natürlich völlig nutzlos«, räumte Bek grinsend ein. »Da könntest du niemals mit zwei Schwertern kämpfen, weil du dich ja unmöglich mit den Kameraden rechts und links so genau abstimmen kannst. Baron Keevan wird mir sicher auch nicht gestatten, in einem Turnier mit einem zweiten Schwert anzutreten. Trotzdem will ich die Kunst nicht einfach vernachlässigen, jetzt, wo ich sie mir einmal angeeignet habe. Es käme mir wie ein Verrat an Hammars Bemühungen vor, verstehst du?«

»So ähnlich wie mein Laufen für Derra«, gluckste Calvyn.

Bek grinste breit. »So ähnlich. Nur werde ich das Gefühl nicht los, dass ich es eines Tages noch brauchen werde. Als hätte ich das aus einem anderen Grund trainiert als für den Kampf mit Serrius. Merkwürdig …«

»Was?«

»Na ja, es ist nur so ein Gefühl. Als führe mich das Schicksal auf einem vorbestimmten Pfad. Aber ich habe keine Ahnung, wohin es geht und zu welchem Zweck.«

»Was du nicht sagst! Das Gefühl kann ich mir überhaupt nicht vorstellen«, erwiderte Calvyn sarkastisch.

14

Ein Prickeln gespannter Erwartung strömte durch Selkors Adern. Er stand am Fuße des Berges, auf dessen Gipfel der Thron der Götter saß. Die Stimmen in seinem Kopf flüsterten nun fast unablässig, trieben ihn beharrlich an. Er musste sich beherrschen, sein Pferd nicht im Galopp den Berg hinaufzujagen.

Die Zeit war gekommen, da Selkor der Welt seine Macht beweisen konnte. Er würde tun, was noch keinem Magier vor ihm gelungen war. Das Schicksal leitete ihn, das spürte er. Wenn er das Tor öffnete und den Göttern die Rückkehr in diese Welt ermöglichte, würde er einen ewigen Platz an ihrer Seite erhalten. Welcher der größten Magier, die in den Geschichtsbüchern erwähnt wurden, konnte schon behaupten, ein Gott zu sein? Genau das jedoch war ihm versprochen worden. Das Wispern von großer Kraft und Wahrhaftigkeit erfüllte seinen Geist mit Ideen, was er mit dieser Machtfülle würde erreichen können.

Millionen würden ihn anbeten. Könige würden vor ihm knien und ihn um eine Berührung oder seinen Segen bitten. Mit dem Tor würde er auch die Tür zum ewigen Leben aufstoßen, und er müsste sich nicht mehr damit abmühen, den Fluch der verstreichenden Zeit zu besiegen. Wenn die magische Öffnungsformel wie gewünscht verlief, so gehörten das Altern und alle bisherigen Ärgernisse bei Sonnenuntergang der Vergangenheit an. Alle bis auf eins: Perdimonn. Er würde noch dafür bezahlen, dass er sich ihm in den Weg gestellt hatte.

Selkor lächelte bei dem Gedanken grimmig in sich hinein. »Ach, Perdimonn«, murmelte er zufrieden. »Es wird dir noch leidtun, dass du mir versagt hast, was immer schon mein Schicksal war.«

Als Gott würde er Perdimonn befehlen, ihm das Geheimnis, das er hütete, zu enthüllen. Der Alte würde sich unter seinem Blick krümmen vor Schmerz. Selkors Macht würde alles übersteigen, was sich ein Sterblicher überhaupt vorstellen konnte. Perdimonn würde nicht verhindern können, dass Selkor ihm die Macht des Schlüssels entriss. Es wäre vielleicht recht unterhaltsam, den alten Kerl ein bisschen durch die Gegend zu jagen. Umso größer wäre das Vergnügen, den Erdhüter schließlich genau da zu haben, wo er ihn haben wollte. Aber Selkor hatte lang genug Katz und Maus mit ihm gespielt. Nein. Er würde kurzen Prozess mit Perdimonn machen.

Vor Selkor tauchte der Pfad auf, der zum Gipfel führte. Der Magier brauchte keine irdischen Wegweiser. Die Stimmen wiesen ihm beständig die Richtung und schrillten warnend, wenn er auch nur um Haaresbreite vom vorgegebenen Weg abwich.

»Nicht mehr weit, nicht mehr weit«, flüsterten sie. »Noch ein kurzer Aufstieg und du wirst ewig leben.«

Vor ihm führte der Pfad durch einen natürlichen Torbogen aus Fels und dann zu einem merkwürdig geformten Absatz, wonach er steil zum Gipfel aufstieg. Ein Blick auf die Felswände ringsum bestätigte Selkor, dass es der einzig gangbare Weg war. Da er aber für sein Pferd ungeeignet war, saß Selkor kurz vor dem steinernen Bogen ab, nahm dem Tier Trense, Sattel und Satteltaschen ab und ließ es frei, denn was für einen Nutzen sollte ein Pferd für einen Gott noch haben? Allein wegen dieser kleinen Verzögerung brachten die Stimmen in seinem Kopf lautstark ihr Missfallen zum Ausdruck, und es kostete Selkor einige Entschlossenheit und Selbstbeherrschung, diese notwendigen Handgriffe zu Ende zu führen.

Während das Pferd zu den sanft ansteigenden Hangwiesen am Fuße des Berges hinuntertrabte, suchte Selkor die wenigen Dinge aus den Satteltaschen, die er mitnehmen wollte, und machte sich auf den Weg, unablässig angetrieben von den inneren Stimmen. Doch als er den Torbogen durchschreiten wollte, erfuhr er einen doppelten Schock.

Zunächst setzten die Stimmen in seinem Kopf unvermittelt aus. Selkor hielt sich überrascht die Ohren zu, als ihn die Stille zu überwältigen drohte. In diesem Augenblick traten einige Schritte von ihm entfernt zwei Gestalten auf den Weg.

Selkor hielt inne. Es kostete ihn einige Sekunden, die Fassung wiederzuerlangen. Zwei Männer, beide mit einem Schwert in der Hand, marschierten Schulter an Schulter auf ihn zu. In ihren Augen lag tödliche Entschlossenheit.

»Wer seid ihr und warum bedroht ihr mich?«, fragte Selkor laut. Er konnte nicht verhindern, dass Furcht in seiner Stimme mitschwang.

»Wir sind die Wächter des Vergessenen Berges«, erwiderten die Krieger im Chor. »Wer bist du, der du den Pfad zum Thron der Götter beschreiten willst?«

»Ich bin der Auserwählte. Es ist mein Schicksal, auf diesen Berg zu steigen und den Göttern zu begegnen«, erklärte Selkor, der seine Beherrschtheit langsam wiedergewann.

Die beiden Männer tauschten einen kurzen Blick und sahen Selkor dann mit unbewegtem Blick an. »Du lügst«, erwiderten sie im Chor. »Du verfügst nicht über alle vier Schlüssel. Du bist ein Schwindler. Wenn du noch einmal versuchst, dieses Tor zu durchschreiten, werden wir dich töten.«

»Mit euren Schwertern vielleicht?«, fragte Selkor verächtlich. Seine Selbstsicherheit war nun vollends zurückgekehrt.

Er wartete die Antwort nicht ab, sondern leitete, ohne Mitleid zu empfinden, eine Feuerformel durch Darkweavers Amulett. Eine glühend heiße Stichflamme schoss daraus hervor. Sie hätte die beiden Männer sofort töten müssen, doch zu Selkors Überraschung krümmte sie ihnen kein Haar. Zunächst vermutete er, die beiden hätten einen magischen Schutzschild errichtet, doch dann erkannte er die beunruhigende Wahrheit: Der vernichtende Feuerstrahl löste sich zwei Schritt vor ihnen einfach in Luft auf.

Die beiden Wächter marschierten weiter auf Selkor zu. Ihr eisiger Blick bohrte sich mit kalter Verachtung in ihn. Selkor wich im gleichen Tempo zurück, um eine sichere Distanz zu ihnen beizubehalten. Einen Moment lang hielt er den Feuerstrahl aufrecht, doch dann ließ er ihn mit einem verärgerten Schnippen seiner Finger abbrechen. Es gab keinen Zweifel: Die beiden Wächter fürchteten sich nicht vor Magie.

Als die Krieger stehen blieben, folgte Selkor ihrem Beispiel. Er musterte sie und zermarterte sich das Gehirn, was als Nächstes zu tun sei. Die Männer wussten, dass er nicht die Macht über alle vier Schlüssel besaß – woher, war ihm ein Rätsel. Da sie gegen Magie offenbar gefeit waren, versuchte es Selkor auf andere Weise. Über die Jahre hatte er es in fast allen arkanen Künsten mehr oder weniger zur Vollendung gebracht. Für die Zauberei hatte er eine besondere Schwäche und so wollte er sich nun Zugang zum Geist der Wächter verschaffen.

Selkor atmete tief ein und schickte seine gesamte geistige Kraft aus, um die beiden zu lähmen. Doch zu seiner Verblüffung stieß sein Geist auf nichts, was er hätte in seine Gewalt bringen können. Es war, als seien die beiden Krieger reine Trugbilder, nur dazu aufgestellt, furchtsame Zeitgenossen abzuschrecken.

Merkwürdig, dachte Selkor, sehr merkwürdig. Was ist das für eine Daseinsform, die unempfindlich ist gegen Magie und nicht einmal einen Geist hat? Sind das Dämonen in Menschengestalt? Oder etwa Untote?

Eines war sicher: Wer oder was diese beiden Gestalten auch sein mochten, sie würden ihn nicht einfach den Berg hinaufspazieren lassen. Einen Augenblick war Selkor versucht, sie mittels der drei Elemente, über die er verfügte, hinwegzufegen. Aber nein, schalt er sich innerlich. Ich muss meine Kräfte schonen, damit ich das Tor öffnen kann. Ich muss darüber nachdenken, wie ich sie ohne viel Anstrengung beiseiteschaffen kann. Und so setzte sich Selkor mit gekreuzten Beinen auf den Boden und überlegte.

Die beiden Wächter blieben schweigend und reglos unter dem Felsbogen stehen. Es schien sie nicht zu kümmern, was Selkor vorhatte. Es kam ihm äußerst merkwürdig vor, dass sie sich so entspannt und zuversichtlich gaben. Anders als bei gewöhnlichen Kämpfern, die meist abergläubisch und voll Angst auf alles Übernatürliche reagierten, empfanden diese beiden keinerlei Furcht vor der Magie, ja, sie verfügten vielmehr über einen speziellen Schutz vor magischen Angriffen.

»Dann wollen wir doch mal sehen, ob ihr schon einmal verzaubert worden seid«, murmelte Selkor und kratzte mit einem Ast Zeichen in die Erde. Dann stimmte er einen tiefen, melodischen Singsang an. Die beiden Wächter drehten leicht den Kopf, um zu lauschen.

Selkors Baritonstimme, die mal lauter, mal leiser wurde, hatte eine fast hypnotische Wirkung. Wie das sanfte Rollen der Brandung am Strand oder die friedliche Melodie eines plätschernden Baches sprach tief aus Selkors Gesang die Aufforderung, die Augen zu schließen und zu schlafen. Da sich jede Strophe des Singsangs geringfügig von der vorhergehenden unterschied, waren die Zuhörer unbewusst dazu angehalten, nach Veränderungen zu suchen, und gerieten so immer tiefer in den Sog der Verzauberung. Mit einem zufriedenen Lächeln stellte Selkor fest, dass ihm die Wächter schon nach kurzer Zeit aufmerksam zuhörten.

Jetzt habe ich sie. Jetzt dauert es nicht mehr lange, dachte er im Stillen.

Doch da täuschte er sich. Und zwar gewaltig. Die Männer schenkten ihm in der Tat ihre ganze Aufmerksamkeit, doch die beabsichtigte Wirkung, nämlich dass sie ihre Waffen niederlegten und einschliefen, stellte sich nicht ein. Nach einer Viertelstunde gab der Magier auf.

»Ach, mach doch weiter«, bat einer der Wächter höhnisch. »So ein schönes Konzert haben wir hier schon furchtbar lange nicht mehr gehört.«

Selkor sah ihn mit einer Mischung aus Abscheu und Misstrauen an. Ein Verdacht beschlich ihn.

»Sind wir uns schon einmal begegnet?«, fragte er. »Du kommst mir irgendwie bekannt vor.«

Die beiden Wächter sahen einander an und auf dem Gesicht des Angesprochenen zeigte sich ein wehmütiges Lächeln.

»Ach, der Preis des Ruhms«, seufzte der andere und lachte dann.

»Nein, ich glaube nicht, dass wir uns schon einmal begegnet sind. An einen Magier, der sich zu billiger Zauberei herablässt, würde ich mich erinnern. Die meisten Magier, die ich kenne, betrachten die übrigen Künste als unter ihrer Würde.«

Selkor grummelte, nicht ganz überzeugt davon, und

musterte die beiden Wächter zum ersten Mal eingehend. Der, der ihm bekannt vorkam, war kleiner als sein Gefährte und sein Haar etwas heller. Beide waren schlank und drahtig, doch das herausragende Merkmal des einen, der Selkor so merkwürdig bekannt vorkam, war sein reich verziertes Schwert.

Für Selkor, der sich nie für Waffen hatte erwärmen können, war ein Schwert ein Schwert. Doch dass die Klinge, die dieser merkwürdige junge Mann bei sich trug, etwas Besonderes war, erkannte sogar er. Sie hatte die Form eines länglichen Blattes – anders als die gerade Klinge seines Gefährten – und schimmerte silbern. Das Schwert des anderen Wächters sah dagegen ganz gewöhnlich aus. Er fragte sich, ob es vielleicht das Schwert war, das ihm bekannt vorkam. Wenn er so ein ungewöhnliches Schwert schon einmal gesehen hätte, müsste er sich doch daran erinnern, schalt sich Selkor. Nach Jahren der Gedächtnisschulung, die seine Merkfähigkeit zu einer seiner größten Stärken gemacht hatte, ärgerte es ihn, dass er sich einfach nicht erinnern konnte. Wer waren die beiden Männer nur?

Jedenfalls sind das keine normalen Wächter, stellte Selkor grimmig fest. Ich darf jetzt nichts überstürzen.

Also schluckte er seinen Ärger darüber, kurz vor dem Ziel noch aufgehalten zu werden, herunter und dachte nach.

◎ ◎ ◎

»Herein!«, befahl Vallaine, als es an der Tür zu seinem Arbeitszimmer zweimal laut klopfte.

Die Tür ging auf und der Auftragsmörder Shalidar trieb drei eingeschüchterte Männer in den Raum.

»Die Verräter, Eure Kaiserliche Majestät«, verkündete Shalidar.

»Ach, ja! Sehr gut, Shalidar. Wirklich sehr gut.« In Vallaines Augen glitzerte Bosheit. Mit abschätzigem Blick musterte er das armselige Trio. »So, und was machen wir nun mit diesen undankbaren und unzuverlässigen Individuen?«

Vallaine erhob sich, ging um den Schreibtisch herum zum Getränkeschränkchen und schenkte sich ein Glas Rotwein ein. Es war zwar noch helllichter Vormittag, die zehnte Stunde war noch nicht angebrochen, doch einen solchen Anlass galt es zu feiern.

»Normalerweise würde ich die Herren zu einem edlen Tröpfchen einladen. Leider sind die Umstände aber mehr als unangenehm, ist es nicht so, Gouverneur Sammaris?«

Der Gouverneur ließ schweigend den Kopf hängen und starrte auf seine Füße. Vallaine wartete einen Augenblick, ehe er sein nächstes Opfer ansprach.

»Verrat, Gouverneur Daraffa, ist in Shandar ein schweres Verbrechen, oder etwa nicht?«

»Das stimmt, Eure Majestät, aber ich habe mich dieses Verbrechens nicht schuldig gemacht. Ihr seid es, der es verdient, für die vernichtende Niederlage in Thrandor gehängt zu werden. Was ist das für ein Kaiser, der sein Heer auf den Rat eines Zauberers in die Schlacht schickt? Ich will es Euch sagen: ein alter Schwachkopf von einem Kaiser.«

»Ach, und eine einzige Fehleinschätzung meinerseits gibt dir schon das Recht, in meiner Hauptstadt Unruhe zu stiften, ja? Wenn du glaubst, dass mich dieser unglückselige Fehler meine Kaiserkrone kosten wird, Daraffa, hast du dich gründlich getäuscht.«

Vallaine, erfreut, dass wenigstens einer seiner Gegner den Mund aufmachte, nippte an seinem Wein. Ein Blick auf Gouverneur Mariza verriet ihm, dass jener nicht so viel Feuer in sich hatte. Doch noch ehe er seinen vermeintlichen Bruder ansprechen konnte, begann dieser heulend um Gnade zu flehen.

»Gnade, Mariza? Du bittest um Gnade? Das klingt merkwürdig aus dem Munde eines Mannes, der noch gestern meinen Kopf auf einem Spieß sehen wollte. Glaube ja nicht, dass dein Blut dich rettet! Seit du auf die Straße gegangen bist, um mich zu stürzen, bist du nicht mehr mein Bruder. Nein, du verdienst keine Gnade und du wirst auch keine finden. Ihr drei habt einen Aufstand gegen den rechtmäßigen Kaiser von Shandar angezettelt. Ihr werdet die Folgen eures Handelns tragen.«

Vallaine setzte sich hinter seinen Schreibtisch. Er nahm einen weiteren Schluck von dem schweren Rotwein und ließ ihn über die Zunge rollen. Er genoss den Augenblick ebenso wie den edlen Tropfen. Seine Stellung als Kaiser war unangefochten. Nicht einmal Mariza hatte bemerkt, dass er nicht seinen Bruder vor sich hatte. Der Sieg schmeckt süß, dachte Vallaine.

Er holte gerade Atem, um die drei Gouverneure dem Tode zu überantworten, als es erneut an der Tür klopfte. Vallaine stieß die Luft verärgert wieder aus.

»Herein!«, befahl er mit scharfer Stimme und murmelte zu sich: »Ich hoffe für euch, es ist etwas Wichtiges.« Doch wen er auch erwartet hatte, mit der schlanken Gestalt, die nun durch die Tür trat, hatte er nicht gerechnet.

»Eure Kaiserliche Majestät, ich hoffe, ich komme nicht ungelegen, aber ich muss in einer Angelegenheit von *äußerster* Wichtigkeit mit Euch sprechen«, begann Femke, nachdem sie einen formvollendeten Knicks gemacht und den Kopf respektvoll gesenkt hatte.

Die Vorfreude, die Verräter zum Tode zu verurteilen, war mit einem Schlag erloschen. Seit er als Kaiser auftrat, hatte Vallaine diesen Ton, den Femke nun anschlug, noch nicht an ihr gehört. Es klang, als könne das, was sie zu sagen hatte, alles entscheidend für seine Zukunft sein.

»Selbstverständlich, wenn es nicht warten kann«, erklärte Vallaine, darauf bedacht, den Namen seiner Spionin nicht zu nennen. »Shalidar, sorge dafür, dass Sammaris und Daraffa gehängt werden. Wähle einen Ort, an dem die Leichen ihren Anhängern noch lange als Erinnerung dienen, welchen Preis sie für Hochverrat zu zahlen haben. Lass Mariza öffentlich auspeitschen und durch die Straßen der Stadt treiben.«

»Danke, Bruder. Danke für diese gnädige Strafe«, schluchzte Mariza.

Vallaine hielt einen Augenblick inne und musterte seinen vermeintlichen Bruder voller Verachtung und Abscheu.

»Und wenn ihr damit fertig seid, soll er geköpft werden«, fügte er mit eiskalter Stimme hinzu. »Man soll mir nicht nachsagen können, dass ich mich durch Blutsbande zur Nachsicht verleiten ließe.«

»Ja, Eure Kaiserliche Majestät. So soll es geschehen«, bestätigte Shalidar ruhig, führte die drei Gouverneure aus dem Raum und schloss die Tür hinter sich. Marizas Schluchzen und Heulen war noch eine Weile zu hören.

Femke fiel Shalidars forschender Blick auf, als er an ihr vorbeikam. Sie tat jedoch so, als bemerke sie ihn gar nicht, und konzentrierte sich lieber auf Vallaine. Was sie vorhatte, war überaus gefährlich, vielleicht sogar lebensmüde. Immerhin waren die drei Gouverneure für ähnliche Taten soeben zum Tode verurteilt worden.

Kaum war die Tür ins Schloss gefallen, zischte Vallaine: »Was tust du schon wieder hier?«, und bedeutete ihr, näher zu kommen. »Du bist doch nicht gekommen, um mir zu melden, dass du deinen Auftrag bereits erfüllt hast, oder?

Du kannst ja noch nicht mal den Weg zur thrandorischen Grenze und zurück geschafft haben!«

»Da habt Ihr wohl recht, Eure Majestät«, antwortete Femke. Wie Vallaine sprach sie mit leiser und verschwörerischer Stimme. »Ich hatte noch nicht einmal die Grenze erreicht, als ich mich gezwungen sah umzukehren. Es geschehen merkwürdige Dinge außerhalb von Shandrim, Eure Majestät. Zum einen sind Dämonen unterwegs. Wohl aus einem merkwürdigen Zufall heraus folgte ich ihrer Spur eine weite Strecke in Richtung Thrandor. Doch das war nicht der Anlass für meine Umkehr. Ich bin nach Shandrim zurückgekehrt, weil ich aus reinem Glück auf Lord Shaniers Spur stieß, die in die entgegengesetzte Richtung führte. Ich bin hier, Eure Majestät, weil ich guten Grund zu der Annahme habe, dass sich Lord Shanier bereits in Shandrim aufhält.«

»Ah!«, rief Vallaine aus. »Genau, wie ich dachte! Weiter, Femke. Wie hast du seine Spur gefunden?«

»Wie ich schon sagte, Eure Majestät, war es nur dem Zufall zu verdanken. Ich erhielt mehrere Hinweise auf den thrandorischen Kämpfer und seine Gefährten, die Shandrim Richtung Süden verlassen hatten. Ich folgte ihnen, und schon bald kamen mir Gerüchte über merkwürdige Kreaturen zu Ohren, die in derselben Richtung unterwegs waren.«

Femke bemerkte den zufriedenen Ausdruck, der sich bei der Erwähnung der Dämonen auf das Gesicht des vermeintlichen Kaisers schlich. Sie hatte wohl richtig gelegen mit ihrer Vermutung, dass er sie hatte heraufbeschwören lassen.

»Die Spuren führten zur thrandorischen Grenze, und ich ritt, so schnell es eben ging, südwärts. Ich bin sicher, dass ich Boden auf die Thrandorier gutmachte, doch da mir die Dämonen offenbar die ganze Zeit weit voraus waren, hörte ich nicht mehr als Gerüchte. Sie waren offenbar unglaublich schnell in Richtung Thrandor unterwegs.«

Femke hielt einen Augenblick inne und blickte abwesend zur Decke, als riefe sie sich ihre Reise zurück ins Gedächtnis. Die junge Spionin hatte Erfahrung im Lügen und Betrügen, sei es, andere dabei zu ertappen, sei es, es selbst überzeugend zu tun. Sie war ihm gegenüber zudem im Vorteil: Lord Vallaine wusste zwar, dass sie den Verdacht hegte, mit dem Kaiser sei etwas nicht in Ordnung, doch sie wusste ihrerseits, dass er es wusste. Trotzdem war die Lage verworren und gefährlich. Der Nervenkitzel und die Gefahr, dass ihr doppeltes Spiel mit einem einzigen falschen Wort auffliegen könnte, beschleunigten ihren Herzschlag, ließ sie aber auch klar und zielgenau denken.

»Die Dämonen töteten offenbar Rinder und Schafe, nicht etwa aus Hunger, sondern aus reiner Freude am Töten. Ich hörte, dass Vieh abgeschlachtet worden wäre und dass sich auf entlegenen Bauernhöfen grässliche Morde ereignet hätten, die die Handschrift von Dämonen trugen. Wie auch immer, eines Tages, kurz vor der thrandorischen Grenze, kam ich spätabends an ein Gasthaus, um dort zu übernachten, da ich von meinem mehrtägigen scharfen Ritt erschöpft war. Am nächsten Morgen wollte ich noch vor Sonnenaufgang aufstehen und die Grenze überqueren. Doch während ich mit dem Gastwirt noch über den Preis des Zimmers feilschte, hörte ich etwas, was mich umstimmte.«

»Was denn? Was hast du gehört?«, fragte Vallaine neugierig.

Femke hatte ihn am Haken, das wusste sie. Er hatte den Köder geschluckt und würde ihr nicht mehr entkommen. Nun musste sie ihre Beute nur noch einholen.

»Drei Männer unterhielten sich leise über einen ungewöhnlichen Fremden, der nur einen Tag zuvor durchs Dorf gekommen war. Er sei in Eile gewesen. Er habe zornig gewirkt und eine Verwundung am Arm gehabt, die er zu verbergen suchte.«

»Ein Fremder, sagst du? Wie kommst du darauf, dass es Shanier wahr?«

»Dazu wollte ich gerade kommen, Eure Majestät. Zwei der Männer hatten ihn gesehen und gaben dem dritten eine Beschreibung. Einer sagte, er sei jung gewesen, habe blonde Haare und blaue Augen gehabt. Der andere sprach von einem langen schwarzen Umhang und blank polierten schwarzen Stiefeln. Beide erwähnten, dass der Mann eine Art Magier sei und nach Shandrim wolle. Wie Ihr Euch vorstellen könnt, Eure Majestät, hat mich das aufhorchen lassen. Aus der Beschreibung ging ziemlich klar hervor, dass es sich bei dem Fremden um Shanier handeln musste. Woher sie wussten, dass er magische Kräfte hat, sagten sie nicht, aber sie schienen sich dessen sehr sicher. Plötzlich steckte ich in der Klemme. Sollte ich weiterreiten und der Fährte des thrandorischen Kämpfers und seiner Gefährten folgen? Oder sollte ich diese neue Spur aufnehmen und mich an die Fersen des Fremden heften, der offenbar Lord Shanier war? Wie Ihr seht, habe ich mich für die zweite Möglichkeit entschieden, und zwar aus zwei Gründen. Erstens, weil er verwundet war. Wahrscheinlich hatte er kurz zuvor mit dem Thrandorier oder den Dämonen oder auch beiden gekämpft. Deshalb fürchtete ich, dass deren Spuren mich nicht weiterbringen würden. Und zweitens hielt ich es für den Fall, dass der Zauberlord Euch Böses wollte, für das Beste, möglichst schnell nach Shandrim zurückzukehren und Euch zu warnen. Ich hoffe, Ihr seid mit meiner Entscheidung einverstanden, Eure Majestät.«

»Durchaus, Femke«, erwiderte Vallaine, der Femkes Ausführungen gebannt verfolgt hatte. »Das war völlig richtig. Allerdings ist Shanier vor dir hier eingetroffen.«

»Ich weiß, Eure Majestät. Ich ritt, so schnell ich konnte, Tag und Nacht, schaffte es aber nicht, ihn einzuholen. Soviel ich dem Gespräch im Gasthaus entnehmen konnte, hatte er eineinhalb Tage Vorsprung. Das bedeutete, dass wir am Vortag mehr oder weniger aneinander vorbeigeritten sein mussten, ohne dass es mir bewusst war. Ich habe einiges an Boden gutgemacht, konnte ihn aber nicht mehr einholen. Ich vermute, er ist gestern Abend hier eingetroffen. Es tut mir leid, Eure Majestät.«

Vallaine nickte nachdenklich. Insgeheim überlegte er fieberhaft, was Shanier wohl als Nächstes vorhatte. Was hatte der junge Mann am Vorabend in seinem Arbeitszimmer gewollt? Hatte er gefunden, was er gesucht hatte? Zu diesen Fragen gesellte sich die Sorge, dass er, Vallaine, ohne seinen Ring womöglich nicht in der Lage sein würde, einen unerwarteten Angriff durch den jungen Zauberer abzuwehren.

»Das hast du gut gemacht, Femke. Sehr gut. Was du mir erzählt hast, bestätigt meine Vermutung, dass Lord Shanier letzte Nacht in den Palast eingedrungen ist. Ich weiß allerdings nicht, was er bezweckt hat. Du bist nach den Strapazen der Reise sicher müde. Trotzdem muss ich dich um einen weiteren Gefallen bitten. Wir müssen Shanier fangen oder töten, bevor er dem Reich weiteren Schaden zufügen kann. Es ist viel verlangt, ich weiß, aber ich möchte, dass du dich sofort auf die Suche nach ihm machst.«

Femke nickte erschöpft. »Natürlich, Eure Majestät. Darf ich noch etwas vorschlagen?«, fragte sie, scheinbar zögernd und nachdenklich.

»Bitte.«

»Ich bin ja nur eine Spionin, Eure Majestät. Ich bin gut, aber ich kann nicht überall sein. Wie wäre es, wenn Ihr General Surabar hinzuzieht? Er befehligt eine große Zahl von Männern, die Shanier in seiner Bewegungsfreiheit stark einschränken könnten. Auch Euer Auftragsmörder Shalidar wäre für die Lösung eines solchen … Problems überaus geeignet. Wie wäre es, wenn wir uns alle in ein oder zwei Stunden treffen und das weitere Vorgehen besprechen würden? Ich bin mir sicher, gemeinsam werden wir mit diesem Zauberer fertig.«

»Ein hervorragender Plan, Femke«, stimmte Vallaine erfreut zu. »Lass die beiden rufen und bereite das Treffen vor. Ich werde in den nächsten Stunden hier in meinem Arbeitszimmer sein. Am besten bestellst du beide her, sagen wir, zur Mittagsstunde. Dann organisieren wir alles so schnell wie möglich.«

»Sehr wohl, Eure Majestät. Ich kümmere mich darum.«

Femke machte erneut einen Knicks. Sie hielt den Kopf gesenkt, damit Vallaine ihr die Freude nicht noch anmerkte. Ein kleiner Fehler, und sie würde, schneller, als sie es sich versah, am Galgen baumeln. Doch als sie das Arbeitszimmer verließ, war Femke zuversichtlich, dass ihr Plan aufgehen würde. Vorausgesetzt, es lief alles schnell genug, würde der falsche Kaiser nicht einmal merken, was für ein Spiel sie spielte. Seine Macht würde ihm durch die Finger rinnen wie Sand.

Vallaine sah Femke nach, war jedoch mit den Gedanken bereits bei Shanier. Mit der Tür schlossen sich Vallaines Augen, und er öffnete seinen Geist, um die Gegend um den Palast mittels seiner mächtigen und durchdringenden Kraft abzusuchen. Wenn er da war, könnte Shanier die Gelegenheit nutzen und zuschlagen, überlegte Vallaine, und eine plötzliche Furcht krampfte sich um sein kaltes Herz. Doch nun, da er wusste, dass der junge Zauberer in der Nähe war, war Vallaine ihm einen Schritt voraus.

Er vermutet bestimmt nicht, dass nach ihm gesucht wird,

dachte Vallaine. Seine Leichtfertigkeit wird sein Schicksal besiegeln.

Vallaine war enttäuscht, als er keine Spur von seinem einstigen Schützling fand. Aber er schätzte starke Gegner. Als sein Geist wieder in seinen Körper zurückkehrte, versetzte es den alten Zauberer in eine merkwürdige Hochstimmung, dass Shanier doch nicht so leichtsinnig war, sich ohne Schwierigkeiten aufspüren zu lassen. Wenn Vallaine seinen Gegner in diesem tödlichen Spiel am Ende schlug, würde sein Sieg umso süßer schmecken.

Vallaine lehnte sich entspannt zurück und nahm einen weiteren Schluck Wein. Wenn es etwas gab, was er am alten Kaiser schätzte, so war es sein guter Geschmack. Die Weine, die im Keller lagerten, waren hervorragend und trugen erheblich dazu bei, dass er die Anspannung, unter der er stand, aushielt. Kaiser zu werden, schien damals eine so gute Idee gewesen zu sein. In der Tat hatte es die unmittelbare Bedrohung durch die Auftragsmörder gebannt oder zumindest für eine Weile reduziert. Allerdings hatte sich die politische Lage keineswegs entspannt, wie er eigentlich angenommen hatte, und seine Optionen waren zurzeit beschränkter als je zuvor.

»Ich könnte mich jederzeit aus dem Staub machen«, murmelte er nachdenklich.

Dieser Gedanke, der ihm nicht zum ersten Mal kam, schien ihm immer verlockender. Immerhin konnte er jede Gestalt annehmen, die er wollte, und einfach aus dem Palast spazieren, ohne dass ihn jemand erkannte. Dagegen sprach, dass er eine solche Niederlage nicht ertragen hätte. Der Zauberlord hatte sich noch nie einfach aus dem Staub gemacht, wenn es eng für ihn wurde – mit einer Ausnahme: Als die Nachricht aus Thrandor durchsickerte, dass Shanier ein doppeltes Spiel getrieben hatte, hatten sich die übrigen Zauberlords geschlossen gegen ihn gestellt. Damals war er dem Hohen Rat nur mit viel Glück und mithilfe seines Rings lebend entkommen. Nun aber steckte der Ring am Finger eines thrandorischen Kämpfers, der keine Ahnung von seinen Kräften hatte. Schlimmer noch: Der Mann, den der Thrandorier töten sollte, war quicklebendig und hielt sich in Shandrim auf, der thrandorische Kämpfer offensichtlich nicht.

Vallaine knirschte bei dem Gedanken, dass er seinen Ring für nichts und wieder nichts hergegeben hatte, verärgert mit den Zähnen. Diese Entscheidung war falsch gewesen, ebenso wie manch andere in letzter Zeit. Dass man die Aufrührer gefasst hatte, war die erste gute Nachricht seit Tagen. Zum Glück war Femke eine fähige Spionin. Sie hatte völlig recht: Gemeinsam mit Surabar und Shalidar würden sie Shanier erwischen – und dann würde Vallaine seine Rache bekommen.

Bei diesem Gedanken stellte er sein Glas auf den Tisch und verschränkte die Finger. Ein zufriedenes Lächeln breitete sich auf seinem Gesicht aus und in seinen Augen blitzte eine fast dämonische Bosheit.

15

Selkor war erschöpft und auch wütend. Den Rest des Tages, die ganze Nacht und den nächsten Morgen hatte er nun hier verbracht und die beiden Wächter beobachtet, die ihm den Weg zum Thron der Götter versperrten. Sie hatten ihn gleichermaßen im

Auge behalten und dabei weder Ungeduld noch Müdigkeit gezeigt. Schon allein das zeigte, dass die beiden Krieger sehr ungewöhnliche Vertreter ihres Berufsstandes waren. Nach Selkors Erfahrung waren Wachleute schnell gelangweilt und leicht abzulenken. Nicht diese beiden.

Der shandesische Magier kam steifbeinig auf die Füße und streckte sich. Die schlaflose Nacht und die anstrengende Zauberei hatte ihn ermüdet, doch er hatte im Laufe seines Magierlebens die Fähigkeit entwickelt, durch Selbstbeherrschung die Müdigkeit, wenn nötig, mehrere Tage lang zu verdrängen.

Bei seiner ersten Bewegung stellten sich die beiden Wächter etwa zehn Schritt vor ihm nebeneinander auf den Weg und blockierten erneut den Zugang zu dem Pfad, den er nehmen wollte.

»Meine Herren«, begann Selkor, klopfte sich den Staub von den Beinkleidern und stampfte mit den Füßen, um seinen Blutkreislauf anzuregen und die Beinmuskulatur nach dem langen Sitzen zu lockern. »Gewährt mir Durchgang, ich bitte euch. Andernfalls wäre ich gezwungen, unangenehm zu werden«, warnte er Unheil verheißend.

»Wer kämpft für dich?«, fragte der größere der beiden Krieger. »Du erhältst Zugang, wenn du jemanden bringst, der einen von uns besiegt. Wähle die Waffen.«

»Ach! Ich verstehe.« Selkor ging ein Licht auf. »Ich habe aber keinen Kämpfer dabei, fürchte ich.«

»Dann darfst du auch nicht passieren«, erwiderte der Mann sachlich.

»Aber dass ich keinen Kämpfer dabeihabe, bedeutet nicht, dass ich nicht einen heraufbeschwören könnte«, sagte Selkor beiläufig. »Ihr lasst mir keine andere Wahl.«

Er kramte in seinen vielen Taschen, bis er einen kleinen schwarzen Beutel fand, der aus einem weichen samtartigen

Stoff war, zugebunden mit einer goldfarbenen Kordel. Mit fast andächtiger Sorgfalt öffnete der Magier den Beutel, entnahm etwas von seinem Inhalt, schritt einen perfekten Kreis ab und ließ dabei das Pulver auf den Boden rieseln. Die Substanz glitzerte, während sie nach unten sank. Merkwürdigerweise wurde sie von der leichten Brise, die Selkors Umhang blähte, nicht verweht.

Als Selkor den Ring abgeschritten hatte, blieb am Boden eine schimmernde Kreislinie zurück. Die beiden Wächter blickten einander kurz an und Selkor konnte die geistige Verbindung zwischen ihnen fast körperlich spüren. Er war sich ziemlich sicher, dass die beiden wussten, was er vorhatte. Dennoch zeigte keiner von ihnen die geringste Furcht. Dass die Aussicht auf einen Dämon die beiden so gar nicht schreckte, versetzte Selkor wiederum in tiefe Unruhe. Vergeudete er seine Zeit? Waren die beiden Krieger etwa vor jeder Art von Angriff gefeit? Selkor riss sich zusammen und unterdrückte die Zweifel, die in ihm aufstiegen. Er hatte sich auf den Dämon zu konzentrieren. Wenn man sich beim Heraufbeschwören eines Geschöpfes aus der anderen Welt ablenken ließ, könnte das verheerende Folgen haben.

Selkor hatte die Hexenkunst zwar nie besonders gewissenhaft studiert, doch es war zu spät, sich darüber Gedanken zu machen. Nun, da der Kreis abgeschritten war, atmete Selkor tief durch und stimmte die erste Strophe eines tiefen Singsangs an.

Er war vernünftig genug, einen mittelgroßen Krill heraufbeschwören zu wollen, den er beherrschen konnte. Der Schattendämon würde mit den beiden Männern schon fertig werden, und wenn sie noch so gut mit ihren Schwertern umgehen konnten. Die Haut eines Krills widerstand jeder normalen Klinge, und mit den rasiermesserscharfen Krallen zerfetzte so ein Ungetüm sogar die stärkste Rüstung – nicht dass die beiden Wächter eine getragen hätten.

Der merkwürdige Singsang der Beschwörungsformel ähnelte dem, mit dem Selkor am Vortag die Krieger hatte bannen wollen, unterschied sich aber zur gleichen Zeit auch grundsätzlich davon. Anstatt durch den Tonfall und die Macht der Wiederholung seine Zuhörer zu verzaubern, richtete er seinen Gesang diesmal ausschließlich in die andere Welt. Wer seine fünf Sinne beisammenhatte, machte um einen Hexenmeister, der einen Dämon heraufbeschwor, auch dann einen großen Bogen, wenn das Ungeheuer nicht ihm galt, denn Dämonen töteten wahllos.

Innerhalb des Kreises tauchte ein seltsames unförmiges graues Etwas auf. Wieder warfen die beiden Wächter einander einen vielsagenden Blick zu. Selkor, der seine Kräfte nun noch stärker bündeln musste, rannen Schweißtropfen über die Stirn. Das waren die entscheidenden Momente. Er durfte in diesem Moment nicht nachlassen und musste den Krill, sobald er Gestalt annahm, unter seine Herrschaft zwingen, sonst würde er sterben.

Da nahm die wabernde graue Masse urplötzlich Gestalt an, und vor ihm stand ein wütender und keifender Dämon, dessen Blick auch den stärksten Menschen, der ihm in die Augen sah, unweigerlich bannen würde, Doch Selkor hatte ihn völlig in seiner Gewalt. Der Krill beugte den Kopf vor seinem Meister.

»Töte die beiden Männer da für mich«, befahl Selkor mit Nachdruck. »Dann kehre zu den Deinen zurück. Dein Meister hat gesprochen.«

Der Kreis rund um den Krill verschwand mit einem Knall und das Untier jagte mit ohrenbetäubendem Gebrüll auf die Wächter zu. Keiner der beiden zuckte auch nur mit der

Wimper. Mit offenem Mund beobachtete Selkor, was weiter geschah.

Die beiden Kämpfer blickten dem anstürmenden Krill entgegen. Doch in dem Augenblick, in dem er sich auf sie stürzte, löste das Biest sich unvermittelt in Luft auf. Soweit Selkor es zu beurteilen vermochte, war kein Zauber, keine Magie zum Einsatz gekommen. Und doch war der Krill in der einen Sekunde im Sprung und in der nächsten verschwunden.

»Jetzt reicht es«, brüllte Selkor außer sich vor Wut. Ohne weiter nachzudenken und die Folgen seines Tuns zu erwägen, konzentrierte er sich auf die Schlüssel: erst den Feuerschlüssel, dann den Wasserschlüssel und schließlich den Luftschlüssel. In einer unersättlichen Gier nach magischer Macht und beseelt von dem Wunsch, sich der lästigen Wächter zu entledigen, zapfte er die unerschöpfliche Kraft der Elemente an.

»Ah, du bist der Schlüssel!«, rief der größere der beiden Wächter überrascht. »Warum hast du das nicht gleich gesagt?«

Die beiden verneigten sich vor Selkor und traten beiseite, um ihn durchzulassen. Der shandesische Magier wusste nicht, ob er sich über diese Geste freuen oder ob er sich ärgern sollte, dass er nun keinen Grund mehr hatte, seine aufkochende Wut an den beiden Kämpfern auszulassen. Während die elementaren Kräfte seine Sinne erfüllten, erwog er kurz, die beiden doch noch zu vernichten. Mit eiserner Selbstbeherrschung widerstand er jedoch der Versuchung, denn er wollte seine Kraft nicht sinnlos vergeuden.

Als ihn die Macht der Elemente verließ, geriet Selkor ins Taumeln. Während ihn die gewaltige magische Kraft in eine unbeschreibliche Hochstimmung versetzt hatte, war es nun, als stürze er von einer turmhohen Klippe. Das Heraufbeschwören der Schlüssel hatte ihn bereits geschwächt. Er würde sich ausruhen müssen, ehe er das Tor öffnen konnte.

»Dafür ist später auch noch Zeit«, murmelte er vor sich hin. »Jetzt muss ich zum Gipfel.«

Selkor behandelte die beiden Wächter wie Luft und wankte stolpernd und unsicheren Schrittes, aber mit nach oben gerecktem Kinn und entschlossen leuchtenden Augen an ihnen vorbei. Er wusste, dass es jetzt kein Zurück mehr gab.

Tief in seinem Innern wunderte er sich noch über die Anrede: der Schlüssel, mit der ihn die Wächter bedacht hatten. Er hatte einmal etwas darüber gelesen, wusste aber nicht mehr, was die Bezeichnung zu bedeuten hatte. Doch kaum war er durch das Tor geschritten, überlagerten die Stimmen in seinem Kopf, die plötzlich zurückgekehrt waren, jeden Gedanken. Mit großem Bedacht setzte Selkor einen Fuß vor den anderen und erklomm den steilen Pfad zum Gipfel.

◎ ◎ ◎

Femke war Surabar bisher nie begegnet. Sie ging zwar davon aus, dass er es gewesen war, den sie an dem Tag verfolgt hatte, als sich der seltsame Zwischenfall beim Sprung von Dach zu Dach ereignet hatte, doch beschwören konnte sie es nicht. Sein Ruf allerdings eilte ihm voraus. Er sei eine starke Führungspersönlichkeit, hörte man, seinen Untergebenen stets ein gutes Vorbild, intelligent, unvoreingenommen, besonnen – die Liste seiner Tugenden war lang und eindrucksvoll. Niemand, bei dem sich Femke erkundigt hatte, hatte auch nur ein schlechtes Wort über ihn verloren. Die meisten erfolgreichen Menschen machten sich auf dem Weg nach oben Feinde, doch das schien für den General nicht zuzutreffen. Es sah tatsächlich so aus, als habe sich Shalidar auf die gute Seite geschlagen. Wenn Surabar Kaiser von Shandar würde, so wäre das sicher eine Wahl, die auch beim Volk gut ankäme, überlegte Femke.

Auf dem Weg zu dem Haus, in dem Surabar und seine Kommandanten wohnten, ging Femke noch einmal ihren Plan durch. Der Ablauf der Ereignisse, die sie nun in Gang setzte, war schwer vorhersehbar. Wenn nur ein Glied in der Kette zu schwach war, konnte das für Femke böse enden. Sie hatte ein paar Fluchtmöglichkeiten in ihren Plan eingebaut, war aber wild entschlossen, die Sache durchzuziehen. Ihr Ziel war, Lord Vallaine zu entlarven und vom Thron zu stoßen. Die Frage, wer ihm als Kaiser nachfolgen sollte, hatte sie schwer beschäftigt, doch bald war sie zu dem Schluss gelangt, dass General Surabar der geeignetste Kandidat war. Vorher wollte sie ihn aber kennenlernen.

Vor Surabars Haus angekommen, klopfte Femke entschlossen an und wartete. Sie kam sich vor wie ein vorlautes Schulmädchen, das auf der Schwelle ihres Direktors stand und Süßigkeiten forderte. Schon bald wurde die Tür von einem groß gewachsenen, uniformierten Wachmann mit Schwert und Dolch am Gürtel geöffnet.

»Ja? Was kann ich für dich tun?«

»Der Kaiser schickt mich mit einer Nachricht für General Surabar«, antwortete Femke, erleichtert und glücklich darüber, dass ihre Stimme selbstbewusst und überzeugend klang, denn innerlich war sie mehr als nur ein bisschen aufgeregt.

»Und wie lautet die Nachricht?«

»Die Nachricht ist für den General bestimmt«, erwiderte Femke unbeirrt. »Kann ich reinkommen und mit ihm sprechen?«

Der Wachmann zögerte keine Sekunde. »Nein, kannst du nicht«, erklärte er nachdrücklich. Femke merkte, dass es keinen Zweck hatte, sich mit ihm anzulegen.

»Na gut. Würdest du bitte dem General mitteilen, dass der Kaiser ihn zur Mittagsstunde zu sehen wünscht? Er erwartet ihn in seinem Arbeitszimmer im Kaiserpalast. Ich denke, der General kennt den Weg. Deshalb werde ich nicht auf ihn warten, es sei denn, er wünscht es ausdrücklich.«

»Hat denn der Kaiser gesagt, worum es in diesem Gespräch geht?«, fragte der Wachmann, neugierig geworden.

»Mir doch nicht, Sir«, erwiderte Femke entsetzt. »Ich bin nur die Botin.«

Wenn der Wachmann sie durchschaute, so ließ er es sich jedenfalls nicht anmerken. Vielmehr bedankte er sich höflich für die Nachricht und versprach, sie dem General umgehend zu übermitteln. Femke machte eine kleine Verbeugung und trat in aller Ruhe den Rückweg an. »So weit, so gut«, dachte sie zufrieden. »Jetzt muss ich noch Shalidar ausfindig machen.«

Das war jedoch gar nicht so einfach. Femke verbrachte den gesamten Vormittag damit, um den Palast herum und überall dort, wo er sich gern aufhielt, Nachrichten für Shalidar zu hinterlassen. Etwa eine Stunde vor Mittag gab sie es auf und machte sich auf den Weg in den Palast, um die anstehende Besprechung vorzubereiten. Sie brauchte Shalidar nicht unbedingt, um ihren Plan durchzuziehen. Er würde früh genug erfahren, was sie vorhatte. Nachdem er angedeutet hatte, dass er mehr darüber wusste, was in Shandrim vor sich ging, als sie, war sie nun ausnahmsweise ihm einmal eine Naselänge voraus.

◎ ◎ ◎

Calvyn sah sich zu seinen Freunden um und lächelte. Egal, was die nächsten Stunden bringen würden – er fühlte sich geehrt, ihre Freundschaft gewonnen zu haben. Fesha und Eloise versuchten immer, noch Derra zu necken, nachdem Bek ihr am Vorabend eine Lektion im Schwertkampf erteilt hatte. Er tat zerknirscht, während die Sergeantin die Scherze gut gelaunt über sich ergehen ließ. Sogar Feshas Seitenhiebe nahm sie gelassen hin.

»Er treibt es noch zu weit«, raunte Calvyn Jenna zu, die neben ihm ritt.

Jenna lachte und ihre großen braunen Augen blitzten amüsiert. »Er treibt es *immer* zu weit. Du weißt doch, wie Fesha ist.«

Calvyn lächelte sie an. Immer wieder staunte er über die Liebe, die in Jennas Gesicht stand, eine Liebe, die auch sein eigenes Herz erfüllte. Es raubte ihm den Atem, wenn er darüber nachdachte, was es für Jenna bedeuten würde, wenn er seinen anstehenden Kampf gegen Selkor nicht überlebte. Könnten sie doch nur zusammen wegreiten und sich irgendwo verstecken. Doch das würde Calvyn nicht über sich bringen. Er hatte die Last der anstehenden Auseinandersetzung mit Selkor zu tragen und konnte sich vor dieser Verantwortung nicht drücken. Zu viel hing davon ab – vielleicht das Schicksal der Welt.

Perdimonn und die anderen Hüter hatten sich in den letzten Tagen merkwürdig verhalten. Zu Calvyns Überraschung hatten sie Derras und Beks Schwertkampf am Vorabend aufmerksam verfolgt und nach Beks überzeugendem Sieg die Köpfe zusammengesteckt. Was auch immer sie diskutiert hatte, offenbar waren sie sich nicht einig geworden, denn als sie ihre Besprechung beendeten, waren sie mit versteinerten Mienen auseinandergegangen.

Mit Lomand und den verbliebenen Mitgliedern des Magierrates fühlte sich Calvyn mittlerweile eng verbunden, zumal sie sich nach Kräften bemühten, ihm in der kurzen Zeit bis zum Kampf noch möglichst viele magische Kniffe beizubringen. Sie ließen sich nicht anmerken, was sie davon hielten, dass ein junger Adept einen Magier von Selkors Format, Macht und Erfahrung gegenübertreten sollte, sondern setzten vielmehr alles daran, Calvyns Chancen zu verbessern.

Angesichts ihres Alters und ihrer fehlenden Reiseerfahrung waren die Magier zu Pferde erstaunlich schnell unterwegs. Schon lag der Berg vor ihnen, auf dem der Thron der Götter saß. Hier würden sie, wenn Perdimonn recht hatte, Selkor finden. Calvyn blickte angestrengt zum Gipfel hinauf, konnte dort aber nichts erkennen, was wie ein Thron aussah.

Die Hüter hatten an diesem Tag mit Perdimonn und Arred an der Spitze die Führung der Gruppe übernommen. Perdimonn kannte den Weg offenbar ganz genau, was Calvyn nicht weiter überraschte, da der alte Magier in seinem Leben weit herumgekommen war. Das war eine der Facetten an ihm, die Calvyn schon immer reizvoll fand. Als sie nach dem Tod von Calvyns Eltern zusammen auf Reisen gewesen waren, hatte Perdimonn zu jedem Ort eine Geschichte parat gehabt.

Nun ging es beständig bergauf, und abgesehen von Fesha, der nie um einen Spaß verlegen war, wurden die Reisenden während des anstrengenden Aufstiegs immer schweigsamer. Calvyn wälzte wieder und wieder das bisschen, was er über Selkor wusste, im Kopf herum und versuchte, eine Schwäche seines Gegners auszumachen, aus der er einen Vorteil ziehen konnte. Doch er musste sich eingestehen, dass er herzlich wenig über Selkor wusste. Je mehr Calvyn über sein Erscheinen auf dem Schlachtfeld von Mantor nachdachte, desto mehr war er davon überzeugt, dass Selkor damals nicht Magie, sondern Zauberei eingesetzt hatte. Wenn sich Selkor aber mit Zauberei beschäftigt hatte, so stellte sich die Frage, ob er auch die anderen arkanen Künste beherrschte. Darüber aber wusste Calvyn kaum etwas, und er hatte keine Ahnung, wie er einem solchen Angriff begegnen sollte. Dieser Gedanke war alles andere als beruhigend.

Calvyns jüngste Fortschritte in der Magie und insbesondere im beherrschten Umgang mit dem Stab und dem Ring hatten ihn trotzdem ein wenig zuversichtlicher gestimmt. Wenn Selkor nur Darkweavers Amulett besessen hätte, so hätte Calvyn seiner Meinung nach eine gute Chance gehabt, ihn im Zweikampf zu besiegen. Doch bewaffnet mit den Schlüsseln zu den drei Elementen schien ihm Selkor nicht angreifbar.

Kurz vor einer großen Felsformation brachte Perdimonn sein Pferd zum Stehen und bedeutete den anderen mit erhobener Hand, seinem Beispiel zu folgen.

»Was ist denn, Perdimonn. Warum halten wir an?«, fragte Akhdar verärgert. »Haben wir uns verirrt oder braucht etwa schon wieder jemand eine Pause?«

»Wir halten aus mehreren Gründen, Bruder Akhdar«, erklärte Perdimonn geduldig. »Der Erste ist, dass du von hier aus nur weiterkommst, wenn jemand für dich kämpft.«

»Für mich kämpft? Was meinst du damit?«

»Das wirst du schon sehen«, erwiderte Perdimonn gelassen. »Bitte steigt alle ab. Der Pfad ist ab hier für Pferde ungeeignet und die meisten von uns werden sowieso hier zurückbleiben. Calvyn, komm bitte zu mir. Es ist sicherer, die Wächter herauszubitten, als auf das Steintor zuzugehen.«

Verwirrt gab Calvyn Jenna die Zügel von Hakkaari. Er

hatte keine Ahnung, wovon Perdimonn redete, so wie er nichts von irgendwelchen Wächtern wusste.

»Vergiss die hier nicht.« Akhdar hielt Calvyn im Vorübergehen am Arm zurück und reichte ihm den Stab des Dantillus und den Ring des Nadus. »Und viel Glück!«

Calvyn nickte dankbar und trat dann zur Spitze der Reisegruppe. Als er neben Perdimonn stand, drehte sich dieser zum Felsentor um.

»Wächter des Heiligen Berges, tretet hervor!«, rief Perdimonn mit lauter, gebieterischer Stimme. »Hier ist einer, der durch das Tor will.«

Einige der Reisenden schnappten nach Luft, als zwei Männer in Kampfkleidung und mit Schwertern bewaffnet im Torbogen auftauchten. Die beiden Fremden waren durchtrainiert und wirkten selbstbewusst.

Das Schwert in der Hand des kleineren Kämpfers war außergewöhnlich, sowohl seine Form als auch seine Färbung. Bek erkannte es sofort.

»Sieh mal!«, flüsterte er Eloise zu. »Das ist Silberklinge!«

»Wer?«, wisperte sie zurück.

»Nicht wer, sondern was.« In Beks Stimme schwang große Ehrfurcht mit. »Das silberfarbene Schwert mit der blattähnlichen Form, das der rechte Kämpfer in der Hand hält, muss Derkas Silberklinges Schwert sein. Ich kann mir nicht vorstellen, dass es zwei solcher Schwerter gibt. Es sieht aus, als sei es weich wie Gold, doch der Legende nach soll die Klinge härter sein als jeder Diamant. Ich frage mich, woher er es hat.«

»Derkas?«, fragte Eloise neugierig. »Irgendwie kommt mir der Name bekannt vor, aber ich weiß nicht, woher.«

»Sie weiß nicht, woher!«, rief Bek entsetzt aus. »Hast du denn nie von den heldenhaften Taten des Derkas Silberklinge gehört? Er war *der* Kämpfer seiner Zeit. Der Legende nach soll er von den Göttern gesegnet und mit einer Aufgabe betraut worden sein, die für normale Sterbliche unlösbar wäre. Verbürgt ist nur, dass er nie besiegt wurde und in der Blüte seiner Jugend verschwand. Manch einer behauptete, ihn getötet zu haben, aber keiner konnte es je beweisen. Wäre es einem gelungen, so hätte er sicherlich Derkas' Schwert als Trophäe behalten. Ich frage mich, wo der Bursche da drüben es herhat.«

»Wer begehrt Zugang zum Thron der Götter?«, fragte der größere der beiden Kämpfer.

»Meine vier Gefährten hier und ich müssen zum Thron der Götter hinauf, Pallim«, erwiderte Perdimonn. »Hat Selkor das Tor bereits durchschritten?«

»Dich kennen wir, Perdimonn, und ja, der Schlüssel hat es durchschritten. Das Geheimnis, das du hütest, berechtigt dich zum Durchgang, aber die anderen kennen wir nicht. Sie müssen durch Wissen oder einen Kampf ihr Recht nachweisen.«

Der Mann, den Perdimonn Pallim genannt hatte, ging an der Gruppe entlang und blieb vor Arred stehen.

»Arred«, sagte der Hüter des Feuers, sah Pallim unverwandt in die Augen und machte etwas mit den Fingern, was außer ihm und dem Wächter keiner sehen konnte. Pallims Augen weiteten sich und er verbeugte sich.

»Du darfst passieren«, verkündete er und trat dann zu Rikath. Es folgte ein ähnlicher Austausch, ebenso bei Morrel. Dann stand Pallim vor Calvyn.

Calvyn sah ihm in die Augen und nannte seinen Namen. Da er keine Ahnung hatte, was die Hüter getan hatten, um durchzukommen, blieb er einfach regungslos stehen.

»Merkwürdig«, sagte Pallim langsam. »Etwas sagt mir, dass ich dich durchlassen sollte. Aber du hast kein Zeichen. Nein, es tut mir leid, ich kann dir den Zutritt nicht gestatten. Wenn du passieren willst, musst du einen Kämpfer benennen.«

»Ich habe aber keinen …«

»Ich kämpfe für ihn«, unterbrach Bek ihn. »Was ist das für ein Kampf?«

»Nein, Bek, ich komme schon allein zurecht. Du brauchst dich da nicht hineinziehen lassen.«

»Oh, ich lasse mich aber gern hineinziehen«, erwiderte Bek grinsend. »Ich würde zum Beispiel furchtbar gern erfahren, wie der Bursche da an Derkas Silberklinges Schwert gekommen ist. Außerdem bin ich ein besserer Kämpfer als du, das weißt du ganz genau. Ich übernehme das.« Und an Pallim gewandt fragte er erneut: »Also, was ist das für ein Kampf?«

»Es ist ein Kampf auf Leben und Tod gegen meinen Gefährten Derkas oder mich«, antwortete Pallim feierlich.

»Derkas? Du meinst, er hat auch seinen Namen angenommen?«, fragte Bek ungläubig. »Das ist ja ein starkes Stück. Na gut, ich nehme die Herausforderung an. Ich kämpfe gegen ihn«, sagte Bek entschieden.

»Nein, Bek! Mach das nicht. Das ist gefährlich, ich spüre es«, flehte Calvyn seinen Freund an.

»Es ist zu spät. Die Herausforderung wurde angenommen«, erklärte Pallim. »Dein Kämpfer muss gegen Derkas kämpfen oder sterben.«

Calvyn wusste zwar, dass Bek ein hervorragender Schwertkämpfer war, doch beim Anblick der beiden Wächter lief es ihm kalt den Rücken hinunter. Der Gedanke, dass Bek womöglich für ihn sterben würde, war unerträglich. Er wandte sich an Perdimonn.

»Wer sind diese Männer, Perdimonn?«, flüsterte er. »Sie haben so etwas Seltsames an sich, das irgendwie … übermenschlich wirkt.«

»Das liegt wahrscheinlich daran, dass jeder von ihnen ein *Dem-takat* ist«, flüsterte Perdimonn.

»*Dem-takat*? Was bedeutet das?«

»Es bedeutet wörtlich ›Krieger seiner Zeit‹. Sie waren beide die angesehensten Kämpfer ihrer Zeit und im Zweikampf selbstverständlich ungeschlagen.«

»Dann ist das wirklich …«

»Derkas Silberklinge? Ja, aber …« Perdimonn legte Calvyn den Finger auf die Lippen. »Es würde deinem Freund nicht gerade helfen, wenn er das wüsste. Bek ist ein hervorragender Kämpfer. Schauen wir mal, wie gut er wirklich ist, ja?«

Calvyn traute seinen Ohren kaum. Zum ersten Mal, seit er Perdimonn kannte, war er ernsthaft verärgert über seinen alten Lehrmeister. Er, der sich als besonders friedliebend ausgab, schickte Calvyns besten Freund in einen Zweikampf mit einem legendären Schwertkämpfer und wusste nichts anderes zu sagen als: »Schauen wir mal, wie gut er wirklich ist«? Calvyn kochte vor Wut. Er fühlte sich immer noch schuldig, weil er Bek damals in die Arena von Shandrim geschickt hatte. Nun wollte er nicht danebenstehen und zusehen, wie sein Freund aus Unwissenheit für ihn in den Tod ging.

»Sieh dich vor, Bek!«, rief Calvyn und schenkte Perdimonns vorwurfsvollem Blick keine Beachtung. »Ich weiß nicht, wie das möglich ist, aber das ist tatsächlich Derkas Silberklinge.«

Doch Bek stand dem Mann mit dem außergewöhnlichen Schwert bereits gegenüber. Während er sein Schwert zog und seinen Gegner grüßte wie in der Arena, zuckte Bek nicht einmal mit der Wimper. Calvyn war sich nicht sicher, ob er seine Warnung überhaupt gehört hatte.

Derkas erwiderte Beks Salut mit seinem eigenen Gruß –

einer schwungvollen Geste, die etwas Archaisches an sich hatte. Dann, mit unerwarteter Schnelligkeit, kreuzten die beiden Kämpfer die Klingen. Das Klirren der Schwerter hallte von den Felshängen des Berges wider. Die beiden Schwertkämpfer schätzten einander ein, prüften die Schnelligkeit und die Fertigkeiten des jeweils anderen, versuchten, beim Gegner eine Schwäche zu finden.

Die Silberklinge des Wächters zog mit ihrem Glitzern und Funkeln die Zuschauer völlig in ihren Bann. Da trennten sich die beiden und begannen, einander langsam, Schritt für Schritt zu umkreisen.

»Was tust du, wenn Bek getötet wird?«, wisperte Calvyn Perdimonn zu, ohne den Blick von den beiden Kämpfern abzuwenden. »Willst du dann meine anderen Freunde auch noch opfern?«

»Ich will niemanden opfern«, erwiderte Perdimonn leise. »Es war die Entscheidung deines Freundes, die Herausforderung anzunehmen.«

»Aber du wusstest von den Wächtern, ehe wir hier eintrafen, nicht wahr? Und du wusstest, dass meine Freunde für mich kämpfen würden. Du hast es geplant. Was machst du, wenn Bek unterliegt? Wenn er es nicht schafft, hat nicht einmal Derra in ihrer Bestform eine Chance.«

Perdimonn seufzte leise und sah sich rasch zu den anderen um. Alle beobachteten gebannt die beiden Kämpfer. Dennoch nahm Perdimonn Calvyn ein wenig zur Seite, bevor er sprach.

»Es gibt noch eine Möglichkeit, wie du durch das Tor kommen kannst. Ich hoffe aber, wir müssen nicht davon Gebrauch machen, denn damit würden wir das größte Geheimnis unserer Zeit preisgeben. Sehr bald schon wirst du verstehen, was ich meine. Doch für den Moment sollten wir beten, dass dein Freund im Schwertkampf siegt.«

Perdimonn hatte die Worte kaum ausgesprochen, da gingen Bek und Derkas erneut aufeinander los. Calvyn blieb der Mund offen stehen angesichts des Tempos und der Heftigkeit des nun folgenden Schlagabtausches.

Während Calvyn Bek nie in der Arena hatte kämpfen sehen, war Derra bei seiner Begegnung mit Serrius dort gewesen. Wenn überhaupt, so war Derkas nur geringfügig schneller als Serrius, doch Bek gelang es stets, sein Tempo zu halten. Natürlich war Derra nicht so nah an Beks Kampf mit Serrius dran gewesen wie an diesem, und vielleicht war es diese Nähe, die das tödliche Duell noch härter und rasanter wirken ließ als alles, was Derra je zuvor gesehen hatte. Auf jeden Fall wuchs Derras Respekt vor den Schwertkünsten des jungen Korporals minütlich.

Als Bek und Derkas wieder auf Distanz gingen, sprach Anerkennung aus dem Blick des Wächters. Überraschend für alle ergriff er das Wort, die Stimme warm und freundlich.

»Du bist ein würdiger Gegner, Bek«, erklärte er und klang dabei fast dankbar. »Ich muss dich aber fragen, warum du eine zweite Klinge bei dir führst, wenn du sie nicht einsetzt.«

Bek zog überrascht die Augenbrauen hoch. »Nun, das wäre wohl kaum ein fairer Kampf, wenn ich mit zwei Schwertern kämpfte und du nur eins hättest«, erwiderte er lächelnd.

»Wer hat denn gesagt, dass der Kampf fair sein muss?«, lachte Derkas. »Aber ich danke dir für deine Rücksicht. Wenn es dich beruhigt: Pallim, leihst du mir bitte dein Schwert?«

»Gern«, erwiderte Pallim, zog seine Klinge und warf sie Derkas zu, der sie geschickt auffing.

»Besser?«, fragte Derkas.

»Viel besser, danke«, erwiderte Bek und zog sein zweites Schwert.

Calvyn hatte Beks Umgang mit zwei Schwertern schon während seiner Trainingseinheit bewundert, doch nun erst wurde ihm klar, wie gut er tatsächlich war. Als ihm Beks Vorahnung wieder einfiel, nach der er diese Kunst noch einmal würde brauchen können, lief es Calvyn kalt den Rücken hinunter. Das Schicksal, von dem Bek gesprochen hatte, war in Gestalt dieses Wächters aus dem Felsbogen getreten. Gab es wirklich ein höheres Wesen, eine höhere Macht, die das Geschehen lenkte und sie auf vorbestimmten Wegen ihrer Bestimmung entgegenführte? Calvyn machte der Gedanke Angst.

Der wirbelnde Tanz der beiden Kämpfer, die mit klirrenden Klingen zustießen und abwehrten, angriffen und auswichen, war schwindelerregend. Calvyn flehte seinen Freund innerlich an zu siegen. Gleichzeitig stieg ein furchtbares Gefühl in ihm auf, voller Falschheit und unerbittlicher Bosheit. Es hatte nichts mit dem Zweikampf zu tun, sondern mit etwas, das sich in diesem Augenblick nicht weit weg abspielte.

»Selkor«, keuchte er.

»Du spürst es auch?«, fragte Perdimonn, seine Stimme voll Sorge. »Uns läuft die Zeit davon. Selkor beginnt bereits, das Tor zu öffnen. Ich weiß nicht, ob wir ihn überhaupt noch aufhalten können. Wenn wir an den Wächtern vorbei sind, müssen wir uns beeilen. Mach dich bereit, so schnell wie möglich zum Gipfel zu gelangen. Du musst Selkor angreifen. Wir Hüter folgen dir und helfen dir, so gut wir können.«

Calvyns Blick kehrte zu den beiden Kriegern zurück, die noch immer mit unglaublichem Geschick und Anmut kämpften.

»Komm schon, Bek. Mach ihn fertig«, beschwor er ihn.

Doch in diesem Moment wurde Bek das erste Mal getroffen und über seine Schulter breitete sich eine dunkelrote Blutspur aus. Derkas machte Druck mit einer verheerenden Abfolge von Hieben, die so heftig und so schnell kamen, dass eine Verteidigung unmöglich schien. Erstaunlicherweise überstand Bek diesen Angriff jedoch mit nur einem weiteren kleinen Schnitt. Dann drehte er den Spieß um und ging zum Angriff über. Als die Klingen aufeinandertrafen, durchzuckten Blitze die Luft und das Lied des Metalls hallte vom Fuß des Berges wieder. Während Bek Derkas immer weiter zurückdrängte, konnten seine Freunde nicht mehr an sich halten. Sie begannen, ihn anzufeuern.

Da stieß Derkas einen kurzen Schrei aus. Die beiden Kämpfer sprangen auseinander. Ein Schnitt verlief quer über Derkas ganze Brust – keine tödliche Verletzung, doch der legendäre Krieger salutierte mit beiden Schwertern und steckte sie mit der Spitze voran in den Boden.

»Es scheint, meine Zeit ist gekommen.« Er klang leicht überrascht und beinahe dankbar. »Gut gekämpft, junger Bek, du bist ein hervorragender Schwertkämpfer. Es war schön, dich wiederzusehen, Perdimonn.«

Verwundert beobachteten die Zuschauer, wie Derkas vor ihren Augen langsam verblasste. Als er schon fast nicht mehr zu sehen war, wandte er sich noch an Pallim und rief ihm zu: »Auf Wiedersehen, alter Freund. Es war eine schöne Zeit …«

Und dann war er weg. Bevor jemand etwas sagen konnte, wandte sich Pallim an Calvyn und verbeugte sich. »Dein Kämpfer hat dir Zugang verschafft. Du darfst weitergehen.«

16

Als Femke sich dieses Mal dem Arbeitszimmer des Kaisers näherte, standen zwei Wachen davor, die – wenig überraschend – offenbar Anweisung hatten, jeden aufzuhalten, der vorüberkam. Kaum war Femke um die Ecke gebogen, rief einer der beiden sie schon mit fester Stimme an.

»Halt! Was hast du in diesem Teil des Palastes zu suchen?«

»Ich bin hier, um mich mit dem Kaiser, General Surabar und Shalidar zu beraten«, erwiderte sie selbstbewusst. »Das Treffen soll jetzt zur Mittagsstunde stattfinden. Lasst ihr mich ein?«

Die beiden Wachen tauschten einen kurzen Blick und nickten einander zu.

»Gut, du darfst eintreten«, erklärte einer der beiden fast widerwillig. Femke trat vor und wollte gerade anklopfen, als sich der Wachmann räusperte und fast entschuldigend hinzufügte: »Äh, tut mir leid, aber ich muss dich erst nach Waffen durchsuchen.«

»Mich nach Waffen durchsuchen?«, fragte Femke, nun doch überrascht. »Nach was für Waffen suchst du denn? Man sagt mir nach, dass ich mit meinem Lächeln einem Mann das Herz brechen kann und eine Figur habe, für die manch einer einen Mord begehen würde. Aber davon einmal abgesehen, bin ich unbewaffnet.«

Die beiden Wachleute schmunzelten, gaben sich mit ihrem Wort aber nicht zufrieden. Femke seufzte, hob die Arme und ließ sich durchsuchen. Sie hatte sich schon durch manch eine Kontrolle gemogelt und war ziemlich sicher, dass auch hier nicht allzu gründlich gesucht wurde. Und tatsächlich klopfte der Wachmann sie nur einmal kurz ab und sah von oben in ihre Stiefel, ob dort ein Messer verborgen sei. Dann bedankte er sich für ihr Verständnis und ließ sie an die Tür des kaiserlichen Arbeitszimmers klopfen, ohne zu ahnen, dass Femke gleich zwei Wurfmesser dabeihatte. Eins war am Ärmel ihres Hemdes an der Innenseite des Unterarms befestigt, das andere hatte sie sich wie eine Kette um den Hals gehängt. Femke beabsichtigte zwar nicht, die beiden Messer zu benutzen, doch für den Notfall trug sie sie doch bei sich.

Als von innen ein »Herein!« kam, öffnete Femke die Tür. In diesem Augenblick sprachen die Wachen erneut jemanden an. Femke sah sich vor dem Eintreten kurz um und erhaschte dabei einen flüchtigen Blick auf General Surabar. Irgendwie hatte sie sich ihn größer vorgestellt. Als sie dem General gefolgt war, hatte sie von den Dächern herunter den Eindruck gehabt, er sei ein hochgewachsener Mann, größer jedenfalls als sie selbst. Doch der General war nur durchschnittlich groß. Ansonsten entsprach er jedoch völlig dem Bild, das sie sich von ihm gemacht hatte: scharf gezeichnete Gesichtszüge, aufrechter Gang, stolze Kopfhaltung. Er sah aus, wie man sich einen General eben vorstellte.

»Ach, Femke, pünktlich wie immer«, begrüßte sie der Kaiser, nachdem sie eingetreten war. »Hast du Erfolg gehabt?«

»Eure Kaiserliche Majestät, ich habe mein Bestes gegeben«, erwiderte Femke mit einem ehrerbietigen Knicks. »General Surabar steht bereits draußen vor der Tür bei den Wachen, aber Shalidar konnte ich nirgendwo finden. Ich habe ihm mehrere Nachrichten hinterlassen und kann nur hoffen, dass ihn früher oder später eine davon erreicht.«

»Na, da kann man nichts machen«, erwiderte Vallaine verständnisvoll. »Falls nötig, kann ich ihn auch später informieren. Hauptsache, wir können General Surabars Heer aufbieten. Das wird Shanier in seiner Bewegungsfreiheit stark einschränken.«

»Das war auch mein Gedanke, Majestät«, pflichtete Femke ihm bei. Dann hustete sie und griff sich an den Hals. »Verzeiht, Eure Majestät, meine Kehle ist ganz ausgetrocknet. Dürfte ich Euch wohl um etwas zu trinken bitten?«

»Natürlich, Femke. Bedien dich. In dem Schrank dort drüben sind Gläser. Nimmst du einen Schluck Wein?«

»Das wäre wunderbar, Eure Majestät, danke«, erwiderte sie. Auf dem Weg zum Schrank blieb sie stehen und drehte sich noch einmal zu dem Mann um, der, wie sie wusste, Vallaine war. »Verzeiht meine schlechten Manieren, Eure Majestät. Darf ich Euch nachschenken?«

Vallaine blickte auf sein fast leeres Glas und lächelte erfreut. »Warum nicht? Das ist eine hervorragende Idee, Femke. Reden ist ja doch eine ziemlich trockene Angelegenheit.«

Femke nahm ihm das Glas aus der Hand. Sie hatte Glück, denn in diesem Augenblick klopfte der General an die Tür. Vallaine war kurz abgelenkt und diese Sekunde nutzte Femke für ihren gefährlichsten Schachzug.

Vallaines Glas in der rechten Hand, hielt sie die Linke darüber und betätigte mit dem Daumen einen winzigen Hebel am Ring ihres Mittelfingers. Der Edelstein klappte zur Seite und ein Tropfen einer klaren Flüssigkeit fiel in das Glas des Kaisers.

Als der General den Raum betrat, bedachte Femke ihn mit einem liebenswürdigen Lächeln. Surabar nickte kurz, doch ohne jede Herzlichkeit. Das könnte sich in ein paar Minuten ändern, überlegte Femke.

Während sie die beiden Gläser füllte, achtete Femke darauf, dass sie Vallaines Kelch nur noch am Stiel berührte. Sie spürte den Blick des Zauberers im Nacken, der jede ihrer Bewegungen genau beobachtete. Als sie mit den beiden Gläsern zum Schreibtisch des Kaisers zurückkehrte, fiel ihr auf, dass sich die Schultern des Zauberlords sichtlich entspannten. Er konnte ja nicht wissen, dass Femke bereits auf dem Weg zur Vitrine genau das getan hatte, wonach er soeben panisch Ausschau gehalten hatte.

Femke reichte Vallaine das volle Glas und hob ihr eigenes zum Gruß, ehe sie daran nippte. Vallaine hielt sich seines unter die Nase und atmete das Aroma des schweren Rotweins ein. Den kleinen Zusatz konnte er, wie Femke wusste, weder riechen noch schmecken.

»Hättet Ihr auch gern einen Schluck, General?«, fragte Vallaine, wohl wissend, wie die Antwort lauten würde.

»Nein danke, Eure Kaiserliche Majestät. Bei Tage trinke ich nicht.«

»Sehr gut, Surabar, sehr gut. Nun denn, Ihr werdet Euch wahrscheinlich fragen, warum ich Euch hergebeten habe. Zunächst möchte ich Euch Femke vorstellen. Bist du schon mit dem General bekannt, Femke?«

»Nein, Eure Majestät, ich hatte noch nicht das Vergnügen.«

»Nun, in diesem Fall … Femke, das ist General Surabar. General, das ist Femke, eine wahrhaft bemerkenswerte junge Frau mit unglaublichen Fähigkeiten auf dem Gebiet der Spionage.«

»Eine Spionin?«, fragte der General zweifelnd, während er ihr die Hand schüttelte.

»Und zwar die beste, General«, erwiderte Femke mit einem kecken Lächeln.

»Wirklich?«, fragte er, und seine Mundwinkel verzogen

sich kaum sichtbar zu dem Anflug eines Grinsens. »Ich mag junge Leute mit Selbstbewusstsein. Leider ist es häufig fehl am Platz.«

»Nun, in diesem Fall, General, hat die junge Dame allen Grund, stolz zu sein«, warf Vallaine ein. »Femke hat ihre Fähigkeiten immer wieder unter Beweis gestellt. Ich habe Euch heute hergebeten, weil sie etwas Wichtiges herausgefunden hat. Lord Shanier, der Zauberer, der unsere Einheiten in Thrandor ins Verderben geführt hat, hält sich hier in Shandrim auf.«

Vallaine hielt kurz inne, um seinen Worten Bedeutung zu verleihen, und nahm einen Schluck Wein. Femke begann im Stillen zu zählen. Das Gift war stark und würde sehr bald Wirkung zeigen.

»Ich wüsste nun gern, General, ob Ihr eine Idee habt, wie wir ihn fassen können. Ich wünsche mir nichts mehr, als ihn neben den anderen drei Verrätern, die ich heute verurteilt habe, am Galgen hängen zu sehen. Habt Ihr einen Vorschlag?«

Der General kratzte sich nachdenklich am Kinn, während Vallaine erneut an seinem Wein nippte.

»Ein Zauberer, sagt Ihr?« Es war weniger eine Frage als eine Feststellung. »Dann nehme ich an, er ist ein Meister der Täuschung und der Tarnung. Er kann überall in der Stadt sein und in jeder Gestalt auftreten. Hmm …« Der General tippte sich mit dem Finger gegen die Lippen.

»Junge Femke, du als Spionin weißt doch am besten, wie man sich unsichtbar macht. Sage mir, wie würdest du dich an Shaniers Stelle tarnen?«

»Das ist nicht weiter schwer, General. Bei den vielen Soldaten in der Stadt würde ich mich als Soldat verkleiden«, erwiderte Femke rasch.

»Das habe ich mir gedacht«, erklärte Surabar leise. »Einem Schwindler könnte ich das Leben schon schwer machen, Eure Majestät, zum Beispiel, indem ich Passwörter einführe. Die Kommandanten geben die Passwörter aus und ich lasse überall in der Stadt Kontrollpunkte einrichten. Die Passwörter müssen nicht kompliziert sein, aber wenn man sie häufig wechselt, macht jemand, der nicht in den Mannschaftsquartieren lebt, leicht einen Fehler. Wer nicht das richtige Passwort nennt …« General Surabar hatte aufgeblickt, doch der Mann, der da vor ihm saß, war nicht der Kaiser. Surabar war für einen Moment geschockt.

»Fahrt fort, General. Eure Idee gefällt mir. Ich hatte gehofft, dass Euch etwas in der Art einfällt«, ermunterte Vallaine ihn. Seine Augen glitzerten in dem runzligen Gesicht. Er war sich nicht bewusst, dass seine Täuschung dahin war.

Femke wandte sich an den General und ihre Blicke trafen sich. »Zauberer sind unheimlich raffiniert, General«, sagte sie mit einem schwachen Lächeln. »Es ist sehr schwer, sie zu enttarnen. Aber ich denke, wir kommen ganz gut voran, nicht wahr?«

Der General war nach wie vor sprachlos.

»Seht Ihr«, fuhr Femke fort, »der Palast hier in Shandrim war schon immer eine Brutstätte für Lug und Trug, doch nie war es so schlimm wie in den vergangenen Monaten. Ich habe einige Übung darin, Täuschung und Wahrheit auseinanderzuhalten, doch sogar ich habe mich in dem jüngsten Wirrwarr der Ereignisse verheddert. Aber ich glaube, jetzt kann ich sämtliche Fäden entwirren.«

»Was redest du da, Femke? Hast du mir etwas verschwiegen?«, fragte Vallaine erbost.

»Oh nein, *Lord Vallaine,* ganz und gar nicht.«

»Lord Vallaine? Was willst du damit andeuten, junge Dame?«

»Ich deute gar nichts an. Ich stelle nur fest, was ohnehin

offensichtlich ist«, erwiderte Femke und zeigte mit dem Finger auf ihn. »Ihr seid entlarvt, und ich möchte Euch noch mit Eurem Nachfolger bekannt machen, ehe Ihr Euer Leben aushaucht.«

»Was zum …?«, zischte Vallaine, doch ein Blick auf seine Kleidung und Hände brachte ihn zum Schweigen.

»Ihr hattet schon recht, mir wegen des Weins nicht über den Weg zu trauen, Vallaine. Doch Ihr habt mich zur falschen Zeit beobachtet.«

»Was hast du mir angetan?«, fragte Vallaine. Seine Hände begannen zu zittern, als er sich aus seinem Stuhl hochstemmen wollte.

»Ich habe Euch vergiftet, Lord Vallaine. Was habt Ihr denn gedacht? Da ich der Zauberei nicht kundig bin, musste ich auf das zurückgreifen, was ich am besten kann. Es war gar nicht so einfach, ein Gift zu finden, das einen Zauberer schnell außer Gefecht setzt, mir aber trotzdem genügend Zeit lässt, ihn vor seinem Tod noch zu befragen. Teuer war es auch. Zum Glück habt Ihr mir für die Erledigung meines letzten Auftrags so viel Gold zur Verfügung gestellt, dass ich mir um die Kosten keine Gedanken machen brauchte. Es ist doch erstaunlich, was man mit ausreichend Gold alles kaufen kann.«

»Du dumme Göre!«, zischte Vallaine. Mittlerweile schlotterten ihm die Arme bis hinauf zu den Schultern. »Gib mir das Gegengift, aber sofort. Merkst du denn nicht, was du Shandar antust?«

»Oh doch, Lord Vallaine. Ich weiß, was ich tue, nämlich genau das, was Ihr vor mir getan habt: Ich töte den Kaiser, um Platz zu schaffen für einen, der dieser Aufgabe besser gewachsen ist. Zumindest sehe ich das so. Ich weiß von dem Komplott, das Ihr mit Shalidar geschmiedet habt: Als der letzte Kaiser seine Mörder ausschickte, Euch zu töten, ist es Euch irgendwie gelungen, den Spieß umzudrehen – er starb und Ihr habt ihn ersetzt. Ich weiß auch, dass Barrathos die Dämonen heraufbeschworen hat, die Ihr hinter Lord Shanier hergeschickt habt. Was Ihr vielleicht nicht wisst: Shalidar hat nicht nur den verstorbenen Kaiser verraten, sondern auch Euch. Diesmal allerdings bin ich recht angetan von seinem Auftraggeber, denn Shalidar tut dem Reich damit offenbar einen Gefallen.«

»Wer?«, keuchte Vallaine. Er zuckte und zitterte mittlerweile am ganzen Körper, doch aus seinen tief eingesunkenen Augen blitzte nach wie vor die Bosheit.

»General Surabar natürlich, wer sonst?«, erklärte Femke gelassen.

»Was?«, riefen Vallaine und Surabar wie aus einem Mund.

»Ich bitte Euch, General. Sie werden es doch nicht abstreiten? Ich habe Shalidar in das Haus gehen sehen, aus dem Ihr ein paar Stunden später herauskamt. Und ein andermal bin ich ihm zu Eurer Unterkunft gefolgt. Wie lässt sich das sonst erklären?«

Der General sah sie aufrichtig entsetzt an und wollte schon etwas erwidern, als er sich plötzlich mit beiden Händen an den Kopf griff und vor Schmerz aufschrie. Femke fragte sich noch, was den General so quälte, da durchzuckte sie ebenfalls ein stechender Schmerz, als hätte ihr jemand eine lange Nadel in die Stirn und quer durch den Kopf getrieben. Sie fiel auf die Knie und presste ihre Hände so fest wie möglich an den Kopf. Wie durch einen Nebel konnte Femke Vallaine an seinen Schreibtisch gelehnt sehen, vornübergebeugt, sich mit den Händen abstützend und heftig zitternd. Sein Gesicht war verzerrt vor Anspannung, Hass und Bosheit. Der Anblick erfüllte Femke mit Angst. Vallaine konnte offenbar immer noch auf seine Zauberkräfte zurückgreifen. Wenn sie nicht schnell etwas unternahm, würde man später im Arbeitszimmer des Kaisers nicht eine, sondern drei Leichen finden.

Lord Vallaine trotzte mit den letzten Kräften, die er aufbringen konnte, der Wirkung des Gifts und presste durch seine zusammengebissenen Zähne: »Ihr … werdet … meinen … Ruin … nicht … feiern.«

Der Schmerz in Femkes Körper steigerte sich ins Unerträgliche.

»Oh … doch«, stöhnte Femke, nicht minder entschlossen. Blitzschnell zog sie das Wurfmesser aus ihrem Stiefel. Schon flog es durch die Luft und drang mit einem Übelkeit erregenden Geräusch in Vallaines Körper ein.

Femke hatte nicht besonders gut gezielt und traf den Zauberlord nur an der Schulter. Die Verwundung war nicht tödlich, hatte aber die erwünschte Wirkung. Lord Vallaine strauchelte mit lautem Getöse vom Schreibtisch zurück und fasste mit den heftig schlotternden Händen nach der Schulter. Seine Konzentration war dahin. Vallaines Glieder zuckten hinter dem Tisch noch völlig unkontrolliert, als die Tür zum Arbeitszimmer aufgerissen wurde und die beiden Wachmänner hereinstürzten, dicht gefolgt von Shalidar.

»Nehmt diesen Mann fest!«, befahl Surabar und zeigte auf Shalidar. »Er steht im Verdacht, Hochverrat begangen zu haben.«

Die Wachmänner hielten verwirrt inne, denn das hatten sie als Letztes erwartet. Diesen kurzen Augenblick nutzte Shalidar. Ehe sie sich's versahen, hatte er die beiden Wachmänner mit der Faust niedergeschlagen. Dann zog er plötzlich einen Dolch, den er nach Surabar warf. Zu Femkes Überraschung gelang es dem General, sich rechtzeitig zu ducken. Femke zog rasch ihr zweites Wurfmesser, doch auch Shalidar war schneller. Das Messer verfehlte ihn um Haaresbreite und blieb zitternd im Türrahmen stecken.

Shalidar war weg.

Vallaines Zuckungen ließen nach. Einer der Wachleute lag stöhnend am Boden, der andere schien bewusstlos zu sein.

Femke spürte General Surabars Blick auf sich, drehte den Kopf und sah zu ihm hoch.

»Komm, junge Dame, ich helfe dir auf«, bot er ihr an.

Femke scheute sich, die ausgestreckte Hand zu ergreifen, denn ungeachtet der freundlichen Worte war der Ton des Generals hart wie Granit und in seinen Augen las sie Ärger und eine Menge unausgesprochene Fragen. Sie hatte die Beziehung zwischen dem General und Shalidar offensichtlich falsch eingeschätzt, das war Femke mittlerweile klar.

Femke ergriff Surabars Hand, ließ sich von ihm hochziehen und machte sich auf harsche Worte gefasst. Zu ihrer Überraschung blieben sie jedoch aus. Der General hatte sich weiterhin eisern im Griff, und als er ihr die erste Frage stellte, war seine Stimme ruhig und gefasst.

»Nun, Femke, für eine so junge Frau hast du jedenfalls ein untrügliches Gespür für Ärger im großen Stil. Wie hast du es nur geschafft, eine so hinterhältige und gerissene Intrige aufzudecken?«

»Mit Geschick und Glück, vermute ich, Eure Kaiserliche Majestät.« Femke warf ihm den Titel mit einem Schulterzucken und einem verschmitzten Lächeln hin.

»Wahrscheinlich hat Shalidar mit einem meiner Kommandanten gemeinsame Sache gemacht. Ich kann mir auch schon ganz gut vorstellen, wer es war. Aber die Kaiserliche Majestät kannst du dir sparen«, erklärte Surabar entschieden. »Wie käme ich dazu, mir den kaiserlichen Mantel umzulegen? Ich bin Soldat, kein Politiker.«

»Ich bitte um Verzeihung, dass ich Euch mit Shalidar in

Verbindung gebracht habe. Zugegeben, mich haben meine Schlussfolgerungen selbst überrascht, weil sie nicht zu dem passen wollten, was ich über Euch wusste. Sir, bei allem gebotenen Respekt, Ihr seid eine Symbolfigur. Shandar braucht genau so einen Kaiser wie Euch. Wenn Ihr jetzt den Thron besteigt, werden die Menschen Eurer Führung bereitwillig folgen.«

»Das mag ja alles sein, aber ich bin weder von adeliger Geburt noch dürstet es mich nach Macht.«

»Um ehrlich zu sein, Sir, ich glaube, Ihr habt gar keine andere Wahl. Vallaine hat seine politischen Gegner heute Morgen erbarmungslos beseitigt. Es gibt wohl kaum noch geeignete Kandidaten. Es sei denn, der Kommandant, mit dem sich Shalidar verbündet hat, würde einen starken Kaiser abgeben.«

Zu ihrer Überraschung lachte der General kurz auf. »Ha! Wenn ich mit meiner Vermutung richtig liege, handelt es sich bei dem Verschwörer um Kommandant Vammus. Dem hat sein Vater diese Stellung verschafft, in der Hoffnung, dass ein Mann aus ihm würde. Aber Vammus ist ein Stümper und ein Narr, der andere die Schmutzarbeit für sich erledigen lässt. Es würde zu ihm passen, einen Auftragsmörder anzuheuern, und mich würde nicht sonderlich überraschen, wenn er es gar nicht auf den Kaiser abgesehen hätte, sondern auf mich.«

»Nun, Sir, wir werden nicht lange geheim halten können, was heute hier geschehen ist. Ich jedenfalls wäre erfreut, Euch als neuen Kaiser zu sehen. Vielleicht entscheidet Ihr Euch wenigstens, vorübergehend das Amt zu übernehmen, bis Ihr den Stab an jemand Geeigneten übergeben könnt. Wenn Ihr Euch dazu durchringen würdet, könnte ich dafür sorgen, dass man sich in den Straßen von Shandar noch vor Einbruch der Dunkelheit von Eurem

Aufstieg zur Macht erzählt. Die Menschen wären begeistert.«

Der General tippte sich mit dem Finger an die Lippen und dachte mit gerunzelter Stirn über Femkes Lageeinschätzung nach. Er ging zum Schreibtisch des Kaisers und sah auf die Leiche Lord Vallaines hinab, dessen offene Augen auch noch im Tod bösartig zu funkeln schienen. Surabar seufzte tief.

»So ungern ich es zugebe, Femke – du hast recht. Das Reich hat in jüngster Zeit schwer unter Vallaines Einfluss zu leiden gehabt. Ich könnte manche Fehlentwicklung rückgängig machen und für einen geeigneten Nachfolger den Weg bereiten. Gut, ich besteige den kaiserlichen Thron. Aber die Leute sollen wissen, dass ich nur bis auf Weiteres regiere.«

»Eure Kaiserliche Majestät!« Femke machte einen tiefen Knicks und beugte das Haupt. »Darf ich vorschlagen, dass Ihr diesen Umstand vorerst für Euch behaltet? Es steht sonst zu befürchten, dass sämtliche Vertreter des höheren und niederen Adels Euch die Tür einrennen und sich als künftiger Kaiser bewerben. Wie wäre es, wenn Ihr den Titel erst einmal annehmt, ohne etwas über eine mögliche Nachfolge verlauten zu lassen? Wenn niemand weiß, was Ihr vorhabt, könnt Ihr in aller Ruhe suchen.«

»Sehr gut, Femke, das klingt vernünftig. Weißt du, ich kenne nur wenige Kommandanten, die es mit deiner Urteilskraft aufnehmen können. So soll es geschehen. Geh und verbreitete in der Stadt, dass Kaiser Surabar die Amtsgeschäfte übernommen hat und sich nun einiges ändern wird.«

»Jawohl, Eure Majestät. Mit Vergnügen.«

◎ ◎ ◎

»Schnell, Calvyn, durchs Felsentor«, drängte Perdimonn. »Wir haben jetzt keine Zeit für Erklärungen. Aber eine Sache musst du noch erfahren, bevor wir uns an den Aufstieg machen.«

Die Hüter eilten bereits durch den Torbogen, während Calvyn seinen Freunden zum Abschied zuwinkte und Bek die Hand schüttelte. Ehe er den Hütern folgen konnte, kam Jenna herbeigerannt und nahm ihn fest in die Arme.

»Wenn du glaubst, dass ich dich da hochklettern lasse, ohne dir einen Abschiedskuss zu geben, täuschst du dich aber gewaltig«, flüsterte sie ihm ins Ohr.

Calvyn küsste Jenna, und seine Freunde beobachteten belustigt, dass er dabei rot anlief.

»Ich bitte dich, komm heil wieder runter, Calvyn. Ich bin nicht kreuz und quer durch die halbe Welt gewandert und habe dir deine Seele wiederbesorgt, nur damit du dich jetzt von Selkor umbringen lässt.« Sie drückte ihn ein letztes Mal.

»Ich werde mir Mühe geben«, erwiderte Calvyn. »Keine Sorge, Perdimonn und die anderen Hüter passen schon auf mich auf.«

Er lächelte seinen Freunden ein letztes Mal zu und folgte dann den Hütern. Vielstimmige Segenswünsche begleiteten ihm.

»Ich trage dir den Stab«, bot Perdimonn an. »Du wirst ihn sowieso nicht brauchen.«

»Wie meinst du das? Kämpfe ich denn nicht gegen Selkor?«

»Doch, du kämpfst gegen Selkor, aber du wirst den Stab nicht gegen ihn einsetzen. Denk doch an den Wandbehang, Calvyn. Was hieltest du da in der Hand?«

»Na ja, das sah aus wie mein Schwert«, erwiderte Calvyn zögernd. »Aber meinst du wirklich, dass ich allein mit dem

Schwert gegen Selkor kämpfe? Mein Schwert ist im Vergleich nicht mehr als ein Spielzeug wert, das hat Selkor nach der Schlacht von Mantor doch selbst gesagt.«

»Das spielt jetzt aber keine Rolle«, erwiderte Perdimonn entschieden. »Du könntest mit dem Stab in den Kampf ziehen, aber du würdest nicht damit kämpfen. Der Stab hat so oder so auf den Ausgang des Kampfes keinen Einfluss. Du hast den Ring und das Schwert. Das ist völlig ausreichend.«

»Aber die Abbildung auf dem Teppich hat sich schon so oft verändert! Woher willst du wissen, dass ich jetzt nicht doch mit dem Stab abgebildet bin?«

»Das ist ganz einfach, Calvyn: Ich erlaube dir nicht, ihn zu nehmen, also wird der Teppich dich nur mit dem Schwert in der Hand zeigen. Die anderen Hüter und ich haben vor ein paar Wochen verhindert, dass Selkor an den letzten Schlüssel gelangt. Du hast es jetzt in der Hand, ihn aufzuhalten. Auch wenn du dir dessen nicht bewusst bist: Du hast die Mittel und das Können, es zu schaffen. Schreib dein Schwert nicht übereilt ab. Es ist eine mächtigere Waffe, als du dir vielleicht vorstellen kannst. Selkor hat nichts Vergleichbares vorzuweisen. Glaube an dich, Calvyn. Wir werden so rasch nachkommen und dir beistehen, wie es geht. Aber keiner von uns ist so schnell wie du, deshalb musst du Selkor daran hindern, das Portal zu öffnen, bis wir oben ankommen.«

»Ich tue, was ich kann, Perdimonn. Aber was mache ich, wenn er die Schlüssel einsetzt?«

»Du wirst mit deiner Aufgabe wachsen«, erklärte Perdimonn lächelnd. »Dir bleibt auch gar nichts anderes übrig. Wir würden dich nicht in diesen Kampf schicken, wenn du keine Aussicht auf Erfolg hättest. Sei vorsichtig, Calvyn, und vertrau deinem Instinkt. Du darfst nicht zulassen, dass die Götter durch Selkors Portal kommen.«

Das brauchte er Calvyn nicht noch einmal zu sagen. Und obwohl er sich vor einer Niederlage fürchtete, drehte er sich wortlos um und lief los, immer den schmalen Pfad gipfelwärts.

»Denk daran, dein Schicksal will es, dass du heute auf Selkor triffst. Es ist in den Teppich gewoben. Jemand leitet dich, Calvyn. Du darfst die Hoffnung nicht aufgeben«, rief Perdimonn ihm hinterher.

Trotz seiner guten körperlichen Verfassung und des jüngsten Trainings hielt Calvyn den Laufschritt nicht lange durch. Die enorme magische Kraft, die vom Gipfel her bis zu ihm drang, und die Angst vor dem drohenden Untergang spornten ihn jedoch an, bis an die Grenzen seiner Kräfte zu gehen.

Die Zweifel ließen ihn allerdings nicht los. Natürlich konnte er mittlerweile einigermaßen sicher und zielgenau magische Formeln durch den Ring des Nadus leiten, doch Selkor verfügte über magische Kräfte, die jeden seiner Angriffe mit Leichtigkeit zunichtemachen konnte. »Jemand leitet dich«, hatte Perdimonn ihm hinterhergerufen. Aber zu welchem Zweck? Je mehr er darüber nachdachte, desto lächerlicher kamen ihm die Worte vor. Wahrscheinlich leitet mich jemand auf direktem Weg in mein Verderben, überlegte er trübsinnig. Doch ungeachtet seiner Angst und seiner Zweifel zwang er sich verbissen weiter den steilen Pfad hinauf.

Der Weg wand sich um den Berg wie eine Schlange. Über weite Strecken war er zwar schmal, aber ungefährlich. Doch an zwei Stellen verengte er sich derart, dass Calvyn abzustürzen fürchtete. »Als wären die Wächter nicht Hürde genug«, murmelte Calvyn grimmig, während er sich mit dem Rücken zur Felswand über die zweite Engstelle tastete, den Blick fest auf den Boden geheftet. Als er mit einem

Fuß leicht abrutschte, löste sich der Untergrund und Steinchen kullerten den steilen Hang hinunter. Kaum hatte er die Engstelle hinter sich, rannte er weiter, immer dem Gipfel entgegen.

Kurze Zeit später weitete sich der Weg zu einer natürlichen breiten Treppe. Calvyn hatte keine Ahnung, wie weit es noch bis zum Gipfel war, doch da die Luft vor magischer Energie nur so flirrte, vermutete er, dass er bald da sein musste. Vorsichtshalber zog er sein Schwert, hielt es vor sich und sprang die Stufen hinauf. Doch schon nach gut zehn Stufen hatten seine Beine sämtliche Kraft verloren, und Calvyn fiel es schwer, den Fuß auf den jeweils nächsten Felsvorsprung zu setzen.

Die Felsentreppe schien kein Ende zu nehmen. Nach einer Weile steckte Calvyn das Schwert wieder zurück und stützte sich mit den Händen ab. Am Gipfel angekommen, war er so auf die jeweils nächste Stufe konzentriert und körperlich dermaßen erschöpft, dass er Selkor erst bemerkte, als er schon fast vor dem Thron stand. Calvyn hatte Glück, denn auch Selkor war völlig in seine Aufgabe vertieft. Andernfalls hätte ihn der Magier wohl leicht vernichtet.

Calvyn hatte zunächst nur Augen für den riesigen Thron. Eine ganze Armee von Steinmetzen musste Monate beschäftigt gewesen sein, solch ein gewaltiges Gebilde zu schaffen. Der Thron war über und über mit Mustern verziert und die Armlehnen wurden von zwei gemeißelten Panthern im Sprung gebildet. Doch dann zog der shandesische Magier Calvyns Aufmerksamkeit auf sich.

Dort, vor dem Thron, stand Selkor mit ausgestreckten Armen. Aus seinen Handflächen strömten magische Kraftwellen. Sie schienen sich in einer Art Feuerball zu sammeln, der direkt vor ihm in der Luft schwebte. In jeder nur vorstellbaren Farbe schimmernd, floss die vereinte Kraft aus diesem Ball in einen Wirbel.

Calvyn starrte hilflos den Kraftfluss und den Wirbel an. Warum musste ausgerechnet er Selkor Einhalt gebieten? Er, der nicht einmal ein ausgebildeter Magier war, stand mutterseelenallein einem Widersacher gegenüber, der viele Jahrzehnte mit dem Studium der Magie verbracht hatte. Was, um Himmels willen, sollte er jetzt tun? Sollte er versuchen, den magischen Kraftstrom mit dem Ring des Nadus zu unterbrechen? In dem Strudel sammelte sich eine unvorstellbare Kraft, und Calvyn vermochte nicht zu sagen, was geschehen würde, wenn er eingriff. Magie von dieser Größenordnung zu stören, konnte ähnlich verheerende Auswirkungen haben wie das Ereignis, das einst Terachim zu einer Wüste gemacht hatte. Er konnte Selkor einfach mit seinem Schwert durchbohren, doch was würde aus dem Wirbel werden, wenn die magische Formel nicht beendet wurde? Womöglich wuchs er dann immer weiter an, bis er die ganze Welt verschlang. Solange Calvyn nicht wusste, welcher Natur dieses wirbelnde Nichts war, konnte er nichts unternehmen. Die Hüter waren auf dem Weg hierher und hätten sicher eher eine Idee, was dieser Wirbel sein sollte, aber ob sie helfen konnten?

Was sollte er nur tun?

Während Calvyn noch mit sich haderte, stieß der Feuerball einen letzten Strom flirrender Kraft in den Wirbel. Dann wurde auch der Ball eingesaugt.

Selkor atmete tief ein, ließ erschöpft die Schultern sinken und drehte sich um. Als sein Blick auf Calvyn fiel, umspielte ein bösartiges Lächeln den Mund des shandesischen Magiers.

17

»Diesmal hat Perdimonn also seinen Welpen geschickt.« Selkors Stimme triefte vor Verachtung. »Er macht wohl gar nichts mehr selber. Wie ich sehe, hast du dein Schwert mitgebracht. Das ist gut, denn ich wollte ohnehin mit dir über den netten kleinen Leuchtstab reden. Ich habe nun doch Verwendung dafür. Wenn du ihn mir jetzt einfach aushändigst, kannst du unbehelligt deiner Wege gehen. Ach, wie schön, und den Ring des Nadus hast du auch dabei! Sein Verlust hat mich schwer getroffen. Nett von dir, dass du ihn mir zurückbringst.«

Calvyn spürte, wie Selkor seine geistigen Zauberkräfte ausschickte, um Besitz von ihm zu ergreifen. Er wollte gerade einen inneren Schutzschild errichten, da merkte er, wie der Ring, den er von Bek bekommen hatte, kalt wurde: Er wehrte Selkors Versuche, ihn zu beherrschen, selbstständig ab. Calvyn musste lächeln, als Selkors Zauberkräfte an ihm abprallten wie an einer Wand. Bedächtig zog er sein Schwert und legte sich eine Runenfolge zurecht. Er war froh, dass er sich auf die Magie konzentrieren konnte.

»Dem Welpen sind ein oder zwei neue Zähne gewachsen, seit wir uns das letzte Mal begegnet sind, Selkor«, erwiderte Calvyn, selbst überrascht, wie ruhig seine Stimme klang. In Wahrheit fürchtete er, von seiner Angst gelähmt zu werden. Die nach dem Eilmarsch schmerzenden Beine und wunden Füße erinnerten ihn darüber hinaus gnadenlos daran, wie erschöpft er war. Doch Calvyn konnte sich schon immer gut beherrschen, und so gelang es ihm auch jetzt, den Schmerz und die Müdigkeit auszublenden.

»Dürfte ich dich bitten, das Unheil, das du hier angezettelt hast, wieder rückgängig zu machen? Andernfalls muss ich es für dich tun.«

Um seiner Forderung Nachdruck zu verleihen, versuchte er in Selkors Geist einzudringen, um seinen Willen zu beeinflussen. Doch obwohl sich Calvyn in einigen Bereichen der Zauberei durchaus hervorgetan hatte, zählte die geistige Beherrschung anderer nicht gerade zu seinen Stärken. Gegen Selkors Schutzschild kam er nicht an.

»Haha, den Zauber rückgängig machen?«, lachte Selkor. »Die Aussicht auf ein ewiges Leben, auf eine Machtfülle, die jedes menschliche Vorstellungsvermögen übersteigt, soll ich rückgängig machen? Was bist du nur für ein komischer junger Mann! Die Formel ist nicht rückgängig zu machen, du Grünschnabel. Nur noch wenige Minuten und der Kraftwirbel hier wird die Grenze zwischen den Dimensionen durchbrechen. Dann steht den Göttern der Weg in unsere Welt offen. Sie werden die Dinge wieder zurechtrücken, du wirst schon sehen. Uns Magiern wird man endlich die Verehrung entgegenbringen, die uns gebührt. Könige werden sich unserem Willen beugen, denn wir halten die wahre Macht in unseren Händen. Die Stärksten von uns werden zur Rechten der Götter sitzen und über die Welt herrschen.«

Wenn Selkor überrascht war, dass er keine Macht über Calvyn erlangte, ja, dass dieser seinerseits versuchte, ihn gefügig zu machen, so ließ er es sich jedenfalls nicht anmerken. Doch sein Lachen war freudlos. Er wusste, dass es kein Kinderspiel sein würde, Calvyn das Schwert und den Ring abzunehmen.

»Wie du siehst, Selkor, habe ich ein bisschen was gelernt,

seit wir uns das letzte Mal begegnet sind. Ich bin jetzt Adept der Magierakademie, doch du wirst feststellen, dass mein Studium umfangreicher war als das der meisten anderen dort.«

»Adept an der Magierakademie, soso«, zischte Selkor. »Dann haben dich also diese sabbernden alten Dummköpfe in ihre Klauen bekommen? Glaub bloß nicht, dass die dir etwas Nützliches beibringen können. Diese verstaubten Tattergreise sind doch blind für echte Magie. Die haben sich in ihre vorsintflutlichen Lehrsätze vergraben. Keiner von denen ist zu einem selbstständigen Gedanken fähig, abgesehen vielleicht von Perdimonn. Oder haben sie dir beigebracht, wie man so etwas abwehrt?«

Calvyn zögerte nicht. Über den Ring des Nadus baute er einen Schutzschild auf, gegen den bereits den Bruchteil einer Sekunde später direkt vor seinem Gesicht ein Feuerball prallte. Calvyn zuckte zurück und schloss unwillkürlich die Augen vor dem durch den Aufprall entstandenen grellen Lichtblitz. Beim Aufeinandertreffen der Kräfte knackte und zischte es, doch Calvyn spürte keine Hitze. Als er die Augen wieder öffnete, atmete er tief durch und wappnete sich innerlich für den nächsten Angriff.

»Offensichtlich haben sie das«, beantwortete er Selkors Frage mit gefasster Stimme, wobei er leicht die Brauen hochzog.

Diesmal war Selkor zutiefst überrascht. Mit der Kraft, die er in seine Formel gesteckt hatte, hätte ein Anfänger nicht fertigwerden dürfen. Als er sah, wie der Feuerball an Calvyns Schutzschild abprallte und verpuffte, verlor er die Beherrschung und schickte eine ganze Salve von Feuerbällen hinterher. Doch jeder prallte von Calvyns Schild ab, und da er diesmal vorbereitet war, zuckte er nicht einmal mit den Wimpern. Nachdem Selkor seiner Wut Luft gemacht hatte, spürte Calvyn die Hitze, die von den letzten Feuerbällen ausging. Vielen Angriffen würde sein Schutzschild nicht mehr standhalten können.

»Akhdar hat dir also den Ring des Nadus nicht nur anvertraut, sondern dich auch in seinem Gebrauch unterwiesen«, grummelte Selkor. »Das wird dir aber auch nichts nützen. Wenn es sein muss, kann ich die Macht der Elemente entfesseln. Ich hoffe für dich, dass du so vernünftig bist, es nicht so weit kommen zu lassen. Die Elementarmacht wird dich zerschmettern und den Ring und das Schwert gleich mit.«

»Selkor, *du* bist derjenige, der Vernunft annehmen sollte. Glaubst du denn ernsthaft, dass die Götter dir etwas von ihrer Macht abgeben, wenn du sie erst einmal durch das Tor gelassen hast? Willst du ihnen diese Welt wirklich ausliefern, nur weil du auf Unsterblichkeit hoffst? Ich kann das nicht glauben. Und sei dir gewiss, ich werde bis zum letzten Atemzug kämpfen, um dich daran zu hindern.«

»Du? Mich daran hindern? Du hast wohl zu viel Zeit mit diesen alten Narren verbracht!«

»Mag sein, Selkor, aber ich habe den weiten Weg nicht gemacht, um mich jetzt vor meiner Verantwortung zu drücken. Hier ist sonst niemand, der dich aufhalten kann. Schließ das Tor, Selkor. Das ist meine letzte Warnung. Wenn nicht, muss ich ungemütlich werden. Ich werde dir schon noch zeigen, was ich noch gelernt habe.«

»Du Dummkopf!«, brüllte Selkor und starrte ihn hasserfüllt an. »Bist du völlig von Sinnen? Verstehst du denn gar nichts? Nur wenige Minuten trennen mich von der Unsterblichkeit. Ich habe es bis hierher geschafft und lasse mich von einem Grünschnabel wie dir nicht aufhalten. Wenn du willst, dass sich das Tor schließt, dann schließe es doch selbst, *Adept.* Aber ich werde dir nicht einfach dabei zusehen, das kann ich dir versprechen. Nur zu! Du hast ja keine Ahnung, wozu ich fähig bin.«

Mit einer verächtlichen Geste hob Selkor die Arme und entfesselte ein Element nach dem anderen. Über dem Berggipfel brauten sich Wolken zusammen, die innerhalb von Sekunden zu turmhohen schwarzen Ungetümen anwuchsen. Die leichte Brise wurde zu einem Orkan, der durch die Felsen fegte. Zwischen zwei Gewitterwolken fuhr ein Blitz zur Erde, gefolgt von einem ohrenbetäubenden Donner. Ein Sturzregen ging auf Calvyn nieder, wie er ihn noch nie erlebt hatte. Innerhalb von Sekunden war er nass und durchgefroren bis auf die Knochen.

Wo blieben nur Perdimonn und die anderen Hüter? Mit wachsender Unruhe blickte er hinauf in die gefährlich brodelnden Gewitterwolken.

Wie soll ich nur mit so etwas fertig werden?, fragte er sich. Ein Schlag von einem dieser Monster und ich werde geröstet.

Doch er durfte sich von seiner Verzweiflung nicht übermannen lassen. Entschlossen und mit zusammengekniffenen Augen blickte er in den Sturzregen und reihte innerlich die Runen für einen Schutz gegen das Wetter herbei, wie Akhdar es auf der Reise nach Mantor getan hatte. Er leitete die Formel durch den Ring des Nadus und schon umhüllte ihn eine magische Kraftblase.

Selkor stand nicht weit von ihm weg geschützt in seiner eigene Blase, inmitten des unnatürlichen Gewitters, das wild um den Berggipfel tobte. Der Magier deutete mit dem Finger auf Calvyn, und ein Blitz, der ihn im Handumdrehen frittiert hätte, prallte gegen Calvyns Schutzblase. Calvyn spürte, wie der Schild schwächer wurde, und war überrascht, dass er den zweiten Blitzstrahl überhaupt noch abwehrte. Als Selkor zum dritten Angriff ansetzte, spurtete

Calvyn los und suchte nach einer Deckung. Diesmal zerbarst sein Schutzschild beim Aufprall des Lichtblitzes, doch der Blitz schlug hinter Calvyn in den Fels ein. Die abberstenden Splitter trafen ihn an den Beinen und am Rücken.

Der nächste Strahl schlug so nah vor ihm ein, dass er davon vorübergehend geblendet wurde. Selkor stieß ein wahnsinniges Lachen aus. Er spielte nun mit Calvyn wie eine Katze mit der Maus. Er hob die Arme gen Himmel und machte eine ausladende Bewegung. Aus der nächstliegenden Gewitterwolke löste sich ein gewaltiger Tornado und raste wirbelnd über den Berggipfel auf Calvyn zu. Ehe Calvyn einen klaren Gedanken fassen konnte, war der Tornado direkt über ihm und sog ihn ein in seinen gierigen Schlund.

Calvyn wurde im Auge des Wirbelsturms emporgehoben, höher und immer höher. Unter sich sah er den Berg kleiner werden. Seine Ohren schmerzten, da der Luftdruck um ihn herum rasch sank. Die Luft wurde zunehmend kälter. Calvyns Gedanken rasten, suchten verzweifelt nach einer magischen Formel, die ihm das Leben retten könnte. Dann formte er innerlich mehr instinktiv eine Runenfolge, leitete sie durch sein Schwert und stieß mit der Klinge in Richtung Erde. Ein magisches Kraftband schoss aus der Schwertspitze gen Erde und verankerte sich fest und unauflösbar im Felsen des Gipfels.

Calvyn klammerte sich mit einer Hand am Schwert fest, doch da er nach wie vor im wirbelnden Tornado steckte, gleichzeitig aber mit dem Boden verbunden war, drehte es ihn nun immer schneller um die eigene Achse. Schließlich schaffte er es, den Griff des Schwertes auch mit der zweiten Hand zu packen. Der Wirbelwind riss ihn weiter nach oben, zerrte an seiner Kleidung und drohte, jeden klaren Gedanken aus seinem Kopf zu vertreiben. In diesem Moment tauchte Jenna vor seinem inneren Auge auf, wie sie gegen den Gorvath antrat, um ihm das Leben zu retten. Die Liebe zu ihr und die Verantwortung, die er ihr gegenüber hatte, erfüllte ihn mit neuer Entschlossenheit. Mit einer weiteren Formel bewirkte er, dass sich das magische Band zusammenzog und ihn nach und nach zum Gipfel des Berges hinabzog.

Etwa zwanzig Schritt über dem Boden ließ Calvyn den tosenden Schlund des Tornados hinter sich. Der Sog nach oben brach plötzlich ab und er stürzte kopfüber in Richtung Erde. Das ging so schnell, dass ihm keine Zeit blieb, den Fall mit magischen Mitteln zu lindern. Obwohl er sich am Boden abrollte, fuhr beim Aufprall ein stechender Schmerz durch seinen Körper.

Doch als Calvyn auf die Füße kam und sich Selkor erneut stellte, blitzte in seinen Augen wilde Entschlossenheit und Zorn. Er hielt das Schwert noch immer mit beiden Händen umfasst und schwenkte es trotzig, als wolle er dem über ihm tobenden Tornado die Stirn bieten. Für ihn völlig überraschend, brach die wirbelnde Windsäule daraufhin in sich zusammen und löste sich innerhalb weniger Sekunden auf.

Calvyn verschwendete keinen Gedanken mehr an den Ring des Nadus, sondern ging mit dem Schwert auf Selkor zu. Der Shandeser deutete auf Calvyn und ließ einen neuen Blitz auf Calvyn los. Ohne überhaupt darüber nachzudenken, was er da eigentlich tat, schlug Calvyn ihn mit der Klinge beiseite. Es folgte ein weiterer Blitz und noch einer, doch jedes Mal wehrte ihn Calvyn auf die gleiche Weise ab.

Fassungslos machte er sich bewusst, dass er nicht geröstet worden war, ja die Wärme der Blitze nicht einmal gespürt hatte. Er wusste nicht, wie, doch das Schwert blockte die verheerende Kraft des Feuers, mit der Selkor ihn beschoss, einfach ab. Es war merkwürdig. Damals im Kampf gegen Demarr hatte er Darkweavers Amulett gegen sich gehabt, und das Heft seines Schwertes hatte sich so stark erhitzt, dass es Calvyn die Hände verbrannt hatte. Damals wäre es ihm auch nicht in den Sinn gekommen, magische Formeln durch das Schwert zu leiten. Diesmal war das anders. Das Schwert verstärkte die Magie, so wie der Stab des Dantillus oder der Ring des Nadus. Dabei hatte Calvyn die Klinge nie mit irgendwelchen Verstärkungsformeln besprochen. Warum, fragte er sich, wehrte es Selkors verheerende Angriffe, die geballte Kraft des Elements, mit solcher Leichtigkeit ab?

Da wurde ihm schlagartig klar, warum Perdimonn ihm den Stab des Dantillus abgenommen und darauf bestanden hatte, dass er das Schwert benutzte. Als Calvyn beim Schmieden die Magie in die Klinge eingewoben hatte, war diese merkwürdige Formel ungebeten aufgetaucht. Und neulich hatte er, scheinbar im Traum, die drei Silberrunen verändert und dann ganz verschwinden lassen. Je mehr er darüber nachdachte, desto sicherer war er, dass Perdimonn mehr wusste, als er zugab.

Wie hatte es in *Die Orakel des Drehboor* geheißen? »Der Auserwählte wird die Macht über alle vier Schlüssel haben.« Das war es – Calvyn hatte die Macht über alle vier Schlüssel! Sie waren alle vier in seiner Klinge vereint. Das war die einzige Erklärung. Selkor mochte ihn noch so erbittert angreifen – wenn Calvyn die Magie durch die Klinge leitete, konnte er über das Element verfügen, das er gerade brauchte.

»Ich bin der Auserwählte«, lachte Calvyn. Dann rief er noch einmal so laut, dass Selkor es hören konnte: »Ich bin der Auserwählte, Selkor, hörst du? Ich bin der Auserwählte! Gib auf oder du wirst etwas erleben!«

Den Bruchteil einer Sekunde sah Calvyn Angst in Selkors Augen aufflackern.

»Genug ist genug, Selkor«, brüllte Calvyn, doch er wusste, dass Selkor nicht auf ihn hören würde.

Calvyn war entschlossen, sich keine weiteren Angriffe von Selkor bieten zu lassen. Der merkwürdige Kraftwirbel, den der Magier geschaffen hatte, wuchs immer noch an. Wenn Calvyn nicht bald etwas unternahm, würde Selkor sein Ziel erreichen. Calvyn musste das Portal, das vor seinen Augen entstand, schließen und gleichzeitig Selkor erledigen. Die Meister hatten ihm zwar einige magische Angriffsformeln beigebracht, doch Calvyn übte sie nur äußerst ungern aus. Mit Perdimonns Heilformeln fühlte er sich erheblich wohler. Plötzlich fiel ihm eine ein, die er abwandeln konnte.

Flink wie ein Wiesel rannte Calvyn zu einer Stelle, von der aus gesehen Selkor genau zwischen ihm und dem Kraftwirbel stand. Der Magier war überrascht von diesem Schachzug und ließ mehrere Blitze auf Calvyn los, die er jedoch wieder mit dem Schwert abwehrte. Nun, da er um die Kraft seines Schwertes wusste, baute Calvyn noch einmal einen Schutzschild um sich herum auf und beobachtete zufrieden, wie Selkors Blitze zischend daran abprallten.

Doch Selkor war noch lange nicht zur Aufgabe bereit. Schlagartig änderte er seine Taktik und lenkte mehrere Blitze durch Darkweavers Amulett. Zu Calvyns Entsetzen durchdrangen sie den Schild mühelos und er musste sie in letzter Sekunde mit dem Schwert abwehren. Bei jedem Aufprall zuckte und hüpfte das Heft in seiner Hand. Die magische Kraft, die von Darkweavers Amulett ausging, war offenbar von einer völlig anderen Art als die der Schlüssel.

Wie damals im Kampf gegen Demarr wurde das Heft seines Schwertes immer heißer. Calvyn wusste, dass er nun schnell handeln musste. Trotzig reckte er das Kinn vor, zeichnete vor seinem inneren Auge ein Bild davon, was er erreichen wollte, und wob dann die entsprechenden Runen hinein. Das Schwert wand sich in seiner Hand wie eine Schlange und verdrehte sich mit jedem Flammenstrahl, der es traf. Dabei wurde es heißer und heißer, bis es eine Qual war, das glühende Heft noch in der Hand zu halten. Als Calvyn den Zauber durch die Klinge leitete, durchströmte ihn eine Welle der Erleichterung.

Eine Mauer aus magischer Kraft baute sich vor Selkor auf. Zunächst schien sie sich um ihn herumzubiegen, bis die Enden parallel zu dem tosenden Kraftwirbel standen. Dann streckte sich der Bogen und zwang Selkor auf diese Art, vor der Mauer zurückzuweichen. Schritt für Schritt wurde der Magier rückwärts auf das offene Tor zugedrängt. Er hatte keine Zeit für einen Gegenzauber, und ehe er sich's versah, stand er am Rand des Wirbels. »Ich wünschte, ich müsste das nicht tun, Selkor, aber du lässt mir keine andere Wahl. Du willst zur Rechten der Götter sitzen – so sei es.«

»Nein! Nicht, du Narr! Das Tor ist noch nicht ganz geöffnet. Hör auf. Nicht! Bitte!«

Selkor schickte einen letzten Blitz durch das Amulett, der Calvyn das Schwert aus der Hand riss. Einen Augenblick lang hing die schwarze Gestalt des Magiers im Rachen des Wirbels, dann wurde sie in den Strudel hineingerissen.

Calvyn fiel auf die Knie und schickte einen tiefen Seufzer der Erleichterung gen Himmel. Selkor war weg. Er hatte den bösen Magier tatsächlich besiegt. Doch wenn er nicht wollte, dass Selkor samt einem Heer von Göttern im Schlepptau durch das Tor zurückspazierte, musste er den Eingang schleunigst schließen.

Calvyn, am ganzen Körper grün und blau geschlagen, hob sein Schwert auf. Das Heft war noch glühend heiß, doch er brauchte die Macht des Schwertes, um sein Werk zu vollenden. Mit eiserner Disziplin verbannte er den Schmerz aus seinen Gedanken, stellte sich das Portal als eine Wunde im Körper der Welt vor und leitete einen Heilzauber nach dem anderen durch das Schwert. Zu seiner Bestürzung zeigten sie keinerlei Wirkung. Die Schäden an Zeit und Raum waren mit Beschwerden des menschlichen Körpers anscheinend doch nicht zu vergleichen.

Verzweifelt stand Calvyn auf und umfasste das Heft seines Schwertes mit beiden Händen. Mit zusammengekniffenen Augen stellte er sich die Luft, die den Wirbel umgab, als gesunde Haut vor. Er leitete eine Runenfolge in sein Schwert und stieß neben dem Wirbel die Klinge in die Luft wie eine Nadel, mit der man eine klaffende Wunde nähte. Dann nahm er seine ganze Kraft zusammen und zog die Klinge zur Mitte des wirbelnden Strudels. Das Schwert drang zwar in das Kraftfeld ein, doch Calvyn spürte zunächst keine Wirkung. Er wollte die Klinge schon zurückziehen, da traf zu seiner Linken ein leuchtend orangeroter Lichtstrahl den Wirbel. Es folgte ein meergrüner Strahl und einen Augenblick später sah Calvyn auf der anderen Seite einen dritten und vierten aufleuchten.

»Nicht nachlassen, Calvyn«, hörte er hinter sich die vertraute Stimme Perdimonns. »Versuch es noch einmal.«

Mit letzter Kraft und unter lautem Stöhnen legte Calvyn sein gesamtes Körpergewicht in die Klinge. Und tatsächlich: Der Wirbel veränderte nach und nach die Form. Langsam, aber sicher zog Calvyn den Wirbel erst von den Seiten her, dann von oben und unten zusammen. Mit einer letzten magischen Formel fuhr er schließlich mit der Schwertspitze über die Linie, die nun noch in der Luft zu sehen war, und zog die Enden zusammen. In diesem Moment gesellten sich die Machtstrahlen der Hüter zu seiner Schwertspitze und die Linie verschwand.

Da begannen sich auch die Gewitterwolken zu verziehen, Blitz und Donner brachen ab, der Regen ließ nach und hörte schließlich ganz auf und der Sturm wich wieder einer sanften Brise. Calvyn stolperte zum Thron der Götter und ließ sich auf eine Felsplatte fallen, die wohl eine Art Fußstütze darstellte.

»Das hast du gut gemacht, Calvyn. Du bist doch immer für eine Überraschung gut.« Aus Perdimonns Stimme sprachen Stolz und Bewunderung.

»Warum hast du es mir nicht gesagt, Perdimonn?«, fragte Calvyn erschöpft.

»Was denn, Calvyn?«, fragte der Alte unschuldig.

»Dass ich der Auserwählte bin.«

»Er weiß es«, murmelte Morrel, die Stirn in tiefe Falten gelegt.

»Natürlich weiß er es«, tadelte Rikath ihn mit einem leisen Lachen. »Wenn er es nicht wüsste, wäre er jetzt nicht mehr am Leben.«

»Ist dir klar, dass das niemand erfahren darf?«, fragte Perdimonn ernst.

»So etwas Ähnliches habe ich mir schon gedacht«, seufzte Calvyn. »Natürlich verstehe ich, dass die Schlüssel immens wichtig sind und geheim bleiben müssen. Das ist auch kein Problem, denn eigentlich kenne ich sowieso keinen der Schlüssel. Und erst nachdem ich eine der Runenfolgen durch mein Schwert geleitet hatte, wurde mir klar, was ihr getan habt. Aber findet ihr nicht, dass es reichlich gewagt war, mir kein Sterbenswörtchen davon zu sagen?«

»Das Leben ist ein einziges Wagnis, Calvyn. So gern ich es dir gesagt hätte – unser Schwur verbietet es uns, einen Außenstehenden in die Geheimnisse der Schlüssel einzuweihen.«

»Aber das hättet ihr doch gar nicht tun müssen. Ich habe

ja auch mit dem Schwert gekämpft, ohne etwas über die Schlüssel zu wissen.«

»Ja, aber die anderen Hüter und ich waren uns einig, dass wir unseren Schwur gebrochen hätten, wenn wir dich eingeweiht hätten. Es ist vorbei, Calvyn. Lass dich mal ansehen. Bist du verletzt?«

Calvyn ließ sich bereitwillig von Perdimonn die Wunden und Verbrennungen heilen. Erschöpft, wie er war, brauchte er für den Abstieg erheblich länger als für den Aufstieg. Als sie, unten angekommen, durch das Felsentor traten, war es später Nachmittag. Derra hatte wenige Schritte vom Tor entfernt ein Lager errichten lassen. Die Magier hielten an mehreren Stellen Wache, für den Fall, dass Selkor zurückkehrte, während die anderen kampfbereit auf Abruf standen. Als Jenna Calvyn sah, flog sie ihm in die Arme und vergrub ihr Gesicht an seiner Schulter.

»Es ist vorbei.« Sanft streichelte er ihr über den Kopf.

Sekunden später umringten ihn seine Freunde, schüttelten ihm die Hand und klopften ihm auf den Rücken. Fragen prasselten von allen Seiten auf ihn ein, doch anfangs war es ihm unmöglich, sie zu beantworten, weil auf jede sofort die nächste folgte. Während des Abstiegs hatte er sich eine Geschichte zurechtgelegt, wie er über Selkor gesiegt hatte, damit ihm nicht versehentlich herausrutschte, dass er der Auserwählte war. Es war ihm nicht leichtgefallen, denn seine Freunde wollte er eigentlich nicht anlügen und die Großmagier würden sämtliche Märchen, die er ihnen auftischte, umgehend als solche entlarven, da war er sicher. Doch Perdimonn und die anderen Hüter hatten ihn schwören lassen, das Geheimnis für sich zu behalten.

Als er endlich zu Wort kam, erzählte Calvyn, er habe Selkor überrascht und durch das Portal gestoßen, das dieser gerade geöffnet hatte. Diese Geschichte beinhaltete genug

Bestandteile der Wahrheit, dass er auf Rückfragen schlüssig antworten konnte. Das Gewitter oben am Gipfel, so erzählte Calvyn, sei entstanden, als die Hüter das Tor wieder schlossen. Perdimonn und die anderen Hüter bestätigten Calvyns Geschichte. Die Großmagier gaben sich offenbar mit Calvyns Erklärung zufrieden. Meister Jabal legte zwar nachdenklich die Stirn in Falten, doch falls er misstrauisch war, so sagte er es wenigstens nicht. Stattdessen äußerte er die Hoffnung, Calvyns Ausbildung fortan in gemächlicherem Tempo zu Ende bringen zu können. Akhdar und Kalmar hatten sich dieser Haltung anschlossen, und so stand für Calvyn fest, dass er sich bald schon wieder an das Schneckentempo der Magierakademie würde gewöhnen müssen. Warum sollte er auch eine Sonderbehandlung erhalten? Es war ja nicht etwa so, dass er die Welt gerettet hätte …

Am Nachmittag und Abend herrschte ausgelassene Stimmung. Nur Bek schien nicht so recht nach Feiern zumute zu sein. Als Calvyn ihn darauf ansprach, erhielt er keine Antwort. Erst am nächsten Morgen, als die Reisegesellschaft das Lager abbrach, um den Rückweg nach Mantor anzutreten, kam ans Licht, weshalb Bek so niedergeschlagen war.

»Komm schon, Korporal, aufsatteln! Was ist denn nur los mit dir?«, bellte Derra ihn verärgert an.

»Er kommt nicht mit uns«, nahm Perdimonn Bek die Antwort ab.

»Kommt nicht mit uns? Was redet Ihr da für einen Unsinn? Natürlich kommt er mit. Nun steig schon auf, Bek.«

»Er kommt nicht mit uns«, wiederholte Perdimonn. »Bek hat keine Wahl. Durch seinen Sieg über Derkas ist er zu einem Wächter geworden. Er muss hierbleiben, Sergeantin. Keine Macht der Welt kann ihn von hier wegbringen. Setzt ihn bitte nicht unter Druck.«

Bek ließ den Kopf hängen und zuckte hilflos die Schultern. Derras Züge wurden sanfter und Beks Freunde saßen wieder von ihren Pferden ab.

»Wie lange weißt du das schon?« Eloise brachte nicht mehr als ein Flüstern heraus.

»Seit Derkas verschwunden ist«, erwiderte Bek. »Ich spürte, dass sich etwas in mir veränderte. Als ich Pallim gestern darauf ansprach, bestätigte er meinen Verdacht. Schon nach meinem Sieg über Derkas wusste ich, dass es mir bestimmt war hierzubleiben. Es tut mir wirklich leid, dass ich nicht mit euch gehen kann. Aber macht euch um mich keine Sorgen. Pallim ist schon länger als Derkas hier, und er behauptet, er hätte sich noch nie gelangweilt. Er ist offenbar ein noch besserer Schwertkämpfer als Derkas und kann mir bestimmt allerhand beibringen.«

»Du entziehst dich auf recht eigenwillige Art deinen Pflichten als Ausbilder, Korporal. Klar, es war bestimmt furchtbar mühsam, uns Stümpern den Umgang mit dem Schwert beizubringen. Aber dass du lieber bis in alle Ewigkeit hier Wache schiebst, als uns zu unterrichten, finde ich, ehrlich gesagt, ziemlich krass«, scherzte Fesha, doch sein ernster Tonfall wollte nicht recht zu seiner Witzelei passen.

Bek lächelte ihn matt an und klopfte ihm freundschaftlich auf die Schulter.

»Ich werde euch alle schrecklich vermissen. Aber Perdimonn hat die Wahrheit gesagt: Ich habe keine Wahl. Ich muss hierbleiben. Immerhin wisst ihr, wo ihr mich finden könnt. Die Gegend ist natürlich ein bisschen abgelegen, aber ich würde mich riesig freuen, wenn ihr mich hin und wieder mal besuchen kämt.«

»Natürlich kommen wir«, erwiderte Jenna. Calvyn und Fesha stimmten ihr zu.

Derra sah Perdimonn mit versteinerter Miene an. »Seid

Ihr sicher, dass es keine Möglichkeit gibt, Bek von seinen Pflichten als Wächter zu entbinden?«

»Ich kenne keine«, antwortete Perdimonn und hielt dabei Derras Blick stand. »Bek hat die Aufgabe des Wächters übernommen und wird sie erst abgeben, wenn er im Kampf besiegt wird. Soweit ich weiß, kann er auch nicht absichtlich verlieren. Aber solange er hier ist, wird er nicht altern. Er ist sozusagen unsterblich geworden. Manch einer würde alles dafür geben.«

»Und habt Ihr das schon vor dem Kampf gewusst?«, wollte Derra wissen.

»Ja.« Perdimonns Miene blieb völlig unbewegt.

»Ihr habt es gewusst und Bek trotzdem nicht gewarnt?«, knurrte die Sergeantin mit gefährlich blitzenden Augen.

»Ja, Derra, genau so war es. Aber hättet Ihr eine andere Möglichkeit gesehen, Selkor aufzuhalten? Calvyn war es vorbestimmt, Selkor am Thron der Götter gegenüberzutreten. Dazu musste er an den Wächtern vorbei. Ihr gebt mir sicher recht, dass Bek für den Kampf am besten geeignet war. Ich habe ihn nicht darum gebeten, niemand hat das. Er hat aus freiem Willen entschieden zu kämpfen. Ich bin der festen Überzeugung, dass es sein Schicksal war, gegen Derkas anzutreten. Eine höhere Macht hat jeden seiner Schritte gelenkt. Nur die besten Kämpfer werden zu Wächtern.«

»Ihr hättet ihn wenigstens warnen können«, knurrte Derra.

»Ja, natürlich hätte ich ihn warnen können, aber hätte das etwas geändert?«, seufzte Perdimonn. »Bek, hättest du Derkas auch herausgefordert, wenn du das alles gewusst hättest? Oder hättest du es dir anders überlegt?«

»Ich hätte auf alle Fälle gegen ihn gekämpft«, erwiderte Bek, ohne zu zögern. »Calvyn brauchte einen Kämpfer und ich hätte dieses Privileg bestimmt an niemand anderen abgetreten.«

»Das beantwortet die Frage«, wandte sich Perdimonn schulterzuckend an Derra.

Derra sah alles andere als glücklich aus, sagte aber nichts mehr dazu. Einen Augenblick blieb sie reglos vor Bek stehen, dann überraschte sie alle Umstehenden, indem sie ihn umarmte.

»Leb wohl, Bek. Ich finde zwar, du hättest etwas Besseres verdient, als dein Leben hier am Ende der Welt am Fuß eines einsamen Berges zu verbringen, aber verlass dich drauf, ich werde dich, so oft es geht, besuchen und dich zu einer Revanche herausfordern.«

»Danke, Sergeantin, darauf freue ich mich jetzt schon«, erwiderte Bek, gerührt von diesem ungewohnten öffentlichen Gefühlsausbruch.

Auch die anderen verabschiedeten sich alle nacheinander von ihm, bis nur noch Eloise übrig war. Bek blickte der schwarzhaarigen Schönheit wehmütig in die Augen, die sich mit Tränen füllten. Keiner der beiden vermochte seine Gefühle in Worte auszudrücken und so hielten sie sich einfach lange umschlungen. Als sie sich trennten, weinten sie, brachten aber auch nicht mehr als ein »Leb wohl!« über die Lippen.

Die Reisegesellschaft saß auf und machte sich unter Winken und Abschiedsrufen auf den Weg nach Norden.

»Gute Reise!« Bek winkte ein letztes Mal und trat dann zu Pallim, der unter dem Felsentor auf ihn gewartet hatte.

»Das wäre erledigt. Also, hättest du Lust auf einen Übungskampf?« Pallim lächelte ihn freundschaftlich an.

»Jederzeit«, erwiderte Bek grinsend und zog mit einer schwungvollen Geste sein Schwert.

◎ ◎ ◎

Mehrere Wochen später weilten Calvyn, Jenna und die Magier noch immer als Gäste im Palast von Mantor, wo sie dem König Bericht erstattet hatten. Calvyn hatte zwar ein schlechtes Gewissen, weil er König Malo anlügen musste, hielt sich aber an den Schwur, den er Perdimonn und den anderen Hütern gegenüber abgelegt hatte.

Wenn Jenna schon vor der Reise zum Thron der Götter zärtlich gewesen war, so galt das jetzt erst recht und Calvyn genoss ihre Gesellschaft in der Abgeschiedenheit seiner Gemächer. Dort verbrachten die beiden eine Menge Zeit und schmiedeten Zukunftspläne. Schon bald würden sie sich gemeinsam auf den Weg nach Terilla machen. Calvyn hatte Jenna außer Hörweite der Meister alles über das Leben an der Akademie erzählt. Da er nie bei den weiblichen Adepten gewesen war, wusste er nicht, ob sie irgendwie anders behandelt wurden oder wie häufig sie Gelegenheit haben würden, sich zu treffen. Diese Fragen würden sie auf der langen Rückreise mit dem Meistern besprechen. Bis dahin genossen sie das süße Nichtstun im Palast.

Die Reisevorbereitungen wurden bereits in die Wege geleitet. Perdimonn und die anderen Hüter waren in der Woche zuvor abgereist, und Derra, Fesha und Eloise wollten Calvyn, Jenna und die Magier noch bis nach Nordthrandor begleiten.

Calvyn und Jenna hatten es sich wieder einmal auf dem großen Sofa in Calvyns Suite bequem gemacht, als es an der Tür klopfte. Es war Veldan mit einer Nachricht vom König.

»Sir Calvyn, der König bittet Euch, in den Thronsaal zu kommen. Soeben ist eine Abordnung aus Shandar eingetroffen, angeblich Botschafter des neuen Kaisers. König Malo möchte, dass Ihr prüft, ob womöglich Magier oder Zauberer unter ihnen sind.«

»Selbstverständlich, Veldan. Ich komme sofort.«

Der König wartete bereits auf ihn. Baron Anton war auch anwesend. Beide wirkten beunruhigt.

»Ah, Calvyn! Danke, dass du so schnell gekommen bist. Veldan, lass mich kurz mit Sir Calvyn reden und schicke mir in zwei Minuten die shandesische Abordnung herein.«

Veldan machte eine Verbeugung, zog sich zurück und schloss die Tür hinter sich.

»Ich habe dich rufen lassen, weil dieser Besuch aus Shandar höchst ungewöhnlich ist. Wir haben noch nie eine weibliche Botschafterin aus Shandar empfangen, und ich möchte sichergehen, dass es sich nicht wieder um einen Trick handelt.«

»Ich helfe, wo ich kann, Eure Majestät.«

»Das weiß ich, Calvyn. Ich vertraue auf dein Urteil. Unsere Spione im Norden haben uns die merkwürdigsten Dinge berichtet. Sie sind ziemlich sicher, dass es auf dem Thron von Shandar einen Wechsel gegeben hat, aber keiner weiß, welche Beziehung der neue Kaiser zu seinen Nachbarn anstrebt. Wenn wir Glück haben, erfahren wir heute mehr. Vielleicht kannst du herausfinden, ob es irgendwelche Anzeichen für Magie oder Zauberei gibt.«

»Selbstverständlich, Eure Majestät.«

In diesem Moment ertönte ein lautes Klopfen, und Veldan trat ein, gefolgt von einer prächtig gekleideten jungen Frau und drei unbewaffneten Männern, die jeweils ein schmuckvolles Kästchen in Händen trugen.

»Darf ich vorstellen, Eure Majestät: Lady Femke, Botschafterin von Shandar.«

»Willkommen, Lady Femke. Es ist mir stets ein Vergnügen, eine Abordnung unseres verehrten Nachbarlandes zu empfangen, wenn sie in friedlicher Absicht hier ist. Was führt Euch in mein bescheidenes Königreich?«

Femke lächelte freundlich und ihre Augen blitzten. »Seine Majestät Surabar, Kaiser von Shandar, übermittelt Euch seine Grüße und bietet Euch als Wiedergutmachung für die Überfälle auf Euer Staatsgebiet durch unser Heer diese Gaben an. Er bittet Euch im Namen des Reiches Shandar um Vergebung und möchte eine neue Ära des friedlichen Miteinanders und des blühenden Handels mit Thrandor einläuten.«

Ihre drei Begleiter traten vor und öffneten die Schatullen. Sie enthielten Gold, Edelsteine und feinsten Schmuck.

Der König hob die Augenbrauen und warf Calvyn einen fragenden Blick zu. Dieser hatte den Raum bereits nach Magie und Zauberei abgesucht, aber nichts gefunden. Er nickte dem König ganz leicht zu, bemerkte jedoch, dass auch der Botschafterin seine Geste nicht entgangen war. Die hat scharfe Augen, dachte er bei sich. Die Beziehungen zu Shandar und seiner Botschafterin versprachen, interessant zu werden. Das war nicht Calvyns Betätigungsfeld, aber dem König würde es sicher viel Freude bereiten, die diplomatischen Klingen mit dieser shandesischen Botschafterin zu kreuzen.

Die Schlachten waren vorerst geschlagen, doch irgendwie spürte Calvyn, dass das Leben noch jede Menge Herausforderungen für ihn bereithielt.

Mark Robson

Die Gilde von Shandar
Die Spionin

384 Seiten ISBN 978-3-570-30533-1

Femke reist zu Friedensverhandlungen ins Nachbarreich Thrandor. Dort nimmt Shalidars Racheplan Gestalt an. Plötzlich wird sie als Mörderin angeklagt. Femkes Leben und der Frieden zwischen den Ländern stehen auf dem Spiel.